知音动漫图书 · 漫客小说绘
ZHI YIN COMIC BOOK 以梦想之名 点燃阅读
漫客小说绘

江山鹤歌行

吾玉◎著

壹

中国致公出版社　知音动漫

知音动漫图书 · 漫客小说绘出品

愿我，愿你，愿所有纷杂世间之人，都能永葆此心，永怀意气，永不忘记那样炙热真切、坦坦荡荡、无畏无惧、热血年少的自己。

目录

第一章·大闹书院

①辛鹤离岛

冷风掠过海水，浪花拍打着礁石，天上星子三两颗，月色寥落，树影婆娑，琅岐岛的夜晚总是格外清寂。

辛鹤踩着月光，独自一人来到后海那片树丛时，恰有一只海鸟自她头顶飞过，夜色中那扑翅声清晰可闻，她一颗心也跟着无来由地跳动了一下。

海风拂过少女的长发，她一路走到了最深处，小心翼翼地拨开树丛，又挪去了几块遮掩的乱石，这才露出底下的玄机——

那是一方幽深狭窄的洞口，下面透出几丝微茫的薄光，借着月色的映照，竟是一间整洁空旷的地下密室，里面布置得古色古香，清雅脱俗，书柜床榻一应俱全，还飘出了几缕似有若无的茶香。

辛鹤定了定心神，对着洞口轻轻唤了一声："小越哥哥，你睡了吗？"

昏暗中，似乎有人披衣起身，一阵窸窸窣窣后才传来了一个少年低沉的声音："没有。"

辛鹤在洞口旁的一块石头上坐下，仰头望着天上那轮皎皎明月，轻叹了声，幽幽道："你说，世上可有一种奇术能够让人起死回生？"

洞室中的少年一愣，抿了抿唇，眸光深深，却听见月光下的少女接着道："小越哥哥，我今天又看到姑姑守着冰棺哭了，安安静静的，没发出一点儿声音，可我却觉得她比任何时候都要伤心……不，应该说，她每天都是这样的伤心，日复一日，年复一年，就像琅岐岛潮涨潮落的海水一样，永远没有止息过……"

辛鹤的姑姑是琅岐岛的圣女，岛主的妹妹，终身未嫁，只守着冰棺中死去的爱人，年年岁岁。

她的那段惊世之恋是岛上不能提及的禁忌，只因她所爱之人与她身份天差地别，势不两立。

那人不仅是皇都浩浩宫学的院首，也是曾亲自教诲她的师长。

她隐藏琅岐岛的圣女身份，前去书院求学，统统都是为了他。

辛鹤曾见过冰棺中那个男人，他静静地躺在里面，双眸紧闭，像冬日的簌簌飞雪，清冷绝美，不可亵渎。

"姑姑说自己是妖，不顾一切拉扯下了天上的仙，让那人与自己一并沉沦，万劫不复。若是没有她，那人应当是好好活着的，她宁愿躺在那里的是自己。"

究竟是怎样一段惊世之爱呢？辛鹤无从得知，只是在岛上一片讳莫如深中，她是唯一对此感到同情和悲伤的人。

"姑姑说，她不是离经叛道，不是违背师纲，她只是喜欢那一人，天大地大，唯他而已。就算再过五年、十年、百年，就算她守到白发苍苍，她也只爱着那一人，无悔无怨，不改初心。"

月光下，少女唏嘘而叹，忽然扭过头，对洞室中轻轻道："小越哥哥，你……能明白这种感情吗？"

洞室中久久沉默着，少女笑了笑，喃喃道："其实，我也不太懂，可是……我觉得姑姑真的很可怜。如果，我是说如果她的爱人能够死而复生，在冰棺中苏醒过来，再对她笑一笑……那该有多好啊。"

夜风拂过，少女发丝飞扬，似乎有些清醒过来，在月下摇了摇头："我在说什么呢？世上怎么可能会有起死回生的事情呢？姑姑也说过，世间最大的痛楚莫过于天人永隔，她注定是不能……"

一番话还未说完时，洞室中传出一道低沉的声音，在黑夜中一字一句地敲击在少女心头——

"其实，起死回生之术，我曾经是听说过的。"

少女指尖一颤，扭过头，脸上满是难以置信的神情："真、真的吗？"

她望向那方幽深的洞口，铁链在地上拖动着，发出清脆当啷的声音，一步一步，从黑暗中缓缓走出一道人影。

月光落在少年肩头，他抬首，一张脸雪白清秀，昳丽绝伦，身姿颀长，在月下就像一株清辉摇曳的草木，灵气四溢。

铁链束缚下的他，不仅毫无囚徒的狼狈之感，反而浑身散发出一股从容高贵的气息，就如天上的皎然明月一般，令人不可逼视，不容侵犯。

辛鹤在对上他眸光的一瞬间，无来由的，就相信了他说的每一个字。

一如从前他说的每一句话，她都深深地信服。任何荒诞的东西自他嘴中说出，都变得毋庸置疑。在她心中，他就是一个无所不能的鬼魅，不，是神灵，囚在黑暗中的神灵。

她是在七年前遇见这神灵的。

那时岛上正举办一年一度的祭祀大典，辛鹤养的小豹子不慎跑丢了，她一路追过来，踏入了后海这片树林，无意发现了洞中的少年。

直到那时，她才明白为什么后海的树林会成为禁地。

琅岐岛上的秘密实在太多了，她守着自己的发现，不敢同任何人说，只小心翼翼地找寻各种机会，时常跑到后海树林中，与洞室中的“怪人”见面。

对，“怪人”从来不会和她说一句话，起初很长一段时日，辛鹤都以为那少年是个哑巴。

一个不知身份、不知来历、苍白如雪、目光冰冷，却生得意外好看的哑巴。

辛鹤似乎着了魔一般，不知从什么时候起，开始对这“哑巴哥哥”念念不忘。

自那以后，无论欢喜忧愁，无论春秋冬夏，不管发生了什么事情，她都喜欢跑来向他诉说，即便只是一个人坐在那儿，喋喋不休地念叨着，洞中人静静听之，她也觉得无比满足。

直到有一天，洞中苍白的少年终于有了反应。

因为从洞中飘出了一阵袅袅清香，辛鹤禁不住伸长了脖子，凑到洞口，深深嗅了一下：“哑巴哥哥，这是什么？好香啊，你在喝什么？”

她自说自话，嘀咕着猜测了一通，根本没想过得到回应，毕竟他是个哑巴，也从来不会理会她。可她没有想到，少年抬手拂袖，下一瞬，有一物直直从洞口飞了出来，惊得她差点儿跌倒在地。

皎洁的月光下，草地上躺着一物，小小圆圆的，包得扁平齐整，辛鹤从未见过，她有些惊愕：“这、这是什么？”

从洞中飘出两个字：“茶饼。”

辛鹤霍然回头，脸上的惊愕之色更甚了，简直是破天荒头一遭——

铁树开花，哑巴说话，世上还有比这更神奇的事吗？

她到底不傻，眼珠子转了一圈，恍然顿悟：“你、你不是哑巴？”

洞中的少年没有回答她，只是又轻悠悠地飘来一句：“我喝的是茶。”

“茶？”辛鹤一愣，闻所未闻，“茶是什么？”

琅岐岛上从未有过此物，那洞中少年沉默了许久，月华披身，幽幽开口：“茶是会令人想起故乡的东西。”

轻飘飘的几个字飘进风中，飘入了辛鹤心头，她不知怎的，吸了吸鼻子，莫名觉得哀伤起来。

那茶饼后来被她捡了回去，按照少年所教的，仔细解开，以沸水煎煮，一番小心翼翼下，她终是泡出了此生第一杯清香四溢的茶。

原来茶是这样的味道……就像关在洞中的那个人一样，清清透透、甘冽芳香、回味无穷。

少年不仅给了她茶饼，还给了她自己的名字——小越，无比简单的两个字，连个姓氏都没有。

可辛鹤毫不介意，反而十分欢喜地叫了起来，小越哥哥，小越哥哥……唇齿轻轻一碰间，他似乎便成了她的专属。

小越除了会泡茶，还会在洞室中写诗作画，做一些琅岐岛上其他人都不会做的事情。

他和这座岛是格格不入的，但辛鹤偏偏因为这些稀奇古怪的东西，对他更加好奇与喜欢。

她问他："诗也是能令你想起故乡的东西吗？"

小越说："诗是能令人……暂时放下世间忧愁的东西。"

话中似有深意，辛鹤听得似懂非懂，自洞口处又飞出了一卷古籍，书页上还散发着淡淡的茶香。

"你想跟我学诗吗？"小越的声音遥遥传来，带着一种蛊惑人心的魔力，"学天文地理，学经史古籍，学奇门算术……学很多很多东西，你想吗？"

他或许久困洞中太寂寞了，又或许真看出辛鹤极具"灵根"，竟要将所会的一切尽数传授给她。

辛鹤那时惊呆了，小越就像一把意外坠落的钥匙般，为她打开了一个琅岐岛之外的世界，她从不知道原来天地竟有这般广阔。

自那以后，寒来暑往，斗转星移，昔年骑着小豹子的懵懂女童早已长成了娉婷少女，白日练武，晚上看书，不时来给洞中的少年交"功课"。

在她心中，他是她最特殊的存在。

他于她，亦师亦友，亦兄亦……不可言说。

少女的心事直如三月春日的枝头露水，晶莹剔透、不染纤尘。

月光下，辛鹤望着那张雪白清秀的面孔，眨了眨眼睛，拉回了心神，按捺不住激动道："有吗？小越哥哥，世间真有起死回生之术吗？"

洞中的少年点了点头，轻声道："在一本书中或许能窥得玄机。"

"什么书？"

"一本茶经，却不在这琅岐岛上。"

"茶经？"辛鹤愣了愣，少年已在洞室中继续道："在琅岐岛外，天子脚下，皇城之中，有一所宫学，名唤竹岫书院，许多年前，曾有一位邻国的太子入皇城为质，进了那宫学读书……"

太子一生好茶，即使远离故土，在他国做质子，夹缝中苟活生存，却也不改风骨雅趣，每日以清茶慰藉自己，举手投足间都未失母国颜面，极力令自己活得更体面一些。可惜他的母国弱小，终究被灭，他也惨死于城楼之上，只在宫学之中留下了一本自己生前所作的茶道手札，名为《妙姝茶经》，那书上便记载着可起死回生的奇术。

"小越哥哥，你、你为什么知道这些？"听到此，辛鹤有些忍不住，抿了抿唇，到底问了出来，“你跟这位远离故土一生爱茶的太子，是有什么渊源吗？”

她本以为少年又会像往日一般沉默，只要问及他身份来历相关的东西，他总是沉默，可这回他竟然开口了，还很平静地承认了：“渊源……或许是有一点儿。”

“同是家乡人罢了。”他的眉眼在月光映照下，带着一种淡如云烟的美丽，“他记载的奇术实乃一种秘术，如今天底下会这种秘术的，恐怕不超过三个，你若能带回这本《妙姝茶经》，我可以为你一试，让你姑姑冰封在棺中的爱人复活过来。”他顿了顿，“只是如此，你便得离开琅岐岛，去外头闯一闯，进入那所闻名天下的宫学，在那里拿到这本茶经，你有勇气这么做吗？”

一瞬间，那把清冽的嗓音带来太多内容，无不冲击着辛鹤的心扉，她好半晌才张了张嘴道：“小越哥哥，你、你的家乡，原来已经不在了吗？你跟那太子……”

“这些你无须多问，等到我想说的一天，自然会告诉你。”少年轻轻打断了辛鹤，目视着她道，“现下我只问你一句，你愿意吗？愿意离开琅岐岛，去找寻这本《妙姝茶经》吗？”

冷风拂过夜色中的琅岐岛，海水起起伏伏，浪打礁石，星子寥落的长空下，少女衣袂飞扬，来去悄然，只剩林间树影婆娑，月下一地如银。

待到那道身影久久消失在夜幕中后，寂寂的洞室深处才缓缓走出一道人影，无声无息地立在了少年身旁。

“主子，您为何要骗那丫头去寻那本《妙姝茶经》？万一这茶经真落在她手上怎么办？”黑暗中，那人不辨面目，只一把嗓子低沉嘶哑，带着隐隐的忧心。

少年坐到了书桌前，气定神闲地打开了手边的木匣，匣中的明珠散发出柔和的光芒，瞬间照亮了黑暗阴冷的洞室。

他唇角微微一勾，幽幽道：“落在她手中不正好吗？她找到了便等同于我们找到了，她一定会拿回来给我的。”

“可、可是……”跟在他旁边的那人欲言又止，到底不忿道，“其实这些年，属下一直不明白，主子为何对这丫头这般好？她哪点儿值得主子如此上心了？”

“就凭她是辛家的人。”少年转过头，眸光深深，一抹笑意慵懒又冰冷，“白翁，你看过傀儡戏吗？

“不管那木偶做得有多么精致，多么栩栩如生，线却始终在那牵着的人手中，一举一动，一步一行，身心皆由不得自己。

“我把她一手教了出来，她就是我，执行我的意志，听从我的命令，替我去做一些我无法做到的事情……这难道不有趣吗？

“他们将我囚在了这儿，我却让他们看一出木偶戏。任他们千防万防，也不会防到自家人头上吧？世间因果循环，也不过一报还一报，白翁你说呢？”

立着的那人终于听懂了少年的意思，呼吸急促起来：“若那丫头当真找来了《妙姝茶经》，亲手交到主子手上，可真叫天公有眼！”

他越想越激动，陡然跪在了少年面前：“主子高明，是属下愚钝了，还以为……以为主子……”

“以为我对那丫头生情了吗？”少年冷冷一回眸，笑了笑，如暗夜中的鬼魅，“情爱多无趣，我只钟情于看戏，只盼那一日不要让我们等太久……”

伏跪在地的那人立刻道：“主子放心，属下们潜伏多年，在暗中谋划，那一日必不久远！”

少年淡淡一笑，不再多言，只回头信手翻过桌上书籍。

藏在最下面的，是一本厚厚的族谱，在明珠的柔光映照下，上面赫然书写着二字——

钟离。

童鹿古国，钟离，王姓也。

族谱的后半本有些残破，还染着斑斑血渍，白皙修长的手翻到后几页，一个名字浮现在眼前，少年久久盯着，似乎出了神。

指尖缓缓摩挲了上去，于心中第千百遍默念出来，在这死寂无望的黑夜中，像一簇窜动在胸间的鬼火。

钟离越。

②大考闹事

“遥哥，一句话，干不干？”

阳光透过枝叶洒下，一地斑驳如金。每年三月春日的这场大考，对竹岫书院而言，都有着至关重要的意义。

对外是“麒麟择士”，招取天下有志学子；对内是开年大考，考核宫学子弟各项才能，彰显书院赫赫声威。

如此重要的大考，宫学的各位院傅们都严阵以待，尽心尽力，绝不容许出一丝差错。

然而他们做梦也不会想到，有人要在大考上“搞事情”——

这个人不是别人，还是他们的得意门生，东夷侯之子，骆青遥。

“遥哥，怎么样，想清楚了吗？”

树荫下，几人围在一白衣少年身边，焦急地询问着，还不时向远处张望，那厢已有不少学子陆陆续续进入考场了。

再有一刻钟的工夫，书院的古钟便会撞响，正式开考。留给他们考虑的时间不多了，现在只等白衣少年开口，众人就一呼百应，集体干一票大的！

无数目光的注视下，少年眉心微锁，站在风中，一语未发。

他有一双俊逸的眼睛，似揉进了漫天星河，高挺的鼻梁又透着一股不羁的气质，长发随风飞扬间，周身散发着满满的少年朝气，如初升的旭阳般，耀眼不可挡，一派疏朗间，偏又生了个白皙清秀的下巴，染了一丝昳丽清隽，平添几分俊俏。

离开考的时辰越来越近，一片树叶悠悠落下，少年终是握紧双拳，抿了抿唇，一声低喝：“干！”

他扭过头，望向身旁众人，破釜沉舟般：“小陶子现在还在病榻上，一双腿动弹不得，每日都要饱受针灸之苦，还不知道有几成把握能医好，指不定下半辈子就要在轮椅上度过了。我们身为他的好兄弟，若是不能替他讨个公道，畏缩不前，读再多圣贤书又有什么用？更有何颜面立足于世？那鲁判官欺人太甚，我们已经忍了太久了，今日说什么也得……”

一番豪气干云的话还未道完，后脑勺已被人拍了一下，少年立时扭过头：“谁？哪个王八蛋？”

一道俏生生的身影收回手中卷起的书，不紧不慢地走入众人视线中，懒洋洋地开口道：“老遥，别幼稚了好吗？”

她对上少年的双眸，一字一句道：“你自己想死也便罢了，凭什么拉上一帮兄弟给你陪葬？”

众人这才反应过来，纷纷吸了口气：“宛、宛姐。”

来人明眸皓齿，身姿纤秀，乃乐阳侯之女，骆青遥自小玩到大的好友，姬宛禾。因天资聪慧，机敏过人，虽是个小姑娘，却向来比男儿还有胆识魄力，在书院中说一不二，极具威信，众人便称她“宛姐”。

当下，骆青遥一把揽过姬宛禾的脖颈，在她耳边咬牙切齿道：“不是让你别掺和这事吗，你又来干什么？”

“拦着你去送死啊！”姬宛禾将身前的“狗爪子”狠狠拍开，没好气地一眼瞪去，“你脑子被驴踢了吗？真打算在今天闹事？我可提醒你，你爹娘现下都不在皇城里，惹了祸没人能保你的！”

“我也没想让人保，我既然决定了这么干，就想清楚了后果！”

“你想清楚什么后果了？”姬宛禾眉目愈厉，“你真以为那鲁判官是吃素的？他的手段你又不是没见识过，人家从前管刑部的，使严苛酷刑眼睛都不带眨一下的，对付你一个乳臭未干的宫学弟子还会手软吗？”

“他当然不会手软，他要是手软，小陶子就不会沦落到今日的地步！他还永远不觉得自己做错了，一意孤行地用对付犯人的那套来招呼我们，可我们都是有血有肉的人，不是任他摆布的木偶！如果在这样的境况下我们都不加以反抗，忍气吞声、逆来顺受，还称得上是一个‘人’吗？”

掷地有声的话语在树下响起，风掠衣袂，又燃起众人心头那股热血，姬宛禾也微微一震，却是吸了吸鼻子，依旧紧紧抓住了骆青遥的胳膊：“老遥，你冷静一点儿，你确定……陶泠西那呆木头会希望你们这么做？会想看到你们不计代价地替他出头？”

“他想不想都改变不了我们今日的决定，因为这一遭，我们不仅仅是为了他。”骆青遥将姬宛禾一把甩开，冷冷扔下这句话，目视前方的巍巍学府，领着众人大步流星而去，长空下的背影染满骄阳，义无反顾。

同一时刻，古钟撞响，飞鸟扑翅，三月春日的这场大考正式开启。

姬宛禾站在原地，闭了闭眸，喃喃的声音溢入风中："完了，老遥，我又要给你'收尸'了……"

偌大的考场之内，鸦雀无声，姬宛禾盯着左前方那道白衣身影，迟迟没有心思下笔，她知道这一回骆青遥是认真的了。

少年埋着脑袋，奋笔疾书，衣袖间带起几缕轻风，仿佛手持的不是一支笔，而是一把利刃。

他越写越快，周围不少目光注视着他，却统统没有动笔。众人屏气凝神，似乎都在等待些什么。

悄无声息中，考场中开始弥漫起一股不寻常的氛围……

坐在堂上的监考官抬了抬眼皮，岿然不动，他有一双如猎鹰般的眼眸，整个人清矍瘦削，周身散发出冷峻的气息，明明置身于学堂之中，却好似有杀气浮动于身侧，远远望去就如一位地府判官。

长卷上字迹疏狂，最后一行也终于写下，"啪嗒"一声，少年手中的笔应声折断。

如一个信号般，考场中无论男女弟子尽皆抬头，不约而同地望向那道霍然站起的白衣身影。

监考官也微微抬起眼眸，面无表情，冷冷对上那张年少气盛的面孔。他似乎毫不意外，又似乎饶有兴致，瞳孔中闪烁出异样的光芒，仿佛老鹰见到了猎物。

这种微妙的兴奋感彻底激怒了少年，他深吸口气，扬起脖颈，将手中长卷一举，朗声念道——

"诉宫学院首鲁行章十罪书……"

字字铿锵，如刀锋般犀利，本应石破天惊，满场却静寂异常，无一人发出惊讶哗然之声。所有人皆定定望着那道白衣身影，目光灼灼，仿佛有火苗在众人心中瞬时燃起，一时火烧原野。

偌大考场内，唯有姬宛禾深深闭上了眼眸，从唇齿间溢出的叹息几不可闻："明知不可为而为之，简直愚蠢至极……"

骆青遥的声音重重响荡在考场之中。

"鲁行章任宫学院首以来，其罪一：暴戾严酷，专横独行，滥施院首之权，不尊宫学诸位太傅，唯己独尊，目无师道；

"其罪二：治学无方，不思因材施教，反钻刑法律条，化身豺狼虎豹，视宫学子弟为罪恶滔滔之犯人，将天子门生玩弄于股掌之中，使人人惶然不安，无心向学，荒废课业；

"其罪三：罔顾学子喜好，陈腐刻板，粗蛮扼杀学子所擅所专之处，夺其志，抑其性，极尽践踏打压之暴行，泯灭人之本欲，毁众学子赤忱之心；

“其罪四……”

少年清亮的声音飘出窗外，随着春日花香飘入风中，进了旁边院落的另一处考场内。

那是专为“麒麟择士”所设，为招取新生而开的考场。

满堂笔墨清香，鸦雀无声，却有一人耳尖动了动，忽然抬起了头。

不过十五六岁的少年，面孔白皙灵秀，长发高高束起，容貌气质颇为出众，不像个文弱公子，反而像一位俊俏的少侠，带着一股宝剑出鞘的锐气，身上似乎能嗅到海风的味道。

正是女扮男装，离开琅岐岛，前来宫学参与麒麟大考的辛鹤。

她来到皇城，原本想直接潜入宫学找寻那本《妙姝茶经》，却不料守卫森严，她好不容易找了个机会，半夜翻墙进了书院，却在里面转晕了头，完全迷了路，还差点儿一脚踩空栽到湖里去！

她在琅岐岛上无拘无束惯了，一时根本无法适应宫学的繁复构造，里面实在太大了，书堂院舍、花园假山、水榭楼阁……绕也绕不完，她简直毫无头绪，不知从何找起。

所幸一筹莫展之际，她迎来了宫学一年一度的麒麟大考，眼珠子一亮，干脆换了套男装，直接跑来考试了。

不如先进了书院，做个宫学弟子，一边念书一边慢慢找线索。

因为书院分为男学与女学，当年那位太子便是在男学写下了《妙姝茶经》，辛鹤便也扮了男装，想以男弟子的身份考入宫学，在太子曾读书之地找出那本茶经的下落。

她匆匆来应考，本就没做什么准备，内心正紧张着呢，哪知外头忽然传来了一阵莫名的喧闹声，无端干扰了她的思绪。

她微微皱眉，旁人或许听不见这遥远考场中传来的声响，她却因自幼习武，五感比旁人敏锐，此刻耳尖微动，不由有些暗恼：“哪个家伙在闹事啊，还让不让人考试了？”

那声音听不完全清楚，只感觉是个年少气盛的家伙，辛鹤握紧手中的笔，暗自期盼这家伙快快被监考官扔出考场。

“要是没考上宫学，我非得把你揪出来揍一顿！”辛鹤咬牙哼哼着，深吸口气，埋头继续考试。不管怎么样，她都得考上宫学，找到那本《妙姝茶经》，救活姑姑的爱人！

风掠长空，暖阳照着屋檐，窗外杨柳轻拂，飞絮漫天。

另一边的考场中，骆青遥还在扬声念着《十罪书》，他每说一条，堂上的鲁行章便会微微点头，唇边露出诡异的冷笑，令人不寒而栗。

终于，《十罪书》念到了最后一条，骆青遥顿了顿，深深看了堂上的鲁行章一眼，拔高语调，几乎按捺不住心中那份翻涌的悲痛与愤懑，一字一句高声道：“其罪十：滥用私刑，草菅人命，令宫学弟子陶泠西赤足立雪，单衣沐风，致使陶生双腿冻死，卧病不起，大好男儿一夕沦至残躯，日夜饱受针灸之苦，焉知此生毁矣……”

悲愤的字字句句间，仿佛风雪灌入学堂，众人眼前又浮现出那天地萧寒的一幕。陶泠西抱着自己的木马跌跌撞撞赶来，却还是晚了一步，被鲁行章当众责罚的场景。

“不要毁掉我的偃甲飞马，求求院首，不要毁掉它们……”

陶泠西耗费无数个日夜辛辛苦苦做出的木马被踩在地上，支离破碎，只因晨读大会上他迟来了一步。

这冬日的晨读大会由鲁行章发起，旨在磨砺学子意志。卯时不到，书院众人便要齐聚一起，诵读诗文，而这个时辰天都还是漆黑一片的。

好巧不巧，陶泠西第一日就落在了鲁行章手上，成了他推行新规、震慑众人最好的一杆枪。他不仅要罚他，还要重重罚他，罚得人人色变，叫日后晨读大会上再无一人敢迟到早退。

陶泠西迟来的原因正是他怀抱的那几只木马。他一向痴迷于此道，手中做出过不少新奇玩意儿。平素总被人戏谑不该生在武将世家，该生在一个老木匠行。

而那时，他呕心沥血、挑灯熬夜做出的那些“宝贝”就被鲁行章狠狠踩在了脚下，如同碾碎他的一颗心般。

身子孱弱的少年在风中摇摇欲坠，整个人扑上去，跪在地上不住哀求着：“院首求求您，求求您，学生知道错了，学生再也不会迟到了，求求您不要毁掉学生的偃甲飞马……”

“什么偃甲飞马？尽是一些旁门左道，奇巧淫技！就为了这些小玩意儿错过晨读大会，你眼中可还有院规？自己除去衣裳鞋袜，给我去雪地中反思己过，晨读未结束之前不准回来，听清楚了吗？”严厉的喝声响彻在众人耳边，一个个脸色大变。

就在一片噤若寒蝉间，队列中的骆青遥再也忍不住了，昂首目视鲁行章高声道：“鲁院首，晨读至少也得半个时辰后才能结束，难道陶泠西就要脱了衣裳鞋袜，活生生在雪地里冻上大半个时辰吗？这样的大风雪，莫说人会冻坏，就连牛马都挨不住的。难道只因迟来一步，就真要将人活活逼死吗？”

鲁行章站在高台上，冷冷望了他一眼：“违反院规，理当如此，若不严苛执行，如何管束宫学？”

“可我们不是犯……”骆青遥那时还欲再争辩，已被身旁兄弟齐齐拉住，只听高台上的鲁行章厉声道：“谁还要为陶泠西求情，便与他一同连坐，共同领罚。多一人，受罚时刻便翻一倍。想要领教的弟子尽管站出来，我现在便来统计一番，好好数一数，你们究竟该在雪地中站多少个时辰！”

“你！”骆青遥怒火中烧，捏紧双拳，到底还是陶泠西拉住了他，面容苍白的清秀少年贴近他身侧，压低了声音道：“遥哥，不要再说了，我独自领罚便是了……只要你、只要你将我那些偃甲飞马的残块偷偷收好，我就放心了，请你一定要帮我收好，其他的……都不用了，半个时辰很快就会过去的，你相信我，我可以撑住的。”

怎么可能撑得住呢？那么煎熬漫长的晨读，那么凛冽呼啸的大风雪，即便是江湖上的高手侠士都难以抵抗，更遑论宫学之中一介羸弱书生？

陶泠西被带回去时，整整烧了三天三夜，一双腿都冻坏了，却还对前去探望他的骆青遥与姬宛禾几人勉强露出微笑，安慰道："还好，还好我的手没有冻坏，日后还是能做我自己喜欢的东西，反正我一做就要在屋子里待大半天，也不常走动，其实也不算太坏，对不对……"

那样苍白的笑容和语气，每夜每夜地回荡在骆青遥脑海中，像有一根针扎在他胸口，令他难以喘息，夜不能寐，心欲滴血。

"陶生双腿冻死，卧病不起，大好男儿一夕沦致残躯，日夜饱受针灸之苦，焉知此生毁矣……"

《十罪书》的最后一条久久响荡在考场中，骆青遥死死攫向台上的那道身影，几乎恨得要将牙齿咬碎了。

静寂的场中也开始隐隐躁动起来，不少人愤慨间眼泛泪光，当骆青遥落下最后一个字时，他身侧一人霍然站起，将手中考卷高高一举，上面只字未写，他直直目视着鲁行章，当着满考场人的面扬声道："宫学子弟陈昌明，附议《十罪书》，以手中白卷明示决心。"

随着这一声落下，旁边又有一人站起，手持考卷高声道："宫学子弟谢川源，附议《十罪书》，以手中白卷明示决心。"

这两声犹如一记信号般，一道道身影接二连三地站起，此起彼伏的附议之声在考场内回荡着，撼人心魄——

"宫学子弟齐少琰，附议《十罪书》，以手中白卷明示决心。"

"宫学子弟王文阙，附议《十罪书》，以手中白卷明示决心。"

"宫学子弟柳季常，附议《十罪书》，以手中白卷明示决心。"

……

转眼间，考场内站起了一片人，高台上端坐的鲁行章却依旧冷笑着，神色丝毫未变，与骆青遥四目相对中，唇边甚至还挑起了一抹森森寒意。

如此大的动静终是引得书院上下的院傅们全部赶来。众人围在门边，一个个目瞪口呆，压根不敢相信眼前发生的一切。

这是鲁行章任院首以来，第一回有人带头闹事，挑衅他院首的权威！

考场内依然躁动着，目前为止站起身的全是男弟子，还尚未有女弟子敢站出来声援，虽然她们心头亦是热血翻腾，激动不已。但毕竟都是些姑娘家，其中不乏家风森严的世族小姐，要真正豁出去，跟着骆青遥"大干"一场，公然对抗院首鲁行章，还是需要极大的勇气与胆魄的。

一时间，考场内的女弟子们面面相觑，不少人微微咬住了唇，心头一片天人交战。

门口的几位女傅稍稍松了口气，还有年长些的女傅不住向考场内使眼色，暗示女弟子们不要跟着胡来，却在这时，一道纤秀身影冷不丁地站了起来，一字一句清冽响起——

"宫学子弟姬宛禾，附议《十罪书》，以手中白卷明示决心。"

这一下彻底令考场炸开了锅，连骆青遥的背影都不易察觉地一颤，他回过头，有些不可思议地望向了姬宛禾。

姬宛禾无视周遭喧杂，只是对着他抬起尖尖的下巴，扬唇一笑。

蠢就蠢吧，一辈子这么长，还不兴恣意几回吗？明知不可为而为之，又能怎样？

有了姬宛禾毅然站出来支持，女弟子们也纷纷受到鼓舞般，再顾不得怯懦，一个个迫不及待地站起，场中又掀起一片“以白卷明示决心”的浪潮。

少男少女们面孔稚嫩，周身散发出的那股意气却如千军万马奔腾而来，呼啸山河，可撼天地般。

骆青遥久久回望着姬宛禾，终是轻轻一笑，双唇动了动，无声道：“宛姐行啊，舍命陪君子。”

姬宛禾笑眯眯回敬：“去你大爷的。”

她微微仰起头，深吸了口气，眼前似是白茫茫一片，如有飞雪扑面而来，耳边响起一个温柔腼腆的少年声音——

“阿宛，这些飞马，我其实想要送给你，你别笑话我，我记得你从前说过，很喜欢天上的浮云，无拘无束、变幻莫测，但你却始终无法触摸到……

“我想了很久，终于做出了这些飞马，给它们插上了翅膀，如果有朝一日，它们能飞上天空，是不是就能代替你，去看一看那些可望而不可即的风景？”

③ 骆青遥受刑

三月的天最是无常，一场春雨说来就来，马蹄声响，穿梭在滂沱大雨的夜色中，溅起无数水花。

丞相府门前，灯火微茫，少女从马上一跃而下，三步并作两步地跨上台阶，扑到那朱红大门前，火急火燎地拍打起来：“师父，师父，你在不在？出事了，快去救救老遥……”

正是从头到脚湿漉漉，连睫毛上都挂着水珠的姬宛禾。

她刚从宫学的后门偷偷跑了出来，连夜回了一趟家，却发现父亲不在府中，只有母亲赵清禾独自一人。

见到女儿忽然跑回来，赵清禾也吓了一大跳，刚想招呼下人给女儿泡参汤、换衣裳，却被女儿一手拦住了。

“爹呢？”姬宛禾来不及跟母亲解释那么多了，径直问道。

赵清禾一愣，结结巴巴地开口道：“他、他出门画那《春山图》去了，说是过两日就回府……”

“完了。”姬宛禾一跺脚，几乎两眼一黑，“一个两个都不在，老遥还真会挑时间，存心去给那鲁判官送命呢！”

这事她爹还能说上几句话，她娘就完全指望不上了，那样柔柔弱弱的性子，鲁行章一口气就能给吹翻了！

最要命的是，现下骆青遥的爹娘也不在，他本来有个厉害的外婆还能撑一撑，结果也跟着他爹娘离了皇城，听说是去拜访江湖上一位故人，连带着老奉国公也跟去了，一家上下都出去了，还有谁能保他呢？

“没辙了，只有一个人能救老遥了。”姬宛禾抹了把脸上的雨水，一刻也不敢耽误，风风火火地就要冲出门，却被母亲一把拉住：“阿宛，到底、到底发生什么事情了？”

姬宛禾扭过头，看着母亲一脸担惊受怕的样子，拍拍她的手，呼吸急促道：“娘，我没工夫跟你细说了，老遥犯事了，明天就要上书院的‘断头台’了，你快让人出门把爹找回来，不然只能给老遥收尸了！”

她匆匆扔下一句话后，头也不回地奔入了风雨中。

只留下母亲赵清禾站在门边，身子摇摇欲坠，难以置信：“青遥？青遥这孩子出事了？”

她与骆青遥的母亲情同姐妹，从前一起在宫学念书，骆青遥在她心中也如同自己的孩子一般，知晓他出了事，她急得方寸大乱。

“那么听话的孩子，怎么会犯事呢？”

她哪里知道，骆青遥犯的不是普通的事，而是空前绝后的大事。

这场罢考示威来得太过汹涌，大半个宫学子弟都卷了进来，许是人人都抱着“法不责众”的念头，料那鲁判官也没办法一口气处置这么多人。可惜“姜始终是老的辣”，鲁行章也正好反其道而行，不责众人，只责一人。

这一人用脚指头想也知道是谁了。

骆青遥被关了起来，明日一早便要当众领罚，由鲁行章亲自执行鞭刑，此次一共有多少人闹事，他便要挨上多少鞭子。

粗粗一算，鞭子挨完，人估计也就没气儿了。

姬宛禾一想到这里，雨夜中拍打着门的手就愈发用力了：“师父，师父你快出来呀，老遥落鲁判官手里了……”

她来见的不是别人，正是当朝丞相，付远之。

付相与他们的父母亲乃同一辈人，同在宫学念过书，情同兄弟姐妹，他没有夫人，没有孩子，孑然一身，一直将姬宛禾与骆青遥视如己出，不仅悉心教诲他们，还认了骆青遥当义子。

骆青遥的母亲是付相一生不能忘怀的人，他这些年对骆青遥可谓是尽心尽力，倾情守护。此番骆青遥一家上下均不在皇城，唯一能保下他的人便是他这个义父了。

雨夜中，朱红大门终于缓缓打开，姬宛禾目光一亮，里面露出的却是一个白发苍苍的脑袋：“姬、姬小姐？”

姬宛禾愣了愣：“钟叔，我师父呢？”她迫不及待地问道，正想往门里冲，却被老管家一句话止住了脚步：“老爷、老爷他去见皇上了。”

“见皇上？”

“是啊，还不是为那一套新刑法的推行，皇上又召老爷进宫了，这段时日不知商讨了多少遍……”

“新刑法推行？”昏暗的雨夜中，姬宛禾的双眼异常明亮，几乎脱口而出，“是那套《梁宫司刑》吗？”

“可不就是嘛！那鲁大人都贬了官了，被老爷弄去管书院了，却还不死心，成天折腾他那套刑法，昨儿个又向陛下上了几道折子，一定要陛下施行他那套新法，老爷都被他闹得头疼了，姬小姐，你说这鲁大人怎么就是这般顽固不化呢……”

相府门前，钟叔说着说着一抬头，却发现眼前的少女早已没了影儿：“诶，姬小姐，姬小姐，你干什么去呀？”

风雨中，少女翻身上马，头也不回地说：“我去找我师父！”

一路快马加鞭，姬宛禾心中热血翻滚，雨水顺着脸颊滑落下来，她揪紧缰绳，在冷风中咬牙切齿道：“鲁判官，又是你，你这个阴魂不散的恶鬼，抱着你那套刑法滚回地府吧！”

论起当今大梁，最令百姓闻风丧胆的官员，舍“鲁公”其谁？

说起这鲁行章，实在一言难尽，在朝野之中，大抵也算是一个传奇了。

他早年出身军营，后面又入了刑部，因为铁腕手段一路高升，威名远播。

此人一直在大梁推行以“严刑酷法”治国，他的观点激进又极端，起初并未得到梁帝的重用，直到后来有一年，南边闹饥荒，朝廷先后派了五个官员去赈灾，都没有控制住混乱的场面，反而令局势愈发动荡。那些灾民像疯了的豺狼一样，一哄而上，肆意抢夺着粮食，毫无秩序与规矩，最后有官员被打伤，整场赈灾成了闹剧，被踩死的人比饿死的人还要多。灾民化作了暴民，施粮化作了抢粮，直到派去第六个官员，这荒唐的局面才得以扭转。

这第六个官员正是鲁行章。

他丝毫不像前五个官员一样畏畏缩缩、优柔寡断、做什么都瞻前顾后，唯恐自己背上对百姓不仁的骂名，影响未来的政绩与前途。他完全不去考虑这些虚无的东西，只带了刑部两队人马守在粮车前，立了个大大的牌子，上面三条刑法写得清清楚楚——

“抢粮一升者，割鼻示众；抢粮一斗者，断肢示众；抢粮一石者，车裂示众。”

没有一句废话，没有任何温情脉脉的安抚，三条刑罚可谓是触目惊心。

而最可怕的是，鲁行章还当真执行了。

在割了一地血淋淋的鼻子与残肢，又车裂了几个闹事的头目后，灾民之中再无一人敢哄抢作乱了，赈灾的各项事宜都前所未有地顺利起来。

一切圆满结束，鲁行章领队回朝，所有官员看他的眼神都不一样了。

直到这个时候，梁帝才真正开始注意起这个冷峻寡言又雷厉风行的臣子来。

梁帝与鲁行章是截然不同的性情，梁帝本身是个喜好风花雪月的文人君主，爱民如子，施以仁政，待百姓一向宽厚有加。但经过南方赈灾一事后，他不禁开始反思自己，是否多年来过于“仁政”，才会导致一些刁民肆无忌惮、犯上作乱？

梁帝单独召见了鲁行章，与他彻夜长谈，在天亮之际做出了一个决定。

鲁行章彻底说服了梁帝，或者说是用一个问题彻底打动了他。

鲁行章彼时问道：“陛下欲立国还是欲强国？”

“立国如何？强国又如何？”

“若欲立国，便继续推以仁政，维持现状即可，三、五、十年堪堪可撑；若想强国，则严刑酷法必不可缺，大梁巍巍基业才可百年风雨不倒。”

自此，鲁行章从刑部调了出来，擢升为当朝副相，于国内试行新法。一时间，“鲁公”之名传遍四方。梁帝给了他三月之期，予他无上权力，让他放手一试。他便大刀阔斧地干了起来，干到最后民间怨声载道，百姓闻“鲁”丧胆。

鲁行章却不为所动，依旧大力试行自己的新法。他态度强硬，行事作风狠辣极端，本身又的确有些能力，放眼朝中，即便许多官员对他颇有微辞，却无一人敢真正站出来，与他硬碰硬。

除了一个人。

那人便是当朝相爷，压了鲁行章半个官位的正相，付远之。

付远之与他政见不合，并不赞同他那套《梁宫司刑》，两人曾在朝堂上激辩过数日，始终难解难分。

付远之为相多年，深受百姓爱戴，又因年纪甚轻，外貌俊雅无匹，始终独居未娶，每回乘辇车上街，都会有不少爱慕他的姑娘追在车后，往他车中抛掷鲜花绣帕，久而久之，他便在民间得了一个“载花付郎”的美称。

对于这样一个满带馨香的“政敌”，鲁行章怎么可能放在眼中？

他军旅出身，饱经风霜；而付远之这样生于皇城，长于皇城，一路轻轻松松爬上高位的世家贵胄，在他心中，不似宰相，倒更似一个不经风雨的“小姑娘”。

但直到两人开始真正“过招拆招”时，鲁行章才知道，人不可貌相，永远不要低估一个“小姑娘”，尤其还是一个长得漂亮的“小姑娘”。

付远之就像一朵带刺的鲜花，与他针锋相对，每次都毫不客气地指出他新法中的漏洞，言辞清晰有理又不失犀利，常常令鲁行章哑口无言，难以招架。

“新法试行为何接连失败？又为何在民间受到如此大的抵触？不怪鲁公才疏学浅、新法漏洞百出，也不怪百姓有眼无珠、不识真金，怪只怪鲁公根本未察国情，只知一意孤行。

“盛世施仁政，乱世用重典，现今大梁风调雨顺，百姓安居乐业，此时便应当施以仁政。行仁道，怀柔致远，方可安民心，定盛世，使四方来朝。

“若是逢乱世，山河动荡，自当以严刑峻法来管束百姓，整顿军队，震慑四方。正所谓，德正本，法治标，德法皆仁，标本兼治，天下太平也。

“一味施仁政或一味下重典，都不可取，何来一成不变的治世政略？自然是据国情而灵活变化，对症方可下药。哪里是像鲁公这般，也不管病人实际情况，一股脑儿就把热腾腾的药往肚里灌的。这样粗暴无方，究竟是救人还是害人？”

当日朝上，付远之这番话一出来，便有不少官员窃窃发笑，鲁行章的脸色愈加黑得难看。

下朝后，付远之走下长长的台阶，靠近独自一人的鲁行章，贴在他身侧低声道：“我与鲁公打个赌可好？”

鲁行章冷着一张脸，耳朵却竖得高高的。

付远之笑了：“我赌鲁公终有一日会想通个中弯直，做个游历四方悬壶济世的神医。”

他说完拂袖而去，留下鲁行章愣在原地，久久站在长空之下，若有所思。

鲁公的“三月试法”最终还是以失败告终，梁帝本想撤了他的副相之职，放他回刑部，毕竟在某些方面他是个不可多得的人才。但付远之私下进了一趟宫，在他的建议下，鲁行章被派去了宫学，任院首之职。

付远之用心良苦，期盼宫学的少年气息能够冲淡鲁行章身上那股顽固不化的气质，令他陈旧老派的思想有所改变，渐渐放下执念，不再为难自己和他人。

可惜，此举被鲁行章误解了，看成了“打压政敌”的行为，他到了宫学后反而变本加厉，将自己的魔爪伸向了宫学的子弟。

这其中，与他最不对头的便是骆青遥。

除却骆青遥少年飞扬的性子外，最重要的原因，或许是他是付远之的义子。

不知是否因为这层关系，骆青遥与鲁行章之间是“相看两厌”，互相都带着一股隐隐的敌意，此番大考闹事，这股敌意便被推到了最顶峰。

如果付远之不能及时出面，骆青遥这次恐怕凶多吉少。

雨歇风停，天一点点亮了起来，薄雾散去，竹岫书院中人人屏气凝神，望着高台上的那道身影。

少年双手被铁链缚住，饿了一宿，一副有气无力的模样。他旁边站着一袭玄衣的鲁行章，缓缓摩挲着手中的长鞭，冷冷开口道：“我再问最后一遍，骆青遥，你可认错？”

声音在长空下森然回荡着，所有人的心都揪作一团，被铁链锁住的那道身影却半点儿反应也没有，只是发出一声几不可闻的轻笑。

少年慢慢抬起头，晨曦穿破云雾，洒在他苍白俊逸的一张脸上，他微眯着双眸，周身带着一股慵懒的气息，冲手持长鞭的鲁行章徐徐吐出了四个字——

“小、爷、没、错。”

一刹那间，众人齐齐吸气，尤其是男学那边的一群弟子，一颗心几乎都提到了嗓子眼上。

“宛姐呢？宛姐怎么还没有回来呀？”有人伸着脖子不住向外张望，双腿都开始打哆嗦了，“你们、你们说……遥哥会不会被打死啊？”

"呸呸呸！快闭上你的乌鸦嘴，少说这种不吉利的话！"

"我就不信了，这老鬼还真敢把遥哥打死不成？他就不怕东夷侯回来了剥了他的皮吗？"

"他怕什么呀？他就是个疯子，百无禁忌的，你们没听说过他从前的事迹吗？就算是东夷侯回来了，这姓鲁的也敢生生撞上去！"

"那、那合着遥哥今儿个就难逃一劫了？"

"我呸！叫你别说不吉利的话！"

"大家别慌，等宛姐吧！宛姐一定会赶回来的！她那样神通广大的人，一定有法子救遥哥！"

一群人窃窃私语着，正焦心万分间，那高台上的鲁行章已经扬起长鞭，毫不留情地狠狠一记抽去！

只听"啪"的一声，铁链下的少年猛然一仰头，唇齿间溢出一声闷哼，胸膛前瞬间皮开肉绽，鲜血淋漓。

满场呼吸一窒，几个跟他要好的兄弟立时握紧了拳头，双眼泛红："好家伙，这么大劲儿，杀父之仇都没他这么狠！"

一片沸腾之间，高台上的鲁行章丝毫未受影响，手握那染血的长鞭，依旧面无表情地望着少年，冷声问道："骆青遥，你可认错？"

"小爷没错！"

"啪"的一声，又是狠狠一鞭抽去！

"骆青遥，你可认错？"

"小爷没错！"

两人一问一答间，长鞭如风连续狠抽数十下，鞭鞭见血，血肉模糊，惨不忍睹。

台下不少人眼眶中都逼出了热泪来，他们紧紧握住拳，咬牙切齿道："这鲁判官是真想把遥哥活活打死在这里呀！"

"骆青遥，你可认错？"

"小……爷……没错……"

铁链下的少年已经面白如纸，声音都颤得不成样子了，却依然死犟着不肯低头。

"不行！我受不了了！"台下有人终是血红着眼，不顾旁边人的拉扯，刚想冲出来时，遥遥传来一个清柔的妇人声音——

"鲁大人手下留情！"

④付相救子

众人扭头望去，只见一顶香纱花轿落定，轿中走下一位柔美妇人，面含急切，显然匆匆而来，发丝还有些凌乱。

“苗……苗苗姨？”高台上的少年颤声喊道，一滴血珠自他长长的睫毛上坠落下去，他整个人都难以置信。

来者不是别人，正是姬宛禾的母亲，赵清禾。

骆青遥的父亲昔年与她同窗，一直戏谑胆小结巴的她为“小禾苗”，骆青遥也便跟着父亲瞎叫，这么多年都改不了口。

他想过会有人赶来搭救他的千万种可能，却唯独没有想到出现的人会是他的苗苗姨。

记得从前他还跟姬宛禾打趣说一听她这名字，就知道她爹有多爱她娘了。可惜她爹的愿望落空，女儿像极了自己，同娘的性子压根不搭边。

娘亲有多柔弱，女儿就有多强势。

一直以来，赵清禾都活在丈夫与女儿的呵护庇佑之下，家中的大事小事她一概都不用操心，反正要么听丈夫的，要么听女儿的，她被保护得像朵娇花似的，一丁点儿风吹雨淋都挨不到。

像这样独自赶来，没有丈夫与女儿的相伴，孤身出面，还是破天荒头一回呢！

“怎么……怎么把孩子打成了这样……”赵清禾浑身颤抖着，在台上望着遍体鳞伤的少年，心疼得泪眼涟涟，伸出手想要触碰他，却又半天不敢落下。

这副模样反将骆青遥看得心头一酸，他喑哑着声音开口道：“苗、苗苗姨，你怎么来了？”

“我要再不来，你可真就被打死了！”

赵清禾转过身，望着一袭玄衣的鲁行章，极力克制着自己的悲愤情绪：“鲁院首，他还只是个孩子，就算一时顽劣，做错些小事，也不是不能原谅的，何至于下如此狠手？”

鲁行章站在阳光下，一动不动，只面上冷冷一笑：“姬夫人此言差矣，他做错的可并非小事。”

赵清禾咬了咬唇，语气中不由带了丝哀求：“那、那不管什么事情，都可以给孩子一个悔改的机会。人孰无过，过而能改，善莫大焉，还请鲁院首网开一面，就饶过他这一回吧，好不好？”

鲁行章慢慢转起了手中的长鞭，唇边的冷笑更甚了：“姬夫人不妨问一问此子，可愿悔改？”

赵清禾扭过头。

骆青遥想也未想，脱口而出：“苗苗姨，我没有错！”他目光灼灼地望向鲁行章，恨恨咬牙，“我不会认罪的，我没有做错任何事情，他今日就算把我打死在这里，我也没错！”

“你这犟孩子，快别说了！”赵清禾急得想要上前捂住他的嘴。

鲁行章在她身后又发出了一声冷笑：“夫人可听清楚了？”他面色冷峻，缓缓道，“此子毫无悔过之心，受多重的责罚都不为过，还请夫人速速下台，免作纠缠了。”

“等等！”赵清禾忽然一喝。

她转过身，颤抖着手，从怀中掏出一物，举到鲁行章眼前，鼓起勇气道：“鲁院首，可、可识得此物？”

鲁行章微眯了眸，赵清禾强忍住紊乱的呼吸，极力镇静道：“此乃当年献帝亲手所赐的免死金牌，有特赦之权，凡姬家之人，无论犯下何事，都不可追究，免罪免罚免刑免死，永保姬家世代长宁！”

场中一时间惊声四起，姬夫人为了救骆青遥，竟拿出了这块“保命符”！

这块金牌可是颇为传奇，数年前，赵家满门获罪，当年的侯府世子姬文景只身赴刑场，便是用这块免死金牌救下了赵家满门。

没想到今日，姬夫人又故技重施，效仿夫君，欲再来一出“刑场救人”的戏码。

只可惜，今时今日之情况下，拿出这块免死金牌，牵强过甚，不免有些荒唐滑稽。

鲁行章盯着那面金光闪闪的牌子，面无表情，只是冷不丁问了一句：“他是姬家之人吗？”

赵清禾一愣，忙结巴道：“青遥、青遥跟我家阿宛是定了娃娃亲的，日后、日后他们是要成亲在一起的，到时就是一家人了……”书院上下目瞪口呆，齐齐看向铁链下的骆青遥。他却也是张大了嘴，一副不可思议的模样。

鲁行章又问道：“就算成了亲，也是夫人将女儿嫁到骆家去，这骆青遥怎么会变成姬家人呢？”

“不，不是的……”赵清禾更加结巴了，情急之下，忽然说出了石破天惊的一句，“青遥、青遥他以后是要入赘进姬家的！”

“噗……”骆青遥一口血水险些就要喷出，满场哗然间，他扭头看向赵清禾，赵清禾却不停地向他使着眼色，骆青遥欲哭无泪了。苗苗姨，你编这种瞎话，问过我爹娘没？小爷对宛姐压根没那意思啊，更没想过做什么上门女婿啊！

长空下，鲁行章终是耐心耗尽，不愿再继续陪着唱戏了，冷冷道：“夫人闹够了没有？”

赵清禾一哆嗦，对上他尖刀般的眼神，还想说什么时，鲁行章已握紧长鞭喝道：“收起你手中这块免死金牌吧，它起不了什么作用，我倒是有当今陛下的亲笔丹书，他令我管束宫学，无人可越我之权，横加阻拦！还请夫人速速下台吧，不要再死缠烂打了，否则休怪……”

鲁行章话未说完，赵清禾已经一把拦在了骆青遥身前，泪眼涟涟：“不走，我不走！”她拼命摇着头，“我走了你就要把青遥打死了！”

“让开！”

“不！”

对上这活阎罗，平素胆小柔弱的赵清禾不知哪里来的勇气，不顾一切地喊道：“我是听过你的恶名的，死在你手里的人不计其数，你根本不会对这孩子手下留情，你是真的会将他打死的，我不要让开……”

“胡闹！”鲁行章一声怒吼响彻天际，脸色阴沉得吓人，像头要吃人的猛虎，“夫人以为这般死缠烂打有用吗？若夫人再不让开，就休怪老夫不客气了！”

满场不少师生吓得脸色尽白，骆青遥也瞳孔一紧，赶忙道：“苗苗姨，快让开！这疯子什么都干得出来！”

“不要，我不要……”赵清禾仍是泪眼涟涟地摇着头。

“这可是夫人自找的！”

鲁行章手心骤紧，衣袍随风而动，脸色冷如寒冰，眼见手中长鞭蓄势待发、就要狠狠抽下去时，不远处却传来一声——

“我倒要看看，谁敢动本侯夫人一根汗毛？”

骏马长鸣，尘土滚滚，所有人回头望去——阳光下，一人自马上一跃而下，衣袂飞扬，显然是匆匆赶来，背上还负着一卷画轴。虽是风尘仆仆，却丝毫无损周身气度，一张脸更是俊美得宛如谪仙，在阳光下耀眼夺目。

在这千钧一发之际，及时赶来的正是姬宛禾的父亲，乐阳侯，姬文景。

他三两步跃上高台，一把抓住那长鞭狠狠甩开，怒不可遏：“鲁行章，你算什么东西？还轮不到你拿鞭子指着本侯夫人！”

颀长挺拔的身躯护在赵清禾身前，她眼中的泪水终于再也忍不住了，一声唤道：“夫君。”

姬文景扭过头，一双长眉都心疼地拧了起来，大手一把揽过纤弱的赵清禾，将她紧紧护进怀中。

抬眸间，却又看见了铁链下遍体鳞伤的骆青遥。

少年这般境地下，竟还记得扯起嘴角冲他一笑：“小姬叔叔。”

姬文景心头一热，霎时间气血翻涌而来，再无法抑制住，他扭头厉声喝道：“鲁行章，还不快把人放了，你简直胆大包天，谁允许你在这架高台动私刑的？堂堂天子门生，岂是你说打就能打的？你以为这还是在你的刑部大牢，可以任你为所欲为吗？”

他周身的气势太过逼人，台下的师生无不被震慑住。

鲁行章却面不改色，一字一句道：“下官受梁帝任命，有陛下的亲笔丹书，谁也无权干扰下官处置学生，还请侯爷携夫人速速离开！”

“你受陛下任命又如何？就能随意对学生用刑吗？”

“此子率众罢考，欺师灭祖，目无法纪，下官为何不能罚他？为何不能对他用刑？他所犯罪行实属罕闻，官学千百年都难出此劣徒一个，便是告到陛下面前去，下官也无惧！”

“鲁行章，你！”

两道身影怒目相视，正剑拔弩张之际，一辆马车不知何时悄然而至，一记清朗动听的声音遥遥传来——

“多时未见，鲁公的嗓门还是这般洪亮，本相当真佩服至极。”

车帘被一只白皙修长的手掀开，一袭青衫徐徐走下马车，众人眼前一亮，如沐春风。

另一道人影也跃下马车，三两步飞奔上高台，脆生生地喊道：“爹，娘！”

正是忙活了一夜，终于搬来救兵的姬宛禾。

她气喘未定，伸手一抹额上细汗，冲铁链下的骆青遥一挑眉：“老遥，死了没？”

骆青遥扯起嘴角，笑得无赖："宛姐，有能耐啊，小爷这回死不成了，又欠你一条命。"

姬宛禾一口啐道："还贫，又让师父给你收拾烂摊子！"

长空下，俊雅的丞相一步步走上台，在满院师生的注视下，对鲁行章拱手一笑："鲁公，别来无恙。"

鲁行章面目铁青，死死抓住手中的鞭子："怎么？付相也要来插一脚？"

他指向铁链下的骆青遥，语气强硬："此子究竟有多动不得，一个两个都跑来保他？可莫忘了，这里是宫学，我才是这儿的院首，我有陛下的亲笔丹书，旁人无权……"

"陛下只说让鲁公管束宫学，却未说鲁公能够动用私刑，草菅人命。"

付远之一挥手，轻飘飘打断了鲁行章，四两拨千斤下笑意未减，也不欲多作纠缠，只说了五个字："鲁公，接旨吧。"

付远之犹如从天而降的神祇般，为书院上下带来一片光明，台下师生无不为之一振，骆青遥的那些兄弟更是激动万分，心头大石终于落地。唯独听了圣旨的鲁行章，脸色越发难看。

梁帝一番旨意说得清清楚楚，骆青遥大考率众闹事，虽然过错不轻，但不至于动用私刑。天子门生，年少气盛，总归要给个悔改的机会，只需责令他静思己过便是。

"听清楚了吗，还不快放人！"姬文景在一旁冷声喝道。

鲁行章久久未动，只是望向付远之，忽然沉声道："此子皮肉之苦可免，却少不了关一场禁闭，这也是陛下旨意中的意思，付相说是吗？"

付远之点点头，笑意淡淡："自然是要思过的。"

"那既要思过，关在哪里，总该由老夫这个院首说了算吧？"鲁行章的面色依旧黑沉沉的。

付远之波澜不惊，又笑了笑："当然，鲁公乃一院之首，思过之事全凭鲁公做主。"

凡事留一线，已将鲁行章这种人都逼退到这一步了，就不可再咄咄过甚了，多少还是要给他留一点儿面子的，付远之深谙此理，也暗自思量，不外乎是将骆青遥关到些冷僻的院落中，多吃点儿苦头罢了，算不得什么。

岂料鲁行章阴森森一笑，回头望向铁链下的骆青遥，握紧了手中血淋淋的长鞭，缓缓说出了一句令满场震骇的话——

"那好，便将此子送往小镜湖惊蛰楼吧，不过芒种之考，不可回来。"

第二章·藏龙卧虎

①惊蛰楼

“惊蛰楼？”辛鹤疑心自己听错了，又问了一遍。

那为新生登记的少傅笔尖一顿，抬头对她干笑一声：“是啊，也在宫学里头，只不过要过一片湖，湖的那头就是惊蛰楼，乃我们宫学的一处分院，你先去那里念一段时间书，历练历练吧。”

“为、为什么呢？”辛鹤有些云里雾里，“我不是通过麒麟大考了吗？为什么不能直接进男学念书呢？”

那登记的少傅挠了挠头，似乎不知该怎么解释：“这个……这个怎么跟你说呢……总之那里也是我们一处分院，也能念书的，你先去那里待一段时间，历练历练，表现得好可以再考回来的……”

“但是……”辛鹤还想问什么时，那少傅已随手塞了个牌子给她，急匆匆地就想打发她走：“好了，还得为后面的新生登记呢，拿好，这是你的宫学令牌，别弄丢了。”

辛鹤低头一看，那牌子上赫然刻着几个字——惊蛰楼，辛鹤。

显然早就定好了她的去处，根本由不得她置喙。

走出宫学大门时，辛鹤拿着那令牌仍是看了又看，她满腹疑云，不觉走到放榜的地方，抬头望去。

“难道……是我考得太差了？”

鲜艳的红榜上，她不尴不尬，刚好排在倒数第二名。

“一点儿准备都没做就上阵了，考得这么差，要是小越哥哥知道了，该多失望啊……”辛鹤喃喃着，又想起了什么，暗恼道，“都怪那闹事的家伙，要不是他，我指不定还能考得更好一些，也不会落在这最后几名了。难道……难道是倒数的几个人都会被分去那什么惊蛰楼念书？”

“不是的。”冷不丁一个声音从耳后冒出。

辛鹤一惊，忙回头望去，见到一张笑意温和的书生面孔，那人比她似乎大了好几岁。不，是比一般的宫学弟子都大了好些岁，他向她一拱手，施施然道：“小兄弟，我是刚刚排在你后面的新生，你跟少傅的对话我都听到了。”

辛鹤愣了愣，那人又凑近了些，压低声对她道：“其实，不是你没考好的缘故。因为我都还在你后面一名呢，就是榜上垫底的那个。我连续考了六年才考上，今年总算能进竹岫书院了……”

辛鹤愣得更厉害了，那人却掏出自己刚领的宫学令牌，往她眼前一递：“不过你瞧瞧……”

辛鹤低头望去，那上面赫然刻着：天字乙班，卢华吉。

“芦花鸡？”辛鹤脱口而出，见那人咳嗽了一声，辛鹤连忙改口道，“不、不是，卢大哥，这到底怎么回事啊？为什么你能直接分班入读，我却要去那什么莫名其妙的惊蛰楼呢？”

这声卢大哥叫得人心窝一暖，那“芦花鸡”笑眯了眼，也直接喊道：“辛老弟啊，这你就有所不知了……”

他亲切地拉过辛鹤。两人在一处偏僻角落站定后，卢华吉左右望望，这才对辛鹤神秘兮兮道：“你知道惊蛰楼是什么地儿不？”

“什么地儿？宫学的分院？”

“说分院也差不多吧，里面也都是宫学子弟，但是呢……这么说吧，全书院最不学无术、顽劣不堪、混世魔王的弟子统统都被罚去了那里，那儿就是一‘魔窟’，有进无出，没有秩序没有纪律，院傅们都不怎么管的，管也管不到，一般人进去就玩完！”

辛鹤听得目瞪口呆。

卢华吉又加重语气道：“要不怎么叫惊蛰楼呢？惊蛰，惊蛰，春雷惊百虫，那里就是一座百虫园啊！”

辛鹤倒吸了口冷气。

卢华吉在她耳边接着道：“这回榜上的新生里，只有你一个人分去了惊蛰楼，其余人都跟我一样各自归好了班，没有例外的。”

“凭什么啊？”辛鹤听到这儿一激灵，愤慨不已，“我又没做错什么，为什么要把我分到那魔窟去？”

卢华吉盯着她，又是同情又是惋惜：“说出来你可能都不相信，其实这问题就出在你这个姓上面！”

“姓？”

“你千不该万不该，偏偏不该姓辛啊！”卢华吉摇着头，啧啧叹息，“其实，这算是官学的一个禁忌了，寻常人都不知道的，偏我考了六年，早将官学上上下下都摸清了。要不是跟辛老弟你有缘，榜上名次挨着一前一后，我还真不一定告诉你……”

“芦花鸡”虽然很啰唆，但给出的料实打实，辛鹤听完后简直震惊到无以复加！

原来姑姑冰棺中的那个爱人，竟是……从前官学的一任院首！

两人曾是师生关系，有一段惊世骇俗的爱恋，官学私下流传的版本中，院首是被妖女魅惑的，还因妖女而死。为保住院首与官学的清誉，这段过往成为官学一个讳莫如深、谁也不能谈及的禁忌，也让官学私底下延续着一个不成文的规矩——不收辛氏学子。

一切的源头，便是来自辛鹤的姑姑，辛如月。

她连累了天下所有姓辛的学子，使得他们无法入读官学。

但官学毕竟是大梁第一学府，有着雅正无私之名，不可能将这不成文的规矩摆在台面上，明着拒收辛氏子弟，所以便只能暗中动点儿手脚。他们将所有考上的辛氏学子直接发配到惊蛰楼去，美其名曰历练，实则就是在变相赶人，让那些辛氏学子尝尽苦头，知难而退，自己主动离开官学。

这么多年来，在辛鹤前面，已经有八个这样的辛氏学子因无法忍受待在惊蛰楼的日子主动退学，而辛鹤正是这第九个。

“辛老弟，我劝你一句，不如现在就直接退学算了，免得还去那惊蛰楼受一轮苦。那里啊，真不是人待的地方，比修罗地狱还恐怖……”

“卢大哥！”辛鹤冷不丁一把抓住卢华吉的胳膊，双眸迸射出灼灼亮光，“你知道有什么法子能从那惊蛰楼里出来吗？我登记的时候似乎听那少傅说，好好表现还是有机会再考出来的，对不对？”

“机会倒是有，可是太渺茫了，这么久了，也没见几个人真能从那儿考出来，要真想出来……只有通过了芒种之考，才能离开惊蛰楼，重新回到书院。”

“芒种之考？”

“对，芒种忙，麦上场，到了芒种时节，可不得开始收割你们这片麦子吗？到时惊蛰楼将进行一场大考，考核分为许多项，还得加上平素的表现分，最后通过层层审核，证明自己痛改前非、洗心革面、再世为人了，方可离开惊蛰楼，重回书院。”

听起来轻松，要通过可是难于登天，浴火重生还不得脱层皮吗？

卢华吉摇头感叹着，见辛鹤听后一副陷入沉思的样子，以为她终是想明白了，打算放弃时，辛鹤却忽然抬首，冷不丁又问道：“对了，卢大哥，你知道官学里收藏着一本茶经吗？”

卢华吉一时没反应过来，有些发蒙：“茶经？什么茶经？”

辛鹤忙摆摆手，笑道："没、没什么。"

她深吸口气，一副下定决心的模样："我想好了。"

卢华吉忙道："怎么，你准备去退学了？"

"不！"辛鹤目光坚定，"我要参加芒种之考，离开惊蛰楼，重回书院！"

这下卢华吉真是惊得嘴都闭不上了。

辛鹤却望着他一笑，高高束起的乌发随风飞扬："不管怎么样，这官学我是念定了，谁也别想赶我走！"

长阳笼罩下，俊秀白皙的辛鹤目视前方，像一个斗志昂扬的少侠，周身光芒万丈，只差腰间别把剑就能大杀四方了，叫卢华吉一时都看呆了。

少侠却忽然回头，冲他粲然一笑："谢谢你，芦花鸡，哦不，卢大哥！"

斜阳照水，暖风微醺，湖面荡起阵阵涟漪，小舟停在水上迟迟未动。

撑船的是位老人，上了些年纪，脸上的皱纹写满了岁月风霜。他靠着船桨微眯着双眸，像是睡着了。

这是小镜湖上唯一的船夫，每年发配到惊蛰楼的学子全靠他送过去。

徐徐清风中，一个俊俏的少年坐在舟头，乌发高束，水蓝色的发带飞扬着，正伸长脖子张望着远方，焦急等待着。

这俊俏少年不是别人，正是今日前去惊蛰楼报到的辛鹤，她遥望远处，心中只嘀咕着，那位跟她一起发配的仁兄怎么还未来？

今日拿着名册找到老船夫时她才知晓，原来竟还有一个人跟她一起去那惊蛰楼。

这可真是奇了怪，按照卢大哥的说法，新生中只有她一人被发配了，那这个跟她一同前去的，是书院中原本的弟子吗？那不用多想，肯定是不学无术，顽劣不堪，犯了事受罚的！

辛鹤打定主意要在惊蛰楼好好表现，做个乖顺弟子，早日考出来，对这等顽劣差生自然是要避而远之、免受牵累的。除了今日同乘一船的缘分外，日后与他的接触能少则少，她一定要做惊蛰楼里最"出淤泥而不染"的那一个。

辛鹤一边想着，一边不由摸到腰间的一只香囊，她指尖微动，低下头，捧起香囊嗅了嗅。

香囊里面装着几块小小的茶饼，都是小越哥哥送给她的。她把它从琅岐岛上带了出来，放在身边一刻不离，每当想念洞室中那道身影时，她就会捧起香囊轻轻闻一闻，那股清冽的茶香萦绕鼻尖，仿佛小越哥哥就站在她眼前一般。

"不知道小越哥哥现下在做什么呢？"

辛鹤有些出了神，一颗心正不知飞往何方时，远处忽然传来了动静。她抬起头，放下香囊遥遥望去，目光一亮——

那人来了！

等等，来的不是一个人，而是一群人！

好家伙，这阵势简直闻所未闻，乌泱泱一片男男女女，浩浩荡荡地簇拥着中间的一人，个个面带不舍，气氛悲壮动人，不知道的还以为在送英雄将军上战场呢！

“遥哥，你在那边一定要照顾好自己啊，兄弟们都在这儿等你回来！”

“遥哥，这伤药你拿好，是我外公花大价钱托人弄到的，对你身上的鞭伤最管用了，你记得早晚都要涂抹啊，保准没几天就好利索了，一点儿疤痕都不会留下！”

“遥哥，你放心吧，在那里该吃就吃，该喝就喝，别担心我们，我们都会见机行事的，绝不会再落到那鲁老头手里！”

……

辛鹤在舟头慢慢站起，眼睛越瞪越大，不敢置信地看着长空下这一幕，这、这……这是什么情况？

②小镜湖初遇

春风拂过一众学子的衣袂发丝，七嘴八舌的不舍送别中，女弟子们相较之下要含蓄一些，只跟在旁边泪光闪动，嘤嘤道：“遥哥，我们等你，你一定要早日回来啊……”

“我们等你，遥哥！”一群世家小姐哭得双眼通红。

姬宛禾站在中间都有些不知所措了，她眉梢一挑，随手往骆青遥肩头一捶：“老遥，行啊，红粉佳人遍地跑……”

“哎哟宛姐，可别打趣我了，这伤还没好全呢，你下手轻点儿！”骆青遥按住肩头，故作夸张。

这副无赖模样反将姬宛禾逗笑了，她叹道：“老遥，保重啊，进了那魔窟可就要自求多福了。”末了，她凑近一步，将一物塞进了骆青遥手心，压低声道，“这是信号弹，如果真遇到什么事儿就朝天而鸣，我们收到信儿，不管刀山火海都会赶来救你的！”

“要不要这么夸张？”骆青遥有些哭笑不得，又颇觉感动暖心，掂量着手中那物打趣道，“那惊蛰楼有那么可怕吗？还真能把小爷吃了不成？”

“没跟你开玩笑，收好吧，那里天高皇帝远，不在咱们的势力范围内，都是些魑魅魍魉、牛鬼蛇神，没人会给你面子的，你当真要多个心眼才是。”

看着姬宛禾关切的眼神，骆青遥张张嘴，想告诉她些什么，却终究什么也没说。

如果让姬宛禾知道，他如今不仅身上带伤，还叫鲁行章那阴险的家伙封住了穴道，一点儿内力都使不出来，武功暂时尽失，相当于一个废人了，她该急成什么样儿？

耳边仿佛又回荡起鲁行章单独传见他时，对他说的那番话：“在那里不要惹事，好好念书，不要仗着武力欺人，收起你一身戾气，静心思过，早日悔改，听明白了吗？”

他在来惊蛰楼之前去见了鲁行章一面，原本以为只是听他啰嗦几句，哪知离开时，鲁行章在他肩头重重拍了两下，他当时还没察觉出不对，只是走路有点儿发软无力，等到了晚上时，已经一丁点儿内力都使不出了，他这才发现自己的穴道竟然被封住了！

再回想鲁行章那番话，他才陡然明白过来其中的深意。“不要仗着武力欺人，收起你一身戾气，静心思过，早日悔改”，这该死的鲁判官真是太阴险了，竟然把他一身武功都封住了，这是存心让他在惊蛰楼里任人宰割啊！

可事已至此，他只能生生受了，说出来也只是让宛姐和兄弟们徒增担心，还不如自己随机应变，多做几手准备。

想到这儿，骆青遥将手里的信号弹往袖中一收，对姬宛禾笑道：“你放心，小爷是那么好欺负的吗？”他凑近她，拍了拍胸口，狡黠眨眼，“再说，我也带了秘密武器呢，谁敢惹我，谁就是找死！”

姬宛禾长睫一颤，正想问是什么秘密武器时，骆青遥已经向众人挥挥手，高声道：“好了，别送了，大家都回去吧。我没事的，那鲁判官还搞不倒小爷呢！”

这熟悉的声音一出来，站在舟头的辛鹤便呼吸一窒，敢情这是那日大考时闹事的家伙？

难怪了，看这架势，简直就是书院一霸啊。惹不得惹不得，她可千万要离得远远的，莫跟这“混世魔王”沾上一点儿关系，不然就休想出惊蛰楼了！

正胡思乱想间，骆青遥已经跃上了船，向众人挥手告别。辛鹤被颠得身子一颤，赶忙往后退了数步，远远挪到了船的另一头。

岸上，姬宛禾挥手喊道：“老遥，保重啊，我会想法子去看你的！”

“别看了，小爷思个过而已，很快就会出来了。又不是去坐牢，你们用得着一个个愁眉苦脸吗？”骆青遥不羁一笑，衣袂飞扬，他似乎又想起了什么，高声道，“对了，这件事不要让小陶子知道了，让他好好休养，谁都不许跟他说，听见了吗？”

岸上一众兄弟点点头，不少人都红了眼眶。姬宛禾的眼角也泛起波光，却在心中暗自摇头，喃喃道：“那呆木头聪明得很呢，这般大的事情，你还以为真能瞒住他吗？”

风掠长空，水面波光粼粼，老船夫不紧不慢地划着桨，小舟晃晃悠悠，向着惊蛰楼而去。

“小兄弟，你干吗躲那么远啊，你怎么了？”上船后，骆青遥挑起眼角，很快就发现了船上另一位少年的怪异，有心想同他说话，他却躲得远远的，一副全神戒备的模样。

“你就是今年那个新生，叫辛鹤对吧？咱俩也算有缘，一同去那惊蛰楼，相互间也有个照应了。初次见面，我叫骆青遥……诶，你别往后退了啊，小心点儿，再退就要掉下船了！”

骆青遥往前走一步，那满眼戒备的少年便往后退一步。船上的场景一时诡异又滑稽，弄得骆青遥好生奇怪。他还想再开口时，却有什么在脑海中一闪而过，他茅塞顿开，难道……这新生在怕他？

对，一定是这样！骆青遥越想越肯定。他是知道书院那不成文的老规矩的，这少年倒霉，受累于姓氏，初来乍到就稀里糊涂地被分到了惊蛰楼，人肯定还是蒙的，又加上对他不了解，定是将他当作了十恶不赦之辈，会害怕也是理所当然的。

想到这儿，骆青遥不由暗自发笑，咳嗽两声，装模作样地又走近几步。

那少年果然跟着往后退，像只全身绷紧弦的猫儿。

骆青遥忍俊不禁，一时间，少年心性上来了，眼珠子一转，起了促狭之心。

“喂！”他猛然上前，冷不丁伸出手，一把揪住了那张俊秀白皙的脸，将那人吓了一跳，“新来的，你是在怕我吗？”

辛鹤猝不及防被人揪住了脸颊，瞬间涨红了脸，心里喊道，怕你个鬼啊，怕你连累我才是！

“不要碰我！”她终于说出了自骆青遥上船后的第一句话。

揪在脸上的手却未松开，眼前人露出一口大白牙，笑得无赖：“就碰你，就碰你，谁让你哑巴了似的，一句话也不说？”

辛鹤恼极，抬脚去踩。骆青遥却敏捷躲开，笑得更欢了：“哟，还会咬人呢！”

他躲了几下后不再玩闹，松了手，见好就收：“行了行了，不逗你了，其实我不是你想得……”刚准备解释清楚，辛鹤已经一声叫道：“我的香囊！”

两人纠缠间衣服不知怎么扯在了一起，辛鹤腰间的那个香囊被骆青遥缠了过去，丝线扭作一团，一时间竟解也解不开。

“你快松开，把我的香囊还给我！”

“我没想拿你香囊，是它自己要缠住我的，能怪我吗？我这不正在解吗？”

“解就解，干吗动手动脚，别碰我！”

“我哪里动手动脚了？你怎么跟个姑娘似的？”

“谁、谁跟姑娘似的了？明明是你不要脸！”

“我怎么就不要脸了？”

……

两人闹得不可开交，那香囊的丝线也越缠越乱，俨然成了一个死结。辛鹤咬咬牙，手下发力，使劲一拽，“刺啦”几声，骆青遥的衣角被撕烂了。

他脸色大变：“你要不要这么狠，衣服都叫你撕烂了！”

辛鹤才不管这么多，一把拽过香囊，还来不及高兴，就有什么东西瞬间飞了出去，划过半空，“扑通”一声掉在了水中……

“茶饼，我的茶饼！”一声惊呼，辛鹤瞳孔骤缩，对着水面险些扑了出去，一张脸彻底煞白。

那茶饼浮在水面上，随风慢慢化开，空中弥漫起似有若无的茶香。

骆青遥在一边抓着烂掉的衣角，伸长脖子望向那湖面，颇有点儿幸灾乐祸：“哟，稀奇啊，你这香囊里装的是茶饼啊？你也真是个奇人了，别人装花装香料，你居然装茶饼……”

“你这个混球！”辛鹤怒极回头，一声吼道，“你还我的茶饼来！”

“那你还赔我的衣服来呢！”骆青遥也吼了回去，“什么了不起的茶啊，我赔你便是了！”

“你赔得起吗！”

“怎么赔不起了？千金一两的茶小爷都喝过，还会赔不起你这区区一块茶饼吗？”

“你懂什么？这不是普通的茶饼，这是、这是……总之你把自己卖掉了都赔不起！”

吵吵嚷嚷间，小舟已经快要靠岸，老船夫面无表情地划着桨，丝毫不受影响。

骆青遥被吵得心烦意乱，一把推开辛鹤，就想跳上岸：“懒得跟你这家伙纠缠了，脑子有毛病，掉了块茶饼跟掉了块肉似的……”

他才要跳上岸，就被身后恼怒至极的辛鹤狠狠一脚踹在了屁股上：“你这个混球，下去陪我的茶饼吧！”骆青遥毫无防备，直接被一脚踹进了湖中！“扑通”一声，水花四溅。

辛鹤一个跨步，从舟头跳上了岸，冲水中的骆青遥呸道：“我去报到了，你慢慢扑腾吧，喝饱了水再上来！”

骆青遥身上的鞭伤还未好全，给湖水这么一泡，疼得龇牙咧嘴。他在水里气急败坏地冲岸上那道越走越远的身影挥舞着拳头：“死鸟人，你给我等着，小爷记住你了！”

③喻剪夏

“无赖、王八蛋、臭青瓜，遇到你就一路倒霉，没有一件好事情，太晦气了！”辛鹤一边走在长长的小道上，一边在心中将骆青遥咒骂了一百遍。这家伙人模狗样的，却是个十足的混球，就像她在琅岐岛上吃过的一种青瓜，外头光鲜亮丽，里头却臭不可闻。所谓金玉其外，败絮其中，这家伙就跟那青瓜一模一样，谁碰谁倒胃口！

辛鹤越想越气，骂着骂着忽然听到一阵隐隐约约的嬉闹之声，她一抬头，正看见三个斗大的字——惊蛰楼。

说是楼，其实更像一座小小的山庄，亭台水榭样样不少，只是没有宫学前院那般宏伟壮丽。

三月春日，微风徐来，辛鹤只觉心旷神怡。然而这份好心情在循声踏入庭院的一瞬间，消失得无影无踪。

长空下，辛鹤几乎不敢相信眼前的一切——偌大的庭院中一派混乱，古琴散落一地，书卷狼藉。

这显然是一堂乐理课，可上课的主儿们却分散四方，不是围在一块斗蛐蛐儿，就是投壶行酒令，或是高声抛掷着骰子，个个赌得满脸涨红，兴致高昂，更有甚者，居然凑在一起玩“赛猪”！

对的，正是赛猪，一帮家伙不知道从哪里弄来的幼猪仔，粉粉嫩嫩的。划了数条道儿，分好起始点，每人守着一只，谁的先到达终点，谁就能拿走所有赌金。辛鹤看得目瞪口呆！

要不要玩得这么稀奇？这哪里像个读书的地方啊？卢大哥诚不欺她！

惊蛰楼，惊蛰楼，十足就是一座百虫园！

辛鹤按捺下所有翻腾的情绪，深吸一口气，不管怎么样，既来之则安之，左右先报了名再说。

她一步步走入混乱的庭院中，硬着头皮上前道：“同学，请问贤师堂在哪儿……”

“去去去，滚一边儿去，没见我的威武大将军鏖战正酣吗！”

辛鹤：“……”

她扭头张望，另寻目标，又继续上前问道：“同学，请问贤师堂……”

“不知道不知道，快快快，轮到谁了，快扔啊！老子今儿个非把昨天输的连本带利都赢回来！”

辛鹤：“……”

好吧，她再寻目标：“同学，请问……”

这一回，索性连个“滚”字都没有了，回应辛鹤的只有一张醉醺醺的大红脸和一个深深的酒嗝，她差点儿被熏得人事不知。

正欲拔腿走人时，衣袖却被那酒鬼扯住了：“这个小倌儿好清秀啊，怎么从前没见过？来，过来陪我喝酒……”

拳头骤然捏紧，辛鹤强忍住揍人的冲动，挣开那酒鬼，疾走数步，不住深吸着气。

不要紧不要紧，千万不可动怒，不能与这些“虫子”起正面冲突，她必须好好表现，必须早日离开这个鬼地方，就当进来渡一场劫，不就是些魑魅魍魉、牛鬼蛇神吗，有什么过不去的？

正这样拼命安慰着自己时，辛鹤一抬头，眼皮子抽了抽……她想，她可能找到了这堂乐理课“失踪”的老师。

枝繁叶茂的树上，一位长发披散的年轻少傅斜斜靠着抱琴而睡，广袖飞扬，脖子上还挂了个牌子，上书两行龙飞凤舞的大字：阳春烟景正好眠，勤加练曲莫等闲。

直白了说就是：这春光好着呢，老子要舒舒服服睡觉了，你们这帮兔崽子给我勤快点儿练曲，别浪费时间！

辛鹤盯着那牌子望了半晌，又回头看了眼凌乱一地的古琴，脑袋忽然有点儿隐隐作痛起来。惊蛰楼里的老师都这么狂放不羁、荒谬独行的吗？

正为自己的未来感到忧心忡忡时，不远处却传来一阵缥缈琴声，她转过头，双眼一亮。春风里，小桥旁，梨花树下，一位少女端然而坐，她丝毫未受外界干扰，正独自抚琴，侧影清美如画，宛如一株水光潋滟的雪莲。

辛鹤一时看呆了，不由自主地慢慢上前。这种鬼地方居然还有这般人物？这样清丽脱俗的姑娘怎么会进惊蛰楼呢？

她不知不觉就走到了少女身旁，喃喃道：“真好听。”

少女长睫一颤，微微抬眸，对上她的目光后露出清浅一笑。

霎时间，辛鹤的心神都迷醉了，站在树下再不敢出声，唯恐惊了这仙乐。

尽管周遭依旧声色犬马不息，乌烟瘴气，一片闹哄哄的，辛鹤的一颗心却已因少女的琴声彻底安静下来，所有躁动都被抚平，就如夏日的一杯清茶，甘洌澄净、润泽无声。

春风拂过少女的乌发、裙角，漫天梨花悠悠落下，古琴散发着淡淡的檀香，花瓣落在琴身的一角，长阳映照下，那里竟刻着三个娟秀的小字——喻剪夏。

辛鹤心念一动，微扬了唇角。

一曲完毕，辛鹤拊掌而叹。少女抬头望向她，两人目光相接，明明初次相逢却如故人相见。

抚琴之人，听曲之客，梨花树下萦绕着一股知音之感，不胜妙哉。

辛鹤上前一步，弯了腰，粲然一笑，轻轻道："剪夏罗？"

见少女目光一动，辛鹤含笑接着道："很甘洌的一味草药，可以清热除湿、泻火解毒，多谢你方才的一曲，可算是替我'解了毒'。我该叫你一声……师姐吧？"

少女微微一愣。

辛鹤站直身，大大方方地向她一拱手，水蓝色的发带在风中飞扬着，她朗声道："我是今年入学的新生，不辞辛劳的辛，闲云野鹤的鹤。辛鹤见过剪夏师姐。"

湖水波光粼粼，长空下似一面皎皎明镜，春风掠过四野，柳絮纷飞，花香怡然，天地间一片静谧安宁。

岸边的小树林里，骆青遥一边换着湿漉漉的衣裳，一边骂骂咧咧道："死鸟人、娘娘腔、脑子被驴踢了的家伙，小爷绝不放过你！"

他一边骂着一边打了个喷嚏，又从随身带的行李中拿了双长靴出来，好一阵折腾后，总算从头到脚干干净净，全身都爽利了。

他摸向胸口，暗松了口气，还好他的秘密武器跟宛姐送的信号弹都密封得严实，没怎么浸到水，否则这两样宝贝毁了，他非得扒掉那死鸟人一身皮不可！

"辛鹤是吧，你给小爷等着，咱们来日方长，惊蛰楼里慢慢玩！"

浮云缱绻，庭院的梨花树下，少女抱着琴，提起一旁的药箱背在肩头，转过身对辛鹤温柔地说："我这便带你去贤师堂找这里的太傅报到，你跟着我便是。"

辛鹤看着那药箱，有些惊奇："剪夏师姐还会医术？"

少女笑了笑，没有说话。

辛鹤福至心灵，顿悟过来，一拍脑门儿："师姐见笑，是我问了个傻问题。"

会医术当然不足为奇了，不然怎么会叫喻剪夏这样的名字呢？

两人这便准备往贤师堂去，院中却有不少目光隐隐投来，辛鹤敏锐地察觉到周遭变化，余光一一扫去，却见许多人不约而同地停下了手中之事，甚至有人慢慢站了起来，眸中带着说不出的深意。

辛鹤不动声色，只紧随少女身后，为她挡住那些不善的目光。

“多谢剪夏师姐带路。”她开口道谢，有意打破院中这份微妙气氛。前方却有几人迎面而来，衣袍带风，似乎来者不善。

为首者乃一个紫衣华贵的少年，五官生得很是俊美，气质却颇为倨傲，一派盛气凌人之状，瞧一眼便知不是个好相处的。

辛鹤低下头，正想跟喻剪夏避开这几人，那紫衣少年却迎面撞来，故意擦向喻剪夏的肩头，还重重“哼”了一声。

纤秀的喻剪夏踉跄了一下，肩上的药箱应声落地，里面的东西倾洒而出。

辛鹤脸色一变，还不待开口时，耳边已响起那紫衣少年讥诮的声音：“‘毒娘子’好生厉害啊，这么快就勾搭上新来的小师弟了，嗯？”

院里无数目光齐齐射来，均带着些幸灾乐祸的意味。

那紫衣少年唇边的冷笑更甚：“真是有意思，也不怕人家知道你的真面目，被活活吓死吗？”

喻剪夏身影单薄地站在风中，长发飞扬，一声未吭，只是垂下眉眼，想要拾起地上散乱的东西。那紫衣少年却一脚踩上了其中一本古籍。

“愈白首之术？”他陡然拔高了声调，语气古怪而尖锐，“你居然还敢钻研这些东西？”

满院子的人刷刷站起，伸长了脖子望来。辛鹤也不由往地上瞧去，那是一本散开的医书，紫衣少年踩着的一页上隐约露出“少白首”几个大字，旁边还用隽秀的蝇头小楷做了许多笔记，风卷过书页，发出簌簌清响。

辛鹤快速一瞥，一目十行，心中默念道：“肝藏血，发为血之余，血亏则发枯，性情急躁，忧愁黯然，伤阴耗血者，易少年白首……”

她正暗自琢磨间，那紫衣少年已经冷声喝道：“阿朔都说了，就算他少白头，又关你什么事？用得着你来替他想法子医治吗？”

跟在紫衣少年身旁的几人也连连附和道：“是啊，少主的脾气难道你都忘了吗？竟还敢再犯，不怕医书再被少主撕一次吗？”

长阳下，少女脸色大变，似乎想要拾起地上那本医书，却被那紫衣少年抢先一步，他脚尖一勾，将那本医书一把捞在了手中：“这回不用惊动阿朔，我来撕！”

“不，不要！”喻剪夏大声道，她脸色苍白，伸手想要将医书夺回来，“不要撕掉我的医书，还给我……”

辛鹤一惊：“剪夏师姐！”

她正欲上前相助，脚步却顿了顿，心中刹那犹疑，自己才第一天来这里，就要掀起风浪吗？得罪了这里的“地头蛇”，往后的日子还怎么过呢？到时还能通过芒种之考，重回书院吗？内心正天人交战之际，耳边却又传来喻剪夏柔弱而慌乱的声音：“不要，把医书还给我……”

那紫衣少年拂袖一推，满脸不耐：“喻剪夏，你别不识好歹，我撕了这玩意儿，总比让阿朔知道好吧？你难道还想看他发火吗？”

喻剪夏被推得往后一退，辛鹤赶忙伸手将她扶住，却瞧见她眼角已泛起波光。这犹如针尖扎心，让辛鹤再忍不住，血气翻涌间，她狠狠瞪向那紫衣少年，怒不可遏：“简直欺人太甚，不管了，今日我说什么也得收拾收拾你们这群虫子！”她大有一番豁出去的架势，袖中五指成拳。

正蓄势待发之际，一只手陡然自半空伸出，抓住了那紫衣少年正要撕书的手：“兄弟，这么欺负一个姑娘家，不太好吧？”

紫衣少年吃疼不已：“谁？”他霍然扭头，眼前是一张笑嘻嘻的少年面孔，俊眉星目，满口白牙，从头到脚意气风发，阳光下好不耀眼。

紫衣少年愣住了，目光变幻不定，仿佛想到什么：“你、你是……骆青遥？！”

站在他身后的辛鹤也脸色一变，对着那张笑意无赖的少年面孔，脱口而出：“臭青瓜！”

④裴门少主

“骆青遥”三字一出，院落里许多人便变了神色，纷纷交头接耳、窃窃议论起来。

“原来小爷在你们这儿挺有名啊？”骆青遥左右望了望，语带调笑，手下一用力，便从那紫衣少年手中轻巧地抽出那本医书。

他径直往旁边一抛，对着愣住的喻剪夏粲然一笑：“接着。”

他虽被鲁行章封住了穴道，内力全无，但招式尚在，少年郎的一身力气也不算小，简单几个动作倒也能唬一唬人。

那紫衣少年的手骨被扭得吃疼不已，挣扎而出，后退两步，气急败坏道：“骆青遥，这件事与你何干？你在这儿出什么风头？一来就想立威吗？”

之前追随他的几人也围了上来，瞪视着骆青遥，愤愤道：“就是，还以为自己到了哪里都是老大吗？这儿可不是前院，脚下踩的不是你的地盘，你莫要太嚣张！”

对惊蛰楼而言，小镜湖的那一边，外人口中的正统官学就是前院，而他们这里是一处不受管束的自在天地。

一直以来，两个地方都是势同水火、相看两厌，彼此均瞧不上的。

一方以正统自居，认为惊蛰楼是一处混天混地的魔窟，里面都是些不学无术的二流子，纨绔扎堆，丢尽官学子弟的脸面，根本配不上腰间那块官学令牌。

另一方却乐得逍遥，随心所欲，还鄙视前院那些循规蹈矩的名门子弟，将他们讽刺为“死书呆子”，笑他们身上都带着一股迂腐气儿，活得安分守己、庸庸碌碌，枉到人世走一遭。

不是一路人，不唱一台戏，以小镜湖为楚汉河界，各自敌视。

如今前院备受拥戴的“遥哥”被罚到了惊蛰楼里，就像一只白老鼠掉进了黑老鼠窝，会落得什么下场可想而知了，所以姬宛禾与骆青遥的一帮兄弟才会那样担心。

骆青遥显然也明了自己的处境，对着周围投来的目光扬唇一笑：“不用抬举我了，我既没想过出风头，也没想过要立威，脚下这块地盘谁稀罕谁拿去，我只是见不得一群爷们儿围在一起欺负一个小女子。这种事在你们口中所谓的前院那里是绝对不会发生的，我却没想到一来到这里就大开眼界，不得不叹一句，惊蛰楼果然名不虚传啊！”

冷嘲热讽的一番话就如火辣辣的耳光打在了院中众人脸上，讽得像是惊蛰楼里没有一个是“大丈夫”，专干欺负女人弱小的无耻行径。

那紫衣少年听了尤为恼怒：“你懂什么？她是一般的姑娘吗？我们惊蛰楼上下就只有这一个女人，你以为她当初是怎么进来的？”

话一出，辛鹤明显感觉到身旁的少女肩头微微一颤，她余光瞥向那张苍白秀美的面容，只见少女薄薄的双唇紧抿着，单薄纤秀的背脊挺立在风中，透着一股说不出的伶仃倔强，心中一时又是好奇，又觉怜惜。

“我管人家是怎么进来的？总之围着一个姑娘家欺负，也亏你们……”骆青遥话还未说完，一声长笑已由远至近传来，那把嗓音妩媚慵懒，带着一股儿戏腔，听得人骨头都酥软了。

“青遥师弟当真是一身正气，无怪乎在前院名声赫赫，才刚来惊蛰楼便这般怜香惜玉，我若是个姑娘家，只怕也会为君倾倒。”

紫衣少年目光一亮，回头喊道：“萧然！”

骆青遥顺着众人视线望去，只见两道颀长身影逆着阳光走来。待近些时，骆青遥才瞧清那两人模样——

走在稍前头的那个正是开口之人，他手持一把花色闪闪的羽毛扇，雪肤墨发，水袖拂动间露出一截白嫩得扎眼的手腕，纤腰盈盈一握，丝带飘飘间步履悠然，唇边的一抹笑更是妩媚撩人，这般模样身段，不像个官学子弟，倒更似个戏台上的俏花旦。

但即便有这等尤物在侧，他身旁那人也依旧无法令人忽视，甚至愈加夺目。

只因未见其人，先察其发。

那是真真正正的一头白发，清寒若雪，未有一丝墨色，衬得那张本就冷峻的面孔更多了几分肃杀之意。那瘦削的背脊挺立风中，就如劈开天地的一把刀，令日月无光，凡人不可逼视。

“阿朔！”紫衣少年衣袂翻飞，奔至两人身旁，叫得亲热。

院中不少人也凑上前去，纷纷喊道：“少主。”言语间颇为恭敬。

然而那白发少年却连眼皮子都未掀一下，依然冷如冰霜。倒是他身边那道妩媚丽影摇着流光溢彩的羽扇，在那紫衣少年脸上轻轻一拂，笑吟吟道：“六郎，你又不听话了？”嗓音柔柔媚媚的，仿佛能挠到人心底去。

紫衣少年微嘟了嘴，哼了一声：“哪里，这回可不是我闯祸，明明是这个新来的家伙耍风头，偏要跟我抢那本医书。你看，他把我的手腕都扭红了呢！”

气呼呼的话语中带了几丝撒娇的意味，衬得紫衣少年那张色如皎月的俊美脸庞越发可喜，端得一个人间富贵小公子，任谁都想疼一疼。

那风流婉转的男子随意瞥了一眼，却只是拂了拂羽扇，轻飘飘地笑了声："也不怎么红嘛，你这么大的人了还怕疼，羞也不羞？"

他说出的每个字都带着一股戏腔，好听又撩人，却让紫衣少年不乐意了，他一跺脚，像极了没讨着糖吃的孩童："萧然你偏心！阿朔受伤时你可不是这么说的！"

"呵。"羽扇一拂，那妩媚男子又轻轻笑了声，"你跟他比？你拿过刀吗？你见过血吗？你杀过猪还是杀过人啊？六郎，你也能跟阿朔比？"

紫衣少年被这柔柔媚媚的一串发问呛住了，霎时间无言以对，一张脸更加气呼呼了，鼓得跟个小包子似的。他伸手就去扯那白发少年的衣袖，委屈不已地说："阿朔，你看萧然，你看看他，他、他又……"

白发少年却一脸冷峻，理也不理他，只径直打断道："什么医书？"

他们三人站在长空下，明明一者冷峻，一者清媚，一者富贵稚气，画风迥然不同，却莫名和谐相融，仿佛互为镶嵌的美玉，彼此不可分割。

骆青遥望着眼前比肩而立的三人，脑中第一个冒出的词便是"惊蛰三绝"。

"原来是这三个家伙……"他喃喃着，心中有了思量。

即便从未踏足过惊蛰楼，也该听过"惊蛰三绝"的名头，就如同他们听过前院里"遥哥"的名号一般。

所谓"惊蛰三绝"，乃绝杀、绝艳、绝势。

绝杀裴云朔，皇城中最大的镖局裴门镖局的少当家，年少白头，为人冷言寡语，性情孤僻，却有一身极高的武功，一柄铁钩见血封喉。传闻他曾为家中运过几趟镖，亲手宰杀过几个蟊贼，满身江湖肃杀之气，在宫学中素来独来独往，无人敢惹，后来因与同窗私下比武犯事，进了惊蛰楼，成为这里的一方"霸主"。人人皆俯首听命于他，还按着镖局的叫法尊称他一声"少主"。

绝艳萧然，男生女相，雌雄莫辨，据说是个戏痴，一把嗓子连皇城中的名角儿都赶不上。他母亲乃汝阳公的小妾，曾经也是淮扬一带的绝色舞姬，不料早早离世，留下萧然独自长大。因喜好唱戏，他被家中骂作戏子，说他是下九流的玩意儿，斥他辱没了家风，平日都不怎么管他，任他如杂草般自生自灭。

绝势岑子婴，当今皇上的小舅子，可以说是惊蛰楼中权势地位最高的人了。他上头有五个姐姐，三个都嫁入了宫，民间一直传唱着"岑家飞出三只金凤凰"的歌谣。他是家中唯一的男丁，从小就在呵护备至、众星捧月中长大，性情飞扬跋扈，连皇上有时候都得哄着他，叫他"六郎，六郎"。当然也不是人人都能这般唤他，不长眼的人若是这样喊了他，他只怕会一脚踹过去，管对方是何来头，总之他上头有三个贵妃姐姐庇佑着，何曾怕过谁？

裴云朔、萧然、岑子婴，这身份背景、性情喜好截然不同的三人，偏生在惊蛰楼里撞上了，不知怎么成了好兄弟，成日混在一块儿，得了个“惊蛰三绝”的名头，响亮到都传到了小镜湖那一头的宫学里。

所谓“百闻不如一见”，骆青遥今日可算见到真人了，不动声色地打量间，他心中暗自活络起来。耳边忽然传来冷冷的一声——

“拿过来。”

一头白发在风中如雪飞扬，冷峻的少年望着那紧抱医书的少女，每一个字都带着不容抗拒的威慑感：“将医书拿给我。”

他旁边的岑子婴一只手叉腰，一只手指着脸色发白的喻剪夏，神气活现道：“我就说了阿朔会生气吧，让你不要捣鼓这些东西了，偏不听，这下好了，又要被撕掉一本书了，你说你何苦呢？”

“拿过来！”白发少年又冷喝了声，当真动了怒。

长空下，喻剪夏抱紧怀中的医书摇了摇头，向后退了两步，眸中已有泪光闪烁。

她终是艰涩地喊出了声：“哥哥。”

无数目光的注视下，她像片在风雨飘摇中的浮萍，苦苦哀求着：“不要，哥哥，求求你，我只是想医好你……”

这声“哥哥”犹如惊雷划过辛鹤耳边，她骤然扭过头，瞪大了眼，一脸难以置信。

哥哥？什么哥哥？等等，难道说……剪夏师姐竟是这白毛“地头蛇”的妹妹？！

这真让她震惊到无以复加，脑中瞬间乱成了一团，既然剪夏师姐是那白毛的妹妹，怎么还会被这里的人欺负呢？而且她明明是想治好那白毛，为什么白毛反而要生气？这一切究竟是怎么回事？

霎时间，无数疑惑涌进脑海中，辛鹤看得云里雾里，只觉这惊蛰楼中当真处处古怪，让人捉摸不透，怎么想都想不明白。

“要是‘芦花鸡’在这里就好了，一定能将个中弯弯绕绕解说得详详细细……”从没有一刻，辛鹤这般想念那只热情洋溢的“芦花鸡”。

“别叫我哥哥。”长风掠过梨花树，漫天花瓣纷飞，那头白发散发着清寒之气，攫住少女的双眸，裴云朔一字一句道，“将医书拿来。我再说最后一遍，我与你毫无瓜葛，不需要你来医治我，你趁早滚出惊蛰楼，我一眼都不想瞧见你。”

“听见了没？喻剪夏，要不要脸啊？谁是你哥哥？”岑子婴也跟着嚷道，“你能在裴门镖局住下已经是阿朔他爹发了善心，难道还不知足吗？成天跟在阿朔身后有意思吗？你知不知道自己很讨人……”

“不要说了，六郎。”白发少年冷冷打断道，“这里没你的事。”

岑子婴俊美的小脸又鼓成了个包子，他面有不甘地哼了哼，却到底什么也没再说，只听话地退到了白头少年身后。

“拿过来，听见了吗？”冷冰冰的声音并不大，却令院中众人都感觉一阵寒气从脚底蹿起，个个噤若寒蝉，连眼睛都不敢眨一下了。

抱紧医书的少女双目含泪，对上那头肃杀白发，身子微微颤抖着，却依旧是摇了摇头，苦求道："哥……就算、就算一定要拿走，可不可以晚一点儿？多给我一晚上，再多给我一晚上就好，我……"

"拿过来！"

院中众人齐齐哆嗦了下。

少女脸色煞白，呼吸急促，白皙纤秀的一双手却依旧紧紧抱住了怀中的医书，似乎那于她是比性命还要重要的东西。

便在那道冷峻身影就要上前之际，一只手冷不丁自半空伸了出来，拦在了他身前——

"用不着逼到这个地步吧？"骆青遥抬起头，俊逸的一张脸望向白发少年，露齿一笑，"裴少主。"

⑤王不见王

几片梨花悠悠落下，拂过两个少年的肩头，四目相对间，似有惊雷鸣动。

院中一片冷气倒吸之声，气氛一时诡异莫名，一派山雨欲来风满楼之势。

白发少年望着眼前的笑脸，只冷冷吐出两个字："让开。"

骆青遥笑意未减，只轻飘飘回了四个字："不让如何？"

直到这么近距离相对时，他才发现这"冷面绝杀"原来生得并非凶神恶煞，竟然还意外的俊秀，带着一种少年人独有的桀骜野性，英挺的轮廓下，眉目被些许碎发遮掩住，过于冷肃的气质盖住了英俊的五官，呈现出一股与萧然跟岑子婴都截然不同的面貌。

他更像一个"男人"，一个冷峻挺拔、气势锐不可当、令人生畏的"男人"。

骆青遥眼珠子转了一圈后，开始觉得这惊蛰楼有点儿意思了。

但显然，有人并不喜欢他这样充满"冒犯"之意的注视。

"让开。"白发飞扬在风中，令那张冷峻面孔更添肃杀之意。

两人对峙间，暗涛愈发涌动，旁人看得心惊胆战。

骆青遥却依旧伸手拦在半空，唇边带着一丝玩味的笑意："裴少主，不让又如……"

他话还未说完，一柄铁钩已经从袖中探出，猛地架在了他脖子上，随后风中响起一记冷如冰霜的声音："我说让开。"

满场一惊，抱紧医书的少女更是变了神色："哥哥不要！"

所有人中，唯独被铁钩架在脖子上的骆青遥依然面不改色、毫无畏惧。

这副模样落在了后方的辛鹤眼中，叫她不由暗自叹道："这家伙胆子还真大！"无赖归无赖，不愧是书院一霸啊！

她心念一动，悄无声息地往后退了两步。

所有人都将视线放在了那对峙的两人身上，没有人注意到她，于是她径直蹲下了身，捡了几个小石子儿，紧紧攥在了手心中，很快又站了起来，面色如常，像什么也没发生一般。只是一双眼眸定定盯向了前方那柄寒光森森的铁钩，屏气凝神，只待那钩子再往前进一寸，她手中的石子便会立刻飞出，将那铁钩打偏。

飒飒凉风拂过辛鹤的长发，水蓝色的发带飞扬着，衬得她如同初出江湖的俊俏少侠。只是她全神贯注的神情下，心里默念的却是："臭青瓜，我这可不是在帮你，我只是不想看到这帮虫子这么嚣张……"

她正这般想着，耳畔却倏然响起一记柔柔媚媚的声音，带了几分调笑的意味："青遥师弟这是想跟阿朔动手？"

艳光四射的羽毛扇在风中有一下没一下地轻摇着，萧然唇角微扬，慢悠悠地走上前来，如水眼波在两人身上转了转后，又是清浅一笑，开口时带了些许戏腔："青遥师弟在那前院的名头响当当，无人不知，你是那里的王，而阿朔是我们这儿的王。都说王不见王，你们素来各据一方，从未真正交锋过，今日却撞在了一处，我实在很好奇，这一山二虎，究竟谁的爪子更锋利呢？你们若真要比画一场，我们在场之人岂不是都有眼福了？"

他全然一副看戏的样子，轻描淡写的寥寥数语间，却将裴云朔单方面的"拔刀相向"化解成了一场两人之间的"切磋比画"，若真出了什么事，也不会是裴云朔一个人的责任，而是两人比武间的"刀剑无眼"，谁也怪不得谁。

好个王不见王、一山不容二虎，这么轻飘飘的一番话，就将骆青遥"拉下了水"，担了一半责任去，简直让人不得不叹一句——"这家伙好阴啊！"

骆青遥内心"啧"了一声，盯住那张美艳动人的脸庞，只觉笑里藏刀、城府颇深。他过往几乎没怎么和这种人打过交道，委实有些不习惯，相较起来，他那帮兄弟简直傻得可爱。

"对，萧然说得没错！"旁边的岑子婴双眼一亮，忙不迭站了出来，没头没脑地跟着瞎嚷嚷道，"阿朔，给这家伙几分颜色瞧瞧，莫让他以为这里还是他的地盘，由得他在这里称王称霸！"他兴奋不已，一副孩童心性，只想着好玩热闹，根本没想太多。

骆青遥心里冷笑了两声，一只手不易察觉地摸向了胸前："还好小爷也有后招！"

他胸前揣着的正是他同宛姐说的秘密武器——小小的一方盒子里，任谁也想不到装着的会是一只黑不溜秋的虫子，确切地说，是一只百年毒虫。

连心毒，以一公一母两只毒虫所维系，公虫的使命便是誓死保卫母虫，若母虫的宿主受到一分伤害，则公虫的宿主会连心而痛，甚至还要痛楚十倍。简单来说，母为公之主，以连心毒维系的两个人，命运便等同"绑"在了一起，休戚与共，密不可分。

这稀罕玩意儿是一位江湖上的长辈送给骆青遥的。那长辈乃他外婆的一位故友，他唤作"鹿爷爷"。当初收到这对毒虫后，他颇觉新奇，悉心养了一段时日，若不是鲁行章封住了他的内力，他根本想不到拿出来用——既然他没了内力，何不找个有内力的保护自己？

早在来这里之前，他便将那只母的毒虫下在了自己身上，如今他怀中揣着的正是剩下的那只公毒虫，他原本想找个机会下到这里的头儿身上，好保自己周全，却没想到这一头白毛的裴少主竟然主动撞上门来了。

什么王不见王，小爷把这毒虫一下，就跟你一体为王了，看谁还敢动小爷！骆青遥心中暗暗一笑，盯住眼前那张冷峻面孔，不动声色道："裴少主，你当真打算同我比画一场？"

他面上带着笑意，内心却冷冷一哼："白毛怪，有本事就动手，让你尝尝连心毒的滋味！小爷痛一分，你便要痛十分，小爷吐一碗血，你得吐上十碗血，看谁熬得过谁！"

梨花树下，白发少年目光定定，握住那铁钩的手越来越紧。

一直注视着他的喻剪夏惊慌道："哥哥不要！"

风掠庭院，辛鹤屏气凝神，捏紧手心的石子儿，只等那道冷峻身影一有动作便立刻出手。

长空下，骆青遥也按住了胸前装有毒虫的盒子，一双眼眸紧紧盯住那头如雪白发，蓄势待发。

就在一派剑拔弩张之时，众人均将一颗心提到嗓子眼的关键时刻，梨花树上忽然传来一记响亮的喷嚏声。不待所有人回过神来，那树上已经陡然掉了个人下来。

裴云朔抬起头，瞳孔骤缩，将手中铁钩疾速一收。

那人在半空中翻了个身，在漫天纷飞的梨花中堪堪落地，正掉在裴云朔与骆青遥之间！

"是那个在树上睡觉的少傅！"辛鹤心头一跳，看得目瞪口呆。

几记响亮的喷嚏声在院中响起，那人当着所有人的面伸了个大大的懒腰，睡眼惺忪道："比画什么啊比画，都到吃饭的点儿了，还围在这儿干什么？"

他脖子上还挂着那个写有"阳春烟景正好眠，勤加练曲莫等闲"的牌子，整个人衣襟凌乱，长发披散，一张年轻清俊的脸上还露着睡觉的红印子，宽大的袖子在风中飞扬着，从头到脚好不滑稽，瞧着活像个云游四方的野道士，哪有半点儿少傅的模样？

辛鹤的眼睛瞪得更大了，周遭的其他人却毫无反应，一副见怪不怪的样子，只是望向那少傅的眼神有些许无语。

那年轻少傅抓了抓乱糟糟的头发，又打了几个哈欠，懒洋洋地从怀里掏出了一个摇铃，清瘦的手腕在风中一阵猛晃着："下课了下课了，大伙都散了吧，快去吃饭，别跟这儿堵着了……"

"对了，各自把琴收一收，回去记得多加练习。还有，别忘了少傅的琴，记得帮我也收一下，就搁在这树上呢，待会儿来个人爬上去将琴收了，送回我房里去，听见了没……"他一边摇着铃铛，一边哼哼唧唧，身子歪歪斜斜的，好似还没睡醒。

周围无人回应他，只是面面相觑间，均露出了"没得热闹可看了"的失落表情。

那少傅摇了一阵后，又抓了下头发，将眼睛一揉，这才略微清醒过来些。

他望向四周弟子，"咦"了一声，故作惊奇："你们怎么还不走啊？平日里下课溜得比兔子还快，今天是转了性不成？难道想留下来让我做饭给你们吃？"

周遭依旧无人回应他，只是似乎个个都很憋屈、心有不甘，却又忌惮些什么，没法发作，只能勉强忍耐着。

那年轻少傅径直扭过头，看向身旁："裴云朔，你不饿吗？怎么还不去吃饭呢？"

白发少年在风中抿了抿唇，没有说话。

那年轻少傅便接着道："快走吧，别站这儿了，叫上大伙一块儿去吃饭，吃完后记得帮少傅把琴收好，送到房里去，听见了吗？"

他的语气是那样随意，那样理所应当，好像吩咐的不是这惊蛰楼里的一方"霸主"，而只是这院子中一个扫地打杂的小厮。

辛鹤看得眼珠子都要瞪出来了。然而更令她难以置信的是，那个前一刻还用铁钩架在人脖子上，冷若冰霜、杀气凛冽的白发少年，此刻居然在这年轻少傅面前全然没了脾气般，一身的尖刺儿都消失得无影无踪，跟变了个人似的。他只是深深望了一眼那年轻少傅，好半晌，才面无表情地说了一个字："好。"这下，辛鹤的下巴真要掉地上了。

一群人说散就散，风一样快得不可思议。他们跟在那白发少年身后，个个面有不忿，却不敢多说什么。

唯独那一袭紫衣的岑子婴同身旁的萧然咬耳朵："真不知道阿朔吃了什么迷药，为什么总要给这家伙面子？还要咱们跟着一起忍？凭什么啊？咱们赶走的少傅还少吗？这家伙哪儿特殊了，有什么惹不起的？阿朔到底是……"

"六郎，这世上你想不明白的事情还多着呢，若都要刨根问底，寻个究竟，岂不无趣？"萧然低低一笑，羽毛扇从岑子婴脸上轻轻拂过，叫他愈发迷糊了。

"萧然，你每天这样装腔作势地说话，累不累啊？"

"自然没有你轻松，上头五个姐姐哄着护着，拿你当宝贝疙瘩似的，多让人羡慕啊。"

"萧然！你再笑话我试试看！信不信我真跟你翻脸！"

"那我可真是怕死了。"

转眼间，满院子的人走得干干净净，只剩下梨花树下的骆青遥、辛鹤、喻剪夏三人。

站在原地的骆青遥颇有些欲哭无泪，他望着那远去的背影，多想伸手大喊一句："白毛兄别走，小爷的毒虫还没下呢！"错过这样的近身机会，要寻下一次不知要等到何时。

另一边，树下的少女抱着医书松了口气。旁边的辛鹤忙上前道："剪夏师姐，你没事吧？"

少女摇摇头，斜阳中依旧是温柔恬静的模样。辛鹤眉心一动，到底忍不住问道："剪夏师姐，你、你跟那白头发的家伙到底是什么关系啊？你们真的是兄妹吗？"

还不待少女回答，那年轻少傅已霍然转过身来，一脸笑眯眯地道："你们就是今年来的两个新生吧？走，我领你们去贤师堂找祝太傅报到去……"

辛鹤望着那风中凌乱的衣裳和半边脸上仍未消除的红印子，从头到脚写满了"不正经"三个字，她扯扯嘴角，哭笑不得，一时不知该说什么好。

倒是那年轻少傅浑不在意，懒懒把衣领一扯，又将几缕乱发撩到身后，揉了揉脸，咳嗽了声，多少做出了几分为人师长的模样，这才接着笑眯眯道："忘了介绍自己了，我是这儿的老师，叶欢，一叶知秋的叶，寻欢作乐的欢，你们叫我叶少傅就好。"

第三章·难兄难弟

①半夜围攻

冷月朦胧，夜色寂寂，风声飒飒间，树影婆娑，夜晚的惊蛰楼褪去白日的喧嚣，在朦胧月色下竟别有几分清隽秀丽，与波光粼粼的小镜湖彼此依偎，相得益彰，似一对恬静温和的恋人。

然而听着风声敲窗，躺在院舍里的辛鹤却睡不着，她直到此时此刻还不敢相信自己如今面临的悲惨处境——这里居然不是一人一间院舍，而是十几人同宿一间的大通铺!

不是说好的巍巍官学吗，为什么连个像样的院舍都没有？难道是惊蛰楼有意这般设置，为了磨砺受罚进来的弟子，劳其筋骨，苦其心志？可是这样她也太冤枉了吧，好端端的考进来念个书，却要跟这么多男人挤在一间屋子里睡觉，她怎么可能睡得着？

这还不算最要命的地方。最要命的是，挨在她旁边睡的居然就是那只死皮赖脸、躲也躲不过、一遇上就叫她倒霉透顶的臭青瓜!

辛鹤越想越绝望，整个人又往里面挪了挪，尽量离旁边那家伙远远的，一张脸都快贴到那冷冰冰的墙壁上了。

是的，墙壁。这大概是她进到惊蛰楼以来唯一值得庆幸的地方了。她分到的是最里头的一个床位，身旁除了那只青瓜之外，就是一堵墙壁了。

在这难熬的漫漫长夜间，辛鹤心中忽然升起一股清晰的预感，自己接下来的求学日子，恐怕都要贴着这堵墙过了。真不知是该哭还是该笑了。

同辛鹤一样睡不着的还有满脑子活跃异常的骆青遥。

白日里那样一折腾，他此刻毫无睡意，一双眼睛在黑夜中亮闪闪的，转来转去就转到了身边那个离得远远的后脑勺上了。

这家伙要不要这么夸张？用后背对着他也就算了，还挪得那么远，瘦弱的小身板都快跟墙壁融为一体了。

骆青遥心里直发笑，我就那么可怕吗？

他摸了摸下巴，眼珠子一转，想到了白日舟上的一幕幕，又起了促狭之心，暗道："你这只死鸟人，小爷怎么可能让你安心就寝呢？今日让你一脚踹到了水里，这笔账还没跟你算呢！"

他在黑夜中扬起唇角，身子不易察觉地往那个后脑勺挪去，然后伸出一只手，拍了拍那缩在被子中的纤瘦肩头："喂，鸟兄，还没睡吧？"

那个小小的身子猛地弹了一下，如一只惊弓之鸟。

骆青遥一愣，乐得更加厉害了，这家伙也太有趣了吧？

他将脑袋凑上前，语气亲热地道："鸟兄，咱们白日里才同乘一舟，晚上就睡在一块儿了，你说是不是很有缘？"

"离我远点儿！"那贴着墙壁的人低喝一声，似乎难以忍受骆青遥的靠近，"什么鸟兄，谁跟你有缘了？你好好睡你的觉，别来吵我！"

"话可不能这么说啊，咱们如今也算'床友'了，日后还要同窗共读，朝夕相对的，理应互相关照才是，我看你一时也睡不着，不如跟我说说话，交流交流感情怎么样？"

"谁要跟你交流感情了？我们很熟吗？你哪只眼睛看见我睡不着了？你滚开，别再过来了，听不懂人话吗？别碰我被子，把手拿开……"

"多睡睡不就有感情了吗？"骆青遥扯住那被子，厚颜无耻地将整个身子都挨了上去，笑嘻嘻道，"这被子单薄，我一个人睡怪冷的，不如跟你挤一挤，两床被子叠在一起睡，咱俩都暖和一些，你看怎么样？"

"我看你脑袋有毛病！谁想跟你一起睡了！滚远点儿，再发疯就别怪我对你不客气了！"

"哟，你还能怎么对我不客气啊？再一脚把我踹到水里去吗？可惜这里只有暖呼呼的被窝，没有冷冰冰的湖水，你往哪儿踹啊？"

"你！你这个无赖！"咬牙切齿的怒骂声在骆青遥耳畔响起，他几乎都可以想见那张气得通红的脸颊，这可真是太有意思了，这鸟人越是这么气恼，他就越是乐不可支，他就是要想方设法地膈应她，吵得她睡不着才好。

"来嘛来嘛，一起睡吧，别这么小气。"

"你是不是有病？把被子还我，离我远点儿！"

"别激动嘛，鸟兄，一起睡多好啊。"

骆青遥拼命憋着笑，跟那道单薄的身影在黑夜中抢夺起了被子，一只手还得寸进尺地伸了过去，径直摸到了那纤细的腰间。

辛鹤呼吸一窒，陡然瞪大了双眼："你干吗？你往哪儿摸呢，我扭断你的脏手信不信！"

她猛地按住骆青遥不规矩的一只手，骆青遥却在她耳边吹了口热气，散漫不羁地一笑："你想到哪儿去了，我就是好奇你那宝贝茶饼，想摸出来仔细瞧一瞧，看看到底是何方名茶，等从这里出去后，我照着十倍赔给你！"

"赔你个鬼，把你自个儿卖了都赔不起！你少碰我，再动手动脚我真对你不客气了！"

"谁动手动脚了，你怎么跟个姑娘家似的？每回见你都扭扭捏捏的，好像谁对你有非分之想似的，你还是不是个男的啊？"

"你才不是个男的呢！你这只臭青瓜，我就是嫌你脏，嫌你臭，讨厌被你碰到，你稍微挨过来一点儿我都觉得恶心！"

"臭青瓜？"骆青遥眉梢一挑，有些不可思议，长这么大还没被人这么嫌恶过，"你说谁是青瓜呢？还嫌我恶心？我都尚且叫你一声'鸟兄'，没嫌你是个破鸟人呢！"

两人嘴上吵吵闹闹着，手底下也一刻不停，黑暗中抢着那床被子，在这缠斗了数十个回合。

骆青遥虽然内力全无，但招式尚在，他本以为这破鸟人瘦瘦弱弱的，小白脸一个，一定抢不过他，却不料几招过后，居然还让她占了上风，这着实令他大为惊奇。

"这死鸟人看不出来嘛，身子骨都没几两肉，内力居然这么强劲，这家伙到底什么来头啊，打哪边飞来的破鸟儿啊……"

正在胡乱猜想时，黑暗中忽然传来一阵窸窸窣窣的声音，像是四周有人穿上了衣服，轻手轻脚地爬起了床，还不止一个两个，听动静竟像是……四面八方全部起来了！

骆青遥与辛鹤神色一变，两人手下的动作同时顿住，默契非常地竖起耳朵，在黑夜中细细听辨了起来——

那些人屏住呼吸，似乎一点点在向他们这边靠近，一片黑影转眼就围拢成了一圈。

乖乖，这样大的阵仗，不用想也知道是冲着谁来了。

辛鹤斜睨了骆青遥一眼，语气中掩不住的幸灾乐祸："臭青瓜，他们来找你麻烦了，你自求多福吧，我先睡了！"

说着，她趁骆青遥愣神的工夫，将自己的被子一扯，往身上一卷，直接就对着墙壁装睡，一派打定主意不听不闻，不管不顾，及时撇清关系，置身事外的模样。

"喂，破鸟人，你太不仗义了吧！"这撇清关系的速度也太一气呵成了，骆青遥都有些哭笑不得了。眼看着那些黑影越靠越近，他按捺住呼吸，伸手按住那个胸前装有毒虫的盒子，心弦愈来愈紧绷，脑中飞速想着对策。

就在这千钧一发之际，他眼睛一亮，灵机一动想到了什么，忽然一把扣住辛鹤的肩头，将她猛地翻了过来，捏开她的嘴，一股脑儿就将东西喂入了她嘴中。

辛鹤猝不及防，只觉喉头一热，有什么顺着咕噜滑入了腹中，她猛烈咳嗽起来："臭青瓜，你给我吃了什么？"

"连心毒。"

做完这一系列动作，骆青遥也是出了一身虚汗，好在成功了。

"什么连心毒？"

"准确地说，是一只毒虫。"

"什么？"辛鹤脸色大变，身子差点儿就要弹起来，骆青遥却笑得无比愉悦："母虫在我腹中，你这只是个公的，使命就是誓死保卫母虫，也就是说，你从现在开始得不惜一切代价，拼尽所能地保护我，不然就会……"

他话还没说完，一双腿就被人拖下了床，黑暗中有人狠狠啐了一口："前院的老大有什么了不起的，还敢在我们惊蛰楼里放肆，简直就是找死！"

骆青遥身子一闪，堪堪躲过那些人的拳脚。床上的辛鹤也一下坐起，心急如焚地问道："不然什么？"

骆青遥顾不上回答，左闪右躲间，却到底不敌这么多人的"围剿"，混乱中还是狠狠挨了一脚，正好被踹在胸口上，他闷哼一声。

这边他还没怎么着呢，那头床上的辛鹤已经一下捂住胸口，疼痛地倒吸了口冷气，额上登时冒出一层细汗。

"鸟人，你现在懂了吧！小爷身上疼一分，你就会疼十分！"骆青遥在围剿圈中高声喊着，眼见又有无数拳头向他挥来，他急声道，"还不快过来救我！"

辛鹤身上陡然间又"挨"了几拳，疼得眼冒金星了，这下由不得她不相信了。她咬牙切齿着，恨不能碾碎那只青瓜："你这个王八蛋，我真想一刀剁了你！"

骆青遥想也不想地接道："剁了我你也活不成了，别啰嗦了，快来吧，鸟兄！"

门外夜风呼啸，幽静的长廊上有人提着灯盏走近，悄无声息地停在了门外，竟是三道人影。

"听听，里面是不是已经打起来了？"

提灯之人正是一袭紫衣的岑子婴，他凑在门外听着里头的动静，脸上颇为自得："我都吩咐好了，让徐坤他们先打头阵，打不过阿朔再上，总之今夜一定要让这家伙吃点儿苦头，给他一个下马威瞧瞧，不然他还以为自己多厉害，小看了咱们惊蛰楼呢！"

"就为了这个？"一头白发的少年面色冷峻，站在夜风中微微皱眉，"大半夜不睡觉，拉我们过来，就是看这个？"

他旁边的萧然也打了个哈欠，扯了扯身上的纱衣，转着一双慵懒漂亮的眼眸，像条软绵绵的美人蛇："我还以为有什么稀奇事呢，原来这么无趣！六郎，你拖我们出来，就为看这样一出戏，就没点儿新鲜的吗？"

“怎、怎么，你们不想看这家伙吃瘪吗？”岑子婴提着灯手足无措，大感意外。

“他吃不吃瘪，关我何事？”裴云朔冷冷望了他一眼，直截了当道，“我对他没兴趣。”

旁边的萧然也连忙举手表态：“我同意阿朔的，我更没兴趣。走啦，回去睡觉了……”

他与裴云朔正打算转身离去，打道回府时，门里忽然传来了惊奇的一声：“你的内力全被封住了？我说你怎么一直都不回击，根本不像传言中那样的好身手，难怪了！”

“是徐坤！”岑子婴一听声音便知。

身旁的裴云朔与萧然也顿住了脚步，看向那扇紧闭的门，彼此对视了一眼，互相从对方眼中瞧出了同样的疑惑。

这徐坤是个练家子，幼年曾被家中送去少林寺学过几年，底子不错，也懂得一些经脉穴道的东西，他摸出来的结论定然错不了。

果然，门内很快传来一个喘息的声音：“还不是鲁判官干的好事，等小爷冲开了穴道，你们这群家伙一个都跑不了！”

说话的正是骆青遥，他气喘吁吁的，显然正在不住地躲闪，听情形似乎很是狼狈。

“原来这家伙的内力被封住了，还是那鲁院首干的。那他下午时还那么嚣张，居然还敢替人出头，一副有恃无恐要跟阿朔比试一场的样子，他不是疯了吧？”

岑子婴一脸吃惊，怎么想都觉匪夷所思，倒是他旁边的萧然美眸一弯，清媚的一声笑了出来：“这戏有点儿意思了，我看这位前院的‘遥哥’还真是个少见的妙人。”

三人之中，唯独裴云朔没有说话，只是目光深深，若有所思，紧紧盯住了那扇门。

夜风萧萧，月色愈寒，里头不知怎么，越打越激烈，忽然“啪”的一声，像是好几个人被同时重重摔在了地上，里面居然还有徐坤发出的一声惨叫！

“不对啊，怎么战况被扭转了？”岑子婴脸色一变，难以置信地扭过头看向裴云朔与萧然，“难道是……这家伙冲开穴道了？”

他话音未落，里面又接连传出一阵惨叫，噼里啪啦的声音中，像是割韭菜般，齐刷刷地倒了一片人。

这下门外的三人再也按捺不住，裴云朔直接上前，一脚踹开了门。

大风猎猎，只觉一股强劲的杀气扑面而来，三人齐齐望去，被眼前的一幕震惊到无法言语！

②拴在一根绳上的蚂蚱

冷月下，一个身姿纤秀的俊俏少年，孤身凛凛地站在屋中央。她一手揽紧骆青遥，一手拽紧着一条床单，一刻不停地挥舞着，狂风阵阵，滴水不漏间，强劲的内力将靠近的人纷纷震了出去。那股毁天灭地、锐不可当的气势，仿佛挥舞的不是一条床单，而是一条风风火火的飞龙！

“看不出啊鸟兄，你还真是深藏不露啊！”骆青遥叫辛鹤揽在怀中，瞪大了双眼，难以置信地看着瞬间扭转的战局，但细瞧却见那张俊俏的脸颊苍白如纸，冷汗涔涔，想是被腹中毒虫害得吃了不少苦头。

骆青遥有心关怀几句，却不知怎的，说出口时莫名其妙变了味儿，听着倒像在冷嘲热讽般：“鸟兄，你说你何必呢？早点儿出手不就好了吗？非要跟我犟着，白白吃了这么多苦头，要是一开始就……”

“你给我闭嘴！”辛鹤一声喝道，白皙的额头上又冒出一层细汗，她生平从未见过如此厚颜无耻之人，偏骆青遥嘴上还在不停道：“我又没说错，咱们现在可是拴在一根绳上的蚂蚱，说好听点儿叫一荣俱荣一损俱损，说难听点儿就是死都得死一块儿，我要出了事，你也跑不掉……”

“闭嘴，骆青瓜！”辛鹤忍无可忍，一边挥舞着手中的床单，一边咬牙切齿道，“我一定是上辈子欠了你的！”

床单所过之处，如暴雨疾风、猛龙腾飞，一道道人影应声摔出，惨呼连连，转眼间，便七零八落躺了一地的人。

“好、好……好可怕的内力啊！”岑子婴看得双目圆睁，舌头都打结了，一脸的匪夷所思，“这家伙什么来头？也太生猛了吧！除了阿朔，我还没见过这么能打的人！”

被打飞在地的徐坤闻声抬头，鼻青脸肿地爬了过来，抱住裴云朔的腿，狼狈又羞愧地说：“少，少主你来了，都是兄弟们无能，不敌、不敌这小子……”

萧然在一旁清媚一笑，又摇起了羽扇，啧啧打量道：“模样身段都不错，合该唱花旦的苗子，却偏偏做了个武生，有趣，有趣。”

“有趣个屁！”岑子婴眼见一屋人都被打趴下了，急得跺脚：“阿朔，还等什么呀，快上啊，不然咱们惊蛰三绝的招牌都要被拆了！”

裴云朔眉心一沉，纵身飞起，白发纷扬间，落在那风暴中央。

他徒手一把抓住了那舞动的床单，冷声骤然响起：“师从何派？我来会会你！”

如波纹荡漾开去，余波散去一圈后，两人各据一头，那强劲的大风总算止住了，所有人都齐齐望向了屋中央对峙的两道身影。

辛鹤抓紧那床单，满头大汗，喘息不定，迎上裴云朔冷冷的目光，咬牙道：“无门无派，野草一根，我不想跟你会一会，我今夜压根儿就没想动手！”

“没想动手还帮骆青遥出头，哄鬼呢，你莫不是看上他了？”岑子婴在门边扯着嗓子喊道。

辛鹤脸上一热，又气又恼：“你才看上他了呢！我是叫这王八蛋暗算了，被他下了连心毒，给毒虫绑在一起了，不得不帮他……总之，总之我是来这里念书的，不想多管闲事！”

“什么毒？”岑子婴眉梢一挑。

“就是……”辛鹤还想再解释清楚时，床单另一头的裴云朔冷冷道：“动手。”

他一脸冷峻，目光直直望着辛鹤，一字一顿道：“无论缘由从何而起，此事已与旁人无关，现在是我想同你打一场。”

夜风飒飒，月光投入屋中，白发飞扬间，衬得那张英俊面孔愈发清寒肃杀。

辛鹤却急了：“你、你有病吗？”她拽着床单，一张俊俏的脸涨得通红，“我不想和你打，我就想好好念书……”

“鸟兄，别娘们兮兮地跟这白毛废话了！”骆青遥在她耳边哼了声，“梁子都已经结下了，你以为自个儿还能全身而退吗？”

“你闭嘴！”辛鹤呼吸急促，盯着眼前那张冷峻面容，一时间进退维谷，骑虎难下。

开什么玩笑，自己若真跟这白毛地头蛇打起来了，以后还要不要在惊蛰楼里混了？

“其实、其实都是误会一场……”辛鹤深吸了口气，强迫自己冷静下来，“大家同为书院学子，一起吃住念书，没必要打打杀杀伤了和气，又不是什么血海深仇，不然这样吧，我数三声，咱们一同松手如何？就当今夜这事没有发生过，各退一步，握手言和，各自早点儿歇息，所有不快一笔勾销，权当交个朋友处个兄弟，日后有来有往，皆大欢喜，成不成？”

“谁要跟你交朋友处兄弟了？”门边的岑子婴又插了一声，白皙的下巴高高抬起道，“也不看看自己几斤几两，配不配？”他倒是一副趾高气扬，唯恐天下不乱的样子。

旁边的萧然轻摇羽扇，悠悠一笑：“又改唱文生了。”

屋中央的裴云朔却动也未动，依旧是简单的两个字：“不成。”他定定望着辛鹤，还是那冷冰冰的一句话，“我想跟你打一场。”

“你，你！”辛鹤快被这油盐不进的白毛怪气死了，抓住床单的手一紧，“你别逼我！”

“逼你又如何？”裴云朔眼皮子都未抬一下，冷得似个冰疙瘩。

辛鹤气结，正待开口时，旁边的骆青遥已经抢先一步道：“这你还能忍？”他煽风点火道，“打就打呀，谁怕谁！”夸张的声音响彻屋中，“鸟兄，这白毛太嚣张了，你就和他打，谁输谁赢还不一定呢！你撸起袖子放心大干一场，我一定在旁边为你摇旗呐喊，助威生势……”

“闭嘴，王八蛋！”辛鹤将他狠狠一推，挡在了身后面，“给我滚回床上去！”

她上前一步，揪紧那床单，瞪向裴云朔，壮士断腕般：“你今夜非要跟我打一场不可？”

“没错。”裴云朔薄唇如刀，淡淡吐出两个字。

辛鹤死死看着他，目光几个变幻后，忽然长吸了口气：“好！”

她陡然一声喝道：“骆青瓜，给我把脑袋抱住了，全身上下都仔细护好，一处都不许伤到，躲我后头别下床，听清楚了吗！”

骆青遥被这一声吼得浑身一激灵，一股热血无来由翻涌起来，干脆利落地应道：“好，绝不给鸟兄拖后腿！”

他这“软饭”吃得毫不犹豫，倒气得辛鹤一阵磨牙：“死青瓜，上辈子欠了你的！”

“六郎，萧然，你们也后退。”裴云朔也冷冷出声。

霎时，两人之间的那条床单越绷越紧，屋中又开始卷起阵阵劲风了，窗棂都被震得嗡嗡作响。

剑拔弩张，一触即发。

“是你说要打的，别怪我不留情！”辛鹤脚下寸寸前移，手中内力绵延不绝，目光攫住裴云朔的双眸，屏住呼吸，伺机出招。

事已至此，退无可退，大不了放手一搏！

“竖子猖狂，动手便是！”裴云朔冷笑了声，说时迟那时快，倏然欺身上前，以手为刃，狠狠将床单一绞，只听一记撕裂之声在屋中响起，那床单竟然节节碎去，眼见便要将辛鹤的手也卷了进去！

“小心！”骆青遥在后头看得分明，惊呼一声提醒道。

辛鹤瞳孔骤缩，闪电般抽回了手，脚尖向后一点，身形灵巧地跃上了半空，提起一掌便向裴云朔头顶凛冽袭去。

裴云朔一仰首，眉心一蹙，将手中破碎的床单向天一抛，也飞身而起，稳稳地接住辛鹤劈头袭来的一掌。

漫天碎布纷纷扬扬地落了下来，两人电光火石间已过数招，劲风猎猎，衣袍翻飞，白发与黑发交缠在一起，打得难解难分，激烈无比，仿佛他们已不在这一方小小屋中，而是置身于山野天地间，缠斗得飞沙走石，日月无光。

骆青遥坐在床上，紧抱着被子，冒出个脑袋，盯住半空中那道缠斗的纤秀身影，双眼放光。

原来这就是……被人罩着的感觉?

过往在宫学中，他当惯了一呼百应的“遥哥”，从来都是挡在一帮兄弟前头，还从未有人这样护在他身前，为他遮风挡雨过，没想到这滋味居然……还不赖?

“鸟兄啊鸟兄，你这只仙鹤大腿，我可一定要牢牢抱住才行，没恢复内力前，我绑也要跟你绑在一起！”

骆青遥心里正感慨万千时，一盏灯伴随着急促的脚步声靠近门边，夜色中骤然响起一个熟悉的声音——

“大半夜的不睡觉，拆房子呢！”

骆青遥心头一激灵：“叶少傅！”

他伸长脖子往门外望去，果然，门边提灯站着的正是一身宽袖白袍，穿得跟个道爷似的叶欢，叶少傅。

骆青遥正想出声唤他，却没想到自他身后又腾地冒出一人。那人头发灰白，拄着拐杖，怒声道：“都给我住手，快停下来，别打了！”

正是这惊蛰楼的主管太傅祝玄瑾，祝太傅。

他显然被气得不轻，手中的拐杖不住敲击着地面，虽年逾花甲，嗓门却不输年轻人，嘴边的白胡子都快飞起来了。

那半空中缠斗的两道身影总算分开了，各自堪堪落地。裴云朔尚算镇定，辛鹤却是望着那门边的老人，脸都变绿了，慌乱喊道：“祝、祝太傅！”

她发丝凌乱，喘息未平，先前跟裴云朔干架都能面不改色，此刻对着这老者却犹如老鼠见到了猫，紧张不已。

天可怜见，若是给祝太傅落下不好的印象，她还怎么离开惊蛰楼啊!

果然，祝太傅在叶欢的搀扶下，一步步走进屋中，痛心疾首地斥道:“你们这些混账东西，真以为这里毫无章法，没人治得了你们吗？”

辛鹤被吼得心头一跳，裴云朔一群人却无甚反应，尤其是那岑子婴还满不在乎地别过了头。

祝太傅恼极，正要再骂几句，眼睛一转，望见了床边的辛鹤，不由怒上加怒，将手中拐杖重重一叩：“还有你，第一天来惊蛰楼就打架，还有没有将老夫放在眼中，简直岂有此理！”

③宛姐闯陶府

浣衣院中，晨曦冉冉，浮云翩然，风中透着几丝春日的沁爽凉意。

几个盆里堆起高高的衣服，小山一般，辛鹤坐在水池旁，拿着一根捣衣棍，冷脸埋着头，不知疲倦地洗着一件又一件脏衣服，污水都倒了好几桶，高高的衣服却永远看不到尽头般。

昨夜一场聚众斗殴，祝太傅勃然大怒的后果便是罚所有人洗上一个月的衣服，否则就要登记在册，扣除平日的操行分!

可惜这威胁毫无震慑力，一群人中唯独辛鹤乖乖领了罚，缩在这小院里一声不吭地洗着衣服，叫坐在井口边上晃荡着二郎腿的骆青遥都大为纳罕。

他一手端着碗香喷喷的面条，一手剥着个鸡蛋，哼哼唧唧道：“我说鸟兄，你也忒老实了点儿，白毛怪那帮人都没有领罚，你倒在这里洗得起劲儿，你昨夜的威风劲儿呢？哪儿去了？不就是扣点儿操行分吗，至于这么紧张吗……”

辛鹤一大早窝在这里吭哧吭哧地洗到现在，水都没喝一口，正憋着一肚子火呢，闻言再也忍不住，抬头就想把手里的捣衣棍往骆青遥身上抡去：“你懂个屁！是哪个王八蛋将我害到这般田地的，你心里难道没点儿数吗？”

骆青遥长腿一晃，连忙躲闪开:“诶诶诶，你小心点儿，别把脏水溅到我碗里来了，真是的，我好心好意在这里陪你受罚，你还不领情……”

辛鹤一股火蹿上胸口，咬牙切齿道：“滚蛋！厚颜无耻！谁让你陪了，我不想看到你！”

她抡起捣衣棍就想赶走眼前这只不要脸的青瓜，耳边却传来一声笑嘻嘻的话语：“滚蛋没有，鸡蛋倒有一个！”

骆青遥胳膊一伸，手中举着那个刚剥好壳的鸡蛋，白白嫩嫩的蛋身上还冒着热气，香味扑鼻。他坐在井口边上，露出一口大白牙：“喏，给你剥好了，趁热吃吧。”

辛鹤微微一怔，盯住他手里的鸡蛋，久久没有动弹。骆青遥又往她跟前递了递，笑道:“吃啊，瞪我干啥？”

辛鹤这才一激灵，抬头看向那张欠扁的笑脸，恶狠狠道：“呸！假惺惺！”

骆青遥不气不恼，只是晃荡着二郎腿，优哉游哉道：“谁假惺惺了？鸟兄，我可真没恶意，咱俩现在是绑在一根绳上的蚂蚱了，我还会害你不成？再说了，吃饱了才有力气干活啊，跟谁过不去也别跟自个儿的肚子过不去啊！”

他说着一抬手，将那鸡蛋往辛鹤嘴边一送，辛鹤猝不及防，下意识张口咬住，骆青遥一张俊脸笑得更欢了。

辛鹤面上一红，骨气到底输给了肚子。算了，吃就吃吧，她索性不再扭扭捏捏，就着骆青遥的手，一口一口地咽起了那鸡蛋。还别说，真够香的！

骆青遥看辛鹤吃得生猛，知晓他是真的饿了，不由得伸出另一只手，忍俊不禁地想替她擦去唇边的碎屑：“鸟兄，你慢点儿，没人和你抢，我这里还有几个呢，统统剥给你吃。”

辛鹤反应奇快，将骆青遥的手一把拍开，含着一嘴巴鸡蛋瞪眼道：“干吗，别动手动脚的！”

这模样实在有些滑稽，骆青遥摇头笑道：“你这人啊，什么都好，就是太娘们儿兮兮了，我不过想帮你擦下嘴巴，你至于这么紧张吗？”

辛鹤将嘴中鸡蛋尽数咽下，抬起衣袖子胡乱擦了下嘴巴，依旧瞪着骆青遥道：“你才娘们儿兮兮的呢，我是怕你这王八蛋使阴招，又给我下什么毒虫！”

说到毒虫，骆青遥确实理亏，他在宫学里向来光明磊落，还不曾干过这种事情，此刻被辛鹤这么一瞪，不由摸了摸鼻子，讪笑道：“这事吧，确实有点儿对不住鸟兄你，我那也是情急之下，没办法嘛。不过你放心，只要我将穴道冲开，就立刻帮你把这连心毒给解了，到时换我来罩着你，怎么样？你就跟在我后头，包准在惊蛰楼里横着走，谁也不敢欺负你。我身手还是相当不错的，你以后就会知道了，绝对不输那白毛怪，再多来几个也准被我打趴下，到时你跟着我，在这惊蛰楼里可就是吃香的喝辣的，小日子舒舒坦坦的了，也不用你怎么报答我，叫我声遥哥就成了，我还可以带你去见我那帮兄弟……”

“滚滚滚！”辛鹤再也听不下去了，恨不能捂住自己一对耳朵，“快别说了，我刚吃的东西都要吐出来了，你这人脸皮怎么就能这么厚呢？见过自大无耻的，还没见过到你这种境界的，你脸皮是属城墙的吗？”

骆青遥哈哈大笑，毫不恼怒，反而被辛鹤吃了苍蝇的样子逗得乐不可支：“其实吧，我也不知道怎么回事，在你面前格外放纵些，想说什么就说什么，不用端着憋着，自在逍遥。如果这叫厚颜无耻，那我乐意厚颜到底，毕竟出了这惊蛰楼，我又得做回……”

他话还没说完，一阵淡淡的草药清香已随风飘来，一道纤秀身影走近，轻轻喊道：“辛师弟，骆师弟。”

骆青遥与辛鹤同时一怔，抬头望去，来者正是一袭素色长裙，肩上背着一方檀木药箱的喻剪夏。

她站在院中，看着井边几大盆的脏衣服，满脸歉意："昨晚的事情我听说了，真的对不起，都是我连累了你们。"

长阳斑驳如金，浮云悠悠，草木随风摇曳，天地间一时静谧安好。

姬宛禾踏入陶府时，正听到前厅中传来一记冷嘲热讽的女声："四公子，不是大伯母嫌麻烦，只是你如今双腿废了，宫学也念不成了，就该好好在屋中静养，一日三餐自有人服侍你。偌大一个陶府，总不会饿死你，怎么着还是养得起个把两个闲人的，只要你别再多管闲事，想着到处折腾就行，否则……"

"这不是多管闲事，我、我只是想去看一眼遥哥，他因我才入了那惊蛰楼，我若是不去看看他，情义何在，良心何安？"

这个文气十足的声音正是陶泠西，姬宛禾几乎都能想见他那张涨红的清秀面庞。

前厅里那个女声越发尖锐："什么情义良心？他带头闹事，活该被关进惊蛰楼里，你怎么去看他？谁带你去？你自己一双腿都废了，自顾不暇，还想着别人呢？"

陶泠西一向文秀嘴拙，被人这么欺负嘲讽，也只能咬牙说出一句："我、我就算是坐着轮椅，也一定要去看遥哥！"

那妇人又是一声冷笑："看鬼呢？没人会带你去的，你如今都是废人一个了，还痴心妄想呢？"

"大伯母，你、你……"陶泠西被呛得呼吸急促，说不出话来。

他这些年，在陶府中的地位的确有些尴尬，虽为陶氏嫡子，却因父母过早离世，无所倚仗，自己又不好舞刀弄枪，只喜欢钻研机甲偃术那一套，在一个将门世家中算是异类了。人都是拜高踩低的，府中就连下人们也都轻视他冷落他。

还好他性子不争不抢，淡泊名利，也不在意旁人的目光，只爱与一堆木头打交道，平素在府里的日子也还过得去。

只是陶府这一任管家的大伯母，是个刁钻刻薄的妇人，对陶泠西一向就没什么好脸色，再加上她自己的几个孩子读书不行，考了几次也没念上宫学，这怨气自然而然就发在了一考便中的陶泠西身上。

又兼之日后家产分割，陶泠西总归是陶氏子孙，他那一份少不了，平日份例也得按月发放，大伯母明面上没法子，只能在背地里做点儿手脚，各种克扣，陶泠西心知肚明，却也不去计较太多，反正他吃穿用度都不讲究，除了在机甲偃术上要花点儿钱，旁的也用不了太多。

可惜即便退让到这个地步，大伯母还是处处不饶人，就连陶泠西一双腿被废了后，她都拦住了本来要去找鲁行章讨公道的大伯，还说犯不着为了一个呆木头得罪宫学的院首。

事实上，陶泠西变成这副模样，她心里正巴不得呢，到时还有谁能跟她的孩子抢风头争家产？

自从一双腿被废了后，陶泠西在府中休养，大伯母的态度就更加肆无忌惮了，他在府里的日子是一天比一天难熬。

但就算如此，在得知遥哥为了他被罚入惊蛰楼后，他仍是执意要去看望他，为此不惜与“母老虎”第一次起了正面冲突。

可惜，他文秀孱弱，无论怎样拼尽全力，却也还是落得个自取其辱的结果。

前厅里，那大伯母还在数落着：“腿废了就好好待在屋里，哪里也不要去，省得丢人现眼，辱没陶府名声……”

姬宛禾听到这儿再也忍不下去了，她从前来过陶府数次，早知这大夫人的丑陋嘴脸，却不料她越发无耻过分了，她胸中像有一团火在燃烧着，于是捏紧双拳，快步踏入了前厅。

“我看丢人现眼、辱没陶府名声的，是一些嘴巴奇臭无比的悍妇才对，隔老远都能闻到那股子味儿，真叫人作呕！”

前厅里的妇人背影一动，扭过头，又惊又怒：“是你！”

她跟姬宛禾因为陶泠西的缘故打过不少次交道，却都没落到什么好。姬宛禾性子泼辣，姬侯府又在皇城中地位超然，有先祖献帝钦赐的免死金牌，保姬氏一族世代长宁，她就算对姬宛禾恨得再咬牙切齿，也不敢同她硬碰硬。

此刻姬宛禾大步踏入前厅，轮椅上的陶泠西双眸一亮：“阿宛，你、你怎么来了？”

“我要再不来，你岂不是要被这股恶臭熏死了？”姬宛禾毫不客气地瞪向那妇人。

那大伯母脸上挂不住，胸膛起伏着道：“姬小姐，你这话未免太过难听了。”

“还能难听得过大夫人你吗？”姬宛禾句句呛去，走到陶泠西身后，伸手推住他的轮椅，“他想去哪儿就去哪儿，轮得到你来多管闲事吗？”

大夫人被个黄毛丫头给当众难堪，也有些来火了：“话不是这么说的，怎么轮不到？我是这陶府管家的人，只要四公子一日身在陶府，我就一日有权管束他！”她嗓门震天响，唾沫星子都要飞出来了，“真想自在逍遥，有骨气的话，就离开陶府，自立门户啊！那我保准以后再不多说一句话，他爱去哪儿去哪儿！”

这是连明面上的样子都不愿做了，彻底撕破脸皮，完全一副要将陶泠西赶走的架势了。

姬宛禾冷冷一哼：“你无须激将法，这般恶臭之地我本来就不想让陶泠西多待了，嫌脏了他一身清白呢！”

轮椅上的陶泠西身子一颤，仰头望向姬宛禾：“阿、阿宛……”

姬宛禾对上他的目光，直截了当道：“呆木头，我问你一句，你愿不愿意跟我走？”

院里长阳斑驳，微风拂过陶泠西的衣袂发梢，他怔怔望着姬宛禾，久久没有说话，眼眶不知不觉就红了一圈：“我、我……我当然愿意，可我、我毕竟是陶氏子弟……”

“什么陶氏子弟，你父母都已不在，剩下这群豺狼虎豹，有将你视作一族亲人吗？你别跟我扯那些虚无缥缈的东西，顺心顺意地过日子才是最实在的，若是再留在这里，我怕你迟早有一天会被人害死！”

“姬小姐怎么说话呢？有些字眼还是用得谨慎些为好。”那大夫人不阴不阳地飘来一句。

姬宛禾瞪向她，直接就驳斥道：“我有说错吗？他这双腿你们有给他好好医治吗？还有我每回带来的药，你们都替他煎了吗，喂他服了吗？他的伤腿一拖再拖，你们看他一辈子坐轮椅，变成个残废，就高兴了吧？”

那大夫人被怼得哑口无言，脸上一阵红一阵白，却还想强辩：“个人有个人的造化，他自己命不好，能怪谁？”

“狗屁，他的命你们不稀罕，我来管！”

姬宛禾直接将陶泠西的轮椅一转，面向自己，向他伸出手，一字一句道：“呆木头，我再问你一遍，你愿不愿意跟我走？”

阳光洒在姬宛禾身上，少女的发丝勾出一层金边，薄唇紧抿间，眼神是那样坚毅，那样动人。

陶泠西忽然就喉头哽咽：“阿宛，我……我愿意。”

他伸出手，终于紧紧握住了她的手，两人在微风中久久对视着，有什么不言而喻地流淌着，温暖了身心每一处地方。

那大夫人冷眼看着这一幕，嘴边挂着讥讽的笑容，眼见姬宛禾就要将陶泠西带走，又哼了哼：“等等，既然这么有骨气，要跟陶府撇清关系，那就索性撇得干净点儿吧，四公子坐的这把轮椅可是用黄花梨木制成的呢，价值不菲，不能带走，必须留下来。”

“你！”姬宛禾难以置信地回过头，双眸瞪视着那大夫人，根本想不到世上还有这般无耻之人。

那大夫人冷冷一笑：“瞪我干什么？我已经够客气的了，还没让四公子把那一身衣裳行头也扒下来呢，怎么着，舍不得这黄花梨木的轮椅啊？”

她摆明了存心刁难，陶泠西都气得浑身发抖了：“大伯母，你、你不要太过分了！”

“我过分什么了，本来就是这个道理，是你们非要……”

“别说了，什么破烂轮椅，还你们便是！”姬宛禾厉声一喝，再不想跟这粗蛮妇人纠缠下去，她一个弯腰，俯身在陶泠西面前，干脆果决道：“呆木头，上来！”

这竟是要将陶泠西背起的架势，陶泠西有些怔住了：“阿宛，我……”

“我叫你上来！”姬宛禾又是一喝。

陶泠西呼吸一颤，再不犹疑，双手攀上了姬宛禾纤秀的背脊。

姬宛禾一咬牙，憋着一股气，竟真将陶泠西一把背了起来！

“我们走！”

她带着他，走入了院中，一步又一步，陶府不少下人都闻风而来，围在两旁看得目瞪口呆。

姬宛禾却又似想到了什么，在风中回过头，对着堂中的大夫人高声道：“听着，晚些时候我会派人来陶府收拾东西，陶泠西的那些木头玩意儿谁都不许碰，我会让人全部带走，少一样我都要追究到底。记住了吗，大夫人？”

那大夫人脸色颇为难看，一句话也没说，事情闹到这个地步，传出去她这个主母的脊梁骨该被多少人戳着骂啊，说到底，她根本未料到姬宛禾会烈性至此。

长阳下，风掠庭院，姬宛禾背着陶泠西，衣裙飞扬，在无数目光的注视下，一步一步走向府外。

陶泠西趴在她背上，水雾渐渐模糊了视线，他几乎哽咽到不能言："阿宛，我……"

"别哭，给我撑住了，男子汉大丈夫，顶天立地，不要轻易掉眼泪！"

姬宛禾扬声道，她目光灼灼，咬紧牙关，背着陶泠西一步步走在风中，说出的每个字都重重砸在陶泠西心头——

"往后我来照顾你，你这双腿我无论如何都会治好。你不要怕，以后我的家就是你的家，有我在一天，就不会再让人欺负折辱你，你给我抬头挺胸、斗志昂扬地活下去，再不要向任何人低头，听清楚了吗？"

④捣衣棍横扫千军

浣衣院中，晴光风暖，喻剪夏坐在辛鹤身旁，帮她一起洗着那一堆堆脏衣服，辛鹤原本不想让喻剪夏跟她一块儿受罚，却禁不住这位小师姐的坚持，只得由她去了。

骆青遥见状，在喻师姐面前也不好做甩手掌柜了，撸起衣袖也准备上前帮忙，奈何温香暖玉里长大的富贵公子从没干过这种粗活，拿着捣衣棍都不知道怎么使，一下轻一下重的，水花四处飞溅间，好好的衣裳都要被他捶烂了。

辛鹤气得火冒三丈，差点儿想拿手里的棍子抡死他了。

"滚滚滚，笨蛋，别跟这儿添乱了，成事不足败事有余！"

骆青遥被粗暴地赶到了一边，摊摊手，倒也乐得轻松，依旧坐在那井口边上，有一搭没一搭地闲扯着。

辛鹤懒得搭理他，只是跟旁边的喻剪夏聊着天，她对她实在有太多疑问与好奇。

喻剪夏的话很少，温温柔柔的性子，无论辛鹤问及什么，她都只是抿着唇，浅浅笑着点头或摇头，直到辛鹤问到她为什么会进这惊蛰楼时，她才一怔，埋下了头，许久没有吭声。

这情形看来是问到点子上了。骆青遥与辛鹤交换了一下眼神，也清了清嗓子，在一旁试探着开口道："是啊，喻师姐，你性情这般恬静温柔，怎么也会被罚到这惊蛰楼来呢？"

喻剪夏依旧低着头，院里一片静寂无声，骆青遥与辛鹤不知何来的默契，谁都没有再去催促喻剪夏回答，只是耐心十足地等待着。

终于不知过了多久，那道清隽纤秀的身影才轻轻道："我不想……骗你们。"

她坐在微风中，说出口的每一个字似乎都无比艰涩："因为……我从前……差点儿杀过人。"

短短几个字，却如惊涛骇浪般，令骆青遥与辛鹤同时脸色一变，不敢置信。

这答案实在太让人始料未及，辛鹤都有些结巴了："怎、怎么可能？"

倒是骆青遥，目光几个变幻后，仿佛想到了什么，脱口而出："喻师姐，你说的该不会是白毛怪和人比武那次吧？我听闻那人在比武中遭了暗算，中了毒，差点儿就死在那里了，难不成、难不成这是你下的毒手？"

他这话又让辛鹤吃了一惊："什么比武？"

说起这比武，可谓是震惊宫学上下，因为差点儿出了人命，也是直接导致裴云朔被罚进惊蛰楼的主因！

骆青遥晚他们一届入读宫学，个中细节已无从得知，只是听说跟裴云朔比武的那个人来头也不小，是个气焰很嚣张的世家公子，出自将门，家里请了不少江湖上的门派高手亲自指导他，武功底子打得极好，本人性情又刚烈霸道，是个寻常弟子不敢招惹的狠角色。

他不知怎么就跟裴云朔起了冲突，本就是血气方刚的年纪，又在周围好事者的起哄下，甩手放了狠话，定下了一场比武，不分出个胜负誓不罢休。

两人在比武前还像模像样地签了一份生死状，当真要按江湖上那一套规矩行事。彼时其余的宫学弟子全都笑嘻嘻看热闹，也没谁当回事儿，都觉得不过是两个少年人打打架，各自发泄发泄，能严重到哪里去？

却哪知，若没这份生死状，裴云朔或许就真要一命抵一命了。

那场比武的结果很惨烈，原本两人打得难分难解、不相上下时，那将门公子突然吐出一口黑血来，随后便瞪着双眼，訇然倒地，被抬回去时才发现他肩头竟不知何时中了三根毒针！

那是种极为罕见的剧毒，来势汹汹，若不是裴门镖局及时送去了解药，恐怕那将门公子就要性命不保了。

这件事实在太过恶劣，暗器伤人，卑鄙下毒，不仅震惊了整个宫学，更惹得那将门公子全家雷霆大怒，一定要宫学交出裴云朔来！

事情闹得风风雨雨，不可开交，最后还是那将门公子从昏迷中醒了过来，跟家中说了八个字——生死有命，两不追究。

这是写在那生死状上的一段血书，他和裴云朔都是按了手印的，哪怕是遭了暗算，他也认栽，自个儿承担，绝不会违背这签下的生死状。

多亏了这将门公子的几分江湖豪气，才得以保全裴云朔，只是死罪可免，活罪难逃，一番纷纷扰扰后，他被宫学罚进了惊蛰楼中，悔过自新。

"那毒针的确是我所为……我那时看到哥哥被逼得节节后退，对方又招招狠辣毫不留情，我害怕极了，不想看到哥哥受伤，下意识地就使出了毒针，几乎没有犹豫。"

院里微风徐徐，拂过喻剪夏柔软的长发，她声音轻缓至极，无波无澜，却让骆青遥与辛鹤都变了脸色，心中震惊难言。

那张苍白秀美的脸抬起头，双眼微微泛红，依旧是恬静温柔的模样，说出的一字一句却更让人毛骨悚然："如果再重来一次，我或许、或许还会这样做，因为在这世上，谁也不能伤害哥哥。为了哥哥，就算是杀人我也在所不惜。"

明晃晃的太阳下，一股寒气陡然从骆青遥与辛鹤脚底升起。

似乎是看出他们眼底的惊惧，喻剪夏苍白的脸上露出笑容，声音凉凉："他们说得没错，我的确是个'毒娘子'，还是个不祥之人，哥哥的一切不幸都是我造成的。那时候哥哥替我担了罪名，没有人知道真相，哥哥不许我跟任何人说，但我无法眼睁睁看着哥哥独自被罚进惊蛰楼，便私下去找了当时的院首，道出实情，让院首也将我罚入了惊蛰楼，只是真相到底没有公之于众，被哥哥一力压了下来，他为我背上骂名，始终没有对外解释过一句。"

时至今日，也只有寥寥几个人得知真相，其中就包括裴云朔的两个好兄弟，岑子婴与萧然。正因为此，那岑子婴才会如此厌恶喻剪夏，见到她就冷嘲热讽上一声"毒娘子"。

"原来、原来是这样……"辛鹤与骆青遥均有些恍然大悟，却又对视一眼，同时看出彼此的疑惑，辛鹤抿了抿唇，到底问了出来："那剪夏师姐，你今日为何要告诉我们实情呢？"

喻剪夏双眸水波闪烁，笑容苍白："因为我忍得太辛苦了，我根本就不想隐瞒，我甚至想让所有人都知道真相，可是哥哥……"

他说的话，她总是无法违抗的。

长空下，那张柔美的脸庞依然楚楚动人，衣袂发梢随风飞扬，不胜纤弱。

辛鹤心中五味杂陈，怎样也无法将眼前人与那所谓的"毒娘子"联系起来，她长长叹了口气："所以，就是因为这件事，那白毛……不是，那裴云朔才一直这般对你？"

喻剪夏摇了摇头，轻轻一笑："这点儿不幸算什么？哥哥真正叫我毁掉的东西，是什么都无法弥补回来的。"她泪盈于睫，终是埋下了头，语气中透着一股深入骨髓的哀伤，"我其实从很多年前就不配再叫他哥哥了。"

那瘦削的肩头微微颤动着，辛鹤忍不住追问道："剪夏师姐，你跟那裴云朔到底是什么关系啊？"

"我们……"那道纤秀身影低着头，眸中水雾氤氲，从唇齿间溢出的每个字都悲凉至极，"我可能就是哥哥命中的不祥人，是他不该遇到的灾星，是永远……"

她一番话还未说完，院中已传来一阵乌泱泱的脚步声，骆青遥与辛鹤抬头望去，脸色陡变——

好家伙，竟是那徐坤领着头，带了一群人浩浩荡荡地走过来，个个凶神恶煞，杀气腾腾！

一大片人转眼间就将院子围住了。其中一个大块头挤出人群，赤裸着上半身，背脊黝黑，肌肉虬结，威猛异常。

他伸手指着辛鹤，虎声虎气道："小子，听说你很能打？"

这架势不用想也知道，定是那徐坤吃了瘪，不甘心，特地找了群帮手过来算账！

辛鹤抓紧手中的捣衣棍，猛地站起身，喝道："剪夏师姐，你快闪开。"接着她盯住那些虎视眈眈的人，皱眉冷声道："徐坤，你什么意思？带这些人过来想做什么？"

那徐坤站在大块头身旁，一脸狞笑："不想做什么，就是跟你这个高手切磋切磋罢了，你不是很厉害吗？以一敌百想必也不在话下吧？"

"你简直卑鄙无耻！"辛鹤紧紧握住手中的捣衣棍，余光警惕地扫过周遭，心知今日一场恶战免不了了，她呼吸急促间，想也未想地高声喊道："骆青瓜，快带师姐躲到门后面去，千万别出来，快！"

喻剪夏面白如纸，下意识地摇头道："不，辛师弟，你一个人如何……"

她话还没说完，骆青遥已将她一把拽了过去，动作麻利异常："喻师姐，快跟我过来吧，别担心她，这小鸟很能打的，咱们留下来只会给她拖后腿！"他拉过喻剪夏就往门后躲，毫不迟疑。

辛鹤内心暗松口气，这青瓜关键时刻倒是机灵果决，一点儿也不婆婆妈妈，免了她的后顾之忧。

她握紧捣衣棍，站在四面环伺的包围圈中，一人迎上无数道恶狠狠的目光，绷紧了心弦，冷冷喝道："你们这群乌合之众，有胆量的就上来，我手里的棍子可不是吃素的！"

那大块头放声大笑，上前一步："小不点儿口气倒是大，让老子来领教领教！"

他张开双臂，像一座小山般掠向辛鹤，动作凶猛万分，显然想拦腰一个打横，抡起辛鹤就往地上摔。辛鹤看出他的意图，才不想沾上他这油腻腻的一身横肉，当即脚尖一点，身姿轻盈地跃上半空，躲过那大块头的冲击，叫他扑了个空。

"滚开，死肥猪，信不信我打得你哭爹喊娘！"

她抓紧捣衣棍，衣袂翩飞间，一脚踩在那道笨重身影的肩头，狠狠一棍子打去，将那大块头打得踉跄后退几步，痛呼连连。

人群中的徐坤瞳孔一紧，瞧出不对，立刻挥手道："大家一起上，今日定要将这不知天高地厚的臭小子狠狠教训一顿！"

他话音落下，四周众人一拥而上，无数拳头砸向辛鹤。

辛鹤眸光一动，身形灵巧地倏然避过，劲风猎猎间，手中捣衣棍一路左击右抡，快准狠地将那些乌合之众打得节节败退，长发飞扬间，当真如同一只灵活穿梭的小鸟般一力横扫千军。

骆青遥扒在窗边看得啧啧惊叹："这鸟人一身功夫哪儿学来的，不去考个武状元真是屈才了！"

院中战况激烈，打得不可开交，那徐坤隐藏在人群中，见势头不妙，眼中精光一闪，从袖中探出几把飞镖，阴恻恻地对准了场中央的辛鹤。

裴云朔三人赶来时，正看见那徐坤射出暗器，有一枚飞镖直朝辛鹤背后而去。

窗边的骆青遥瞧得真切，脸色陡变："鸟兄小心身后暗器！"

他话还未落音，裴云朔已经眉心一紧，一脚踢起地上的石子，迎着那飞镖掠去，只听"叮当"一声，那石子与飞镖在半空中撞个正着，相击落地。

辛鹤握着捣衣棍霍然转身，难以置信地看向裴云朔。

裴云朔白发飞扬，望着全场厉喝道："统统给我住手！"

这一声响彻长空，所有人停住手中动作，扭头望去，顿时吓得脸色一白："少、少主。"

那被打得鼻青脸肿的大块头也面如土色，急急瑟缩到了一边，不敢直视那道白发飞扬的冷峻身影。

一片混乱的局面瞬间被控制住，门里的骆青遥与喻剪夏也连忙出来，与场中的辛鹤站到了一起。

裴云朔一步步走近，盯住吓得双腿发抖的徐坤，目光冷若冰霜："徐坤，我平生最恨暗箭伤人的行径，你不是不知，若再让我撞见有下一次，就休怪我不客气了！"

他旁边的岑子婴也皱紧眉心，不乐意地哼道："徐坤，谁让你擅作主张，带人过来寻仇的？"

徐坤头上冒出冷汗，结结巴巴道："我，我是想为少主教训教训这家伙……"

"教训个屁，还懂不懂规矩了，你凭啥擅作主张，一声招呼也不跟我们打？"岑子婴一脚踹去，凶巴巴地道，"这里究竟是你说了算，还是我们三个说了算？"

"自然、自然是三位大少了，这回是我鲁莽了，没有请示少主……"徐坤冷汗直流，浑身哆嗦得不成样子。

还好裴云朔只是冷冷望了他一眼，目光很快便落在了辛鹤与骆青遥……旁边的喻剪夏身上。

喻剪夏怯怯喊了声："哥哥。"

岑子婴也跟着望来，眼神在场中的三人身上转了一圈后，仿佛看出些什么，扬起嘲讽的笑容："毒娘子，你还真是不知廉耻，这么快就跟这两个小白脸勾搭到了一处……"

"不、不是的……"喻剪夏脸上霎时一红。

辛鹤站在长空下，双眉紧蹙："你嘴巴放干净点儿，剪夏师姐只是心里过意不去，来帮忙罢了，少胡说八道！"

她衣袖高高撸起，手里还拿着那根捣衣棍，几缕乱发垂下，白皙俊俏的脸上透出汗水，双唇也因方才的一番打斗显得红润至极，这副模样落在了萧然的眼中，让他目光一亮，摇着羽扇清媚笑道："真是好胚子，换上戏装就能唱花旦了。"

裴云朔却依旧冷冷地望着喻剪夏，一言未发，不知过了多久，才转身而去："我们走。"

⑤辛鹤遇险

冷月高悬，风掠庭院，树影斑驳，夜色一片静寂。

白日里徐坤领人那么一闹，祝太傅和叶少傅到底还是知道了，一番处理后，辛鹤倒算得上因祸得福了——

叶少傅给她换了一间院舍，不，确切地说，是给她和骆青遥一同换了间院舍。

比起跟一群男人住，只和一个男人住似乎变得没那么难以忍受了？

毕竟两害相权取其轻，人在屋檐下，辛鹤只能这般安慰自己了。

这间新换的院舍依旧是通铺，只不过小了许多，辛鹤一去就与骆青遥约法三章，让他离她远点儿，可骆青遥这没脸没皮的家伙硬是赖着不肯挪地方，还振振有词地说什么："万一半夜徐坤他们来偷袭，离得远了，我中招了怎么办？"

"我呸！"辛鹤将他一把推开，另一只手又从枕头底下摸出一物，往骆青遥面前狠狠一挥，"谁敢来偷袭，我就把他打成猪头！"

那东西正是洗衣服用的捣衣棍。

骆青遥眼皮子抽了抽，忍不住笑道："你、你把这个都带出来了？晚上还打算抱着睡觉不成？"

"不然呢？"辛鹤握紧手中的捣衣棍，"这里妖魔鬼怪这么多，谁知道半夜又会出什么幺蛾子，总得拿点儿家伙防身才对。"

她说着卷过被子，挪了挪地方，翻身朝里躺下："不跟你说了，累了一天了，我要睡了。这边归我，你睡那头，不许过界啊。"

辛鹤正要抱着那捣衣棍好好睡一觉时，骆青遥已经往她肩头上一拍："诶，鸟兄，先别睡，过来擦个药。"

"擦什么药？"

辛鹤坐起身，骆青遥手里不知何时已多了个小盒子："白日里打架的时候，我看见那么多拳头围着你，你挨了两下对不对？"

烛火摇曳下，辛鹤一愣，白日里她闷头就是一顿打，场面那么混乱，哪里注意到这些？

骆青遥见她愣神的样子，不由得笑了笑："唔，应该是这里，还有这里。"

他嘴上说着，人已凑到了跟前，冷不丁把辛鹤的衣裳往下一扒，瞬间露出大片白皙裸露的肩头。

辛鹤脸色陡变，想也不想地一耳光挥去，"啪"的一声，骆青遥猝不及防，一张俊脸上霍然显现出五个火辣辣的指印。

他整个人像是被打蒙了，脑袋都偏了偏，好半天才不可思议地扭过头，双眼瞪得老大，一声吼道："你有病啊！"

真是做梦都想不到，长到这么大，他第一次被人打耳光，竟是在这么莫名其妙的情况下。

辛鹤呼吸急促，方才那一巴掌打得很用力，此刻她自己一边脸也是疼得厉害，却仍旧按住衣领紧紧不放，冲着骆青遥喝道："你没事扯我衣服干吗？"

骆青遥捂着脸，又是一通吼回去："给你上药啊！你自己看看，肩上都乌青了，你一点儿感觉都没有吗？"

他这么一说，辛鹤才感觉肩膀那里的确有些酸痛，她扭头往衣领里瞥了瞥，果不其然，那里乌青了两片。

心里“噔”的一下，辛鹤抬头看向骆青遥，又望向他手上那盒药，张了张嘴，好半晌才讷讷道：“我、我不需要你给我上药，你离我远点儿，我不喜欢别人碰我……”

“谁稀罕碰你了，好心当作驴肝肺，你这种人活该一辈子没朋友！”骆青遥火冒三丈。

辛鹤被他说得也有些悻悻，心底还涌起几丝说不清道不明的内疚，她正想开口说点儿什么时，却又被骆青遥的举动吓得脸色一变——

骆青遥将那药盒随手一扔，竟然开始气呼呼地脱自己的衣服了！

她原本平复下来的情绪又是一阵汹涌激烈：“你干吗？”

骆青遥侧过身，没好气地道：“你没长眼睛吗，我给我自己脱衣服不行吗？”

辛鹤心头狂跳不止：“你、你到底想干什么？一晚上不是掀别人衣服，就是脱自己衣服，你这人是不是有什么怪癖啊……”

她话音还未落之际，骆青遥已将衣裳一扒，上半身彻底赤裸在了灯下。

辛鹤倒吸一口冷气，所有的话都卡在了喉咙里，因为她看见那张白皙精壮的后背上，密密麻麻地布满了伤痕，瞧着都让人觉得疼。

骆青遥一言不发，只是扭开那药盒，一边对着屋里的铜镜，一边艰难地为自己上药。

伤在后背，他上起药来多有不便，却一句话也不吭，反倒是辛鹤，一下有些手足无措起来，抿了抿唇，犹豫许久后，终究还是凑了上去：“我、我来帮你吧。”

“免了，受不起。”少年郎的声音不高不低，透着一股赌气的劲儿。

辛鹤却是执意上前，下定决心般拿过骆青遥手里的药盒，低声道：“你自己够不着的，我来吧。”

“你脸朝下躺好了，这样药抹得均匀些。”她语气头一回这样温和。

骆青遥哼哼了两下，倒也不是个记仇的性子，埋头躺了下去，露出满是伤痕的后背。

那药膏冰冰凉凉的，抹上去舒服极了，感觉不到什么疼痛。辛鹤一边为骆青遥上药，一边忍不住道：“你这背上怎么这么多伤痕啊？”

“被鞭子抽的呗。”

“被鞭子抽？”辛鹤有些惊讶，“你爹抽你的？”

“我爹怎么可能把我抽成这样？那我娘还不得跟他拼命啊？”骆青遥双手抱着枕头，漫不经心地道，“就是那鲁老头打的呗，下手狠的呀，好像我和他有不共戴天之仇似的……”

“鲁……鲁院首？”辛鹤目光一动，似乎恍然大悟过来，“我知道了，是因为你在大考上闹事了对吧？”

提起那场考试，她也有些来气，不由将药膏往骆青遥背上重重一抹：“好端端的一场考试，你瞎胡闹什么呀，被打成这样，现在后悔了吧？”

骆青遥冷冷一笑：“你知道什么？就算再来十回，我也照样会那样做！”

“你、你这人还真是死性不改！”

“什么死性不改？”骆青遥扭过头，“你知道我为什么要闹事吗？”

灯火映照下，他攫住辛鹤的双眸，平素嬉笑的一张脸上满是肃然之色，一字一句道：“我有个好兄弟，叫陶泠西，他为人温和谦逊，是个与世无争的性子。可就因为迟到短短片刻，一双腿被那鲁行章害得废掉了，如今还坐在轮椅上呢。你说我该不该替他出头，为他讨回公道？”

辛鹤听得怔住了：“这究竟是怎么回事？”

骆青遥深吸一口气，想到旧事亦是心绪难平，对辛鹤道：“你给我拿纸笔过来，我写一遍给你看，你就知道怎么回事了。”

灯火摇曳，骆青遥执笔蘸墨，默写下来的正是当日考场之上，他铿锵有力念出的那篇《诉宫学院首鲁行章十罪书》。

辛鹤又惊又奇，一边为他上药，一边低头看着那飘逸飞扬的字迹，轻轻念了出来：“其罪一，暴戾严酷，专横独行，滥施院首之权，不尊宫学诸位太傅，唯己独尊，目无师道；其罪二，治学无方，不思因材施教，反钻刑法律条，化身豺狼虎豹，视宫学子弟为罪恶滔滔之犯人……”

才念到犯人二字时，门外忽然传来几道敲门声，骆青遥与辛鹤同时顿住，赫然望向对方，眼神互明，异口同声道：“来了！”

辛鹤反应奇快，立刻摸起那捣衣棍，瞬间滑下了床，还不忘回头扯过骆青遥脱掉的衣裳，往他背上一盖：“你躺好了，别出声。”

她警惕地靠近门边，屏气凝神间，伸出手将房门猛然一开，预想中的刀光剑影却没有到来，风中只传来一阵草药的清香——

门外空无一人，只有地上放着一个小小的药瓶，夜色中似有一道倩影飘然而去。

辛鹤拿起地上那药瓶，有些意外，回过头对上骆青遥的目光，犹疑道：“这药难道是……”

“剪夏师姐留下的？”

“喻师姐留下的？”

两个声音同时响起，目光相接间，骆青遥与辛鹤不知怎么，望着对方笑了笑，默契十足，有些东西不言而喻。

长夜静谧，白月皎洁，这浅浅药香似乎萦绕进了人心底。

一封《诉宫学院首鲁行章十罪书》终是让辛鹤知道了事情的来龙去脉，那股对骆青遥的误解与敌视也隐隐消散无踪。

接下来几天，他们齐心协力，一个埋头洗衣，一个在旁晾晒，一对难兄难弟搭配得倒也是有条不紊，默契自如。

难得的是，白毛和徐坤那帮人都没有来找碴儿，他们终于过了几天太平日子。喻剪夏也不时来帮忙。眼看着一切都朝着好的方向发展，却没有想到就在这时，一个意外发生了。

那天骆青遥正好去打饭，剩下辛鹤一人在院里洗衣服。一个小厮慌慌张张地跑了进来，对着辛鹤就急声道："不好了，不好了！"

辛鹤一眼认出，那小厮正是祝太傅身旁的书童。

书童说："祝太傅、祝太傅在后山林子里采药时，不小心摔倒了，现在还躺在树下呢，我到处都找不到人帮忙……"

这个晌午的点儿，人人都去吃饭了，这书童一下子哪里找得到人帮忙？

辛鹤将额上汗珠一擦，抓起那捣衣棍就站起身来，毫不犹豫道："祝太傅在哪里摔倒了，快带我去看看！"

阳光照在院中，井水波光粼粼，骆青遥提着饭菜从后门踏入时，正看到辛鹤跟着那小厮火急火燎地从前门出去。

他不由得扬声喊道："喂，辛小鸟，你去哪儿？"

辛鹤头也不回道："去帮祝太傅！"

"帮祝太傅？"骆青遥长眉一蹙，有些丈二和尚摸不着头脑，"你帮祝太傅去做什么？"

可惜风中无人回应他，那两道身影消失得匆匆忙忙，他只好提着食盒在后面喊道："那你快些回来啊，别等饭菜都凉透了……"

一时间，骆青遥也未想太多，随便扒拉了两口饭后，就撸起衣袖开始干辛鹤剩下来的活计，只是这一干就到了黄昏时刻，斜阳西沉，院中都晒满了衣服，风一吹飘飘扬扬，好不壮观。

骆青遥喘着气，累得一屁股坐在地上，望向前门——

辛鹤却再也没有回来过。

他眨了眨眼，汗水顺着睫毛流下，终于察觉到了不对。

骆青遥几乎是一口气奔到了贤师堂，打眼就看到祝太傅在案前执笔写字，那带走辛鹤的书童正伺候在一旁，低头研墨。

听到骆青遥走近的脚步声，那书童抬头望了他一眼，赶紧低下了头，神情明显带着一丝慌乱，研墨的手都颤了一下。

骆青遥按捺住紊乱的呼吸，心中那股不好的预感越来越强烈。他走到祝太傅跟前，向祝太傅施了一礼后，直截了当地问："老师，辛鹤在您这儿吗？"

"辛鹤？"祝太傅微眯着双眸，放下毛笔，"她怎么会在我这里？"

"不是您让您的书童去找她帮忙吗？"骆青遥紧紧盯住那道研墨的身影。

"帮什么忙？"祝太傅更加疑惑了，"我从未叫人去找过她。"

那书童的手又颤抖了一下，墨汁都差点儿飞溅出来。骆青遥眸光一沉，猛然上前，一把将那书童揪了出来，咬牙喝道："混账东西，你快说，你把人拐到哪里去了？"

"我、我……"那书童的衣领被狠狠揪住，早已吓得面如土色，双腿都在哆嗦。

祝太傅大惊失色，站起身正想要阻止骆青遥时，骆青遥已高声道："老师，我撞见的就是这个家伙，急急忙忙地来找辛鹤，说要去给您帮忙，却不知道把人带到哪里去了，现在还没有回呢！”

“这是怎么回事？”祝太傅看向那书童，难以置信，“小春子，你把人带到哪里去了？”

那书童浑身颤抖不止，终是撑不住，扑通一下跪在了地上，猛地磕头道:“不关小人的事，是、是那徐坤逼小人干的，他让我把人骗到‘一线天’里去……”

“什么？”祝太傅瞳孔骤缩，声音都变了调，“一线天？”

他眼前一阵眩晕，身子踉跄间，差点儿都站不稳了，骆青遥连忙上前将他搀扶住，祝太傅捂着胸口，这才缓过一口气来。

他摇着头，痛心疾首地指着跪在地上的书童，说出的每个字都重重回荡在贤师堂里，让骆青遥一瞬间如坠冰窟，遍体生寒。

“小春子，你怎么能干出这么糊涂的事情，那一线天是什么地方你难道不清楚吗？你把人骗到那里去，是想看着她死无葬身之地，尸骨无存吗？”

第四章・冰室历险

①同闯一线天

“一线天”位于惊蛰楼后山，乃一道狭窄的奇峰石壁，远远望去，就像被利斧劈开一样，从中间漏进天光一线，宛如跨空碧虹，故得名一线天。

这等奇景自古始然，乃天地鬼斧神工所造，令人叹为观止，更有诗云：“云里石头开锦缝，从来不许嵌斜阳。何人仰见通霄路，一尺青天万丈长。”

然而惊蛰楼后山的这处一线天，比之别的地方，可谓是一道“鬼门关”。

穿过这一线天，另外的那一头险象环生、诡异莫测，是惊蛰楼中人人闻之变色的禁地。大家都心知肚明，跨过这一线天，就等于一只脚踏入了“地府”。

徐坤就是利用辛鹤的初来乍到、不知实情，才威逼书童以祝太傅为饵，哄骗辛鹤进入了一线天。

这件事情非同小可，后山一线天前很快聚集了惊蛰楼上上下下所有人。那事迹败露的徐坤被推到了最前面，岑子婴一脚就踹了过去：“谁让你这么干的？你长没长脑子？”

徐坤跌跪在地，面目狰狞扭曲，似乎仍是心有不甘。

旁边冷峻而立的裴云朔忽然如闪电般伸出手，一把扼住了徐坤的脖颈。他周身寒气逼人，白发在风中飞扬着，对上徐坤惊恐的眼神，唇齿间缓缓溢出冷厉声音：“我说过什么，你一个字也没放在心上吗？”

徐坤一张脸被扼得通红，浑身哆嗦不止，直到这时才惶恐万分道：“少、少主，饶过我，我错了……”

冷风掠过山谷，一旁的祝太傅急得猛敲手中的拐杖：“住手，都给我住手！当务之急是救人！”

叶少傅也几步上前，按住裴云朔的手，连声阻止道：“对对对，别动手别动手，这小子自会送去前院发落的，现在最重要的是救人！”

裴云朔五指一顿，扭头望了一眼叶少傅，目光深不见底。他薄唇抿了抿，终究还是慢慢松开了手。

徐坤如蒙大赦，赶紧挣脱开去，整个人已是出了一身冷汗，吓得瘫软在地。

叶少傅忙站到中间，高声道：“大家都别急，我已经派人乘舟过小镜湖，去通知前院了，等宫学的侍卫队一到，立马就进去找人！”声音在山谷间久久回荡着，似乎带着一股稳定军心的作用。

众人还来不及松口气时，一道俊挺的身影已站在长空下，冷冰冰地道：“等侍卫队到了，只怕尸骨都凉了吧。”

那幽幽开口的人正是骆青遥，他站在一线天前，眼睛直勾勾地盯着前方，脸上无悲无喜，却让人觉得脚底无端升起一股寒意。

风掠四野，骆青遥回过头，目光缓缓扫过众人，也不知是何意，只唇边露出了一丝嘲讽的冷笑。

不少人被盯得心虚莫名，还来不及做出反应，就见那白衣少年已经一拂袖，径直往一线天里掠去。

一旁的喻剪夏脸色大变，惊声道：“骆师弟，不要！”

说时迟那时快，裴云朔白发飞扬，身形如风而动，猛然上前，一把扣住了骆青遥的胳膊：“别冲动，里面很危险，不要去！”

岑子婴也赶忙追上来，在旁边搭腔道：“对啊对啊，阿朔说得没错，千万不要进去！你不知道，前几年有人误闯过这里，半条命都没了，说里头尽是些孤坟白骨，毒虫蛇蚁遍地乱爬，跟个修罗战场似的，指不定是哪朝哪代的万人坑呢。还有白色的怪物会吃人，千万不能去，稍不留神就会送命的……”

他每多说一句，骆青遥的呼吸就急促一分，一双拳更是捏得“咔嚓”响。岑子婴却毫无眼力见，还在一旁说得起劲，他身后的萧然连忙上前拉了拉他，嘘声道：“六郎，别说了。”

斜阳中，萧然抬头望向骆青遥，脸上难得没有露出一贯的清媚笑容，而是正色道：“青遥师弟，事已至此，一切该从长计议才是，单枪匹马是救不出……”

骆青遥似乎忍无可忍，再也听不下去，将裴云朔的手狠狠甩开，怒吼道：“从长计议个屁！你们这群王八蛋，在这里猫哭耗子演给谁看呢？”

残阳如血，金色的薄光笼罩在他身上，他的双目因激动而微微泛红，刀子般的眼神扫过每一个人的面孔，喉头嘶哑，一字一句响彻山谷：“好一群视人命如草芥的魑魅魍魉，我骆青遥今日在这惊蛰楼中总算见识到了，什么叫作人心比厉鬼更可怕！”

少年的声音久久回荡在漫天夕阳下，所有人脸色均是一变。

这话中深意再清楚不过，一切乃惊蛰楼上下狼狈为奸、合伙谋害，个个却还在这里假意惺惺地装模作样、虚伪演戏。

这罪名扣得实在有些大了，岑子婴第一个上前委屈道：“真、真的不是我们主使的，是徐坤鬼迷心窍干的，跟我们没关系……”

“滚蛋！”骆青遥将他一把推开。

岑子婴这般身娇肉贵的小公子哪禁得起这样一推，脚步踉跄地向后退了好几步，脸上神情越发委屈了：“就算再怎么胡来，我们也不会想要害人性命啊！”

他还想说些什么，骆青遥已经目光一凛，转身一拂白衣，眼见又要朝那一线天奔去！

“骆青遥！”裴云朔瞳孔骤缩，欺身上前，紧紧扣住了他的胳膊，压低声音道，“你现在穴道被封，内力全无，进去找人只会送死，不要冲动。”

“滚你大爷的，撒手！”骆青遥两边太阳穴直跳，胸膛剧烈起伏着。

裴云朔察出不对，乍然变色道：“不要强行冲开穴道，你会受伤的！”

“就算受伤了，老子也不想待在你们这群狼堆里！”骆青遥怒喝一声，不知哪里来的一股狠劲儿，猛地挣开了裴云朔，拔足就往一线天里奔，“我的兄弟我自己去救！”

少年血气方刚的声音划破长空，把众人吓得脸色煞白，叶少傅更是急得直跺脚：“愣着干什么，快拦住他呀！”

却哪里拦得住，那道身影掠过一线天，疾风一般，刹那间就消失在了晚霞之中。

所有追上去的脚步同时止住，堪堪停在了一线天外，大风猎猎，再无人敢进一步。

“鬼门一线开，踏错无命还。”谁都清楚这句话的可怖，谁也不敢冒险一试，以命相搏。

漫天残阳下，一旁的喻剪夏却是忽然咬紧唇，回头奔向了风中，不知去干什么。

岑子婴尚在惊魂未定中，目光却不由被她远去的背影吸引住，嘴中哼了哼，讥讽道：“这就被吓跑了，胆子真小，黄毛丫头就是黄毛丫头！”

一个还没救出来，转眼间又搭进了另一个，惊蛰楼一众师生围在一线天外，除了焦急等待外，别无他法。

没过多久，喻剪夏背着药箱，气喘吁吁地又跑了回来。

所有人都在忐忑不安中，几乎没有人注意到她，只有岑子婴盯住她拿来的药箱，疑惑地皱起了眉头。

他摸不准喻剪夏想做什么，人却已经被她的举动吓得心头一跳：“喂，你干吗？”

喻剪夏背着那药箱，竟是想也不想地就往一线天里冲。岑子婴陡然明白过来，大惊失色：“阿朔，快拦住这疯婆娘，她要进一线天！”

裴云朔原本就一直用余光注视着喻剪夏，此刻还不等岑子婴喊完话，已是急掠而去，伸出一只手想要抓住那道纤秀身影，却只来得及挑起她一缕飘飞的发丝。

漫天晚霞中，喻剪夏回头望了他一眼，天地霎时静止了般。

一眼匆匆，一眼经年，绵长无比的情意尽数揉在了这一眼之中。

山风拂面，霞光万丈，时间像是凝固了一般，有什么重重撞击在裴云朔心头，他冷峻的脸上头一回有了裂缝，周身血肉似被狠狠剜走一样，疼得他浑身剧颤，仰天喊出了那一声许久都不曾叫出口的名字——

“夏夏！”

撕心裂肺的一声久久回荡在天地间，岩壁间的那一线霞光如梦如幻，渐渐湮灭。

冷风呼啸，荒野孤坟，白骨森森。

骆青遥直到真正踏在这片土地上，才知道传言非虚，甚至还漏掉了一点，而那一点正是他此刻最大的感受——冷。

一股透入肌骨的冷，仿佛周遭充满着无穷无尽的森然鬼气，一丝一缕地钻进他体内，叫嚣着要夺去他的阳气。

明明不过一线之隔，却好似割离开了两个世界般，外头尚是春暖花开的时节，这里却已冷如寒冬，就连呼吸间都萦绕着一股白气。

头顶上的一片天也像蒙着一层阴森森的“鬼雾”，遮住了所有温暖的光芒，只剩下直逼人心的寒意。

越往里头走，骆青遥就越觉得冷，他此时已没有雄厚的内力护体，只能一边不住活动着筋骨，一边冲着四周大喊道：“辛鹤，辛小鸟，你在哪儿？”

鬼气森森的林子里自然不会有人回答他，这里就跟岑子婴说得一样，像是死寂的修罗场、万人坑般，没有一个活物。

骆青遥越发担心起辛鹤来，不由更加卖力地喊着她的名字。却在这时，他陡然感受到一股强劲的寒气，携风直朝他后颈袭来！他猛然转身，差点儿吓个半死——

好家伙，辛小鸟没召唤出来，倒召唤出了一只巨大的怪鸟！

不，确切地说，是一只硕大的蝙蝠，通体雪白，尖嘴利爪，张开的双翅刮着猎猎大风，可怖至极！

骆青遥瞪大双眼，呼吸一窒，想也未想，扭头拔腿就跑！

奶奶的，看来岑子婴口中那个会吃人的白色怪物就是这庞大的家伙了！骆青遥一边跑一边咬牙诅咒着：“天杀的鲁行章，你还我内力来！小爷要是死在了这里，就是被你这孙子害的，小爷就算做鬼都不会放过你！”

他虽身形如风，一双腿却如何跑得过那白蝙蝠一对巨大的翅膀，好不容易才要拐个弯逃往林子深处，肩头却已被那白蝙蝠的利爪一钩，衣裳撕裂之声立时传来。

他猝不及防，一下跌在了一棵树下，气喘吁吁地扭过头往后避去，后背却抵在了树干上，再避无可避，毫无生路可寻！

荒野冷风间，眼见着那白蝙蝠怪叫着就要扑面而来，骆青遥索性生出一股孤勇，双手迎上前，奋力一搏："小爷撕碎了你！"

然而还不等他的手跟那白蝙蝠的尖嘴接触，一根捣衣棍已经横空而来，重重一下将那白蝙蝠打偏了。

骆青遥耳边乍然响起一道熟悉的声音，似乎难以置信："骆青瓜，你怎么在这里？"

那关键时刻蹭地冒出，一棍子打飞白蝙蝠的人，不是辛鹤，还有谁？

骆青遥双眸一亮，又惊又喜："辛小鸟，可算找到你了……诶，小心后头！"

那被打飞的白蝙蝠又卷土重来，辛鹤反应灵敏，闪身避过，面上毫无一丝惧色，只抓紧捣衣棍，揪住那白蝙蝠就一顿猛打，下手又快又狠。

那白蝙蝠骤然遇到强敌，毫无招架之力，狼狈地扑闪着翅膀，被打得分不清东南西北了。辛鹤瞅准机会，趁机上前，一把拧住它的脖子，只听"咔嚓"一声，那白蝙蝠的脑袋清脆落地。

树下的骆青遥张大着嘴，一时看呆了。

辛鹤将手往衣服上随意擦了擦，踩着那白蝙蝠的脑袋上前，想要拉骆青遥起身，这时身后忽然传来一阵异动，冷风强劲袭来。两人齐齐望去，霍然失色——一大片白蝙蝠扑翅飞来，气势汹汹，遮天蔽日。

"妈呀，它的家族来寻仇了！"骆青遥一个骨碌爬起来，抓住辛鹤的手就拔足狂奔，"愣什么，还不快跑！"

辛小鸟再能打，还能打得过蝙蝠一大家子？

两人在林中没命地狂奔着，眼前却是迷雾环绕，不辨方向。疾风擦过耳畔，他们跑着跑着不知闯到了哪里，竟一脚踏空，天旋地转下，两道身影交叠着一同滚了下去。

"完了，这回要将小命交代在这里了，小爷一世英名，竟然因鸟而亡！"

②冰室共患难

凛冽的寒气将人团团包围住，骆青遥仿佛深陷海水之中，手足冰冷。就在他越坠越深时，一股暖流源源不断地涌进他的体内，将他及时拉了回来。

迷迷糊糊地睁开眼，骆青遥只看到一张白皙俊秀的脸。辛鹤将他搂在怀中，紧紧握住他的一只手，那些源源不断的内力灌入他体内，温暖着他全身上下。

见骆青遥醒来，辛鹤松了口气，抹了把头上的细汗，放开了那只为他输送内力的手："你可算醒来了。"

骆青遥还有些发蒙，慢慢地坐起身，扭头打量着四周："这、这是哪里呀？"

他们之前遇到白蝙蝠攻击，一路狂奔，混乱中不知踩到了哪里，双双滚落下来，在骆青遥模糊的意识中，他们似乎是卷进了什么机关暗道里。只是他没有想到，醒来时会置身于这样一方偌大清寒的岩洞中。不，准确地说，这里更像是一间地下冰室。利用这极寒的岩洞与暗河，四面砌起了密不透风的冰墙，高高的顶部还嵌满了浑圆透亮的明珠，颗颗闪烁着柔和清润的光芒，将这一方冰室照得亮如白昼。

真是没有想到，在这样一方地下岩洞中，居然会有这般机关精巧的密室，简直令人叹为观止。

辛鹤显然也看出骆青遥所想，顺着他的目光扫去，道："这里不知是何人所造，我们应当是在上面触碰到了什么机关才会掉下来，得赶紧想办法出去才是。"

她说着想到什么般，望向骆青遥："说起来，你怎么会到这里来？"

她不提还好，一提起来骆青遥又是义愤填膺，当即将事情一五一十地说了一遍，末了，咬牙恨恨道："那群王八蛋，视人命如草芥，简直比厉鬼还可怕！"

辛鹤听了后久久愣住，似乎难以置信，好半晌才语意不明地道："既然、既然这一线天如此危险，你干吗还要不顾一切地闯进来，就只是……只是为了找我吗？你当真不要命了？"

骆青遥长眉一挑，想也不想地抬起胳膊，一把揽住辛鹤的脖颈："废话，好兄弟，讲义气，懂不懂？"他唇角扬起，俊逸的脸上露出促狭一笑，"我不是说过，日后恢复内力，换我来罩着你，只要你跟在我后头，叫我声遥哥就行了吗？"

调侃的话语中，带着几分少年人的爽朗，又带了几分狡黠可爱，辛鹤听得忍不住笑了，推开他的手，摇摇头："谁要你罩着了？你这家伙还真容易跟人称兄道弟，我几时说过要叫你遥哥，跟着你混了？"

她嘴上虽这么说着，心中却莫名涌起一股暖意，充盈了全身上下。

生死关头，有几人能做到以身涉险，不离不弃？

骆青遥实在是一个至情至性、有着赤子之心的人。

辛鹤一边百感交集，在心中这么想着，一边扶着他站起身。当务之急，他们得快点儿出去才行。

骆青遥的目光在偌大的冰室中转了一圈，冷静道："小鸟，我们分头找下出口吧，看有没有什么机关暗道能离开这鬼地方。"

"好，这里太冷了，的确不能久待。"辛鹤点点头，"我去那边看看，你在这里找一找，有什么发现就立刻叫我。"

骆青遥道："行。"

两人说干就干，在浣衣院里培养出的默契，搁到这里来倒也是默契十足，无须言语，几个眼神交换便能明白对方心意。

这方冰室极大，岩石清寒，其间还有暗河湍湍流过，只是顺着水流摸去，尽头却被那冰墙拦截阻断，找不到出口。

但是，一番搜寻下，两人却有了别的发现。

"骆青瓜，你看这里！"

"辛小鸟，快到这儿来！"

冰室的两头，骆青遥与辛鹤几乎同时喊道。

辛鹤飞速奔至骆青遥身旁，只看到他拨开乱石，在岩洞的角落中发现了几具森然白骨。

“你看，他们身上全都穿着军装，虽然衣服腐烂了七七八八，但还是能够认得出来的，旁边还有断了的兵器，这几具尸骨生前应该是士兵才对。”

骆青遥沉吟道：“你还记不记得穿过一线天后，我们一路走来，所见尽是白骨孤坟？这里一定曾经打过几场硬仗，有过战火的痕迹……”

他的目光在那些白骨与生锈的兵器上逡巡着，继续道：“我猜想，可能有某支军队曾经在这里驻扎，他们利用这儿的特殊地势与极寒环境造出了这间冰室，作为藏身之所，或者说是根据地……”

辛鹤瞪大了眼，一时听得呆住了，喃喃道：“没想到啊，骆青瓜，你有两把刷子啊！”

短短时间里竟能分析出这么多东西，还说得头头是道，委实让人大感意外。

骆青遥哼了声，扬起唇角：“那当然了，就算虎落平阳，那也还是一只虎，岂是凡俗之犬可比的？”

“啧啧啧，夸你两句你还喘上了，说谁是凡俗之犬呢？”辛鹤忍不住挑眉一笑，语带揶揄。

她扭过头，看向那几具白骨，忽然眼尖地发现了什么：“诶，骆青瓜你快看，这是不是一个鹿字？”

骆青遥顺着她的手指望去，那些白骨周身腐烂的军服上模模糊糊地显现出一个类似字符的标记，可惜前面半截完全磨损掉了，根本看不清，只能勉强认出后面一个字。

骆青遥埋下头，细细辨认着：“是像鹿字。只是，什么鹿呢？这难道是……”他福至心灵，一下想到什么，抬头看向辛鹤，“是这支军队的名号吗？就像大梁的杭家军，胸前都会印上一个杭字，代表着身份与荣誉……”

“杭家军？”

“是啊，大梁的战神杭如雪，一杆长枪所向披靡，率领着杭家军东征西讨，威震八方，无人不知，无人不晓……”

辛鹤听骆青遥说得兴致勃然，言语间对那杭如雪满是推崇，不禁来了兴趣：“有那么厉害吗，瞧你夸成这样。”

骆青遥猛点头，两眼放光：“当然厉害了，他是我干爹！”

辛鹤神情一顿，好半晌才放声大笑：“怪不得啊！你这还真是个卖瓜的‘骆婆’。那你之前分析的那些东西，也都是你这位干爹教的了？”

“倒也不尽然，还有我亲爹和义父的教诲，他们自小就……”

“等等！”辛鹤一时听糊涂了，掰着手指数道，“亲爹、干爹、义父……你到底有几个厉害爹爹啊？”

“不多不多，除了几个爹以外，还有很多干娘小姨什么的，比如说小叶娘娘、苗苗姨……”

“行了行了，你再这样数下去，咱们何年何月才能出去啊？”辛鹤好笑地打断了骆青遥，嘀咕道，“你们家跟葫芦藤似的，一串串结得又多又密，我猜想，你爹娘一定朋友满天下，对不对？”

“这句话你倒十足没说错，我爹娘别的不多，就是朋友多，尤其是我爹……哎算了，不说他了，他的英雄往事要真说起来可就没完没了了。总而言之，我老爹是个传奇，一个把我从小碾压到大的传奇，你日后若是有机会见到他就知道了。”

“我这辈子反正是难以超越他了。”骆青遥耸耸肩，无谓地笑了笑，却是忽然想起什么，对辛鹤道，“对了，你之前在那头喊什么，你是发现了什么线索吗？”

“线索谈不上，可我发现了一样好东西！”辛鹤眼眸一亮，明显兴奋起来，一把拉过骆青遥的手，“快跟我去瞧瞧！”

两人穿过清寒的冰室，径直走到了最深处的一面岩壁前。柔光映照下，骆青遥惊呆了——那一面岩壁上长满了一种晶莹剔透、娇艳欲滴的果子，周身还散发出一股若有若无的醇香。

骆青遥不禁上前呢喃道："这些果子生得好特别啊，我从来没见过……"

他正细细观察，辛鹤已经随手摘了几个，一股脑儿地就往嘴里塞。骆青遥一惊，连忙伸手想要阻止："等等，你怎么说吃就吃，万一有毒怎么办？"

“怎么会有毒呢？”辛鹤吃得欢快，望向手中的果子，眼里是满满的亲切感，“这种酒儿果我从小吃到大，在我们岛上……不，在我的家乡随处可见，我没想到在这里居然也能见着，真是稀奇事儿！”

“酒儿果？”骆青遥头一回听到这样新鲜的词。

“对啊，你尝尝就知道了。”辛鹤兴冲冲地又摘了几个，随手递给骆青遥，“这果子刚吃下时，可能身子会有些麻，脑袋也有点儿晕，就像喝了酒一样醉呼呼的，但是很快身上就会暖和起来。在这种极寒的环境下，吃这个最好了。我们家乡的人，无论男女老少，个个都身强力壮、不畏严寒，就是从小被这种果子喂大的……”她越说眼睛越放光，简直要把这果子夸到天上有地下无了，“而且习武之人每日多食酒儿果，还能够增强内力、疏通经脉呢！”

“有没有这么夸张啊？”骆青遥将信将疑，“你这说得跟灵丹妙药似的，真有这么神奇？”

他眉梢一挑，忽地凑近辛鹤，促狭道："不会你也是‘辛婆’卖瓜吧？"

“对啊对啊，卖的就是你这个大青瓜！”辛鹤将骆青遥一推，扭过身，“你爱吃不吃，这种好东西我还不想便宜你呢！”

“别别别，我尝尝！”骆青遥来了兴趣，一把夺过辛鹤手中那几个小小果子，也未想太多，仰头一口吞了下去。

那果子入口清清凉凉的，甘香无比，瞬间就滑入喉中，初始没什么感觉，却很快就如烈酒一般，在腹中烧起了一把熊熊火焰。

骆青遥眉心微蹙，隐隐觉察到哪里不对。

偏辛鹤还在旁边兴冲冲地道："好吃吧？能在这里看到酒儿果，咱们运气还真不赖。不管怎么样，有了这些果子，我们至少不会被饿死了……”

她话音还没落，骆青遥已经当着她的面胸口猛地一颤，“噗”地喷出一口热血。

冰室里瞬间死寂无声，两人大眼瞪小眼，互相望着对方，一时间都忘了言语。

骆青遥却是紧接着又猛然喷出一口鲜血。他眼神里充满着不可置信，颤巍巍地伸出手指着辛鹤，一边吐血，一边含含糊糊道：“辛小鸟……你骗人……”

他俊逸的脸上糊满了血，身子摇摇欲坠，以一种悲愤不已的眼神望着辛鹤，用尽最后气力嘶喊出了一句：“这哪里是什么灵丹妙药……根本就是天下奇毒吧！”说完，身子向后一仰，直直倒了下去。

辛鹤瞳孔一缩，一个激灵，这才如梦初醒，大惊失色地扑上前，双手接住那道糊满了血的身影：“喂，骆青遥，你别吓我啊！你为什么吃个果子都会中毒！”

③天降兄妹

骆青遥身陷一线天的消息很快传到了前院，人们奔走相告，一石激起千层浪。

晚霞漫天，小镜湖前，鲁行章正准备领着大队侍卫过河时，身后却传来浩浩荡荡的一片脚步声。

他扭过头，只见一大群少男少女迎风而来，为首之人正是一袭红裳潋滟、秀美绝伦的姬宛禾。

她上前一步，长风随风飞扬：“鲁院首，我们也要去！”

“对，我们也要去！”一众学子的喝声响彻天边。

鲁行章脸色陡沉:“胡闹，你们去做什么？”他手一挥，“统统给我回去上课，谁再闹事，院规处置！”

如斯紧急势态下，院规还能震慑到谁?

姬宛禾领着众人，咬牙道：“就算不许我们进入那一线天里，我们也要守在外头，第一时间等到把人救出来！”

“荒谬！”鲁行章的表情越发冷肃，他厉色道，“全部回去，不要让我说第二遍！”

他拂袖转身，再不理会群情激昂的学子们，径直领着大队侍卫渡湖出发。

黄昏笼罩着天地间，小镜湖上，斜阳如金，照得水面波光粼粼，风声悲鸣。

眼见着鲁行章率侍卫队渐渐远去，一帮平素与骆青遥交好的兄弟不由急得团团转，凑近姬宛禾道：“宛姐，现在、现在我们该怎么办啊？”

“对啊，院首不让我们跟去，我们难道只能留在这里干等消息？”

“真是急死人了，还不知道遥哥那边情况怎么样。惊蛰楼的那帮混蛋，要是遥哥真有什么三长两短，我拼得头破血流也饶不了他们！”

七嘴八舌间，姬宛禾盯着那一望无垠的小镜湖，双手握得越来越紧。

这段时日，她将陶泠西接进了府，请来各方名医悉心照料，陶泠西的腿是有了起色，可一颗心却全念着惊蛰楼里的骆青遥。

姬宛禾又何尝不想去看老遥，可鲁行章严令禁止探视，她想了许多法子都不成。本来正打算寻个时间去一趟相府，请她师父付远之出马，让他带她与陶泠西去见骆青遥。可惜还没等到她去找师父，骆青遥就已经出了这般大的事！

生死攸关，姬宛禾如何还能忍？

长空下，她猛地一抬手，喝声道："那鲁判官不让我们过去，我们就真不能去了吗？"

她霍然转过身，红裳猎猎飞扬在风中，长眉入鬓，目光如刀，面向众人长声道："不就是船只吗？我来弄，要多少有多少，想去的喊一嗓子，再多人我也带得过去，到时鲁判官怪罪下来，我姬宛禾一人来担！"

姬宛禾的母亲是赵清禾，赵家乃平江首富，家财万贯，名下产业无数，要弄来几条船还不是区区一句话的事？

这番话响彻长空，端得豪情万丈，人人热血翻腾，在黄昏中高声抢着道："我，我要去！"

姬宛禾握紧双手，扭过头，望向那波光粼粼的湖面，秀美的脸上满是坚毅："老遥，你等着，我们来了！"

冰室寒冷，暗河流淌而过，顶部的明珠散发出幽幽光芒。

骆青遥又一次在辛鹤怀里醒了过来。

一睁眼，就看到一张担忧的面孔，他迷迷糊糊道："辛小鸟……你存心想要毒死我吗……骗我去吃那种毒果子……"

辛鹤见骆青遥苏醒过来，目光一亮："骆青瓜，你没事吧？"

"你来吐上几大碗血试试，看有没有事……"

"不应该啊，你怎么会中毒呢？"提起这个，辛鹤真是百思不得其解，"我应当没认错啊，那岩壁上长着的的确就是我们那的酒儿果，大人小孩都可以吃的，你看我吃了就没事……"

事实上，辛鹤哪里会知道，他们岛上之人之所以能任意食用这种酒儿果，是因为他们自小就吃，且多会佐以新鲜海鱼一并下肚，那海鱼的寒性中和了这酒儿果的烈性，久而久之，岛上之人的体质便都发生了改变，对这种酒儿果也彻底适应，可以一口气吃再多也没事了。

可骆青遥本就没有这个适应的过程，再加上穴道被封、经脉受阻，又困于这方极寒岩洞中，身体较为虚弱，陡然间吃下好几个酒儿果，自然就会产生极为猛烈的效果了。

与其说是中毒，倒不如说是承受不起这酒儿果的大补之效。

这就好比有些性命垂危的病人，几支老参下去，不仅救不回来，反而可能一命呜呼，正是因为虚弱的身子承受不住那份过猛的滋补。

骆青遥的身体此刻就正处于这种特殊的状况下，是福是祸只在一线之间，若他能挺过去，那么酒儿果的滋补之效可尽数吸收，他与辛鹤误以为的中毒反而会成为他一鼓作气冲开穴道的最好助力。

只是当下，冰室中的两人都不知实情，骆青遥有气无力地道："别解释了，你小子就是想毒死我……"

"我、我傻吗我？我现在和你之间还有连心毒牵绊着，要是毒死了你，我不也要跟着……"辛鹤说着说着，声音陡然止住，她忽地瞪大了双眼，"咦，为什么我没有事？"

她乱昏了头，才想起这一碴儿，又惊又奇，伸手在身上摸了摸，不可置信地道："不对啊，为什么你中毒了，吐血了，我却没有事？我们之间不是种了连心毒吗？"

骆青遥听她叫唤着，却并不意外，哼哼道："睡着了。"

"什么，什么睡着了？"

"毒虫呗。"骆青遥斜睨了辛鹤一眼，浑身乏软下，都懒得解释了，"因为毒虫被冻得睡着了。忘了告诉你，这连心毒在极寒的环境下会进入休眠状态，是不起作用的。"

他扬起唇角，冲辛鹤露出一口白牙，语带调侃："恭喜你啊，辛小鸟，你可以暂时摆脱小爷了。"

辛鹤愣了片刻，目光几个变化，忽然一下跳起，喜不自禁："我、我真的自由了？我解脱了？"

她喜不自胜，猛地又蹲下身，狠狠一把掐住骆青遥的脸颊。

骆青遥吃疼吸气，将辛鹤的手一拍，辛鹤双眼却越发明亮："真的不疼，我脸上一点儿也不疼，这连心毒在这里真的不起作用了！"她终是彻底确定毒虫失效，乐得快要飞起了。

骆青遥也微眯了眸，在一旁煞有介事地笑道："对啊对啊，你现下是一只自由的小鸟了，再无束缚，就算把我扔在这里等死都没关系了，反正毒虫也会跟着我一起冻死，你再无后顾之忧了……"

少年是一贯的玩笑语气，没个正形儿，辛鹤却心念一动，凑近那张俊逸的面孔，扬唇笑道："你说得没错，我不用再受制于你了，若我真为了自己保命，将你扔在这里，你怎么办？会不会后悔跑来找我？"

骆青遥眼皮子都未抬一下："不怎么办啊。"他摊摊手，再豁达不过，"你要扔下我，我也没有法子啊。生死各有命，我不强求，也无怨尤，跑来找你是我自己的选择，与任何人都不相干。我不后悔，顶多在被你扔下的时候骂上两句'天妒红颜'呗，还能怎么办？"

辛鹤被他逗乐了："呸，不要脸，还'天妒红颜'呢！"

她一拂袖，向骆青遥伸出一只手，话中忽然带了几分豪气干云的味道："骆青瓜，你听好了，就像你说的，好兄弟，讲义气，既然你能穿过一线天来找我，将性命置之度外，那么我也一定不会将你抛下。即便没有连心毒的维系，我也一定会将你活着带出这里。无论接下来要面对些什么，我们都生死与共，不离不弃，好不好？"

骆青遥愣了愣，下意识道："说书呢你。"

嘴上虽这么说，他的目光却一直望着那只手，低低一笑："辛小鸟，你真是个有意思的人。"说着，他也伸出手，准备与辛鹤击掌。

这时冰室的顶部骤然传来一道熟悉的声音——

"哥哥！"

这一声凄厉无比，仿佛染满了血泪，划破了整片林子上空。

辛鹤心头一紧，霍然站起身，面色大变："是剪夏师姐！"

话音还未落，头顶又传来另一个少年的声音："闪开，不要过来！"

这一回，骆青遥与辛鹤对视一眼，异口同声地喊了出来："白毛怪！"

上头的动静越发激烈，骆青遥与辛鹤心弦紧绷，不用猜都能想到，一定是裴云朔与喻剪夏也和他们一样，在林中遇到了白蝙蝠的围攻。

听喻剪夏叫得那么凄厉，裴云朔一定是受了极重的伤，两人正被白蝙蝠群逼得无路可退，情势危急，就在生死一线间了！

辛鹤想到这儿，再也忍不住，仰头大声喊道："剪夏师姐，裴云朔，是你们吗？"

她奋力拍打着岩壁，想要冲出去救人，却无奈被困于此，快要急疯了。

倒是骆青遥在这关键时刻冷静了下来，他快速扫过周遭，在脑中拼命回忆起来。

终于，他目光一亮："辛小鸟，你快点儿，拿石头砸这一处地方，越用劲越好！"

辛鹤顺着他的手指望去，认出那是她和骆青遥一起滚落下来的位置，她眼神一亮，瞬间明白了骆青遥的意图。

间不容发，她立刻捡起手边的一块乱石，往那一处岩壁上重重砸去，冰室顶部微微一震。

这里的机关果然是连结相通的，他们猜对了！

辛鹤奋力砸起那一处岩壁，她一砸，冰室顶部的某个地方就会跟着剧烈晃动起来。不用想，那里一定就是他们逃亡之时无意踩到的机关！

骆青遥与辛鹤都为之一振，胸中热血翻涌。辛鹤抓紧那石头，越发卖力地砸起那处岩壁。

上头的裴云朔显然也感受到这份异动，一边招架着那些白蝙蝠，一边有意往这边挪来。

"过来了，他过来了！"

辛鹤呼吸急促，从没有这么激动过，她抓着石头，砸得更加猛烈，心里疯狂祈祷着："一定要踩到机关啊，保佑他们一定要踩到机关！"

她一阵狠砸，冰室顶部的某处晃动得更加厉害。

或许真是老天仁慈，又或是裴云朔与喻剪夏命不该绝，就在辛鹤砸得手上都要溅出鲜血时，冰室中响起一记轻微的"咔嚓"声。她眼前的岩壁倏然裂开，显现出一条幽深的暗道，两个身影交叠着一同滚落了下来！

浑身是血的少年白发散乱，眉心紧蹙，双手却抱住了怀中的少女，紧紧不放，似乎那是比自己性命还要珍贵百倍的东西。

④对峙

黄昏里，喻剪夏冲入一线天的那一瞬间，裴云朔几乎没有犹豫，也跟着飞身掠入，旁边的人压根儿来不及阻止。

他们在林中也遇到了那群骇人的白蝙蝠，裴云朔用铁钩干掉了无数只，却转眼又涌出新的一片，无穷无尽一般。他一人终究不敌，带着喻剪夏逃往了林子深处，若不是辛鹤指引他踩上了机关，恐怕他们真要丧命于此了。

冰室中，喻剪夏抱住鲜血淋漓、昏迷不醒的裴云朔，颤抖着手为他包扎上药，泪眼蒙眬："哥哥，哥哥……"

她原本带着药箱闯入一线天，是为了骆青遥与辛鹤，却没想到这药尽数用在了裴云朔身上。

辛鹤在一旁一边手忙脚乱地帮着忙，一边连声安慰着喻剪夏："剪夏师姐，你别着急，这白……裴云朔不会有事的，他内力深厚，武功底子强，一定能挺过这一关的！"

只是……辛鹤与骆青遥对视了一眼，心照不宣。他们都颇觉意外，万万没有料到，这裴云朔竟会追随着喻剪夏进入一线天，不顾自己的性命也要护她周全。他们之间的关系究竟藏着什么玄机？

辛鹤双唇动了动，望着一身是血的裴云朔，又看了看满脸是泪的喻剪夏，终究忍不住问了出来："剪夏师姐，你们跌落下来的时候，他将你紧紧护在怀中，我觉得……他其实对你没有表面上那么坏？"

喻剪夏长睫微颤，苍白的脸上露出悲凉一笑，她埋下身子，小心翼翼地贴向裴云朔的一头白发，泪水顺着眼角滑落下来。

她像是自言自语，又像是对着昏迷中的裴云朔喃喃着："我知道，我一直都知道的，你没有变过，你还是我的哥哥，只是我已经不配、不配再做你的……夏夏了。"

天边霞光万丈，波光粼粼的小镜湖上，姬宛禾红衣飞扬，领着众人浩浩荡荡地往惊蛰楼而去。

一群少男少女心潮澎湃，上了岸就直奔后山的一线天，那里已经有另一帮人在焦急地等待着。

祝太傅年岁过高，已被先行劝回去休息了，叶少傅却是坚持跟着侍卫队一同进入了一线天，帮忙救人去了。

现今等在一线天外的，是以萧然、岑子婴为首的惊蛰楼弟子，他们见到姬宛禾领着浩浩荡荡一群人杀气腾腾地奔来时，惊愕得嘴都合不拢了。

岑子婴瞪大了双眼："这、这是什么情况？是前院那帮家伙来寻仇了？"

残阳如血，草木摇曳，向来井水不犯河水、以小镜湖为界线互不干扰也相互瞧不上的

入梦

云鹤

欢喜

织锦

两拨人，今日在这一线天外，终于正面撞上了。

红衣翩然的姬宛禾一到，就看见了跪在地上的徐坤，她想也未想，上前就一耳光狠狠扇去："要是骆青遥出不来，你也别想活着了！"

这一记猝不及防的出手，不仅叫徐坤呆住了，也叫惊蛰楼一帮人彻底震住。

还是岑子婴眼皮子一跳，上前一步："喂，你干吗呢？"

他不想一开始就输了阵势，站到徐坤前面，有意挺起胸膛，凶巴巴地道："干吗打人？再怎么说这也是我们惊蛰楼的人，由得你们一来就喊打喊杀吗？"

"滚开！"姬宛禾一记眼刀狠狠剜去。

岑子婴心头一寒，下意识地就咽了下口水。他想，他可能已经知道眼前这一身杀气的红衣少女是谁了。

无论在前院还是在惊蛰楼中，宛姐这个江湖名号都传得颇为响亮，与骆青遥并称为前院的"雌雄双煞"。他们素来形影不离，领着前院一帮家伙出尽风头，在前院中的地位俨然不亚于他们"惊蛰三绝"。

只是听闻归听闻，今日头一回见了真人，岑子婴还是露了些怯，不知怎么，竟在这俏生生的小姑娘面前无来由地矮了一头般。

他努力挺直腰杆，强撑着道："这是我们惊蛰楼的事情，你们过来凑什么热闹？还一上来就动手，你以为你是……"

"你给我闭嘴，要是骆青遥出了任何事情，别说甩这一耳光了，拆了你们惊蛰楼都行，你身后的那个罪魁祸首也别想再有命出小镜湖！"

杀气凛凛的一番话响彻长空，红衣少女的身后，群情激昂，一个少年带头喊道："对，敢动遥哥，绝不轻饶！"

热血涌上心头，所有人跟着齐声喊道："敢动遥哥，绝不轻饶！绝不轻饶！"

这股排山倒海的气势，硬是叫岑子婴生生后退了两步。

两相对峙下，前院的气势实在太过吓人了，而惊蛰楼这边却因裴云朔的离去，失了主心骨一般，个个手足无措，无一人敢为惊蛰楼出头。

岑子婴眼见落了下风，连忙回头去扯了扯萧然，急声道："这帮人都疯了，萧然，你也说两句啊！"

萧然冷冷一笑，漂亮的眼角往上一挑："说什么？"他随意瞥了眼跪在地上的徐坤，不阴不阳地道，"若是阿朔不能平安出来，别说他们了，我也会宰了这厮，还轮得到他们先动手吗？"

这一下，岑子婴哑然愣在了长空下。

徐坤整个人都被吓傻了，哆嗦不止地上前抱住岑子婴的腿，惶惶哀求道："不、不要，我知道错了。六公子，救救我，再给我一次机会吧，是我鬼迷心窍，是我卑鄙无耻，全都是我的错，可再怎么说我也是惊蛰楼的一分子啊，就饶过我一回吧……"

岑子婴被他缠得心烦意乱，当着众人的面，抬脚就往他胸口一踹：“滚开，王八羔子！都是你干的好事，现在怪得了谁？”

徐坤被这一脚踹到了两帮人的中间，耳边只响起岑子婴冷冰冰的声音：“你就祈祷他们平平安安，活着出来吧！”

这一句，意思再明显不过了，惊蛰楼不打算“保”徐坤了，他的命运如何，只看一线天里的那几人最终能否活着出来了。

徐坤肩头一颤，面如死灰，彻底明白过来，一下瘫软在地。

他忽然在前院一帮人的怒视下抱住了脑袋，似乎吓得魂不附体，只是埋下去的一张面孔上陡然露出了扭曲至极的神情，阴寒可怖，比厉鬼还要可怕。

晚霞笼罩着四野，风拂衣袂，岑子婴隔着人群，偷眼打量着前方的宛姐，想到之前被她狠瞪的那一眼，仍心有余悸。

他不由暗自道，这女人实在太凶悍了，比男人还要粗蛮，日后谁娶了这头“母老虎”，简直就是倒了八辈子血霉！

夜色一点点降临，最后一抹天光也消失无踪，树林深处，清寒的地下冰室中，却因为顶部嵌入的那些明珠，依旧亮如白昼。

裴云朔的伤势经过一番包扎上药后已无大碍，只是人一直处于昏迷之中，不知何时才会醒过来。

喻剪夏面容苍白，抱住昏迷的裴云朔，在骆青遥与辛鹤的注视下，幽幽道：“我是在六岁那年来到裴门镖局的。在这之前，我都是跟着我爹四处漂泊，浪迹江湖……”

喻剪夏的爹是位游历江湖的神医，人称“毒医喻郎”，使毒手法一流，救人的本事也是一流的。

他妻子早逝，独自带着一个女儿，各处流浪，四方为家。因性情冷僻，行事古怪，下毒与救人都只在一念之间，江湖上对他的评价褒贬不一，有人视他为救命菩萨，有人视他为毒蛇猛兽。

他走的是一条极为邪性的路子，寻常人一般不敢找他诊治，除非是那种天下罕见的疑难绝症。

那一年初夏，盛都城最大的镖局裴门镖局，便将这位“毒医喻郎”请进了门。只因镖局的大当家裴总镖头的夫人，染上了一种怪病，缠绵病榻，久治未愈，就连宫里的太医都束手无策。

那裴大当家虽是个寡言少语的粗人，却深爱着妻子，千方百计请到了“毒医喻郎”为妻子医治。于是喻郎带着女儿住进了镖局，开始悉心调理裴夫人的身体。

这一住，就是两年。

裴大当家还有个儿子，比喻剪夏才大了一岁多，两个几乎同龄的孩子很快就相熟起来，并且每日形影不离，情谊日渐深厚。

裴云朔与他爹是完全不一样的性情，他爱说爱笑，仗义阳光，生得也不像爹那般粗犷，反而更似他娘，丰神俊秀，英气爽朗，镖局人人都十分喜爱他。

而喻剪夏到来后，他对这位小妹妹更多添了几分温柔，平素相处时也是无微不至地照顾她、保护她，什么要求都尽量满足她。

他叫她夏夏，因为他最爱夏天，而喻剪夏又正好是初夏时节来到镖局的，他便觉得自己得尽了老天爷的眷顾，一下得了两个“夏天”，欢喜不已。

两个孩子在镖局里朝夕相处，慢慢长大，一切似乎都无忧无虑，只剩两小无猜的美好。镖局的人看在眼里，也都纷纷调侃，笑言少主给自己找了个小媳妇。

那时的每一天都过得很快乐，喻剪夏住在镖局中，再不用过着四处漂泊、颠沛流离的日子。她甚至一度觉得，世上对她最好的人不是冷冰冰的爹，而是永远对她温柔笑着的哥哥，是牵着她的手走过盛都城大街小巷，只为给她买一盒云片糕的哥哥，是无论发生任何事情都挺身护在她身前，带给她无尽温暖的哥哥。

她曾经以为这样的日子可以永远过下去，可是老天爷又怎会让世人过得那般平顺，少了各番悲欢离合的戏让他看呢?

那是再寻常不过的一个午后，喻剪夏做了个塞满草药的香囊，想要送给哥哥的娘亲，裴夫人。

裴夫人久病缠身，夜间时常睡不安稳，早与裴大当家分房而眠，但仍旧难以入梦。喻剪夏知道后，便特意私底下调了些安神的草药，做成香囊，想送去给裴夫人，让她夜里睡得好一些，也让哥哥能够放心一些。

裴云朔是个很孝顺的孩子，这世上他最在乎的人，恐怕就是他的娘亲了。

正因为此，喻剪夏也想要加倍地对裴夫人好，哪怕是做些微不足道的事情，只要能起一点点作用，能让哥哥露出一个笑脸，她就觉得万分值得了。

可是她没有想到，香囊没有送出去，她却在窗下冷不丁听到了一句问话——

“裴夫人，你这病究竟还要装到什么时候？”

那声音清清冷冷的，低沉又好听，像一株甘洌的草药，她几乎瞬间就听了出来，那说话之人正是她爹!

⑤白首往事

午后的院里微风徐徐，喻剪夏屏气凝神站在窗下，倾耳听着屋中的对话。

“喻郎，从你第一天进了镖局就知道我在装病，却为何没有揭穿我，反而从夏天待到了冬天，又从冬天待到春日，院里的花落了一轮，又新开了一季，你告诉我，你又在等什么？”

那声音纤细温柔，带着几分江南水乡的调子，只是听着眼前便会浮现出那两弯细细的柳叶眉，正是裴云朔的母亲裴夫人。

她的语气有些哀婉，见迟迟未得到回答，似乎笑了笑，说出来的话令喻剪夏更加听不懂了："从来水中望月，雾里看花，喻郎，我也很想问你一句，你心中究竟有没有……装着那轮月，藏着那朵花？"

房中一时静了许久，裴夫人又涩声道："如果你同我一般，请明明白白地告诉我，否则，你便离开镖局吧，我的病不需要你治，你也治不好了。"

那时候的喻剪夏听得一头雾水，而房里也久久没有任何回应，就在喻剪夏以为父亲已经悄然离开时，那把清冽的嗓音才终于缓缓响起，每个字都像黄梅时节的一滴雨水，轻轻地打在人的心头："若没有装着月，藏着花，夫人以为……我又为何要在镖局待这么久？"

喻剪夏一愣，房里的裴夫人却已经激动起来："不要叫我夫人，我不想听到裴夫人三个字，我恨极了这个称呼……"

她呼吸灼灼，仿佛有什么将她燃烧了起来，声音颤抖得不成样子："既然你心中也装了月，藏了花，同我一般，那你以后就不要再叫我裴夫人了，你唤我、唤我……凝儿，好不好？"

直到现在，喻剪夏闭上眼睛，还能清晰地回忆起裴夫人在说出这两个字时的那份灼热，带着一股飞蛾向火而生的疯狂与孤绝。

终于，房里传出了男子低沉的声音："好。"

他轻柔叫她："凝儿。"

一声那么短，又那样绵长，足以令裴夫人泪流满面，她哽咽道："年幼的时候，我也曾想过能有个人这样唤我，与我携手一生，白头到老，可我没能等来那个人，反而被困在这镖局之中，活得心如槁木，还以为一辈子就要这么过去了……"

她一步步上前，似乎靠在了男子宽广的肩头："在我最绝望的时候，喻郎，你来了，即使来得那么晚，可你终究……还是来了。"

她说得那般动情，男子却叹息了声："何谓早？何谓晚？朝花夕拾，地老天荒，弹指一瞬，所谓的早与晚也不过是心中执念罢了。我以为，花开花谢，浮云不尽，我出现得刚刚好，凝儿，你说是吗？"

裴夫人依偎在男子怀中，又落下泪来："是，是……你总能将每句话都说进我心底去，为什么、为什么他就做不到呢？"

"所以你才病了，才会等到我。我倒庆幸，他是那个不懂你的人……"

两人的声音渐渐低了下去。

喻剪夏再懵懂无知，也稍稍明白了什么，她脸色发白，如坠海水之中，一颗心浮浮沉沉，后背都出了一片冷汗。

就在这时，肩头陡然被人一拍，她扭过头，正对上裴云朔俊朗含笑的一张脸："夏夏，你在这里干什么？"

喻剪夏吓得双腿都软了，一把扯住裴云朔的手，身子颤抖间脱口而出："哥哥，我想吃云片糕，你带我去买好不好？”

她那时鬼迷了心窍，不知脑子里乱糟糟地装了些什么，只想快点儿和裴云朔离开那里，只想将那番她不该听到的对话远远抛在身后，再也不要记起一字一句。

似乎这样做，一切就都是假的，就不会露出裂痕斑斑的丑陋一面。他们所有人的日子依然能够过下去，大家都会好好的，他还是她的哥哥，她也还是他的夏夏，一切都不会改变。

多么稚嫩天真，到底不过只是一个七八岁的孩子，只会下意识地逃避。

她不知道，有些东西逃得过一时逃不过一世。

冰室中，喻剪夏脸色苍白，抱着昏迷的裴云朔，双眸空洞地望着前方，仿佛又望见了那一年，那个惴惴不安守着秘密、整夜整夜都无法入睡的自己。

“我后来常常在想，如果我能早点儿把这些告诉哥哥，或许一切就都还有转圜的余地……”

可惜没有如果，有的只是千疮百孔的现实。

一年后的初夏时节，喻剪夏的父亲带着裴云朔的母亲私奔了。

他们的计划很缜密，以至于喻剪夏与裴云朔醒来时，已经身在那辆奔向远方的马车里了——喻剪夏的父亲用药迷昏了他们，将他们悄无声息地带出了镖局。

那时裴大当家正接了一单大买卖，领着镖局上下出门走镖去了，这简直是个千载难逢的好时机，所以他前脚刚走，后脚裴夫人就与她的喻郎私奔了。

暗中苦苦相爱的一对男女几乎没有丝毫犹疑，带着两个孩子出了镖局，快马加鞭地就往城外奔去。

一切都是那么顺利，如他们所预测的一般，长相厮守的日子似乎就在眼前，他们唯独没算准的一点就是，裴云朔的反应竟会那样激烈……

他在马车上醒来后，彻底崩溃，整个人都快疯了般，将那喻郎狠狠推开：“滚开，不要碰我，让我回家，我不要离开镖局，不要离开我爹……”

醒来后的喻剪夏也吓傻了，她脸色煞白，像掉进一场深不见底的噩梦中。

马车里，裴夫人上前想要安抚住自己的孩子，她满眼含泪道：“朔儿，我的好朔儿，如果你一定要跟你爹，就不能再留在娘的身边了，你自己想清楚，你难道真的忍心跟娘分开吗？”

裴云朔浑身颤抖得不成样子，紧紧抓住他娘亲的手不放，哭得撕心裂肺：“娘，我们一起回家吧，你不要走，爹如果回来发现我们不见了，他会很伤心的。你不要扔下爹，求求你，不要跟别人走，求求你了，不要走……”

裴夫人心疼地搂住儿子，秀美的脸上却满是决绝之色：“不，娘不会回去的。那座牢笼，娘既然逃出来了，就再也不会回去了……”

是的，牢笼，裴门镖局对裴夫人来说，就是一座望不见尽头的牢笼。毕竟一辈子那么漫长，却要跟一个自己不爱的人一同度过，实在是太痛苦了。

裴夫人并不爱自己的丈夫，也就是裴云朔的爹，她嫁给他那么多年，与他说过的话加在一起，都还不及她跟喻郎短短两年说的话多。

她嫁给他纯粹是因为家中想要报恩——裴大当家早年押镖时，曾在山贼手中救下了他们一家，她父母为了报答恩人，才将她嫁了过去。

从头到尾都没有人问过她想不想嫁。

母亲只是在她出嫁那天握紧她的手，告诉她，女人都是这个样子的，只要男人对自己好就行，其他的都不重要，情爱这种东西，慢慢相处下来，日子久了自然就会有的，这就是所谓的日久生情。

可惜，裴夫人根本做不到。她根本无法欺骗自己，不爱就是不爱，再怎样委曲求全，咬牙隐忍，她也还是没法逼自己跟一个不爱的人生活，她每天都过得不开心。

裴夫人是出身书香门第的才女，有着最细腻的内心与情感，可她的丈夫却恰恰是世上最不解风情的男人，木讷寡言，粗陋无才，从未走入过她的内心。

她被困在镖局中，就像一口几近枯涸的井，死气沉沉，日复一日，年复一年，一丁点儿波澜都掀不起来。所以她“病”了，是无药可救的心病。

而“治愈”了她，让她重获新生的人，正是喻郎。这个能与她聊上一天一夜、诗词歌赋信手拈来、丹青琴艺门门精通、风雅无限、与她志趣相投、对她呵护倍加的男人。

他懂她，这是最让她热泪盈眶的地方，好像在茫茫人海中，两个孤单的灵魂终于遇上了彼此，从此密不可分，从此生命交融，从此谁也无法再将他们分开。

裴夫人是下定了决心要跟喻郎走的，纵是她最疼的孩子裴云朔也丝毫无法动摇她的决心。她想，总有一天孩子能够明白她的苦衷，原谅她，接纳她与喻郎的结合。他们四个人可以再组建一个新的家庭，也可以过得很美满幸福。

但是，她没有这个机会了。

如血残阳下，裴大当家领着大队镖师追了上来。

或许真是命中注定，当时裴大当家的镖队才出城门不久，就发现有一样重要的货物遗漏在了镖局中，他们赶紧派人去取。这一取，就传回了一个惊天的消息——夫人与那“毒医喻郎”，还有两个孩子一同消失了，哪里也找不到，奶娘和下人们都急疯了！

裴大当家瞳孔骤缩，猛然握紧手中的缰绳。他虽然木讷寡言，却并不愚笨，当下铁青着脸，硬邦邦地扔出一句话：“出城之路有三条，听我命令，分头去追，追到天涯海角也要将他们追回来！”

镖队立刻分作了三股，而最最凑巧，如天意一般的是，正好是裴大当家所率领的那一队，在斜阳中追上了裴夫人他们的马车。

那时裴云朔像是溺水之人在最后的时刻抓住了一根救命稻草，绝望的眼中骤然迸射出光芒。他整个身子都探出了车门，对着后方浩浩荡荡追来的镖队，望着为首跨坐于马上的那一道熟悉身影，不顾一切地嘶喊道："爹，爹你快来拦住娘，不要让她跟别人走！爹，快带我回家……"

他死死扒着车门，怎么也不肯松手。那驾车的喻郎扭头想要来拽他，却被他狠狠甩开。那喻郎情急之下，正想用针将他扎昏时，他不知道哪来的力气，挣脱了他，奋不顾身地跃下了马车。

裴夫人在车上脸色大变，凄厉喊道："不，朔儿！"

喻剪夏也煞白了一张脸，不要命地探出脑袋："哥哥！"她心痛如绞，来不及想太多，竟跟着飞身一跃，电光火石间也跳下了马车！

这回是驾车的喻郎大惊失色："剪夏！"

两个孩子滚作了一团，在飞扬的滚滚尘埃中，只听到镖队携风逼近的声音。

裴云朔号啕大哭："爹，爹！快去拦住娘，不要让娘走……"

他身上还流着血，头上脸上都是触目惊心的刮伤，裴大当家立刻翻身下马，抱起了尘埃中的两个孩子，防止身后的车马镖队踩到他们。

一片混乱间，那喻郎却是当机立断，一伸手，将哭成泪人的裴夫人重重推回了车厢中，红着双眼厉声喝道："走，不要看了，再不走就晚了！"

他长鞭一扬，驾着马车而去，头也不回，是那样刻骨剜心的决绝！

裴云朔一声嘶吼，猛地挣脱父亲的臂膀，跌跌撞撞地追入风中。他满脸血污，眼睁睁看着那马车远去，终是在血色残阳中跪倒在地，仰头发出一声撕心裂肺的恸哭："娘，娘你回来，不要扔下我——"

⑥寻找出口

"哥哥回到镖局后，生了一场大病，醒来后头发就全白了。医书上曾记载过这样罕见的病症，都是受到了极度的刺激才会出现的。我知道，从前那个哥哥再也回不来了……"

这场变故几乎彻底摧毁了裴云朔，他一夜白头后性情大变，再也不是从前那个爱说爱笑、意气飞扬的少年了。

有很长一段时间里，他乖戾阴郁、满腔恨意、仇视所有人，尤其是……喻剪夏。

他再也没有叫出过那声夏夏，从此之后，他最讨厌的就是夏天。

两年前的夏天，喻剪夏来到了他身边，两年后的夏天，他却永远失去了母亲。

似乎是喻剪夏的到来换走了他的母亲，一切的不幸都是由夏开始。

他讨厌喻剪夏的名字，讨厌喻剪夏对他隐瞒真相，更讨厌喻剪夏……那张脸。

白皙秀美的模样，尖尖的下巴，秋水般的一对眸子，眼尾处还有一粒细细小小的红痣，楚楚可怜，不经意地一挑就能将人心魂都勾走似的。

这张脸实在同她爹生得太像了，几乎就是一个模子里刻出来的。裴云朔每回见到她，就会想起自己母亲是怎样被那个男人带走的，恨意便会如潮水般疯狂地涌上心头。

他仿佛入了魔怔，恨得咬牙切齿，就是这样一张脸迷惑了他的母亲，让他的家一夜破碎，再也回不到从前。

他将所有恨意都转移到了喻剪夏身上，连碰都不让她再碰一下："滚开，不要靠近我，我头发全白了又怎么样，和你有什么关系？你是我什么人？我就算死了也同你不相干！你为什么要从马车上跳下来，你当初就应该跟你那个爹一块儿滚的……"

各种偏执粗暴的话像刀子一样狠狠刺向喻剪夏，将她伤得体无完肤。

关键时候，还是裴大当家站了出来。他喝止了裴云朔，让他不要迁怒在喻剪夏身上，还牵过满脸是泪的喻剪夏，走到院中，蹲下身，在月下对喻剪夏道："好孩子，这不是你的错，你不要哭，也不要……怪阿朔。"

这个素来沉默寡言的男人，眼眶也红了一圈，不知该怎么开口："他只是、只是失去了母亲，又得了怪病，一下子太难过了，请你……原谅他。"

喻剪夏怎么还有资格谈原谅二字呢？她觉得自己就像个罪人。

看着月下仿佛憔悴了十岁的裴大当家，她心如刀绞，一下扑进了他怀里，泪如雨下："裴叔叔！"

从那以后，喻剪夏就被裴大当家收留在了镖局，这个善良宽厚的男人从头到尾没有责怪过她一句，反而还给了她一个家。

裴叔叔越是这样好，喻剪夏就越觉得愧疚无比。她恨自己的爹，他为什么要做出这样伤害裴叔叔、伤害哥哥的事情，又对她绝情不顾，将她狠心抛下，策马扬鞭而去，连头也未回一下。

但她最恨的还是自己。为什么当初不早一点儿将听到的事情说出来，为什么要一直隐瞒着裴叔叔和哥哥，如果她早点儿说出来，事情是不是就不会走到这最坏的一步？

她陷在深深的自责之中，根本没有脸面待在镖局了，可她无处可去，更不想离开哥哥，她只能低着头，小心翼翼地在镖局里过着一天又一天。

自从裴夫人和她爹私奔后，镖局上下看她的眼神就变得怪异起来。

她的身份从原来裴云朔形影不离的小媳妇，陡然之间变成了奸夫的女儿，除了宅心仁厚、将所有痛苦都自己咽下去的裴大当家，还有谁会待她如从前一般？

她心知肚明，只能咬紧唇，尽量减少自己的存在感，就连每顿饭她都不敢吃太多，也从不敢开口要求任何东西，生怕讨人嫌。

她本来就是一个多余的、尴尬的存在了，她害怕有一天会被赶出镖局，那样就再也见不到哥哥了。

"我这些年一直在钻研医书，苦苦寻找能够治愈哥哥少白头的方子，可是哥哥不让我治，甚至不让我碰他一下，我知道都是我的错，我就是不该出现在哥哥生命中的灾星，我给哥哥带来了太多的不幸……

"包括后来他替我顶罪，被罚进了惊蛰楼里。我没有想到事情会变成这样，我只是不想让哥哥受伤，只是想保护哥哥，可好像最后总是会害到他，如今甚至还连累他跟着我一同进了这一线天，身受重伤，我或许真的就是一个不祥之人……"

辛鹤听到这里，再也忍不住，霍然起身："剪夏师姐，不是的，根本不是这样的，这些根本不是你的错！"她神情有些激动，"千错万错只能怪你爹和那裴夫人，心中只有他们两人的情爱，根本不顾及别人的感受，自私自利，没有一丝责任与担当，说起来，你也是受害者啊，这白毛根本就不应该这样对你……"

"不。"喻剪夏泪眼蒙眬，抱紧了昏迷的裴云朔，俯身贴近他的满头白发，"哥哥心里比谁都要苦，他才是最可怜的人，无论他怎样对我，我都不会怪他的……"

"可是你也很可怜啊，你明明……"

眼见辛鹤语气愈发急切，骆青遥忙在身后拉了她一把，低声道："小鸟，别说了，每个人都有自己的苦衷与执念，不是谁都能轻易放下的……"

他看向喻剪夏与她怀中昏迷的裴云朔，眸含叹息，摇了摇头，随后目光扫向偌大的冰室，将话题转移开来："当务之急，我们必须得快点儿找到出口，离开这里才行！"

辛鹤被骆青遥拉住，知道他的用意，自己也不想将喻剪夏逼得太紧，只能将心中所有翻涌的情绪压了下去，深吸一口气，一个弯腰，利落地捡起了地上的捣衣棍："对，先出去再说……"

如今他们几个人里，骆青遥中毒，裴云朔昏迷，喻剪夏又那样柔弱，能派上用场的看起来只有她一个人了。

想到这里，辛鹤不由将手中的捣衣棍握得更紧了，双眸灼灼："我来想办法，我来找出口，不管怎么样，我一定会将你们带出去的！"

月色清冷，寒风呼啸，树影婆娑，一线天外，惊蛰楼与前院的两帮人仍在心急如焚地等待着。

即使已是半夜时分，却无一人回去休息，只因一线天中困着他们两边都最为重要的人。

许多弟子有些撑不住了，三三两两地靠在树下，有人过来劝一直站在寒风中的姬宛禾："宛姐，先过去休息一下吧，这里风大，你会受凉的……"

姬宛禾一双眼直勾勾地盯着那一线天，红衣随风飞扬，身子一动不动，薄唇紧抿间，一句话也未说，只是对不断来劝说她的人坚定地摇着头。

这副望夫石的样子，叫月下不远处，坐在树下休息的岑子婴都有些纳罕了，心中啧啧称奇："这母老虎难道是喜欢那小子，这么紧张？"

姬宛禾自然不知有人正在背地里腹诽不已，替她乱搭红线，她只是直直望着那一线天，唇边喃喃着："老遥，你可千万不能出事，你爹娘都还没回来呢，千万不要让他们见到一具尸骨，一定要好好活着啊，拜托了……"

冰室中，辛鹤已经将整个岩洞都摸索了一圈，最后还是回到了喻剪夏与裴云朔身边，也就是她和骆青遥一同掉下来的地方。

那面岩壁早在喻剪夏与裴云朔掉落下来的瞬间就已恢复了原样，没有丝毫裂开过的痕迹，无论怎样敲打撞击，也没办法再打开那条通往外头的暗道。

看来这处机关只能从外面触发，让上面的人掉落下来，却无法帮助他们从这里离开。

不行，一定还有别的出路！

辛鹤心头燃起一股烈烈火焰，强烈的信念支撑着她不知疲倦地探索着，这里加上她一共有四条人命，她必须要找到出口，必须要活着离开！

所幸那酒儿果能给她充饥，饿了就吞下几个，肚子里暖乎乎的，也就不觉得多累多冷了。

可骆青遥的情形显然不太好，自从吃下那酒儿果后，他脸上就总是红一阵白一阵，额上冷汗涔涔，脉象也紊乱得很，像有什么东西在体内乱窜一般，连喻剪夏也束手无策，查不出个所以然来。

“青瓜，你坚持住，我肯定能很快找到出口的，你不要倒下啊！”

辛鹤呼吸急促，见骆青遥一脸难受的模样，不由得凑上前，抱住他发烫的脑袋，握紧他一只手，又想将内力传至他体内。

可是这一回，骆青遥忽然脸色大变，身子剧烈一颤，将她一把推开，又猛地吐出一口热血来！

“青瓜！”辛鹤瞳孔骤缩，慌乱不已。

喻剪夏忙上前替骆青遥把脉，喂他服下一颗定心丸后，扭头对辛鹤摇头道：“不能再给他输内力了，骆师弟现在脉象混乱，承受不起外界的任何刺激！”

辛鹤呆若木鸡，一颗心剧烈跳动着，在一旁手足无措，急得不知该如何是好：“青瓜，你别吓我啊，青瓜，说好了同生共死的，你千万不要有事啊……”

她咬咬牙，又捡起地上的捣衣棍，下定决心道：“剪夏师姐，你照顾好青瓜和白毛，我继续找出口！”

说找就找，一刻也不能再耽误了。

辛鹤围着那处岩壁，死死研究着，额头上都冒出细细密密的汗珠来了。

另一头，骆青遥的情形总算稍稍稳住了，喻剪夏抱着药箱，心神紧绷地守在他与裴云朔身旁，一点儿也不敢松懈。

冰室中里一片焦灼的气氛，忽然岩壁那边传来了辛鹤兴奋的一声：“我找到了！”

喻剪夏眸光一亮，只看到辛鹤猛地回过头，激动道：“外门，原来这是外门！”

在他们掉落下来的那处岩壁周围，她在一个极其隐蔽的地方发现了一个特殊的符号。那符号旁人或许认不出来，她却一见便知！

因为这正是在琅岐岛上，小越哥哥曾教过她的密室机关术！

“这里原来是一个四象门密室！”

“四象门？什么四象门？”喻剪夏听糊涂了。

辛鹤兴冲冲道：“对，就是四象门，活门、死门、内门、外门！”

“剪夏师姐你看，这个标识代表这一处是外门，也就是说只能从外面开启，无法从里面触动机关。”

喻剪夏心思剔透，一点就通，立刻道：“那内门就是只能从里面触动，无法从外面触动？”

“对！”辛鹤继续兴奋道，“还有活门跟死门，活门就是两边相通，内外都能出入，死门就是只能用一次的机关，一次即毁，不给后来人机会进出……”

不远处，靠着岩壁休息的骆青遥听到辛鹤的声音在冰室中回荡着，心头也燃起丝丝希望，嘴边喃喃着：“小鸟，这回全靠你了……”

辛鹤还在那分析道：“这里既然是一个四象门密室，那只要找到另外的活门与内门，就有机会出去了，等我来算一下就知道了！”

她说着，左右望了望，忽然灵机一动，拿起了手中的捣衣棍，开始往岩壁那里丈量起来。

笔直的捣衣棍像一把木尺般，辛鹤埋着头，从岩壁那处机关的位置，一路往冰室中央丈量，一边比画着，一边在嘴里念念有词道：“一棍子，两棍子，三棍子……”

这捣衣棍摇身一变，竟完全成了一个测量工具！

岩壁边上的骆青遥哑然失笑，看着辛鹤拿着那捣衣棍忙前忙后，四处丈量，得出一个又一个数值，他不由在心中也帮她默默记下。

可惜数值有了，纸笔却难寻踪影，辛鹤抓抓脑袋，又是灵机一动，忙不迭地摘下一堆酒儿果，一股脑儿碾碎了，用手指蘸着那果汁充当墨水，在光滑的冰面上开始计算起来。

那运算显然很复杂，她屏气凝神，一算就是好半天，脑中飞速转动间，手指都要冻伤了。

喻剪夏帮不上什么忙，只能在旁边不时为她擦一擦头上的汗水，骆青遥倒是记住了方才测量的各个数值，不时出声提醒一下辛鹤，末了，遗憾叹道：“若是我义父在这里就好了，他是天算奇才，什么样的难题交给他都能迅速解开……”

可惜付相不在，只有对算术毫不感兴趣的辛鹤，她一边着急算着，一边在心里后悔不迭，早知道在琅岐岛上就多跟小越哥哥学一些精妙的算法，也不至于现在这样焦头烂额。

那时在岛上，她最喜欢练武，其次是小越哥哥教的那些岛外的文化，诗赋古籍，地经风俗什么的，所有内容里她最不喜欢的就是算术这一门，一算就脑仁儿犯疼。

小越哥哥当时给她布置了好多作业，她都是马马虎虎应付，一点儿也不用心，乱七八糟地随便做完，就交到小越哥哥那里去，为此还挨了好多次批评。她总觉得用不上那些复杂的东西，还是拳头最管用，哪里知道今日会在这冰室之中要用这东西来救命！

果然什么都要好好学，不能大意马虎。辛鹤一边在脑中拼命回忆小越哥哥教的那些东西，一边焦头烂额地算着，手指都快要抽筋了。

终于，不知过去了多久，冰室中响起她苦尽甘来的一声：“我算出活门的位置了！”

喻剪夏与骆青遥心头同时一颤，也跟着激动不已，眼中燃起了一道光亮。

他们看着辛鹤拿着那捣衣棍，站在冰室中央四处望了望，确定了方向后，又埋头贴在地面上，一棍子一棍子开始测量起来。

有了确定的数值，活门的位置很快被找到，只是当辛鹤兴冲冲地抬头时，整张脸都瞬间变得煞白——

那原本应当是活门的位置处，像是遭遇了战火的袭击与焚烧，彻底坍塌，只剩下一堆乱石，机关完全被毁掉，根本没有出路了！

“完了，活门没有了……”辛鹤面如土色，握着捣衣棍的手剧烈颤抖着，她发丝凌乱，一身狼狈，从头到脚脏兮兮的，盯着那堆乱石呼吸急促，眼眶都泛红了。

“小鸟，你别急，别急……”骆青遥远远望着辛鹤发颤的背影，担心她一时想不开被彻底击垮，正想再开口安慰她时，那道背影却猛地一动。

辛鹤忽然抬起衣袖，狠狠抹了下眼睛，重燃斗志般咬牙切齿道：“活门没了，还有一道内门，大不了再算一遍，我就不信老天爷真要赶尽杀绝！”

⑦生死一线

夜色萧寒，风掠四野，大队侍卫在林中不断搜罗着，当先一人大步向前，脸色沉沉，眉头紧锁，正是一刻也不停寻找的鲁行章。

有侍卫队首领追上来，凑到他跟前，欲言又止：“鲁院首，先等等，不要再往里头去了……”

鲁行章回过头，衣袂随风飞扬，依旧是一张冷峻的判官脸。

那侍卫队首领咽了下口水，小心翼翼道：“鲁院首，这里实在太冷了，阴气森森的，危机四伏，弟兄们就算打着火把都有些看不清路了，个个又大半宿没睡，疲倦不堪，难以支撑，看这情形一时半会儿也是找不到人的，不如，不如先收队回去，明天白日里再来……”

“明日再来？”鲁行章陡然拔高了语调，一双虎目像要吃人一般，“明日再来是想给那帮学子收尸吗？你也知道这里危机四伏！这里困了四个宫学弟子，他们处于何等险境之中，至今还生死未卜，你跟我说冷？才找了半个晚上，就喊苦喊累，想着要收队回去睡大觉？你以为人命是儿戏吗？”

那侍卫队首领被吼得一哆嗦，鲁行章眸光愈厉，扬手一指，掷地有声：“要是不想干了，现在就可以把腰间那块侍卫牌子扯下来给我，我二话不说，立刻准你滚回家睡大觉！”

他字字尖利如刀，凶狠地响荡在每个侍卫耳边：“还有谁想走的，站出来告诉我，交了牌子就滚吧！”

那侍卫队首领吓得面色煞白，身后的手下们也个个都被震住，他们都听过鲁行章的响亮名头，却是头一回这样真真切切地感受到。

那侍卫队首领一激灵，忙摇头道：“院首息怒，我们接着找，接着找……人没找到，我们绝不离开！”

“那还愣在这儿做什么，还不快去找，掘地三尺也要把人找出来！”鲁行章一声怒吼下，侍卫们逃命一般地迅速散开。

鲁行章一口气这才顺了顺，目光落在了远处——叶少傅一直蹲在一棵树下，一动未动。

他似乎在聚精会神地研究些什么。鲁行章走了过去，沉声道：“叶少傅，你可是有什么发现了？”

原本叶少傅坚持跟着侍卫队进一线天时，鲁行章是如何也不肯答应的，还是叶少傅自己主动强调，他在入宫学前走南闯北，喜欢到处游览山水景观，探索天地奥秘，什么深林大川他都去过，对这些地方他比一般人要了解多了。

鲁行章那时还有些将信将疑：“你不是教乐理一门的吗？”

叶少傅挠挠头，干干一笑：“院首，说实话，乐理我就是个半吊子，只认得个宫商角徵羽，哪里教得了学生啊？地经才是我的拿手强项，那时刚进宫学，惊蛰楼里正好缺乐理少傅，我稀里糊涂地就被分了过来，一直想跟贤师堂里反映，让我改教地经一门呢！”

惊蛰楼这样特殊的地方，不知来了多少拨老师，又被学生赶走了多少拨，能坚持留到最后的只剩下叶欢叶少傅，其他的都是三天两头就被换掉，压根儿待不长久。

这里本来就不是读书的地方，能留下个把两个老师看管就够了，谁还管教什么啊？

鲁行章当下听得眉头紧皱，盯着叶少傅看了好半晌，才沉声道：“那你跟着进来吧。”顿了顿，语气陡厉，“惊蛰楼的老师分配问题，我回去也会好好彻查的，巍巍宫学，天子门生所在之处怎能这般儿戏？”

就这样，叶少傅如愿以偿地跟着进了一线天，起初鲁行章以为他会吃不消，可让他没想到的是，一大帮身强力壮、拿刀佩剑的侍卫都开始喊苦喊累的时候，这叶少傅却从头到尾都没吭过一声，反而埋着头一路不停地找着，比旁人要认真严谨多了。

看来他的确没有胡说八道，这方面确是他所长。

鲁行章望着叶少傅蹲在树下的身影，若有所思地点点头，心中有了计量。

树下，叶少傅正埋头研究的东西，不是别的，正是一具白蝙蝠的尸骨——叫辛鹤拿捣衣棍打得惨不忍睹，一手拧下脑袋的那一只！

鲁行章弯腰凑近，皱眉道：“这是什么？”

“白蝙蝠的尸体。”叶少傅头也未抬，一只手隔着衣角，拎起那具残破的尸骨看了又看，啧啧道，“我猜，这就是外头一直流传的，一线天中骇人听闻的白怪物。原来是一群白蝙蝠……”他眉心微蹙，“只不过这白蝙蝠体形太大了，牙齿也比一般的锋利得多，看来这里果然有古怪，连白蝙蝠都发生畸变了……”

“畸变？”

“对，不是好现象。”叶少傅隔着衣角放下了那尸骨，拍了拍手，扭头望向四周，嘀咕道，“情形不太妙，得快些找到那帮小家伙们才行，他们一定是遇到了白蝙蝠的攻击了，如今生死未明……”

他说着似乎又想到了什么，埋头在树下找了一阵，发出惊喜的声音："果然有！"

那是长在树下的一小片淡褐色野草，又长又细，周身还隐隐散发着一股特别的味道。

叶少傅想也未想，直接揪了一把下来，用力捏紧在手心里，挤出了许多清清凉凉的汁液，一股脑儿就往自己脸上抹去。

"你干吗？"鲁行章微微一惊。

叶少傅不答，径直将全脸都抹上后，整个人黑了一圈，好不滑稽，这时才望向旁边的鲁行章，嘿嘿一笑："保命啊！"

他猝不及防地伸出手，往鲁行章脸上也重重一抹，鲁行章瞳孔骤缩，才要后退时，叶少傅道："院首别动，这玩意儿有股特殊的味道，白蝙蝠最讨厌闻了，虽不能完全避免受到攻击，但多少有点儿保命的作用，快让侍卫队一起过来抹脸上吧！"

一大群佩刀侍卫蜂拥而至，个个蹲在树下，互相替同伴抹脸擦头，往怀里拼命塞那野草，场面一时间又滑稽，又带着一股无以名状的紧张感。

叶少傅也抓了好几大把塞进了怀中，以备不时之需。

众人无端端地多了几分底气，这才继续举着火把，个个顶着黑不溜秋的脸，往树林更深处找去……

月冷风寒，暗夜幽幽，林子另一头，几道身影焦急地穿梭其中，只想赶快离开这奇诡之地。

正是好不容易才找到内门，从冰室中逃出来，重获新生的辛鹤一行人。

星夜下，喻剪夏搀扶着脚步虚软的骆青遥，辛鹤则背着昏迷不醒的裴云朔，一刻也不敢停地往林子外而去。

骆青遥身体里好像有团火在烧一般，脸上涨得通红，汗水涔涔，一副难受至极的样子。

辛鹤不时扭头对他道："青瓜，坚持住啊，我们马上就能出去了……"

她也是一头汗水，撑着瘦削的身子咬牙背着裴云朔，手里还紧紧攥着那根捣衣棍，走在最前头开路。

几人又走出一段后，骆青遥终是撑不住，痛苦地靠在树下，捏紧双拳，一张俊逸的脸烫得吓人，胸膛剧烈起伏着。

"青瓜，青瓜，你没事吧，怎么会这个样子……"

辛鹤蹲在他旁边，急得不知该如何是好。喻剪夏也埋头不停在药箱里翻找着，想寻到能够缓解骆青遥痛苦的法子。

就在他们停顿在树下之时，不远处的林子中传来一阵异动，夜风呼啸间，大片黑影掠过半空，来势汹汹。

辛鹤最为警觉，耳尖一动，猛然抓紧了手边的捣衣棍："来了，那群恐怖的家伙又来了……"

她猛然站起身，护在树下的三人前，望向黑黝黝的林子。

果然，一大片白蝙蝠在月下飞来，尖牙巨翅，刮起猎猎大风，骇人不已！

想跑已是来不及了，这里唯一有机会能逃掉的只有辛鹤。可她不能逃，她身后有着三条活生生的人命，她不能抛下他们。她没有退路，只能迎面而上！

热血霎时间涌遍全身，辛鹤呼吸急促，望着那群逼来的白色巨影，陡然握紧了手中的捣衣棍。

夜风掠过她的衣袂发梢，她脏兮兮的脸上带着一股狠劲，忽然咬牙一声喝道："来啊，都是鸟，谁怕谁啊，我跟你们拼了！"

说话间，她一个跨步上前，瞅准了方向，抡起棍子就狠狠打去！

当先一只白蝙蝠被她重重打飞，撞在一棵树上，血溅当场。辛鹤这回是真的全力迎战，出手招招致命。

整个蝙蝠群愤怒起来，疯狂扇动着翅膀，露出尖尖的牙齿，将辛鹤团团包围住。

月下情势危急，一人一棍周旋其间，打得不可开交，飞沙走石，惊心动魄。

一片混乱间，骆青遥靠在树下，望着眼前这凶险万分的一幕，紧紧握着双拳，涨红着脸道："小鸟，小鸟……"

生死关头，喻剪夏也一扫柔弱，对着那群围攻辛鹤的白蝙蝠，不断抬袖射出毒针，只是这毒针对人致命，对这些怪物而言却收效甚微。

辛鹤身上已遍体鳞伤，却始终握紧着那捣衣棍，死死挡着那群白蝙蝠，一步不退。

冷月萧萧，寒风凛冽，树下的骆青遥忽然想到什么般，艰难地摸向怀中。

一枚信号弹朝天而射，耀眼的红光照亮了整片夜空。

一线天外，站在风中的姬宛禾身子一颤，霍然仰天望去，激动无比："老遥，是老遥！"

那是在骆青遥刚要进惊蛰楼时，她送给他的信号弹，让他遇到什么危急情况，就朝天而鸣，她跟兄弟们不管刀山火海都会赶去救他的！

姬宛禾的眼眶几乎瞬间湿润了，忍不住就想往一线天里冲，被旁边几个兄弟连忙拉住："宛姐，宛姐不要冲动啊！院首跟侍卫队在里面呢，一定也看到了这求救信号，一定能很快找到遥哥，将他救出来的！"

这几人说得没错，林中的鲁行章与一干侍卫的确也见到这耀眼的红光，个个为之一振，赶紧朝着那信号弹发射的方向赶去。

辛鹤快要支撑不住了，拿着捣衣棍的一只手血淋淋的，几乎都快握不住了。

风掠四野，星光寒芒，空气中弥漫着挥之不去的血腥味。

"不要，小鸟……"

那血似一把火，似一柄刀，快要将树下的骆青遥燃烧起来，撕裂开去，他几乎控制不住身体里的某样东西了，双拳不由自主得握紧，痛苦地摇着头："不要，不要……"

长空月下，一只格外凶猛的白蝙蝠朝辛鹤袭去，显然想要一口咬断她的脖子，辛鹤气力耗尽，还要阻挡左右两边的白蝙蝠，连闪避的机会都没有了，眼见那尖利骇人的牙齿就要狠狠咬了上去！

树下浑身剧颤的骆青遥再也忍耐不住，瞳孔骤缩，有什么冲出胸腔，迫得他仰头长啸："不要——"

刹那间，狂风大作，他发丝飞扬，周身衣袍鼓动着，身上像有一道强光破茧而出，强劲的内力汹涌灌满全身，还不等辛鹤看清之时，几只围攻她的白蝙蝠已被齐齐震飞出去！

一道颀长俊挺的身影护在她身旁，掌风刚烈无比，杀意逼人，脸颊上染了鲜血，长发飞扬间，衣袍在风中猎猎作响。

他搂住她的腰，将她护在怀中，就像惊蛰楼住下的第一夜她护住他那样，紧紧不放。

周围的白蝙蝠一只只惨烈死去，被拧下的脑袋坠落在地，那股气势吞吐山河般，撼人心魄。

辛鹤扭头看着那张杀意凛凛的俊逸脸庞，震撼得话都说不出来了："青瓜，骆青瓜，你、你的穴道冲开了……"

骆青遥杀红了眼，一言未发，同平日嬉笑的模样判若两人，只是闪电般不断出手，对付着一波波向他袭来的白蝙蝠。

当鲁行章与叶少傅领着侍卫队赶来时，骆青遥脚边已死了一大圈白蝙蝠，寒月孤星，林间风声飒飒，他长发飞扬，沐血而立。

众人不可思议地望着这一幕，少年像是割开天地的一把刀，锋利无匹，锐不可当，周身熊熊燃烧着一片火光般，血色耀眼。

一线天外，忽然有人发出一声尖叫："快看！"

所有人都望向那岩壁之间，星夜下，一身染血的白衣随风飞扬，从阴影处慢慢走到了月光中——

骆青遥背着裴云朔，乱发垂下，身影肃杀，一步一步走出一线天，旁边紧紧跟着辛鹤与喻剪夏，浓烈的血腥味飘入空中，天地如镜，碎了一片荧荧微光。

一线天外彻底沸腾了！

"遥哥，遥哥出来了！"

等候了大半夜的兄弟们瞬间炸开了锅，人人争相奔向那身白衣，姬宛禾更是颤抖不已，一个飞身扑上前，热泪盈眶："老遥！"

"少主，少主！"惊蛰楼的所有人也如潮水般涌了上去。

岑子婴与萧然挤开人群，红了双目："阿朔！"

冷风呼啸，星夜之下，骆青遥扭过头，看向身旁的辛鹤，热血萦怀，眸中却水雾氤氲，他扬起唇角："小鸟，我们……活着出来了。"

第五章·小苏姑娘

①丑奴

骆青遥扎扎实实地睡了三天。

期间宫学里发生了许多事情，他一概不知，像是酒儿果的后劲涌上，他醉得醒不过来了，辛鹤一直寸步不离地守在他身边，日夜照料。

那徐坤和书童都被赶出了宫学。姬宛禾与一帮兄弟也被撵回了前院，还因为擅自行动，每个人都受到惩罚，要将院规抄上十遍。可到底等来了安然无恙的骆青遥，他们心头大石落地，纵是抄上一百遍又何妨?

付远之也来过书院一趟，急切地想要过小镜湖去看望骆青遥，却被鲁行章断然拒绝了，他的理由是人已经没事了，兴师动众地跑过来看也起不到什么作用，反而破坏了院规。

此番他带领侍卫队入一线天，为了搜寻几个学生也是尽心尽力，自己在与那些白蝙蝠搏斗间，手臂还受了伤，付远之听闻亦是心间触动，对鲁行章多了几分认可。

可一事归一事，在院规上面，鲁行章依旧不改古板，一点儿也不会变通，无论怎样都不肯松口，付远之没办法，只能将探望一事暂且缓一缓，决定改日另寻由头再去拜访一下鲁行章。

夜色悠悠，月白风清，惊蛰楼里，骆青遥依旧沉沉昏睡着。

他做了一个很长很长的梦，梦里山水明秀，爹娘带着幼时的他在湖上泛舟，好不悠然，只是迷雾渐起，他被留在了岸边，爹娘却乘舟而去，身影越来越远……

“爹，娘，我好想你们啊……”

他迷迷糊糊间，伸手触到一方柔软的所在，不由得紧紧搂住，将脑袋埋进了那个温暖的怀中，哼哼唧唧着：“娘，娘……”

这模样活像只小奶猫似的，辛鹤被他搂住了腰，一时推也推不开，简直哭笑不得：“喂，骆青瓜，你醒醒，快醒醒！”

怀中人却依旧紧紧缠着她，蹭了又蹭，辛鹤被他弄得直发痒，忍不住抬起手往那张俊逸的脸上拍去：“喂，骆青瓜你醒来啊，我可不是你娘，生不出你这么大一青瓜，快醒醒……”

骆青遥迷迷糊糊地被拍醒，一双眼迷离蒙眬地望着辛鹤，愣了好半晌，才一激灵，陡然坐了起来，猛烈咳嗽了几声，差点儿被自己呛到。

居然把辛小鸟当成娘了，真是丢人丢大发了！

辛鹤岂不知他所想，唇角促狭一扬，有意凑近他，伸手摸了摸他的头，笑吟吟道：“好儿子，脑袋还晕不晕啊？”

“去去去，少占小爷便宜！”骆青遥将辛鹤的手一把拍开。

“明明是你缠着我喊娘的，我不介意多个儿子呀，来来来，再叫两声娘听听！”

“滚蛋！信不信小爷拔了你的鸟毛！”

……

灯火摇曳的院舍中，两人又开始打打闹闹，像是回到刚进惊蛰楼那会儿，九死一生后才知平日的这份嬉闹有多么可贵。

骆青遥向后一躺，盯着上方，长出一口气：“小鸟，活着……真好啊。”

辛鹤也闹累了，跟着往他旁边一躺，扬起唇角：“是啊，活着真好，还得一直好好活下去，还有很多很多事情要做呢……”

她情不自禁伸出一只手，轻轻摸向了腰间香囊中的茶饼，心神恍惚间，飞到了很远很远的地方：“小越哥哥，我还活着呢，我一定会找到茶经，救活姑姑的爱人，一定会……”

月光清冷，浪花拍打着礁石，琅岐岛上的后海树林中，除却几只飞鸟掠过夜空外，一片清幽寂静。

乱石遮掩的洞口下，深不见底，夜明珠的柔光照亮了偌大的石室，桌前静坐的少年苍白如雪，眉眼低垂，几缕乌发拂过脸颊，秀美昳丽，却又诡魅异常，如暗夜中的一簇灵火。

他手中搬弄着一套古朴的茶具，动作慢条斯理，清贵雅致，茶香缭绕间，跪在他脚边的老者毕恭毕敬地汇报着：“主子，这次新选的十长老会中，经过咱们的一番部署与推波助澜，又多拿到了两个位置，再加上属下与吕老之前所占据的两席，如今咱们在十长老会中势力已达四成，还有岛上那些暗中潜伏的弟子，亦是日渐壮大，相信要不了多久，就能将属于主子的一切彻底夺回了！”

老者的声音略带激动，在石室中久久回荡着，少年低头抿了一口茶后，缓缓道："白翁，这些年辛苦你了。"

老者霍然抬头，眼眶瞬间泛红，喉头动了动，声音低哑道："不苦，最苦的是主子才对，所幸，咱们都要熬出头了……"

"哪有那么容易熬出头啊，白翁，你我脚下的路还长着呢。"少年轻轻一叹，抬首望向洞口，微眯了双眸，"重新掌权，夺回琅岐岛的势力，还只是第一步罢了，你我心知肚明，真正重要的是那本《妙姝茶经》，只有拿到茶经，大业才可期，未来咱们要做的事情，还有许多许多呢……"

"属下明白，天佑童鹿，那本茶经一定会回到主子手中。"白翁颔首道，提及茶经，他不由得看向少年，似乎想到了什么，扬声道："那丫头不是溜出岛寻茶经去了吗？她老子都急疯了，派人出海到处寻找，此番十长老会的主持都顾不上了呢，几笔海上的买卖也谈得心不在焉，十之八九成不了，损失可是大得很，不少人私下对他颇有微词，属下也让人放出风声，各种煽风点火，就连他身边的几个心腹瞧着都有些不满了，可惜那家伙眼里只有爱女，旁的都看不到，若他知道他丫头的真正去向，只怕胸中一口鲜血都要喷出来了！"

"哼！这就是报应！天理循环，恶有恶报，该他辛家受着的，一分都跑不掉！"白翁越说越解气，声音在石室中久久回荡着。

少年却依旧一副清清淡淡的模样："想要让辛家的势力土崩瓦解，不是这么简单的事情，一步步来，如蚕吞桑，总有一日叫他们连骨头渣子都不剩……"

明明阴寒无比的一番话，自少年嘴中说出来却轻飘飘的，一丝一缕钻进了夜明珠的薄光中，他秀美的身影坐在缭绕的茶雾中，如一幅山水画般。

似仙似鬼，如妖如魅。

"对，主子说得没错！"白翁愈发激动起来，"辛家还真以为他们的岛主之位固若磐石不可撼动吗？岂不知早已岌岌可危，还有当年那些背叛的小人奸贼，一个都别想跑，地府里总有扇门在等着他们！"

少年静静听着，没有说话，过了许久，才冷不丁问了句："她呢，如何了？"

白翁一愣，却很快明白过来，自怀中掏出一物，恭敬地呈给少年："这是前方的风哨子传回的信儿，正要给主子看呢。"

"风哨子"是他们安插在盛都城中的眼线，早在辛鹤考入宫学前，他们就已经派去了几拨人参加那麒麟大考，想要混入宫学之中寻找茶经，可没一个能考上。不得已下，只能将那些眼线分别安插在宫学附近各处酒楼医馆中打杂做事，以获取情报，伺机寻找茶经。

当时辛鹤考入宫学的消息传回琅岐岛时，白翁还着实感叹了一番，没想到那丫头有几分能耐，小越当时只淡淡说了一句："她毕竟是我一手教出来的人。"

可这回传来的消息却不太好，辛鹤身陷险境，那眼线传回消息时，辛鹤仍困在一线天中，还未脱险，如今她的最新情况小越这边也一无所知，还当她凶吉未卜。

少年看了信久久未动，五指都捏得有些发青。

白翁瞧得真切，忙连声道："主子放心，这丫头机灵得很，信里也说了，宫学里的侍卫队都出动了，一定不会有事的，一定能够逢凶化吉……"

少年依然没有动弹，苍白的脸上无悲无喜，看不出任何神情，过了好半天，才道："让风哨子继续去探，务必快速传回消息，无论人……是生是死，都给个准话，听明白了吗？"他的声音有些低哑。

白翁忙叩首道："属下明白，主子放心，属下这就吩咐下去，也会让前方的风哨子加紧探寻茶经的下落，一切都会安排妥当的，请主子宽心。"

晨光微醺，长风万里，盛都城里，天色晴好，街上店铺纷纷开门营生，热腾腾的包子卖了一屉又一屉，行人络绎不绝，处处熙攘忙碌起来。

宫学的对面有一家老字号的仁安堂，乃皇城中有口皆碑的大医馆。

两个小厮正在门口扫着地，忽然听到马车驶近的声音，抬头看去，一袭温雅青衫已掀开车帘，徐徐走了下来，旁边还跟着几个贴身侍卫。

"相、相爷！"两个小厮显然认出了来者，愣了愣，拿着扫帚正准备下跪，却被那只白皙修长的手轻巧托住，那张俊秀脸庞微微一笑："不用了，带我去见你们的卓老板，我给他送琴来了。"

仁安堂的东家姓卓，平日鲜少露面，也不太爱和人打交道，未娶亲成家，除却打理着这家医馆外，一生就是钟情于音律，爱琴成痴，可惜自己实无天赋，五律不全，琴音难听得能够夺人性命，平日里付远之是不愿踏足于他的后院的。

没错，这位送琴之人正乃当朝丞相付远之。

他与卓老板乃多年好友，今日登门拜访，名为送琴，实来求药。

一路随着小厮进入后院，阵阵药香扑鼻而来，春光正好，付远之扬起唇角，步上长廊还没走几步，却忽听到院里传来一个骂骂咧咧的声音："丑奴，你快点儿行不行，动作磨磨唧唧的，也没见别的瘸子走路有你这么慢，到时候太阳下山了，你这药还怎么晒啊……"

付远之身形一顿，停在长廊上，向院中看去，只见一个瘦弱的背影抱着一竹筛药，一瘸一拐地走在阳光下，旁边一个五大三粗的壮汉双手抱肩，像是监工，皱着眉骂骂咧咧的，一个劲儿地催促着。

丑奴抿紧着唇，吃力地拖动着身子，枯黄散乱的头发随风飞扬，竟是个瘦弱的小姑娘。

长阳下，她大半边脸上都布满了红印，丑陋可怖，显然是从娘胎里带出来的胎记，加上那跛着的一只足，无怪乎被人称作丑奴了。

付远之长睫一颤，盯住阳光下那只跛着的足，久久未动。

耳边依稀又响起一段儿时的歌谣："跛娘丑，跛娘怪，相府有个郑跛娘，生了一个病娇娇，背着娇娇走起路，一跛一跛慢老牛……"

他的母亲曾经也被人嘲笑为“郑跛娘”，那时父亲为相，对母亲的跛足厌恶至极，他与母亲在相府中相依为命，过得水深火热，受尽欺凌。这些几乎被他忘却的前尘往事，只要每回来仁安堂，见到这道一瘸一拐的身影，他就会再想起一次。

院里那壮汉还在不停骂着：“快点儿快点儿，别偷懒，把这些药都放好了才准吃早饭！这里还有这么多呢，拖拖拉拉的，要弄到什么时候去？别等太阳下山了你都还没干完活……”

正骂着时，身后忽然传来一记清润的声音：“太阳才升起，哪那么容易下山？”

壮汉猛然回头，吓得脸色一白：“付、付大人！”

②小苏姑娘

长空下，丑奴也跟着回首，难以置信地望向眼前那袭温雅青衫，她脸上红印虽骇人不已，一双眼眸却生得水灵灵的，我见犹怜。

付远之站在长空下，冷冷瞥了壮汉一眼，没有说话，只是径直走上前，抱过了丑奴怀中的一竹筛药材：“我来吧。”

温柔的声音在耳畔响起，如三月春风拂过，萦绕进了心底，丑奴的神色更加怔然了。

“这可使不得，使不得，付大人快放下，这种粗活怎么能让付大人干呢，可别弄脏了付大人的手！”那壮汉夸张地上前，作势欲抢过那竹筛。

付远之冷眼看着他，索性松了手，道：“那行，你来干吧，我瞧着这活计很适合你。”

那壮汉一愣：“大、大人……”

付远之面无表情，望着他一字一句道：“如你所说，赶在太阳下山前，全部做完，不要偷懒。另外，不可假手于人，若被我知晓你当面一套背后一套，那么这仁安堂你便不用待了，另外寻个地方去作威作福吧。”

壮汉如坠冰窟，这才听明白过来，抱紧怀中的竹筛，吓得面无人色，点头如捣蒜：“是，是，全部交给小人来做，小人错了，小人一定谨遵大人的吩咐，埋头把这些活干完，再也不乱支使人了……”

他唾沫星子飞得老高，一旁的侍卫嫌恶地推开他：“知道了就快去干活，别往大人身前凑！”

壮汉一哆嗦，忙抱着竹筛走开。

瘦弱的丑奴还愣愣地站在原地，似乎不太敢相信发生的一切。

付远之笑了笑，对身旁侍卫道：“把食盒拿过来。”

打开的食盒中放置着几碟精致的点心，色相鲜美，酥香扑鼻，诱得人食指大动。

付远之伸手端出了一碟，径直递给那丑奴，柔声道：“小苏姑娘，先吃点儿东西垫垫肚子吧。”

丑奴身子一颤，抬着头，一双水眸瞪得更大了，薄薄的唇瓣动了动，却一句话也说不出来。

因为她不仅瘸，还是个哑巴。

丑奴在这仁安堂里打杂，据说是个孤儿，从闹饥荒的家乡逃了出来，无亲无故的，人人只知道她姓苏，都叫她丑奴，从来没有人唤过她旁的，更别说会这样温柔地叫她一声小苏姑娘。

付远之来过仁安堂几回，每回都对她和颜悦色，也给过她一些银钱，可是像今天这样温柔地喊她小苏姑娘却还是头一次。

丑奴觉得自己长到这么大，再没有听过比这更动听的称呼了。

"快吃吧。"见到眼前这楞神的小姑娘，付远之不由得又笑了笑，将碟子往前一递。

那碟端出来的点心是用香叶包裹住的珍珠糯米团，做得极为精细，在阳光下散发着丝丝清香。丑奴却依旧愣着，迟迟没有伸手来接。

倒是旁边的侍卫忍不住了："大人，这可是你亲手做的点心，特意送来给卓老板吃的，怎么能……"

"多嘴。"付远之喝止了侍卫后，又将那点心往前递了递："快吃吧，饿着肚子是做不了事情的。"

丑奴呼吸一颤，这才回过神来，忙摆摆手，想要将点心推回去，却听到耳边响起一声轻笑："你不想尝尝我的手艺吗？这可叫我很伤心呢，嗯？"

丑奴又是一愣，那袭青衫已将东西塞进了她手中，笑道："快拿着吧，凉了就不好吃了。"

稀里糊涂间，丑奴才拿稳那碟点心，眼前那张俊秀温雅的面容已接着笑道："你慢慢吃，不着急，还有这些钱也收好了，去置办几身新衣裳。"

手心里不由分说地又被塞进了几锭碎银子，那个动听的声音萦绕在耳畔，随着花香飘进了微风中——

"春光这般好，希望下回见到你的时候，也能如这无边春色般明丽粲然、朝气蓬勃，好吗？小苏姑娘。"

付远之今日前来仁安堂是想要求两味药，一味是替骆青遥求的，他从那一线天出来后，虽无大碍，但多吃些滋补的药材对身子总是好的。

还有一味药却是替鲁行章求的。

熏香缭绕的房中，抚琴的卓老板听到这，有些诧异地抬起头："你好端端的干吗要为他求药？他处处与你作对，你就算是菩萨心肠也犯不着用在他身上吧？"

付远之笑了笑，摇头道："你有所不知，这鲁大人身患头疾许多年了，一直苦于找不到法子医治。这头疾隔三岔五就会发作，令他性情暴躁，饱受煎熬，近些年恐怕是越发严重了……

"我与他明面上是政敌，却无私怨，都是为了大梁的江山社稷。鲁行章其人虽行事极端，但有一颗为国为民之心，为人也刚正不阿，若能治好他的头疾，他的性情应当会有所改变，不会再像现在这样暴躁古怪，相信这份改变对于陛下和百姓都是好事一桩。

“还有个重要的原因就是，我有求于他，想带上这味药前去拜访，作为一份登门之礼。”

自从上次要去探望骆青遥遭拒后，付远之就一直在等待一个合适的时机，而如今，这时机终于到来了——

大梁的邻国，乌孙国即日将遣使团来访，带领使团的两位皇子，乃双生兄弟，都极为喜爱蹴鞠，他们这次来访，梁帝有意投其所好，选拔宫学中的弟子组成两队举办一场蹴鞠盛会。一来为乌孙国的皇子与使团表演一场，二来用宫学弟子长长脸，彰显大国风范。

付远之此番便是要将这道旨意传到宫学中去，也借此契机带上药去与鲁行章谈一谈，争取能让他松口，可以让他过小镜湖去那惊蛰楼中探望骆青遥。

说白了，这份治愈头疾的药就是他展示给鲁行章的诚意。

卓老板听了一圈后，总算是听明白了，啧啧摇头：“也真是难为你了，堂堂一朝丞相居然还要受制于这个老匹夫，他到底是有多棘手啊！”

付远之笑了笑，淡淡道：“丞相又如何？也要按照规矩章法办事，难道就能滥用强权去对人施压吗？他如今担任宫学院首，若想掺和宫学里的事情，自然绕不过他。”

“好好好，你是君子，我是蛮人，行了吧？”卓老板挥挥手，不再多言，只抱住那古琴，冲付远之努努嘴，神秘兮兮地一笑，“这药我可以为你配，但你须得答允我一件事。”

“什么事？”

“你今日得为我抚上一曲，这些年你忙于公务，我已经有许久未听你抚过琴了，实在想念得紧，今儿个说什么也得让我饱饱耳福，怎么样，成不成？”

付远之一愣，旋即笑道：“你卓老板都开口了，我哪敢不从啊？”

他接过那架古琴，十指缓缓抚摸上去，言辞间也颇为感慨：“如你所说，我确实很久没碰过这些了，当年在宫学念书时，每日只有风花雪月为伴，哪里会想到如今身处庙堂，身心系于君王百姓与江山社稷。我这琴艺估计生疏不少，你既想听，不作嫌弃，我也只好献丑了。”

“哪里会嫌弃，求之不得呢，快快请吧，付大公子！”卓老板几乎两眼放光了。

付远之哑然失笑，修长的双手搭在了那琴弦上。

一室雅香缭绕，琴声随之而起，似一阵清风拂来，流水潺潺、落花悠悠、山间虫鸣鸟叫……丝丝缕缕令人如坠梦境。

丑奴拿着扫帚，在长廊上左右望望，装作不经意地扫到门边时，正听到这动人心扉的曲子，她透过门缝往里望去，不禁一怔——

那轻烟萦绕间，一袭青衫端坐案前，修长的十指行云流水地抚着琴，眉目如画、风姿卓秀，世间所有清辉都聚在了他身上一般，光芒粲然，宛如天人。

丑奴手心一紧，不由自主地屏住了呼吸，久久未动，一时间在门外看得入神了。

恍惚间，天地万物顷刻消散，她一双眼，一颗心，都只能望见那一个人了。

一笑相逢蓬海路，人间风月如尘土。

夜色幽深，风拍窗棂，院中万籁俱寂。

灯火摇曳的小屋中，一面铜镜前，丑奴洗净了脸，卸掉了所有丑陋的伪装，终于露出了原本惊艳绝伦的模样——

镜中人雪肤红唇，乌发如瀑，一张脸出落得山水明净，在灯光下美得动人心魄，尤其是那一双秋水般的眼眸，微微上挑时，又带了几分少女独有的妩媚。

这是一张太过引人注目，必须穷尽心思，拼命遮掩，才能够盖住的美人脸。

少女盯着镜中的自己，愣了许久，一只手轻轻抚上脸颊，眼前似乎又浮现出那道温润如玉的身影，他动听的声音随着花香飘入她心扉："春光这般好，希望下回见到你的时候，也能如这无边春色般明丽粲然、朝气蓬勃，好吗？小苏姑娘。"

小苏姑娘，他叫她小苏姑娘，那样温柔，那样美好，像一个不真切的梦。

耳边仿佛又回荡起那流水潺潺的琴声，镜中人兀自沉醉，却是一个激灵像想起什么般猛地摇了摇头，强迫自己清醒过来。

"苏萤，不要想，不要再去想了，你不配的，你配不上的……"

一个是云端上的人，一个却只是地里低贱卑微的泥巴，所谓云泥之别不过如此。

他们这辈子都不可能有交集，能得到他一声小苏姑娘的称呼，已是莫大的福气了，不该再去痴想别的了。

少女对着镜子喃喃着，失魂落魄，不知过了多久才深吸口气，打开了手边的密信。

信中的指令很简短，她了然于心后，直接将信笺探向烛火，看着它一点点燃尽，目光失神。

夜风拍打着窗棂，这被火苗吞噬了的信笺像极了她自己，那些蠢蠢欲动的情愫随着这道火光一点点燃烧殆尽，彻底湮灭。

有些东西一早就该掐灭掉，她永远也不要做那只扑火的飞蛾，永远也不要。

③夜探宫学

付远之的旨意一传达到宫学，立刻引起了众学子的热烈响应，人人争相组队报名，都想被选中，能够代表宫学，代表大梁，参加那场蹴鞠盛会，在邻国使团面前崭露头角，为家族与书院赢得荣耀。

前院这么兴致勃勃，惊蛰楼那边也是议论纷纷，原本这蹴鞠盛会没有惊蛰楼的份，但因为一个岑子婴，破天荒得到了参与的资格。

他的三个贵妃姐姐向梁帝软磨硬泡，点名一定要让岑子婴加入蹴鞠队，在邻国使团面前好好表现一番，再顺理成章地对他进行嘉许，将他从惊蛰楼提出来，放到前院正经念书，别再荒废度日。

这愿景是很好的，奈何岑子婴毫不领情，任性拒绝，死都不肯跟前院的人组成一队，背叛惊蛰楼，还说就算要参加比赛，他也一定要跟自己那帮兄弟一块儿组队，否则宁愿放弃这个机会。

这小舅子犟得很，梁帝又气又无奈，被几个贵妃缠来缠去，闹得脑仁儿都疼了，最后一挥手，索性一视同仁——宫学前院与惊蛰楼皆一同参与这蹴鞠盛会，两边各选拔一队，在乌孙国使团面前进行比赛，哪方获胜了便大大有赏，格外出众者还将得到特赦——提前离开惊蛰楼，回到前院念书。

这特赦摆明了就是为了岑子婴所设，他不屑一顾，有人听了却是两眼放光。

"骆青瓜，我们也去参加这比赛吧！要是表现好，说不定有机会提前离开惊蛰楼呢，怎么样？"站在公示的红榜前，辛鹤止不住地兴奋，一副跃跃欲试的模样。

旁边的骆青遥倒是漫不经心，双手背在脑后，一斜眼，懒洋洋道："你就这么想离开这儿吗？"

"那当然了，难道你不想吗？"

"我还好啊，既来之则安之，我这人野生野长的，哪里都能待得住。"骆青遥微眯了眸，阳光洒在他俊逸的脸庞上，他歪过头，冲辛鹤一笑，"不过这比赛看起来还不错，你若真想去参加，我自然也跟着一道了，谁让咱们睡一个被窝呢，你走了，我岂不冷清？"

"谁和你睡一个被窝了？明明……"

"行了，去报名吧，又要婆婆妈妈扯一堆了，总之我就一句话，这惊蛰楼当初我们一同来的，往后便要留一起留，要走一起走！"

长空下，辛鹤盯着那张俊逸洒脱的脸庞，心潮起伏："骆青瓜，你真够意思！"

自从冲开穴道，骆青遥恢复内力后，那连心毒也自然跟着解开了，他与辛鹤之间再无牵绊，但一番同生共死后，情义却只增不减。

两人做下决定后，这便随周围的人一同前去报名，只是还没踏进院中，老远就听到了一个熟悉的声音在那里颐指气使，挑挑拣拣地嚷嚷着——

"你不行，你这腿太粗了，看着就踢不动！"

"你也不行，腿太细了，跑两步就没劲了！"

"还有你，面目可憎，生得太凶了，出去比赛会丢我们惊蛰楼的脸，名额没你的份了，待一边儿去！"

……

院子中央，那个叉着腰、站在一排队伍前挑三拣四、用各种千奇百怪刁钻刻薄的理由"刷人"的家伙，不是岑子婴，还是谁？

说来好笑，这次惊蛰楼的选拔大权竟然落在了他头上，将由他来选出一支队伍同前院进行比赛，蹴鞠队人数大概在十二人至十五人之间，他想让谁进就让谁进，想让谁滚就让谁滚。

当皇帝的小舅子就是这么任性。

长空下，骆青遥与辛鹤对视了一眼，心照不宣，唇边同时泛起了一丝苦笑。

果然，那岑子婴隔老远就瞧见了他们，眉梢一挑，故意拖长了音道："哟，是您二位呀，怎么，也想来参加蹴鞠队啊？"

上回一线天的事情虽然最终平息下来，但到底闹得不太愉快，姬宛禾又带着前院杀过来给了个下马威，岑子婴总觉得脸上挂不住，这次见到骆青遥与辛鹤也来报名，自然要逮着机会阴阳怪气地酸两句了。

在满院各色目光的注视下，骆青遥与辛鹤走上前来，坦坦荡荡道："对，我们也来报名。"

岑子婴皮笑肉不笑的，将他们上下打量了一番后，摸摸下巴，冷不丁道："先把衣服脱了吧。"

"什么？"辛鹤始料未及。

"脱了啊，看看有没有肌肉，身子骨强不强壮，够不够格加入蹴鞠队。"岑子婴理直气壮地喊着，"怎么，不想脱啊？"

辛鹤呼吸急促起来："岑子婴，你不要太过分！"

"我哪里过分了，我这是认真负责，秉公办事啊，要是不脱衣服，我怎么知道你们有没有实力，能不能进蹴鞠队啊？"

"你！"

辛鹤忍无可忍，捏紧双手正想理论时，旁边的骆青遥已将她一把按住，挺身上前。

少年白衣飞扬，笑容不羁，对着岑子婴扬声道："这好办，不就是想看一身力气和肌肉吗？不如这样，我一拳头把你打到墙里，你让旁边的人给你拾掇拾掇，保准抠都抠不下来，怎么样？"

"骆青遥！"岑子婴脸上一红，见周围有人发出窃笑，更加恼怒了，对着骆青遥气急败坏道，"你少跟我耍嘴皮子！今儿个不脱衣服，你们就休想加入蹴鞠队啊！"

"是啊，脱衣服，脱衣服！"周围好事者也跟着纷纷起哄，甚至有人想要上前来拉扯动手。

"滚开，谁敢碰我一下，试试看！"辛鹤恼了，一张白皙俊秀的脸都涨红了，那架势让身旁众人都吓了一跳。

"你反应这么大做什么？"岑子婴也哼了哼，抬起尖尖的下巴，叉腰讽刺道，"这里都是大男人，有什么不敢脱衣服的？你连一线天都敢闯了，脱个衣服有什么好怕的？莫非……"

岑子婴盯着辛鹤，目光忽然变得古怪起来："莫非你——"

辛鹤呼吸紊乱，细嫩的脖颈上冒出汗珠来，一颗心都提到了嗓子眼，正想喝止住岑子婴的猜测时，就听他已经先一步高声说了出来："其实是个先天不足、体有残缺的太监？"

话一出口，辛鹤愣住了，岑子婴却叉腰仰头，放声大笑，周围人也跟着拍手而笑，个个幸灾乐祸。

这满带羞辱意味的调侃与挖苦却并没有刺激到辛鹤，反而让她心中暗暗松了口气，倒是旁边的骆青遥上前一步，挑了挑眉，对着岑子婴似笑非笑："我瞧这里最像太监的，难道不是岑小妹你吗？毕竟上头有三个贵妃姐姐，家里水土多养人啊，这小脸蛋水灵灵的，不如也脱个衣服瞧瞧，给大家伙验明正身啊？不然蹴鞠队里混进个娇滴滴的小娘子都没人知道，到时擦到碰到哪儿，给咱们这帮臭男人占了便宜去可怎么办啊，你说是不是，岑小妹？”

骆青遥将岑小妹三个字咬得格外重，满院笑声四起，却被岑子婴狠狠瞪去，个个都只能辛苦憋着笑。岑子婴面红耳赤，怒视着一脸无赖的骆青遥，几乎快要气疯了："骆青遥，你、你……我不跟你耍嘴皮子！总之今天不脱衣服，你们就休想进蹴鞠队！”

“让他们加入。”长空下，一道清冷的声音陡然传入院中。众人回头望去，裴云朔与萧然竟不知何时进了院中。

“阿朔，你……你说什么？”岑子婴望着那走近的两道身影，一时有些没回过神来。

裴云朔停在骆青遥与辛鹤旁边，深深看了他们一眼，依旧是不带感情的一句话："我说，让他们加入。"

“可、可是，阿朔……”岑子婴跺了跺脚，激动地还想说些什么时，裴云朔已经攫住他的眼眸，冷冷道："如果想赢前院，不想在文武百官和那邻国使团面前丢人，就让他们加入。"

萧然走上前，一边摇着羽扇，一边笑道："是啊，六郎，不要任性了，以骆师弟与辛师弟的身手，若能加入蹴鞠队，对我们来说可是如虎添翼。你难道不想多几分胜算，大挫前院吗？”

“只是骆师弟身份特别，若是见到昔日旧友兄弟，不知道会不会倒戈相向？”萧然眼波一转，望向骆青遥，目光别有深意，“骆师弟可千万不要忘记自己是哪边的人，不要做出‘身在曹营心在汉’的事情啊，这场比赛关系重大，儿戏不得，骆师弟，你说呢？”

夜色如水，冷月高悬，风声飒飒。

无边寂寂中，仁安堂里，一道黑影跃上墙面，悄无声息地潜入了宫学之中。

正是收到琅岐岛指令夜探宫学，搜寻茶经线索的风哨子，苏萤。

她被安插在仁安堂中，平日里以丑奴的身份作为掩饰，每当夜深人静的时候，就会换上夜行衣，不再伪装成跛足，而是身手灵敏地完成上头交代下来的一桩桩任务。

这一回她得到的指令有两个，其中打探消息的指令已经确认无疑——辛鹤已经从一线天出来，安然无恙。

而另一个指令，才是她乃至所有安插在盛都城中的风哨子肩上最为重要的任务，那便是锲而不舍、年复一年地寻找那本《妙姝茶经》的下落。

冷月下，她一袭夜行衣，身影灵活地穿梭在风中，眸光定然，目标明确，仍旧是西苑那间折竹居。这就是当年那位章怀太子在宫学为质念书时曾经住过的地方。

苏萤记不清自己已经搜寻过多少遍了，但一无所获，可是要找到茶经的下落，最大的线索便是这间故居，她同所有的风哨子一样，都只能从这里下手，一遍遍从头找起。

夜风凛冽，苏萤无声无息地潜入了西苑。她不知道，今夜的折竹居里不再是空荡荡的，而是住进了一个人。

漆黑的房中，一道温雅身影坐在桌前，闭着眼睛，手中悠悠把玩着一个九连环，白皙修长的手指熟练地拆解着，不急不缓，气定神闲。

这个住进折竹居的人不是别人，正是前来宫学传旨而留宿一夜的付远之。

他白日里传旨后，与鲁行章关上房门进行了一番长谈，除却想要过小镜湖去探望骆青遥外，还提及了大梁的一些法度改革。他指出了鲁行章那套《梁宫司刑》的许多弊端，对他进行了一番推心置腹的剖析，希望能够说服他不再一意孤行，走那条极端的变革之路，而是与他一起携手前行，放下各自的成见，共同为大梁效力，造福百姓。

鲁行章听了后久久未言，若有所思，既没有给能否过小镜湖探望骆青遥的答复，也没有给愿否放下执念同付远之一起前行的答复。

付远之也不急于求成，只是淡淡一笑，顺势提出要在宫学中留宿一晚。

毕竟身份尊贵，鲁行章也没有刻意怠慢，而是将付远之安排进了书院最好的房间——西苑的折竹居。

就这样，付远之阴差阳错地住了进来。他熄了灯，却一直没有睡下，而是坐在桌前静静把玩着九连环——他在等，也在赌，他赌今夜鲁行章必定会来找他。

只是风拍窗棂间，的确有人来了，却不是鲁行章，而是一袭夜行衣、悄无声息潜入房中的苏萤。

付远之耳尖微动，明显感觉一阵寒意袭来，下意识喝道："谁？"

刹那间，一把短刀架在了他脖子上，寒光毕现。他呼吸一窒，扭过头，对上了那道黑影。

四目相接，苏萤的瞳孔陡然放大，握刀的手禁不住一颤。

④刺客

苏萤做梦也想不到，房中的这个人竟会是他！那个她心心念念，站在暗处仰望着却不敢靠近、不敢染指，高高坐在云端上、遥不可及的他！

耳畔似乎又回响起那声温柔的笑："春光这般好，希望下回见到你的时候，也能如这无边春色般明丽粲然、朝气蓬勃，好吗，小苏姑娘？"

天意弄人，他们下回相见，却不是在明媚春光中，而是在这漆黑寒室里，她拿着刀子对着他。

多讽刺。苏萤握刀的手轻轻颤抖着，心神恍惚间，只觉老天爷给她开了一个莫大的玩笑。

夜风呼啸，门外冷不丁传来敲门声，伴随着一道低沉的男子声音："付大人，你睡了吗？"

苏萤瞳孔骤缩，手心一紧，霍然盯住那门边。

付远之淡定的声音在她耳边轻轻响起："别紧张，我的老朋友来找我了。"

没错，这个深夜来访的人正是鲁行章。

他在与付远之一番长谈后，回去思来想去，辗转反侧，怎么也睡不着，到底还是决定来一趟折竹居，再找付远之谈一谈。

他不得不承认，一直以来，他心中坚定不移的某些东西有些被他说动了。或许他真的可以尝试一下，迈出那不一样的第一步？

鲁行章是个雷厉风行的人，想到什么就要做什么，他下定决心后，立刻就提着灯盏，披着衣裳，风风火火地赶来了折竹居，只是敲了许久门，里头都没有声响。

好半天后，屋里才传出付远之毫无起伏的声音："鲁大人，我已经睡下了，有什么话明日再谈吧。"

"睡下了？"鲁行章一怔，没想到自己会吃闭门羹，这……这不像付远之的行事作风。

他皱了皱眉，又试探道："付大人，你今夜当真不想谈一谈吗？"

"鲁大人请回吧。"里头那个声音依旧平平，波澜不起，"我知道鲁大人心急，迫切想与我谈论一番那套《玉宫司刑》，只是夜深露重，我担心鲁大人身子吃不消，还是先行回去吧，我们明日一早再来详谈，如何？"

《玉宫司刑》？鲁行章倒吸口气，明明是《梁宫司刑》才对，付远之怎么可能会说错？他目光几个变幻，隐隐察觉到什么——在刑部办案多年，这点儿灵敏度还是有的。

"付大人将那套《玉宫司刑》仔细研究过吗？我实在有许多东西想与付大人探讨，今夜当真不便吗？"

"对，我仔细研究了许多遍，睡前又翻了一下，做了点儿笔记。"里头平静地回答道，像是怕鲁行章听不懂，又补充了一句，"第三十六条刑罚有点儿问题，我明日再与鲁大人细说，今夜就请鲁大人先回去吧。"

鲁行章听到这儿，心头一紧，几乎瞬间明白过来，脸色陡变。

《梁宫司刑》第三十六条：刺杀皇室与朝廷命官者，视情节轻重判处诛九族与酷刑牢狱不等。

屋外寒风呼啸，鲁行章提着灯盏，强自压下心中的惊涛骇浪，依旧站在廊上，镇静地说道："付大人，这套刑罚至关重要，今夜说什么也要与你好好谈谈，请原谅……鲁某无礼了。"说话间，他手下一用力，将门重重一推，提起的灯盏骤然映亮了房间。衣袍随风掠起，寒意逼人，目光所触间，鲁行章惊愕不已。

冷月高悬，星子稀薄，小镜湖波光粼粼。

十几个少年组成一队，正围着湖边一圈又一圈地夜跑着，个个热情高涨，难掩兴奋，一句抱怨也没有。

除了夹在中间的岑子婴，他耷拉着脸，苦兮兮地冲前头领跑的那道冷峻身影喊道："阿朔，这么晚还非要训练吗？都跑了好几圈了，什么时候回去休息啊……"

这支围着小镜湖夜跑的队伍，正是白日里选拔出来的蹴鞠队。乌孙国使团即将来访，各项事宜都在紧锣密鼓地准备着，蹴鞠盛会近在眼前，训练当然刻不容缓。

明日一早，惊蛰楼的这支队伍就要乘舟过小镜湖，去到前院的蹴鞠场，同前院的队伍一起练球，为日后的比赛做准备。

他们早上出发，黄昏时回来，每日要与前院的人一同练上好几个时辰。

这是惊蛰楼的学子第一次到前院的地盘上与他们正面较量，意义非凡，裴云朔自然不敢掉以轻心，所以面对岑子婴的不断号叫，他选择了置之不理，始终冷着一张脸，抿紧双唇，不知疲倦地领着队伍一圈又一圈地继续跑着。

比起岑子婴的叫苦不迭，队伍末端的那道白色身影倒是轻快异常，整个人都快飘飘然飞起来了。

正是兴奋不已的骆青遥。一想到明日就能见到宛姐和弟们，他就激动莫名，身上涌起无穷无尽的力量。

夜风迎面拂来，他心潮澎湃，脑袋一歪，冲身后的辛鹤道："小鸟，小鸟，明天就能带你去见我那一帮兄弟们了，他们每个人都很好，重情重义，你一定会很喜欢他们的，信不信？"

"信啊。"辛鹤扬起唇角，"我早就见识过了，还见识了两回呢。"

她也被骆青遥的好情绪感染了，心情莫名愉快，在星夜下道："第一回是在小镜湖边上，他们为你送行，浩浩荡荡一群人，把我都惊到了，还以为你是什么'书院一霸''混世魔王'呢。"

提起往事，辛鹤忍俊不禁，夜风拂过她的衣袂发梢，月下的她眼神格外明亮。

"第二回是在一线天外，你那帮兄弟守到半夜，心急如焚，担忧你的生死安危，对你不离不弃，见到你出来别提有多激动了，好多人眼里还冒着泪花。我那时既觉得不可思议，又觉得有许多……说不出来的羡慕。"辛鹤叹了声，坦然道，"其实我小时候身边都没什么朋友，自己养了只小豹子，漫山遍野地到处瞎玩，想找个说话的人都没有，所幸后来遇到了……"

"遇到了什么？"骆青遥眉梢一挑，来了兴致。

辛鹤却抿了抿唇，摇摇头，不再说下去了："没什么。总之，骆青瓜，你身边有那么一帮好兄弟，热热闹闹的，一心一意待你好，你这辈子也算没白活了。"

"那是当然了，我对兄弟们也是真心实意、掏心掏肺，不掺半点儿假。只有真心才能换真心，这是世上最简单的道理了，虚情假意、心口不一的人，迟早有一天会失去身边所有的亲人朋友，这是我爹自小就教给我的道理。待人不一定要多亲，但一定要真，你说对吗？"

少年的声音飘在风中，洒脱爽朗，如一眼能望到底的澄净清泉，辛鹤心中一动，扬起唇角，笑道："啧啧，我真想见识一下你爹了，到底生了怎样一双妙手，可以瓜上雕花，培养出你这样一只玲珑通透的青瓜？"

"去去去，小爷是天生玲珑，自带大智慧懂不懂！"

骆少侠又要开始"卖瓜"了，辛鹤听得暗自好笑，正要拆台时，忽然眼尖地瞥见湖边树下站着一道伶仃的纤秀身影。她不禁慢下了脚步："喂，骆青瓜，你快看！"

那道站在寒风中的单薄身影，正是手里提着食盒、目光绵长的喻剪夏。

“剪夏师姐居然还等在那里呢，她下午就来给裴云朔送东西吃了，都这么晚了还没回去，真是……”

辛鹤咬了咬唇，不忿道：“白毛真过分，我真为剪夏师姐感到不值！”

自从知晓他们之间的那段过往，辛鹤就一直在心底百般同情与怜惜着喻剪夏，明明错不在她，却要让她承受那么多痛苦，至今仍不得解脱，困在永远见不到底的深渊中，这太残忍了。

“其实，没有解脱的人何止她一个。”骆青遥望着那道痴痴等待的身影，摇头一叹。

辛鹤心中越发不忍了：“你说，他们还有没有可能回到从前？”

“我又不是算命的，哪里知道？”骆青遥摊摊手，却见辛鹤似乎想要离队，凑到喻剪夏跟前去，忙将她一把拽了回来，“去哪儿啊？你越搅和越乱，万一白毛误会了，以为你看上喻师姐了吃起醋来，怎么办？”

“我、我怎么可能……你这人脑子里都装了些什么！”辛鹤微微恼道。

“大哥，都是男人，谁还不了解谁啊，你能保证白毛不瞎想？行了，别看了，有些东西只能等当事人慢慢想通，快跑吧，都要跟不上了！”

冷月幽幽，湖风轻拂，少年们依旧卖力奔跑着，却浑然不知，隔着一片波光粼粼的小镜湖，正有一处地方危机四伏，上演着一出惊心动魄的无声戏。

宫学西苑，折竹居中，冷风凛冽，帘幔飞扬。

鲁行章点亮了灯烛，登时一室通明，他扭过头，一步步走近床榻，心弦紧绷，面上却沉着冷静道：“付大人原来真的睡下了，是鲁某唐突了。”

付远之只着一身雪白的单衣，靠坐在床上，身上掩着一方刺绣的丝绸薄被，看似慵懒初醒，淡淡笑道:“鲁大人扰了我的清梦，明日可要送我几张好字帖才是。”他嘴中这般说着，眼神却暗暗示意着鲁行章。

鲁行章慢慢靠近床边，袖中五指成拳，蓄势待发，向付远之点头回应。

两人心照不宣，嘴上却依旧谈笑自如。鲁行章虚与委蛇道：“付大人哪里的话，我这种粗人哪收藏了什么好字帖，付大人的一手书法才是精妙绝伦，堪称大家之作，毕竟是当年的竹岫书院第一人，岂是浪得虚名的？”

藏在被中的苏萤长睫一颤，听到这儿有些恍惚，原来他远比她想象中还要耀眼，还要高不可攀。

她死死屏住呼吸，手中短刀还抵在他后背之上，却只是虚虚的一个姿势，不敢真正伤他分毫。

黑暗的被中，他周身清雅的气息萦绕包裹着她，令她紧张得鼻头都冒汗了，这或许是她这辈子与他最为接近的时刻了，只可惜——

“付大人闪开！”

鲁行章骤然一声暴喝，拂袖一把卷过付远之，刺绣的丝绸被子陡然被掀开，蜷缩在内的苏萤瞬间暴露于光亮之中，梦境坍塌，无所遁形。

还来不及反应，鲁行章的掌风已经劈头袭来，苏萤瞳孔骤缩，一个飞身纵起，提刀刺去。

电光火石间，被卷到一旁的付远之回首望去，劲风猎猎，正对上半空中那双深不见底的眼睛，不由呼吸一颤。

这双眼睛好熟悉，似乎……在哪里见过？

冷月肃杀，天地如银。

小镜湖夜跑的少年们忽然见到湖对面火光滔天，忙奔走出动。嘈杂喧嚣间，隐隐传来惊慌失措的尖叫声——

“抓刺客！”

⑤渡湖练球

骆青遥几乎一宿没睡，好不容易才等到湖那头传来了消息。

侍卫们集体出动，好一番围追堵截，却还是让那刺客逃脱了。唯有鲁行章在那人肩头留下了一掌，让那刺客负伤吐血而去，所幸付相安然无恙，毫发无损。

说来也奇怪，当时情势危急，付相与那刺客近在咫尺，鲁行章一掌击来时，那刺客大可抓了他为挡箭牌，替自己挨下这一掌，可明明身体已有本能趋势，那刺客却在关键时刻犹疑了一下，到底没有如此做，而是拼着挨下鲁行章的一掌负伤突围而逃。

侍卫队们私下议论纷纷，这刺客只怕是个女的，被付相一张脸迷住了心神。

揣测归揣测，调侃归调侃，还好人没事，一切只是虚惊一场。

骆青遥提起了一夜的心总算放下了，身子往树上一靠，喃喃道：“还好义父没事，还好义父没事……”

这混乱的一夜匆匆而过，抬头间，已是天光乍现，湖面晨曦升起，白雾缭绕。

辛鹤在树下陪了骆青遥一宿，眼下隐隐乌青了一圈，最先想到的却不是自己，而是冲骆青遥关切地问道：“骆青瓜，你还撑得住吗？”

晨风微凉，远处裴云朔已领着少年们向湖边而来，蹴鞠队就要出发了。

辛鹤遥遥望向他们，一点点站起身来，眉心微蹙：“青瓜，他们来了，咱们现在就要乘舟渡湖，去前院的蹴鞠场练球了，你确定……身子吃得消吗？”

“你都没问题，没道理我不行啊。”骆青遥一把抓住辛鹤的手，轻巧跃起，唇角一扬，“小爷生龙活虎的，不过一晚没睡罢了，有什么吃不消的？”

他盯住辛鹤的眼眸，压低了声，笑道：“小鸟，多谢了，好哥们儿，够义气，不然我一个人还真不知该怎么捱过来。”

两人相隔极近，少年清冽的气息扑面萦绕着，辛鹤被瞅得怪不好意思的，脸上一红，忙将骆青遥推开：“行了行了，别肉麻了，都是大老爷们儿，不用扯太多，回头多给我打几份饭就成。”

晨光洒在湖面上，水波粼粼，众人站在舟上，天高云淡，清风徐来，无不心旷神怡。

小镜湖的另一头，姬宛禾推着轮椅上的陶泠西，与身后一帮少男少女焦急等待着，个个伸长脖子望向湖面，带着一脸按捺不住的激动。

终于，船来了，那道熟悉的身影站在风中，身披金色的晨光，由远至近渐渐出现在了众人视线中——

“遥哥，是遥哥，遥哥回来了！”

湖边的人群彻底沸腾了，姬宛禾红衣飞扬，忍不住就扯着嗓子喊道：“老遥！”

陶泠西坐在轮椅上，更是浑身颤抖、难以自持，眸中水雾陡然升起：“遥哥，遥哥，我总算见到你了……”

天知道他这段时日有多么自责，都是因为他，骆青遥才会“身陷虎穴”，他却连见他一面再对他亲口说句话都做不到，他不知盼了多少时日，才盼来今天能够如愿以偿，再次见到眼前这飞扬洒脱的白衣少年。

“宛姐，小陶子！”

晨风迎面而来，骆青遥一下船就被一大帮人团团围住，辛鹤生生被挤了出去，脚步踉跄间险些跌倒。

人人激动地喊着遥哥，那浩浩荡荡的场面蔚为壮观，惊蛰楼的一帮人都看呆了。

岑子婴一双眼睛都要瞪出来了：“我的妈呀，这是在唱大戏吗？要不要这么夸张，这小子是坐牢出来了，还是打了胜仗回来了呀？”

萧然在一旁，也悠悠摇着羽扇，笑道：“这出戏分明叫作虎穴脱身，咱们就是那被英雄打趴下的臭老虎呢。”

裴云朔也站在晨光中，衣袂被风吹起，白发染了圈金边，面目冷峻，一言未发。

骆青遥被大家围了半天后，一扭头，正瞥见辛鹤孤零零地站在湖边，似乎有些无所适从。

他忙从人潮中挤过去，在辛鹤愣神之际一把拽住她的手，将她陡然捞进了人群中：“来来来，给你们介绍一下，这是辛鹤，辛小鸟，上回在一线天外你们应当见过了……”他一把勾住辛鹤的脖子，将人亲昵地圈在了自己怀里，神采飞扬地介绍着，“她在那边跟我睡一个被窝。你们别看她长得白白嫩嫩，秀秀气气，跟个小姑娘似的，实际上可能打了，一根捣衣棍耍得飞起来……”

辛鹤被骆青遥大力搂着，脸上红热不已，想要挣脱出来，却怎么也比不上骆青遥的力气，只能硬着头皮迎向所有人的目光干笑着。

骆青遥还在那绘声绘色地讲述着：“你们是不知道辛小鸟有多厉害、多能打，一人独挑整个惊蛰楼都不在话下……”

一边的岑子婴听到这儿不乐意了，咳嗽两声，急着纠正道：“喂喂喂，骆青遥，吹牛皮也得有个度吧？什么独挑惊蛰楼上下？你把我们阿朔搁哪儿了？”

他伸手往裴云朔身后一推，裴云朔却纹丝不动地站在原地，满脸冷峻，丝毫没有身为惊蛰楼老大的自知。

岑子婴又咳嗽了两声，略带尴尬。

骆青遥才懒得搭理他呢，揽着辛鹤兴冲冲地想说什么时，人群里忽然挤出一道身影，欣喜万分地喊道：“辛老弟！”

辛鹤一激灵，抬头望去，又惊又喜，脱口而出：“芦花鸡，哦不……卢大哥！”

那张笑意温和的书生面孔，不正是当初榜单上跟辛鹤名次挨着，为她指点迷津的“芦花鸡”大哥吗？

在这么一堆陌生面孔中，陡然冒出这样一道身影，辛鹤只觉亲切万分，如见到同乡人一般，当即迎上前，兴奋莫名：“好久不见啊，卢大哥！”

“是啊，辛老弟，怎么，你也被选入蹴鞠队了吗？”

“是的，我也要参加那蹴鞠盛会呢。”

“这真是太好了，以后你每天过来练球，咱们就能见面了！”

两人热络异常，当真如同老乡重逢般，骆青遥倒生生被冷落在了一边，心里莫名不是滋味。他长臂一伸，猛地又将辛鹤捞了过来罩在怀中，又望了望那卢华吉，眉梢一挑：“怎么，你们……认识？”

晨雾弥漫，天光亮起，风中带着微微的凉意，长街上各家店铺都开始开门营业，热腾腾的包子新鲜出笼，一切祥和而平静，只有宫学里不断进出的侍卫队才知昨夜发生了什么。

仁安堂里，一间昏暗的小屋中，一道瘦削的身影正对着镜子，艰难地为自己上着药粉，后背的衣裳都被汗湿透了。

镜中人脸色惨白，咬紧牙关，忍受着肩头那股剧烈的刺痛，手腕颤抖着，硬是一声也未吭。

终于，一波波疼痛渐渐如潮水般退去，一切归于沉寂。

包好伤口，穿上衣裳，一番乔装下，她又成了那个不能说话、瘸腿的丑奴。

还好这里是医馆，就算她身上带了些药味，也没有人会察觉到异样，只要接下来更加小心谨慎一点儿，应当不会暴露身份，能够安然渡过这一关。

额前垂下的几缕发丝沾染了汗水，她绝美的一双眸子望向镜中，不知想到了什么，失神不已。一只手慢慢摸到了枕头底下，犹豫再三，终是抿紧唇，小心翼翼地将那份藏着的东西取了出来。那是一条崭新的长裙，淡淡的杏黄色，丝线精细，泛着柔顺的光泽，载满了春日的味道，与这间昏暗的陋室格格不入。

这样美丽的衣裳应该穿在那些正当韶华、天真无忧、清丽隽秀的少女身上才对，她配不上，也不该去奢想，就像她配不上他一样。

什么无边春色、明丽粲然，统统都是虚假的，昨夜一番惊险经历叫她彻底清醒过来，她是什么身份，他又是什么身份，他们根本就是两个世界的人。

黑暗与光明，永远不会有交汇的一天。

或许穷尽这一辈子，她也不会有机会穿上这身衣裳了。

蹴鞠场中，风掠长空，少年们奔跑在阳光下，尽情挥洒着汗水。两支队伍踢得热火朝天，难分胜负。

“我说，骆青遥，你怎么回事？你是不是放水了？”休息的空当，岑子婴一脸忿忿，一边抬手给自己扇风，一边瞪向骆青遥，“之前那个球明明可以拦截下来的，我在你旁边，拼命叫你把球传给我，你耳朵聋了还是怎么的，白白丢了一分，你知不知道？”

骆青遥正被一群宫学女弟子团团围着，又是给他递手巾擦汗，又是送来各种精巧点心。他隔着人群，斜眼一瞥岑子婴，哼了哼道：“岑小妹，与其说我放水，不如说你球技太差。我把球传给你，你接得住吗？”

旁边的人纷纷笑了起来，几个胆大的女弟子也跟着出声讥道：“就是就是，自己技不如人，输了球，居然还有脸怪我们遥哥！”

岑子婴快气得七窍生烟了：“骆青遥，你到底哪一边的啊？”

他半点儿好也没讨到，不想再跟前院那堆人凑一块儿，气呼呼地走到另一头，哪知一抬眼，又看到姬宛禾蹲在陶泠西的轮椅前，不知跟他说了些什么，偏了头，扬唇一笑，一缕秀发拂过脸颊，说不出的俏皮温柔。

岑子婴本就憋着一肚子气，当下不知怎么，只觉这画面格外刺眼，心中更加恼火：“这母老虎眼睛莫不是瞎了，居然喜欢这种废物瘸子？”

蹴鞠场上一片热闹，喻剪夏也提着食盒，怯生生地走近那道冷峻身影：“哥哥，练了这么久，你一定累了吧，喝口水，吃点儿东西吧？”

裴云朔回过头，冷冷望了她一眼，什么也没说，转身而去。

那边骆青遥好不容易拨开人群，左右望望，总算在蹴鞠场的一处角落中找到了辛鹤的身影——居然又跟那卢大哥待在一块儿，两人脑袋凑一起，不知在说些什么悄悄话。

骆青遥远远瞧着这一幕，眉心紧蹙，心中莫名不爽，这小鸟转了性不成，对他都没这么亲热过，居然跟这家伙有说有笑，勾肩搭背的。

他大步上前，刚想喊住两人时，却正看到辛鹤两眼放光，压抑不住兴奋道：“卢大哥，你是说那位章怀太子在宫学念书时就住在西苑那间折竹居？”

⑥情不知所起

蹴鞠队这便开始紧锣密鼓地训练起来，辛鹤有了目标，每日往返小镜湖，挥汗如雨地练球，也不觉得苦和累了，就等着找个机会能够去那折竹居探一探，寻找那本《妙姝茶经》

的线索。

不过机会没等来，倒先等来了乌孙国的使团，他们带来了许多奇珍异宝进献给梁帝，梁帝也设宴热情款待，将使团奉为上宾。

那领头的两位皇子果然爱球成痴，听闻要举办这场蹴鞠盛会后兴致勃勃，竟然连梁帝安排好的住处都拒绝了，一门心思住进了宫学里来，这样便于每日来到蹴鞠场，观看宫学弟子们的练习。

好巧不巧，鲁行章为他们安排的住所正是西苑那处折竹居。

辛鹤得到消息时心头一咯噔，知晓这下要去那折竹居一探究竟只怕是难上加难了。她心中焦急，面上却克制着一点儿也不显露出来，只是一边练球一边暗中寻找时机。

那两位乌孙国皇子每日都会来蹴鞠场观看两支队伍练习，偶尔自己还参与其中，玩得不亦乐乎。

他们是一对双生兄弟，长得一模一样，高鼻深目，发色金黄，眼睛湛蓝湛蓝的，同大梁人的长相都不一样，最初来到蹴鞠场时，还引起了不少新奇者的围观。

两位皇子年纪甚轻，同宫学子弟岁数相仿，都不过十六七岁的样子，爱说爱笑，毫不端着皇子架子，虽然语言不通，但也很快与宫学弟子们打成了一片。

尤其是骆青遥，他豪爽热情，脑瓜子又聪明，知道用各种手势与两位皇子沟通，常常将他们逗得大笑不止，两位皇子都很喜欢跟骆青遥在一起玩蹴鞠。

辛鹤也被骆青遥大力介绍了出去，在那两位皇子面前露了几手后，叫他们颇为惊艳，他们也学骆青遥的样，用生硬的大梁话喊着辛鹤："小鸟，小鸟，棒！"

辛鹤简直都要哭笑不得了。

两位皇子在蹴鞠场待了一段时日后，某一天还神秘兮兮地拿出了一只木匣，当着众人的面打开。刹那间，金光闪闪，所有人齐齐发出惊叹之声——那匣中珍藏的居然是一只金丝编织、嵌有宝石的金球!

这金球乃无价之宝，是乌孙国王送给两位爱子的生辰礼物，意义非凡，两位皇子走到哪儿都不忘带上，只是一般极少拿出来展示，此番实在是与宫学弟子们投缘，才大大方方地拿出来，让大家一饱眼福。

众人围着那光芒四射的金球啧啧而叹，眼睛都看直了，唯有辛鹤站在最外面随意瞥了几眼，并没有怎样艳羡，她此刻一颗心全在西苑那间折竹居上，每日最记挂的就是那本《妙姝茶经》的下落。

彼时她浑不在意这金球，却做梦也不会想到，日后自己会因为这只金球卷入一场轩然大波中。

仁安堂，微风徐徐，草木摇曳生姿，晴光正好。

一袭青衫的付远之踏入后院，眉目俊秀如画，与这春日丽景几乎融为一体。

他手中抱着一把好琴，不为别的，而是又来向卓老板求药了——上回送去给鲁行章治愈头疾的药很管用，他准备再多取一些，让仁安堂的医师制成药丸，便于鲁行章贴身携带，每日按量服用。

像是上天注定的一般，他才走到长廊上，就听到了上回那个骂骂咧咧的声音："才从山上运过来的泉水，快点儿倒到那药缸里去，还有一堆药材要浸泡呢，动作麻利点儿！"

付远之扭头望去，微微眯了双眸，果不其然，还是上回那个五大三粗的壮汉，一样的大嗓门，一样的粗暴使唤人干活，那个被他差使的可怜虫也依旧未变，还是那道一瘸一拐、阳光下吃力抱着水盆的瘦弱无比的身影。

那壮汉在一旁不停催促着："快点儿快点儿，没吃饭呢，动作慢得跟个乌龟似的！"

那瘦弱的身影端着满满的水盆，拖着一只瘸腿，双手颤巍巍的，即使小心翼翼，仍是避免不了溢出了一些泉水。

那壮汉眉毛一拧，立刻嚷嚷了起来，像抓住了什么把柄一样，破口大骂："怎么做事的？水都漏出来了，这泉水可是很珍贵的你知不知道，这个月的工钱还想不想要了，再漏掉一点儿，今晚就别想吃饭了，仁安堂里不养废人……"

自从上回被付远之教训警告后，他就记恨在了丑奴身上，平日逮着机会就要欺压打骂她，反正付远之鲜少来这仁安堂也不会知道，这里除了他也没谁会闲得为一个丑丫头出头，还不由着他作威作福吗？

那壮汉越想越得意，越发解恨地骂道："泡完这些药材后，还有一堆活等着你干呢，不做完休想吃饭，每天就知道偷懒，也不照照自己的丑样子，除了仁安堂，还有哪里会收留你……"

他骂骂咧咧的一番话还未说完，身后已陡然传来一道冷冰冰的声音："我上回跟你说过的话，你都当作耳边风了吗？"

那壮汉如遭雷击，身子一僵，扭过头，正对上付远之冷若冰霜的一张脸，顿时吓得面白如纸，眼珠子都要瞪出来了："付、付大人！"

阳光下，那丑奴也是呼吸一颤，端着水盆的手一抖，盆子"哐当"坠地，大半盆水就那样飞洒出来。

身后的付远之神色一惊，失声道："小苏姑娘！"

然而还是来不及了，那冰凉的山泉水溅了丑奴一身，她从头到脚瞬间湿漉漉的，狼狈不堪。

付远之急忙上前："小苏姑娘，你没事吧？"

丑奴却慌乱地后退了一步，碎发上沾满了水珠，呼吸急促间，湿透的衣裳包裹住她纤秀的身子，勾勒出一段姣好的曲线，她不自在地低下头，双手紧紧抱在了身前。

付远之忙别过眼睛，却不知眼前瑟瑟发抖的少女不仅仅是害羞，更多的是……害怕！因为被水这么一溅，衣服湿透，那肩头包扎的伤口就要藏不住，彻底暴露出来了！

情况紧急，迫在眉睫，不能再待在这儿了，必须得赶紧换身衣裳！

丑奴忽然扭过头，拖着一只瘸腿仓皇而逃。付远之在她身后又是一惊：“小苏姑娘，你去哪儿？”

他青衫飞扬，正欲追上去时，却又想到了什么，回头狠狠一瞪那吓傻了的壮汉，厉声喝道：“还愣着做什么，快将这里收拾好，领了工钱就滚出仁安堂吧。我上次明明就警告过你，你却丝毫不放在心上，以后皇城所有的大小医馆，你都别想再待着了！”

大风猎猎，苏萤心头狂跳，一路踉跄奔回了自己幽暗的小屋中。

付远之紧追而来，却被她关在了门外，急切不已：“小苏姑娘，你不要紧吧？”

她靠着门，晶莹沁凉的水珠滑过脸颊，胸膛剧烈起伏着，一只手按住肩头隐隐作痛的伤口，眼睛慌乱地在屋中转着，只想找一件能穿的衣裳。

匆促间，她的目光落在了那方枕头上，湿漉漉的睫毛一颤，难道、难道要……

门外的付远之还在关切地喊着：“小苏姑娘，你没事吧？”

苏萤心跳如雷，咬咬牙，按住肩头上前，冰凉苍白的手摸到了枕头底下……没办法了，她只能这样做了。

院里凉风飒飒，门外的付远之不知等了多久，门终于“吱呀”一声开了，他急忙转过身，一句小苏姑娘还来不及唤出口，人已经愣住了——

长阳斑驳洒下，少女一身杏黄色长裙，身姿纤秀娉婷，长发如云散下，遮住了那大块红色的胎记，隐隐约约间只露出白皙秀美的半边脸，一双眼眸水光潋滟，在春风中说不出的清丽动人。

杏花清影，缱绻入梦，隽秀得像极了经年旧事中的一道身影。

付远之整个人都呆住了，久久未动，恍惚间竟不知不觉呢喃出声：“阿隽。”

苏萤身子一颤，微微抬头，对上付远之失神的目光，有些没听清他说了些什么，正犹疑着想要开口问一问时，对面那俊秀的人却已经反应过来，一瞬间又恢复了往日一贯的淡然从容，方才那片刻的失神仿佛只是她的错觉一般。

付远之扬起唇角，对着苏萤笑了笑：“原来你急急忙忙跑回来，就是为了换身衣裳，我还以为你伤到哪里了呢，看你一直按着肩头不放……”

苏萤呼吸一窒，心弦陡然绷住。

所幸付远之很快就将目光放在了她的长裙上，笑道：“你这身新衣裳真好看，是上回我同你说过后，你特意去挑选的吗？”

答案太过明显，苏萤脸上一红，手心紧张地捏住了衣裳，到底在付远之的注视下点了点头。

付远之脸上的笑意更深了，由衷赞叹道：“真的很美，很适合你，就像我上回说的一样，跟这无边春光一样美好，明丽粲然、清隽动人。你这样好的年纪就应当多穿一些这样的衣裳，也要多笑一笑，我说得对吗，小苏姑娘？”

苏萤怔怔望着付远之，长睫颤动着，几乎不敢相信自己的耳朵，他说她……美好？说她清隽动人？她、她真的有资格得到他这样的评价吗？

心绪正激荡间，耳边又传来了那个温雅的声音：“总是欺负你的那个粗鄙家伙，我已经将他赶出仁安堂了，以后你都不会再见到他了。我也会跟你们卓老板打好招呼，这里不会再有人欺你辱你，你就安安心心做事，不用再畏畏缩缩，害怕任何人了。”

温柔的气息笼罩住苏萤全身，春风拂过她的长发裙角，她一双漆黑的眼眸定定地望着身前那道清俊身影，不敢置信，如在梦中一般。

好像有一只手拉着她在飞速下坠，她根本无法抵抗，只能苦苦求饶——求他，求求他不要再对她这么好了，不要再为她着想，不要再温柔地唤她，不要再让她……让她深陷下去了。

可心底又有另外一个声音在拼命蛊惑着她，叫她不顾一切地贴近这温暖，痴痴贪婪地抓住，不要错过一点一滴。

她仰着头，一双眸中映出他清俊温雅的身影，天地静谧，仿佛只剩下他们两人一般。

她从没有这么祈求上苍过，希望让时间永远停留在这一刻。

第六章·窃球风波

①蒙受冤枉

长风万里，浮云缱绻，折竹居里晴光粲然，亭台水榭错落有致，放眼望去美不胜收。

这里不愧是宫学中最雅致的一处住所，无怪乎当年那位章怀太子入宫学为质，会被安排住进了这里。

辛鹤一边悄无声息地摸入院中，一边在心中感叹不已。

今日梁帝邀请两位皇子去了狩猎场，乌孙使团也一并跟随而去，这可是难得的机会，辛鹤灵机一动，在练球休息的间隙说自己闹肚子了，要去方便一下，一溜烟就跑出了蹴鞠场。

此时距离蹴鞠盛会只剩下几天的日子了，人人都在加紧练习，除了骆青遥在她身后喊了一句“小鸟，快去快回”，几乎没有人注意到她。

很好，她至少能有一炷香的行动时间。

心弦紧紧绷住，辛鹤轻手轻脚地来到了折竹居门前，屏住呼吸，左右望了望，从袖中滑出了一把钥匙。

这是她趁着跟那两位皇子练球时，瞅准机会从他们身上摸下来的。两个皇子心无城府，平日里就那么大咧咧地把折竹居的钥匙挂在腰间，毫不遮掩，这才令辛鹤有了可乘之机。

辛鹤还是头一回做这种事，站在门前喉头发干，紧张不已，却很快发现，自己手里这把钥匙派不上用场，算是白偷了——折竹居的门根本就没有锁！

她一愣，轻轻推开门，眉心微蹙，有些意外又有些疑惑。只是时间紧迫，她无暇去深究太多了，屏气凝神下，只想快点儿搜寻一番，找出那本《妙姝茶经》的下落。

屋中装式雅致，摆设古色古香，不知是不是辛鹤的错觉，她竟然还隐隐约约闻到了一股淡淡的茶香。

这里不知是否有人定期打扫，从上到下都一尘不染，连书架都整整齐齐，摆满了画卷古籍，清雅古朴，似乎还能透过这些东西，望见从前在这里居住的那位章怀太子的影子。

辛鹤伸手抚过那书架，心念一动，开始翻找搜寻起来。

她从最上面一格一路找到了最底下，却仍是一无所获，眼见时间一点点过去，她不由有些焦急，抬手间却无意触到了什么，耳边传来一记极其轻微的“咔嚓”声。

这一下，辛鹤顿时屏住呼吸，一颗心都提了上来。

她蹲在那书架的最底层前，小心翼翼地将耳朵贴了上去，抬手在原来的地方又试探性地敲了敲。

果不其然，里头又传来一记极为轻微的“咔嚓”声，若不是辛鹤多年习武，耳聪目明，只怕根本不会发觉。

她绷紧心弦，一边抬手继续敲着，一边细细听辨着，那声响颇有规律。辛鹤在心中默默数着，忽地豁然开朗，顿悟过来——这是小越哥哥曾教过她的一种机关术，名唤“六齿转轮术”，听上去很唬人，但其实只要掌握了齿轮转动的规律就不难破解！

她按捺住内心的激动与兴奋，闭上眼睛，平复气息，将整个人都沉入那转动的机关齿轮中，慢慢感受起来。

耳边似乎传来了微小的机杼运转声，她一边默数着，一边适时精准地敲上去，耐着性子一下、两下、三下……当终于敲到第六下时，齿轮转速陡然加快，仿佛有一把暗锁瞬间被解开，随着“咔咔”两声，齿轮倏然停止了转动，她随之睁开眼睛——一道暗格霍然打开在她面前！

居然……这么容易吗？

辛鹤望着那打开的暗格，有些难以置信，又涌起一股巨大的欣喜。

她颤抖着手，忙探向那暗格，摸出来的却不是一本茶经，而是一沓厚厚的画稿，确切地说，是一沓女子的画像。

画中的女子都是同一个人，明眸皓齿，浅笑倩兮，或坐或站，或侧影或正面，或春日摘花，或夏时听蝉，或秋风望雁，或冬日踏雪，各种神态动作生动灵秀、温婉可人……画尽了喜怒哀乐、春秋冬夏，女子跃然浮现于四时之景间，栩栩如生。

每一张落款处，皆盖着“章怀太子”的印章，一股岁月斑驳的气息扑面而来。

辛鹤望着手中那一沓细致的画像，久久呆住了。

这……这究竟是怎么回事？

这暗格中仔细珍藏、掩埋多年的居然不是那本《妙姝茶经》，而是这样一沓画像？难道这画中的女子是章怀太子的爱人？

她好像无意间发现了什么秘密，却又找不到确切的答案来验证。

一时间有太多的疑云猜测涌入辛鹤的脑海中，她想抓住些什么，却又千头万绪无从寻起。斯人已逝，岁月悠悠，她只能捧着那沓画像，一张张翻了下去，越看越觉不可思议。

那样温柔动人的笔触跨过春风飞雪、四时霞光，一幕幕生动地浮现在眼前，饱含着无限深情，可见这画中之人在章怀太子的心中占据了多么重要的位置。

不知不觉间，辛鹤已翻到了最后一张，却是陡然瞪大了双眼。因为这最后一张画像上，不再只是女子独自一人，而是在这片庭院中，与一男子同坐在树下，围着一方石桌，女子在泡茶，举手投足间一派娴静温柔，茶香缭绕中，两人四目相对，莞尔一笑，情意绵长。可这笑中却同时带了一丝悲伤，那种悲伤无法用言语来表达，只藏在细微的笔触之间，让人感同身受，也跟着莫名。

但这并不是叫辛鹤最为惊诧的地方，真正让她奇怪疑惑的是，这画中的男子为何、为何看起来……这般熟悉？眉目身姿、神态气质都隐隐像极了一个人。

她微微蹙眉，正想凑近一些再仔细瞧瞧时，耳尖却倏然一动，察觉到身后有一阵劲风袭来！

来不及多想，她已瞬间将那些画像塞回了暗格中，只留下最后一幅。却不料暗格的机关受到触动，陡然间关闭，那最后一张画像还来不及完全抽出，随着“咔嚓”一声，竟在刹那间被撕裂成了两半。

辛鹤手中抓住的半截正好只是画有那女子的半张，而她真正想留下仔细察看的那半张男子画像，却被阴差阳错地锁进了暗格之中。

她心头暗自一急，却根本没时间再折腾了，她抓住那女子的半张画像，胡乱塞进了怀中，一转身，堪堪躲过了迎面袭来的那阵劲风。

“哐当”一声，一个硕大的花瓶应声而碎！

辛鹤瞳孔骤缩，原来是有人想用花瓶在背后偷袭她，她当下来不及多想，本能地一脚踹去，那道人影便飞落在地，摔得“哎哟”呼痛。

一片混乱之中，辛鹤这才看清了被她踹倒在地的人，难以置信间，她脸色大变：“二、二皇子？！”

没错，这个背后偷袭她不成，反被她一脚踹出去的家伙，正是乌孙国两位皇子中的弟弟，二皇子！

不对，他怎么会在这里？他不是随梁帝去了狩猎场吗？难怪这折竹居没有锁门，原来一开始就有人在屋里！霎时间，辛鹤脑子乱糟糟的。

那地上的二皇子也抬头望向她，又是委屈又是难以置信，用生硬的大梁话道：“小、小鸟，为什么是你？”

世事就是这般巧合弄人，原本两位皇子都要随梁帝去那狩猎场，却在早晨出发之际，二皇子脑袋有些昏沉，身子乏软，便没有一同前去，而是留在了折竹居休息。

他睡得迷迷糊糊间，听到有细微的声响，这才悄悄起来，却看到一个鬼鬼祟祟的身影蹲在书架前，他吓了一跳，还以为是屋中进了贼呢！

辛鹤被撞了个正着，被二皇子当场捉住，一时间百口莫辩，不知从何解释。

这却还不是最要命的，真正要命的是，屋里当真丢了东西——那只光芒四射、价值不菲、意义非凡的金球不翼而飞了！

当骆青遥与书院众学子闻风赶到折竹居时，已有人先到一步，并且来势汹汹，横眉竖眼地逼问着辛鹤："那只金球究竟在哪里？你快点儿交出来，否则休怪老夫不客气了！"

侍卫们团团包围了院落，几个人上前将辛鹤押跪在地上，鲁行章站在长空下，满脸肃然，连声质问着。

辛鹤发丝略微散乱，仰头间呼吸急促："院首明鉴，学生没有偷东西！"

"那你为什么要偷偷跑到这折竹居来？那只金球又怎么不见了？不是你偷的，难道青天白日的还有鬼窃去了不成？"鲁行章怒不可遏。二皇子站在一旁，满脸迷糊，似乎也搞不清楚状况，不知道小鸟为什么要偷他的金球。

骆青遥带着大帮学子瞬间涌进了院中，听到鲁行章的怒喝，心头一紧，连忙上前，高声道："院首，一定有误会！"

鲁行章看了他一眼，眉心皱起，沉声道："又是你，骆青遥，怎么哪里出事都少不了你，每次都是你第一个出头？"

骆青遥不去回答鲁行章的逼问，只是急切地问那二皇子："乔，这是怎么回事？"

二皇子一脸发蒙的样子，摊手结结巴巴道："我、我也不知道……遥，是小鸟，小鸟进了房……金球、金球就没看到了……"

他大梁话说得惨不忍睹，但骆青遥还是瞬间听明白了，脸色一变。

他当即转过身，看向被侍卫们押着的辛鹤，焦急不已："小鸟，到底发生了什么事情？你跑来折竹居干什么？那金球怎么不见了？"

辛鹤也是同样的急切万分，汗水滑过她的脸颊，她拼命摇头道："我也不知道啊，我没有偷东西，没有拿过那金球……"

"那你为何跑到折竹居来？"鲁行章一声怒喝，将一物重重摔在地上，"你自己看看，这把折竹居的钥匙就是你偷的，人赃俱获，你还有什么话好说？"

那扔在辛鹤眼前的的确就是她从两位皇子身上摸来的那把钥匙。

院中顿时一片哗然，骆青遥的眸光也是一紧，写满了难以置信。

辛鹤跪在风中，盯着地上那把钥匙，喉头一时艰涩无比："我、我……钥匙的确是我拿的，但我来折竹居不是为了偷东西。我以性命发誓，我绝对没有拿过那金球……"

"够了，还敢狡辩！"鲁行章勃然大怒，"宫学之中居然出了一个贼，这简直是……"

他的满腔怒火似乎就要发泄在辛鹤身上，骆青遥眼皮一跳，连忙几步上前，牢牢挡在了辛鹤身前。

他目视着鲁行章，胸膛起伏着，尽量让自己的声音听起来平静一些："鲁院首，我想、我想这中间一定是有什么误会，小……辛鹤同学不是这样的人，她绝对不会偷东西的，请你给我们一些时间，让我们把那金球找出来，我们一定会给宫学、给皇子殿下一个满意的交代，好不好？"

②雨中罚跪

一场窃球风波闹得沸沸扬扬，几乎将整座宫学都惊动了。

因为涉及邻国皇子，事情非同小可，如果最终给不出一个完满的交代，以鲁行章那样强硬的作风，辛鹤恐怕不仅会被逐出宫学，更有可能面临牢狱之灾！

骆青遥心急如焚，一刻也不敢耽误，立马就想领着大家一起来寻找那金球的下落。

一大帮宫学弟子站在折竹居外，面面相觑，不少人犹疑起来，望着跪在地上的辛鹤，交头接耳道："遥哥会不会看错人了？说不定真的是她偷的，毕竟人都被二皇子抓了个正着，那钥匙也的确是她偷拿的，到现在也给不出一个解释，分明就是做贼心虚，总不可能是无缘无故来折竹居看风景吧……"

宫学上下所有人皆无条件地信任着骆青遥，但这并不代表他们信任辛鹤。

议论声越来越大，几乎都快盖不住了。辛鹤跪在长空下，耳尖微动间听得清清楚楚，她脸色有些发白，抿紧了双唇，握住了手心，心里说不出的难受。

就在这时，骆青遥长眉一挑，挺身上前道："有什么话就正大光明地说出来，用不着私下咬耳朵！"

他这一喝，满场顿时静了下来，一片鸦雀无声间，无数目光齐齐望向了场中的他。

骆青遥站在长空下，衣袂飞扬，少年俊逸的脸上头一回露出那样坚毅决然的神色，他指向辛鹤，一字一句道："我知道你们很多人在想什么，你们都不相信她是清白无辜的，但是，在事情水落石出之前，谁都无权任意给一个人定罪，将窃贼这种污名扣在别人头上！"他每个字都掷地有声，灼灼地回荡在风中，"这是我认的兄弟，我们同生共死、朝夕不离过，我信她。我会不遗余力地查明真相，给出一个交代来，倘若最后证明真是她所为，那就算是我骆青遥眼瞎，我无话可说，我愿意同她一起担下罪名，任院首与皇子处置！

"但是，在一切查明之前，我希望大家不要恶意揣测，污蔑同窗。如果有愿意帮忙一起寻找的人，可以站出来，不愿意也没有关系，绝不强求，哪怕就只有我一个人，我也一定会拼尽全力还我兄弟一个清白！"

少年饱含热血的话响彻长空，将全场都震住了，跪在地上的辛鹤仰起头，望着阳光下那道俊挺的身影，发白的双唇动了动，眼眶不知不觉间一点点氤氲满了水雾。

人群里，一道明丽的倩影排众而出，大步站到了骆青遥身旁，红衣潋滟，秀美绝伦，正是乌发飞扬的姬宛禾。

她目视众人，扬声道："老遥的兄弟就是我的兄弟，既然他深信不疑，我姬宛禾也愿意追查到底，一起给出个交代！"

一旁惊蛰楼的那帮人中，岑子婴站在最前头，望着姬宛禾这副无所畏惧的架势，内心不由啧啧叹道："这婆娘倒还算有情有义，一如既往的凶悍啊。"

他正感慨间，人群里已经又现出一道身影，少年坐在轮椅上，清俊文秀，白皙修长的手转动着轮椅，在姬宛禾身旁停下，淡淡一笑。

他面向众人，声音不大，平静温和，但足够在场每个人都听清："遥哥与阿宛在哪里，我就在哪里，无论什么后果，我也愿意一起承担。"

这个轮椅上的清俊少年不是别人，正是陶泠西。

他话音才落下，旁边的岑子婴已经皱了眉头，心中不快地哼哼道："这死瘸子又出来了，凑什么热闹啊，是那婆娘的跟屁虫吗？"

一时间，骆青遥望着身旁的姬宛禾与陶泠西，心潮起伏，暖意流淌间，正想说什么时，人群中冷不丁又挤出来了一道身影。

"我也愿意，也愿意帮忙一起找！"

骆青遥唇边的笑意顿住，斜眼望去，那忽然冒出的人，正是平日里跟辛鹤走得极近、被她亲热地叫做卢大哥的家伙。

他几步跨到辛鹤旁边，言语间有些激动："我相信辛老弟是不可能偷东西的，这中间肯定有什么误会，我愿意帮忙找出那金球，还辛老弟一个清白！"

辛鹤扭头望去，感动不已："卢大哥！"

骆青遥嘴角抽了抽，只觉这一幕格外碍眼，心里莫名有些……不爽。

"我也愿意，也愿意！"

有了骆青遥与姬宛禾的号召，宫学上下几乎都被发动了，无数学子站了出来，一时间场面浩浩荡荡，好不壮观。

惊蛰楼这边，裴云朔沉默不语，脸上看不出任何神情。

他身后有人凑了过来，压低声音道："少主，回惊蛰楼的时辰到了，咱们现在是直接回惊蛰楼，还是……"

旁边的喻剪夏一激灵，陡然抓住了裴云朔的衣袖，哀求道："哥哥，我们不能走，不能扔下辛师弟，她也是惊蛰楼的一员，我们不能丢下她不管，求求你……我们留下来帮帮她吧？"

裴云朔呼吸一颤，扭头望向喻剪夏抓住他衣袖的双手，眸色古怪。喻剪夏这才霍然反应过来，连忙松了手，眼神却依旧满含着哀求。

岑子婴也在旁边，面色犹疑道："阿朔，这事要管吗？"

"是啊，少主，我们到底回不回去？"

一帮人里，唯独萧然有一搭没一搭地摇着羽扇，似笑非笑道："戏都没看完就走，你们还真是一点儿好奇心都没有。"

裴云朔薄唇紧抿，白发在风中飞扬着，身后的人还欲再问时，他忽然冷冷吐出了几个字："来时几人，回时几人，跟他们一起去找。"

骆青遥忽然惊异地发现，裴云朔领着一帮人，不知怎么想的，也默默加入了队伍中，他简直难以置信。

少年人的心性到底按捺不住，在与那道冷峻身影擦肩时，他没忍住开口道："白毛，谢了。"

裴云朔扭过头，冷峻的脸上眉梢挑起，对着骆青遥真诚的笑脸，露出了一个古怪异常的眼神。

天色一点点暗了下去，冷风凛冽，乌云沉沉，一派山雨欲来风满楼之势。

辛鹤一直被鲁行章罚跪在折竹居外，不远处几队侍卫严密看守着。

那二皇子因身体不适，虽然被劝在屋中休息，却也出来过好几次，目光始终忧心忡忡，他甚至悄悄凑近辛鹤，对她直言不讳道："小鸟，只要、只要还回来……把金球还回来，可以……可以不追究……"

结结巴巴的表述中透露着二皇子的宽厚与善良，他并不想将事情闹大，但这金球至关重要，有着特殊的意义。若是其他的东西还好说，但丢了他父皇送给他们的生辰礼物，纵使他不追究，乌孙国上下也一定会向大梁讨个说法。

这只金球具有非凡的意义，无论付出多少代价，也必须寻回来！

辛鹤怎会不知事态的严重性，但她根本交不出来呀，她根本就没有碰过那只金球，整个人到现在都还稀里糊涂的，不知道东西为什么会不翼而飞。

她阴差阳错地卷入这样一场轩然大波中，简直百口莫辩，就像老天爷恶意使坏般，施加一段无妄之灾给她，她深困其中，避无可避，若没有骆青遥的争取，她恐怕已经遭殃了。

此时此刻，距离鲁行章给的时间越来越近，若还是找不回那金球，只怕事情就不只是罚跪这么简单了，她会被押往何处，可想而知。

辛鹤一颗心越来越往下沉。

狂雨将至，大难临头。

冷风吹过发梢，辛鹤鼻尖感受到丝丝凉意，抬头望向昏沉沉的天空，心中苦涩难言。长密的睫毛正微微颤动间，远处一道身影却忽地如风奔来，气喘吁吁，竟是大汗淋漓的骆青遥。

辛鹤一惊，双眸瞪大正要开口时，骆青遥已霍然蹲下身来，一把按住她的肩头。少年灼热的呼吸喷在她脸上，俊逸的眉目满是急切，咫尺之间，她似乎都能听到他纷乱的心跳声。

"小鸟，你告诉我实话，一定要说实话，不然我没办法帮你……"

汗水滑过骆青遥俊逸的脸颊，他已领着人将宫学上下都翻了一遍，却一丝线索都没找到，谁也不知他此刻内心有多么焦急。

“这件事情不是开玩笑的，很严重，非常严重，真闹大了谁都保不住你。你告诉我，快点儿告诉我……你到底为什么要偷了钥匙，跑到折竹居来？”

辛鹤呼吸微颤，紧紧盯着骆青遥，看着他那双因急切而隐隐泛红的眼眸，也不由揪紧了手心，开口间略带哽咽：“青瓜，我……”

不是她刻意隐瞒，只是其间涉及的东西太多，她一时不知该如何开口，而那些秘密又能够和盘托出吗？

骆青遥见辛鹤仍是欲言又止，不由更急了：“你快说啊！”他胸膛起伏着，眼眶因激动更加泛红了，双手紧紧按住辛鹤的肩头，几乎有些语无伦次了，“你知道吗？我不想、不想你被人冤枉，被人当作贼，被逐出宫学，被打入大牢里，我不想失去……不想失去你这个哥们儿。”

少年的情义那样真切炽热，快要将辛鹤点燃，她眸中映出他汗漉漉的模样，他的眼神是那样深刻浓烈，在凛冽的冷风中直抵她的心扉之间，令她升起一股从未有过的异样之感。

“小鸟，求求你，告诉我实话吧，这一切是不是……是不是跟那位章怀太子有关？”

辛鹤瞳孔骤缩，愕然看向骆青遥。

对方咬咬牙，索性凑近她，压低了声道：“那日你同那姓卢的坐一块儿说的话我都听见了，你向他打听那位章怀太子从前的住所，正是这西苑的折竹居，你知道后眼睛都发亮了，这才是你偷偷来这里的真正原因吧？你到底……要干什么？”

辛鹤呼吸紊乱起来，骆青遥紧紧盯住她不放，事已至此，她再瞒不下去，更是不忍心再骗他，她迎向他灼灼的目光，深吸口气道：“青瓜，其实……”

她不易察觉地挺起后背，挡住了身后那些侍卫的视线，向他贴近，陡然从怀中摸出了那撕裂的半张画像，直直塞给了他——

“其实，我不是来偷东西的，我是来找东西的。”

除了自己的身份与性别，辛鹤对骆青遥几乎没有隐瞒了，她盯住他的眼睛，气息有些不稳，用只有两个人能听到的声音道：“我考入宫学，只是想找到章怀太子留下的那本茶经，复活我姑姑的爱人，这听起来十分荒谬，但的确就是我进入宫学，偷拿了钥匙，潜进那折竹居的真正原因，可我只看到暗格里的那些画像，其他一无所获，更加没有碰过那金球……”

骆青遥听得目光几个变幻，心惊不已，呢喃道：“难怪你千方百计地想要离开惊蛰楼，原来你考入宫学根本就是为了……”

天上乌云翻腾，狂风骤起，几滴雨珠落向大地，辛鹤与骆青遥同时感到脸颊一凉，抬头望向了天空。

辛鹤一激灵，冷不丁伸手一把推开骆青遥，急声道：“要下雨了，你快把这半张画像拿走，不要被雨淋湿了，快走，把它藏到稳妥的地方，这或许是极其重要的线索……”

她陡然想起什么般，快速解下腰间的香囊，也一并推进了骆青遥怀中：“还有这茶饼，求求你帮我收好了，你快走吧！”

一场冷雨不期而至，骆青遥在这凛冽的凉意中，身子霍然一颤，猛地看向辛鹤：“都这个时候了，你还想着这些东西呢，你知不知道那金球没找到，你会有什么下场吗？”

天地萧萧，冷风猎猎，已然有雨水顺着他的脸颊滑下，他急得不知该如何是好：“我该怎么替你洗清罪名，该怎么办，你就算是只真的小鸟，此刻也是插翅难飞啊……”

“不行，不能坐以待毙，还有时间，还有机会，我再去找找！”少年咬咬牙，又霍然站了起来，正要扭头而去时，却被辛鹤一把抓住了衣袖，她满脸急色，双唇对着他无声地比出口型：“画像和茶饼！”

骆青遥了然于心，点点头，两人目光交会间，默契相通。

“小鸟，你等我！”

他坚毅果决，一拂袖，转身大步狂奔，又一头扎进了风雨之中。

辛鹤跪在地上，隔着漫天雨幕，望着那道远去的背影，握紧了手心，双眸发热，有什么顺着脸颊流下。

一时间，竟分不清是雨水还是泪水。

③共同进退

狂风猎猎，雨下得越来越大，宫学上下的弟子们几乎都放弃了寻找，纷纷撑起了伞，三三两两地返回折竹居，等待最终的结果。

惊蛰楼的一帮人也在裴云朔的带领下集体折回，喻剪夏撑着伞急切地走在最前面，老远就看到了折竹居外，那二皇子又披着衣裳出来了，他站在屋檐下，望向跪在大雨中的辛鹤，似乎也是于心不忍的样子。

喻剪夏长睫一颤，忙提裙奔上前，凑到那二皇子跟前。

身后的裴云朔目光一紧，隔着大雨，只看到喻剪夏仰头望着那二皇子，不断诉说着什么，眉目楚楚可怜，似乎在向他苦苦求情。

漫天风雨中，裴云朔脸色一沉，几乎没有迟疑，大步走上前。

屋檐下，他恰好听到那二皇子用蹩脚的大梁话，正万分为难地对喻剪夏道：“不、不行，那金球很重要，很重要……对不起，她必须交出来……”

喻剪夏撑着伞，纤秀的身影在冷风中瑟瑟而立，显得格外伶仃柔弱，她还在不断苦求着：“那可不可以再多给一些时间？如果真的直接给辛师弟定罪了，她一定会被逐出宫学，押入大牢的……”

二皇子显然更加为难了，目光怜惜地望着身前的少女，挠了挠脑袋，不知该怎么开口。

他其实一直是个怜香惜玉的人，平素就对喻剪夏极有好感，蹴鞠场里人人都能看得出来，二皇子第一次见到喻剪夏时，就很夸张地赞美过她，说她“美得就像乌孙国盛开的宫廷之花”，那股热情劲儿把喻剪夏吓得脸都发白了，自那之后她就对二皇子躲得远远的，一句话也没跟二皇子说过。

二皇子苦恼不已，每回在蹴鞠场里，遥遥见到喻剪夏跟在裴云朔身旁，赶都赶不走时，又羡慕又嫉妒，眼睛跟狼一样地哀怨放光。

他甚至还曾一本正经地问过骆青遥，喻剪夏是不是有怪癖，就喜欢男人一头白发，看起来冷酷异常，他要不要也将头发涂白，以讨美人欢心……那煞有介事的样子，差点儿把骆青遥笑个半死。

如今这花一般的小美人好不容易主动凑到了他跟前来，还对他苦苦相求，他却没办法答应她的请求，这种感觉简直太糟糕了。

二皇子望着雨中撑伞的喻剪夏，饱含歉疚，磕磕巴巴道:“对、对不起……夏、夏，这件事，我……我不能决定……”

他费劲地说着大梁话，一口一个“夏”地喊着，连起来听就像在喊夏夏一样。

雨中的裴云朔眸光一厉，心头陡然升起一团无名怒火，他抿紧双唇，忽然冷着脸上前，一把拉过还想要求情的喻剪夏，不由分说地将她拽入了雨幕中。

喻剪夏撑着伞，身子踉踉跄跄的，明显感受到裴云朔的怒意，有些惊慌失措：“哥、哥哥……”

“别叫我哥哥！”裴云朔扭过头，一声怒喝，雨水滑过他俊挺的脸颊，他盯着喻剪夏苍白的脸，压抑不住心头怒火，咬着牙低声道，“你对每个男人都要摆出这样一张楚楚可怜的脸吗？你把自己当作什么了？你知不知道……”

他低喝的声音倏然顿住，喻剪夏瞪大双眼望着他，身子在风雨中不住颤抖着，眼尾那粒红痣格外显眼，纤纤惹人怜。

裴云朔紧紧盯着她，呼吸灼热，胸膛剧烈起伏着，忽然间，他恨恨地甩开了她的手，背过身去。

“世上最没用的事情就是哀求，那年夏天的马车上，我们那样的苦求都无济于事，依然留不住想要留住的人，你难道都忘记了吗？”他背对着她咬牙切齿道，一字一句溢入风雨中，像刀子般霍然割在喻剪夏心头，令她瞬间煞白了一张脸，几乎快要握不住手中的伞了。

大雨滂沱不止，黑沉沉地席卷了天地间，似乎漫无尽头，永远看不到一线微光。

骆青遥赶来时，鲁行章已经先他一步而到，几队侍卫持刀立在他两旁，一人为他撑着竹骨伞，他站在辛鹤面前，脸色冷凝，沉声道：“我再问你一遍，你可认罪？”

辛鹤跪在滂沱大雨中，浑身湿漉漉的，抬起头，俊秀白净的脸上带着万分的倔强：“我没有，我不认罪，我没有偷东西！”

鲁行章眉头紧皱，重重一喝:“还敢嘴硬，左右时辰快到了，进了大牢里，由不得你不招！”

他厉喝之后，抬眼陡然发现了赶来的骆青遥，少年站在大雨中，背脊挺直，没有撑伞，没有表情，湿透的长发散在脸上，像天地间一缕孤零零的游魂。

鲁行章与他冷冷对视着，看着他失神地一步步走近，正要开口时，瘦削苍白的少年却是一撩衣摆，在辛鹤旁边双膝一弯，扑通一声跪在了大雨之中。

周遭围观的宫学子弟皆脸色大变："遥哥！"

辛鹤也是瞳孔骤缩，猛地扭头看向身旁的骆青遥，失声道："青瓜！"

骆青遥在雨中抬起头，望着鲁行章，喉头动了动，无比艰涩地开口道："求求院首网开一面，再多给学生们一些时间，不要错抓无辜……"

"无辜？谁是无辜的？"鲁行章怒不可遏，拂袖厉喝道，"早已给足了你们时间，你们自己拿不出结果来，现在还想要得寸进尺吗？"

辛鹤满脸的雨水，拼命摇头，双手一个劲地去推骆青遥："青瓜，你起开，不关你的事，你快起来，不要这样……"

骆青遥跪在风雨中，身如磐石，纹丝不动，仰头望着鲁行章，一字一句道："学生之前便说过，若给不出一个交代，愿与辛鹤同罪受罚，若院首执意要带走辛鹤，便也将学生一起带走，一并打入大牢吧！"

"骆青遥！"鲁行章一声暴喝响彻半空，火冒三丈道，"你以为我真不敢罚你吗？"

"遥哥！"周围学子尽皆变色，慌乱成了一片。

辛鹤也是脸色煞白，摇头道："不要，青瓜，你起来，不要意气用事，我不想连累你跟我一起受罚，我不要……"

她脸上已分不清是雨水还是泪水，拼尽全力去推身旁的骆青遥，却怎么也推不动他，他依旧仰头望着鲁行章，咬紧牙关，每个字都坚定不移："院首要带便将我们一同带走吧，学生甘愿领罚！"

"你！"鲁行章怒极攻心。

却就在这时，人群中一道烈烈红衣忽然扔了伞也掠入风雨中，一下跪在了骆青遥身后。

正是目光灼灼的姬宛禾。

她抬头目视着鲁行章，紧紧咬住唇，一言未发，却已用自己的行动表明了一切。

鲁行章呼吸骤紧，还来不及出声怒斥时，人群中又陡然掠出几道身影，扔了伞同样跪在骆青遥身后，目光坚毅。

大雨滂沱，像一台无声的折子戏，大片的弟子跟着扔了伞，不分男女，"刷刷刷"冒雨跪下，侍卫们看得目瞪口呆，地上转眼间就黑压压地跪了好几排。

没有一个人说话，却分明每个人的眼神中，都坚毅地写着"共进退"三个大字！

辛鹤在雨中震住了，回头望着身后每一个人的脸，眼眶遽然红透，心绪激荡间几乎无法自持。

惊蛰楼的一帮人也在旁边看傻了眼，岑子婴嘴都合不上了，简直惊呆了："这群人疯了吧？"

他不可思议地道："骆青遥是给他们集体下蛊了吗？那家伙到底哪来的能耐叫这些人死心塌地地追随啊？"

大雨中，鲁行章慢慢握紧手心，却是一一扫过跪着的众人，怒极反笑："好，很好，你们这一套是玩上瘾了吗？"

他声音陡厉，虎眸怒张："真以为法不责众吗？"

"既然你们要讲义气，跟着骆青遥闹事，那我就如你们所愿，来人！把跪着的全部拷走！"

侍卫们心头一惊，你看看我，我看看你，一时间竟无人敢动手。

毕竟都是些世家子弟，名门贵胄，真要全部一股脑儿地关起来，只怕牢房上空那片天都会被掀掉。

"怎么，都不敢碰这群金贵的主儿吗？"鲁行章猛地一声喝道，扭头攫住侍卫长的双眸，狠狠道，"给我动手，天子犯法尚且与庶民同罪，更何况是这帮不知天高地厚的小兔崽子，快动手，一切有我鲁行章担着！"

那侍卫长吓得一哆嗦，呼吸急促，按着腰间的佩刀却仍是犹疑不前，鲁行章直接一脚踹去："动手，把这帮人统统带走，谁要再退缩不前，现在就给老子滚蛋！"

侍卫们浑身一颤，这才如梦初醒，个个正要上前拿人之际，一记骏马长嘶划破风雨，几队皇家辇车浩浩荡荡而来——

当先一人快马加鞭，溅起一路水花，火急火燎，竟是那乌孙国的大皇子！

折竹居外的二皇子见到哥哥突然出现，眸光一亮，正要迎上前时，那大皇子已经勒住缰绳，十万火急地翻身下马。

他用生硬的大梁话，在雨中高声喊着："误会，都是误会！"

所有人望着快步走来的大皇子，又惊又奇，他身后的车队中，却又有一人掀开车帘，徐徐走了下来，身旁侍卫替他撑着伞，那道清俊身影就这样出现在众人视线之中。

隔着漫天雨丝，跪在地上的姬宛禾双眸一动，身子霍然委顿下来，长长出了一口气。

关键时刻到底还是得靠师父出马。

她派人赶去狩猎场，通知了伴驾随行的付远之，本以为他最多自己出面，却没想到他竟直接把这乌孙国的大皇子都请回来了！

可姬宛禾哪里知道，这桩天大的乌龙源头本就是由这大皇子而起！

雨中，那金发蓝眼的大皇子急切万分，用生硬的大梁话喊道："金球……金球在我这里！是我……我带去了狩猎场！"

话一出，满场一片哗然，鲁行章更是瞳孔猛然扩大，难以置信。

付远之已在侍卫的伞下从雨中由远至近而来，停在了折竹居外。

他向鲁行章抬手一施礼，淡淡笑道："鲁公费心了，这一切皆是一场误会，宫学的孩子们秉性善良，处事端正，是绝不会行窃贼之事的。"

说来说去，这事都要怪这大皇子，他早上离开折竹居时，心血来潮，顺手就将这金球带上了，也没跟床榻上休息的二皇子说一声，直接就跟着车队去了狩猎场。

他本意是想在狩猎场上将这金球展示给梁帝与文武百官看一看，却没想到阴差阳错间竟引起了这样一场轩然大波，险些害得一大帮宫学弟子都要身陷囹圄了。

误会总算解释清楚，人人皆松了口气，尤其是雨中的辛鹤，更有种劫后余生的感觉。

“义父！”骆青遥一声喊道。少年强撑的心弦终在此刻骤然松开，他望着雨中那道清俊温雅的身影，眼眶温热泛红，心中又酸又麻，原本没有的委屈，硬是因为这道身影的到来，孩子气一般满满充斥了心间。

付远之看着双眼泛红的少年，委屈得就像一头受伤的小兽般，连忙上前，伸手将人扶起，心疼不已道：“青遥，好孩子。”

他拍着他的手，饱含着安抚，压低了声音，温柔无比：“没事了，义父来了。”

④血染床榻

冷风拍窗，雨声淅淅沥沥不止，到了夜晚时分，这场笼罩天地间的春雨竟还未停。

惊蛰楼的院舍里，骆青遥翻来覆去睡不着，心里始终隐隐担心着，昏暗中望向床榻那头，那道紧紧蜷缩在被中的身影。

今日一场风波折腾下来，好在有惊无险，只是虽然金球的误会澄清了，辛鹤却到底还是偷偷摸进了折竹居，不知意欲何为。依鲁行章的性子，总要追查到底的，大皇子与二皇子却将他拦住了，又有付远之做担保，左右也没闹出什么大事，鲁行章也只好作罢。

不过辛鹤这鸟人还是一如既往地固执，拒绝了一同泡澡的提议，她这家伙一直就有这怪癖，扭扭捏捏得跟个娘们儿似的，不喜欢跟人共浴，每次都要等到最后，偌大的浴室空无一人了，才会慢吞吞地进去，把门锁好洗上好长时间。

今日也不例外，但从浴室回来后，骆青遥就觉得辛鹤不对劲，脸上煞白得跟张纸似的，没有一丝血色，身上还不停地出着冷汗，看起来十分不妙。他怀疑她被大雨淋出病来了，拉着她想去喻师姐那瞧瞧，她却倒头就睡下了，揪紧被子说躺上一晚就好了，自己身子一向很强悍，没那么脆弱，一点小小的发热风寒算不得什么，不用去麻烦剪夏师姐了。

这倒不是假话，这辛小鸟虽然长得白白净净，娘们儿兮兮的，但向来耐打耐摔，身子骨百折不摧来着，闯个一线天回来都生龙活虎的，一点儿问题没有，没道理淋个雨就倒下了啊？

骆青遥一边这么想着，一边却怎么也睡不踏实，他总有种不好的预感，隐隐担心着辛鹤。

果然，到了半夜时分，骆青遥迷迷糊糊听到床榻那头传来异样的声响，像是有人在咬牙压抑着痛苦的喘息，他登时清醒过来了！

“小鸟，小鸟，你怎么了？”骆青遥凑过去，一片昏暗中，感觉到那被中瘦削的身影蜷缩成一团，像只煮熟的虾米一样。

他连忙伸出手，却才一探过去就立马吓了一跳："我的妈呀，你怎么烧成这个样子了？"

辛鹤的脑袋烫得跟个火炉子似的，满脸潮红，全身发热，双眸紧闭间，长长的睫毛不住颤动着，神情痛苦万分。

骆青遥更加急切了，愈发凑近道："小鸟，你怎么了？你是不是……"

他话未说完时却陡然顿住，只因鼻尖竟嗅到一股似有若无的血腥味，在这雨夜中被冷风与潮湿的凉意冲淡许多，却依旧叫他敏锐捕捉到了。这一下，骆青遥呼吸都猛然一窒。

黑暗中，他循着气息伸手摸去，却摸到一手湿滑黏稠的液体，他一颗心更加揪紧，几乎脸色大变："血！小鸟，你流血了！"

伴随着这记不可思议的惊声，房中灯烛立刻被点亮，辛鹤蜷缩在被中，头脸都汗湿了，双眸紧闭间，嘴唇都咬得发白了，痛苦不已，骆青遥霍然望去，她身下的床榻早已被染红！

"天哪，你、你为什么会流这么多血？小鸟，你哪里伤到了？快给我看看！"

骆青遥手忙脚乱地爬到辛鹤身边，想要翻动她的身子，却又怕触碰她的伤口，急得不知如何是好："是不是那鲁行章私下对你下毒手了？"

辛鹤喘着气，眉心紧蹙间，感觉到骆青遥的大手将她搂住，有暖意笼罩住她全身，她总算有了点儿气力，艰难地开口道："没、没有……"

她浑身颤抖着，疼得直抽气，冷汗涔涔间，像从水里捞出来一样："院首、院首没有动过我，我、我就是罚跪而已，我也不知道，不知道怎么会这样……"

骆青遥当真被吓到了，盯着床榻上触目惊心的血迹，颤声不已："你、你到底伤在哪里了呀？"

"肚子，我肚子好疼……"辛鹤按住腹部，汗水顺着发梢滴下，整个人疼得快要死掉一样。

"肚子？"骆青遥情急之下，顾不上许多，直接一把掀开了辛鹤的衣裳，往她肚皮上找去。

辛鹤脸色一白："不、不要！"她双手下意识就将衣服往下压去，却根本阻止不了骆青遥，少年气息灼热，焦急地在她肚子上摸了一圈，却什么发现也没有。

那腹部光滑白皙，压根就没有任何伤口，反而柔软细腻得不像个男人。

骆青遥简直快要急死了："你到底哪里疼啊？你这肚皮上一块疤都瞧不见，伤口到底在哪儿啊？怎么会出这么多血呢？"

辛鹤使劲将衣裳扯好，汗如雨下，咬紧牙关道："我、我不知道，我真的不知道……"

她长到这么大还从来没有经历过这样的事情，腹部一抽一抽地疼，整个人好像不停在往下坠，血液从身体里飞速流失出去，最可怕的是，她感觉自己一点儿内力都使不出来了，浑身乏软发抖，一身武功好像废了一样……太多的惶恐与不安交织在她心头，她痛苦地抓住骆青遥的手，一双湿漉漉的眸子盯着他，嘶哑着声音道："青瓜，我……我是不是要死了？"

"呸呸呸，胡说什么呢！"骆青遥被辛鹤这句话吓个半死，一激灵，在屋里越来越浓的血腥味中，再不迟疑，"你撑住啊，我现在就带你去找喻师姐，让她帮你看看！"他不由分说地将辛鹤一把抱起，辛鹤身子颤抖不稳，双手紧紧勾住骆青遥的脖颈，蜷缩在了他怀中。

外头风雨交加，骆青遥慌乱万分地抱着辛鹤，一路狂奔，辛鹤贴在他炙热的胸膛前，似乎都能听到他强劲有力的心跳声。

她仰起头，借着微薄的月光，看着眼前那个坚毅的轮廓，少年俊逸的脸上满是急色，乱发被风掠起，衣袂翻飞间，脚下踩过一片片冷冽的雨水。

寒风迎面而来，他的臂膀却温暖了她全身。

她望着他，长睫一颤，不知怎么，有些说不上来的感受涌上心头。

夜雨潇潇，水珠自屋檐落下，如玉盘中的滚珠，错落清脆。

这场春末时节的大雨，淅淅沥沥，似乎下得没有尽头了。

“喻师姐，喻师姐你睡了吗”

一阵急促的拍门声在雨夜中响起，猛地将喻剪夏惊醒，她听到耳边少年熟悉的声音，从未那般火急火燎过，登时脸色一变，一下坐了起来。

门一开，湿漉漉的寒意扑面袭来，喻剪夏还来不及反应时，眼前那道高大俊挺的黑影已经凑上前，慌乱地把什么往她怀中塞，语无伦次道：“喻师姐，不好了！你看看，你快看看小鸟，她不知道哪里伤着了，不停地在流血，你快救救她，她是不是要死了……啊呸呸呸，不会有事的！”

一片混乱中，喻剪夏一改平日的柔弱，以一个医者的冷静态度让骆青遥把辛鹤抱入屋中，自己一边点亮烛火，一边取下药箱，一系列动作有条不紊。

屋外雨声不断，冷风拍打着窗棂，屋中帘幔飞扬，烛火摇曳，喻剪夏坐在床边，沉着地为辛鹤察看着伤情，骆青遥紧张地站在一旁。

检查了一遍后，喻剪夏脸上的神色却是陡然变得古怪异常，她似乎不敢置信，将床上的辛鹤看了又看，骆青遥急了，紧张道：“怎么了，是伤到哪里了？很严重吗？”

喻剪夏好半天没有回答，却是忽然站起身，对骆青遥道：“骆师弟，你先出去一下好不好？”

“出、出去？”骆青遥愣住了，“我为什么要出去？”

“因为、因为……”喻剪夏咬了下唇，好像不知该如何开口，有些结巴地解释道，“辛师弟她、她的情况很特殊……我需要、需要单独为她诊治……旁边不能有人干扰，你就在门外等一等好不好？”

她一向不怎么会撒谎，短短一两句话也说得磕磕巴巴的，还好情况紧急，骆青遥根本想不到太多，当下点点头，立刻到外边等候去了。

门外风雨飘摇，骆青遥呼吸急促，在屋檐下来回踱着步子，无比担心着里头的情况。

他这副模样，不知道的，还以为媳妇难产，里头接生婆正在卖力，他在外面等着当爹呢。

屋里火光摇曳，辛鹤疼痛如刀绞地躺在床上，冷汗涔涔，却还不忘对灯下的喻剪夏道：“剪夏师姐，这么晚……这么晚还来麻烦你，真的，真的过意不……”

“别说这种话，医者父母心，随时来找我都可以。”喻剪夏连忙打断了辛鹤。

辛鹤又疼得倒吸了口冷气，痛苦道："我、我到底怎么了？我是不是……是不是快要死了？"

身下的血越流越多，将喻剪夏垫的纱布都快浸透了，她看着这情景，耳边听着辛鹤惶恐不安的问话，一时间觉得这一切格外荒谬滑稽，她都要哭笑不得了："辛师弟，你其实、其实没什么大碍，只是……"

"只是什么？"

喻剪夏抓紧辛鹤的手，带着安抚的意味，弯腰贴近她耳边，压低了声音，一字一句，吐气如兰："你告诉我，你其实是个……姑娘家，对吗？"

辛鹤身子一震，仿佛被雷劈中了一般，瞳孔骤缩间，不敢置信地望着喻剪夏，喻剪夏却笑得更温柔了。

"你其实不是受伤了，你只是……来了癸水。"说到这，喻剪夏脸上微微一红，却还是盯着辛鹤震惊难言的眼眸，继续小声道，"癸水就是女子月事初潮，血流不止，这样的情况以后你每个月都会经历一次，这是极其正常的……你应当是第一次来月事，所以什么都不懂，对吗？"

按理说以辛鹤的年纪，不该才来第一次月事，可她因为常年习武，风吹日晒，又自小在海水里泡大的，体质较之寻常姑娘大不相同，初潮自然也来得晚了一些。

当下听着喻剪夏的话，她整个人懵懵懂懂的，喻剪夏面皮微微泛红，又细声细气地道："不过这些东西，难道你娘没有教过你吗？"

辛鹤眨了眨眼，这才如梦初醒，道："我娘，我娘……很早就过世了。"

喻剪夏"啊"了一声，歉意道："对不起，我不知道……"

她话还未说完时，门外却忽然传来一阵喧闹声——

"你们不能进去！"骆青遥仿佛拦住了几个人，心急如焚道，"小鸟受伤了，喻师姐正在里头给她医治呢，你们不能去打扰！"

"是看病还是在私会啊？"一个少年声音盛气凌人地哼道，"大半夜的不睡觉，闯到一姑娘房里，谁知道在搞什么鬼？我看分明就是'毒娘子'跟这小子勾搭上了，他们两个在私会，你这好兄弟在门外把风吧！"

这个声音一出，房里的喻剪夏立刻变了脸色，这般语气除了岑子婴还会有谁？

没错，来的三人正是裴云朔、萧然与岑子婴。

骆青遥那阵惊天动地的拍门声惊醒了裴云朔。他夜里本就睡得浅，被这响声惊醒后，发现是从喻剪夏那边的方向传来时，整个人神情立刻不对了，几乎想也未想，一刻也不耽误地起身，直朝喻剪夏房间而来。

三人一来，却发现骆青遥挡在了门外，岑子婴眼珠子一转，瞬间就想歪了，瞎嚷嚷道："毒娘子和小白脸勾搭起来了！"

他们想要冲进房中看个究竟，骆青遥却死命拦着，他越拦，岑子婴就越瞎嚷嚷，夜色中裴云朔一张脸越发铁青难看。

这活脱脱走成了一出“捉奸”的戏码，简直荒谬绝伦。

骆青遥气得快要吐血了：“你们是不是有毛病啊？听不懂人话吗？小鸟受伤了，喻师姐在给她医治，谁也不许进去！”

“你说不许就不许啊？你知不知道这‘毒娘子’跟阿朔是什么关系？她可是在阿朔家的镖局长大的，是阿朔家的人，我劝你跟那辛小鸟都掂量……”

“让开！”夜风冷雨中，裴云朔白发飞扬，眸光定定，忽然冷冰冰地吐出了这两个字，将屋里的喻剪夏与辛鹤都吓得脸色一白。

辛鹤慌乱间，身下的鲜血流得更多了，喻剪夏忙扯过被子，手忙脚乱地盖在她身上，外头却忽然又传来骆青遥的一声怒喝：“滚蛋！白毛你再过来一步试试，小爷早就看你不顺眼了，来啊，刚好打一场吧，趁我已经恢复了内力！进了这惊蛰楼以来，我还没真正跟你动过手，这回可是你自己找上门来的，别怪我手下不留情，把你打得趴下喊爷爷！”

⑤蹴鞠盛会

屋外喧闹不止，冷雨飘飞，一派剑拔弩张之势，却是“吱呀”一声，门忽然开了。

“哥哥，不要动手！”夜风灌入屋中，掠起喻剪夏的长发与衣裙，她眉目纤纤，急切地阻止道。裴云朔眸光一动，第一反应就是落在她染了鲜血的手上，呼吸微微一颤。

三人一进屋中，血腥味扑鼻而来，屋里情况一目了然，都不用再多说一句话，躺在那里的辛鹤就是最好的证明。

她身上盖着一床薄被，面色苍白，冷汗涔涔，身下的鲜血将床单都染红了，几缕垂下的秀发贴在脸颊上，双唇死死咬住，汗珠滑过白皙的脖颈，灯光下遥遥望去，竟有些像个卧病在床、柔弱秀美的姑娘家。

“怎么、怎么伤成这个样子了？”岑子婴一时看得呆住了，有些不知所措。

骆青遥在旁边怒极反笑，胸膛起伏间，恶狠狠地将岑子婴往前一推：“来呀，你再上去看清楚些呀，仔仔细细检查一遍，看那血是不是假的？是不是我们合起伙来骗人啊？”

岑子婴被推得踉踉跄跄的，差点儿跌在那床边，床上的辛鹤呼吸一窒，陡然抓住身上的被子，一股温热的血又随之流出，她吓得心跳都要停止了。

“青瓜你要害死我呀！”辛鹤简直是欲哭无泪。

那岑子婴自知理亏，被骆青遥这么一奚落，也不好回嘴，只是望着床上“血流成河”的辛鹤，脸色讪讪道：“疗伤就疗伤嘛，干吗非要把门关起来，孤男寡女的，多不好啊……”

“你嘴巴再乱放屁，信不信我打得你满地找牙！”骆青遥怒不可遏，像一只炸毛的猫，双拳顿时捏起，喻剪夏连忙上前拉住了他。

她望向屋中的岑子婴，双眸坦然，心平气和道：“医者父母心，我问心无愧，在我这里，只有病人，不分男女。我与辛师弟坦坦荡荡，门关与不关都说明不了什么，相反，文者见之谓之文，淫者见之谓之淫，真正该打开的那扇门是那些人的心吧？”

她难得言辞这般犀利，身子护在辛鹤床前，眉目清清冷冷，似乎真的动了怒。

岑子婴被这番话斥得哑口无言，旁边的裴云朔也是神色一动，眸底露出些许不可置信来。

好半晌，岑子婴才像找回了自己的声音，对着床上的辛鹤有意扯开话题道：“那……那你伤得这么重，大后天的蹴鞠比赛你还能参加吗？”

辛鹤长睫一颤，怔了怔，脸色苍白如纸。

岑子婴见她这反应，似抓到了什么把柄般，立马又得意起来，占足了理地哼道：“看你这半死不活的样子，估计踢不动球了，蹴鞠队每天起早贪黑地练习，好不容易一起磨合这么久了，你要是这个时候退出，我们临时去哪儿找一个替补的啊？你说说这回是不是整个队伍都要被你连累了？惊蛰楼如果真输给了前院那帮家伙，可就丢人丢到姥姥家了！”

辛鹤咬了咬唇，强撑着起身正要开口，骆青遥已经上前一步，目光灼灼：“输就输了，有什么大不了的，本来就只是一场助兴的表演盛会，在文武百官与使团面前热闹热闹，谁说非要争个高下出来了？这比赛再重要，还能有活生生的人重要吗？”

他毫不客气，径直对着岑子婴就呛了回去，岑子婴恼羞成怒，指着骆青遥的手都在发抖：“你你你，骆青遥，我早就看出你是个叛徒了，身在曹营心在汉的，根本就没把自己当作惊蛰楼的人，你从头到尾就巴不得惊蛰楼输了，好让前院大出风头，对吧？”

“对什么对，自己是个小人，就非把所有人都想得跟你一样，喻师姐还真没说错，文者见文，淫者见淫，你自己心术不正，还恶意去揣度别人……”

“你才心术不正，你才小人呢，你全家都……”

眼见岑子婴气得七窍生烟，就要撒泼耍无赖起来，床上的辛鹤忙艰难地撑起身子，一张苍白的脸在灯下喘着气道：“都、都别说了，我……我参加。”

“辛师弟！”

“小鸟！”

喻剪夏与骆青遥同时脸色一变。

没有人比喻剪夏更清楚内情，女子最不便的时候就是月事期间，辛鹤才来癸水，就去参加蹴鞠大赛，这不是不要了命吗！

一场比赛下来，只怕真会“血溅当场”，不说痛得死去活来，日后万一留下什么病根，那可真不是闹着玩的！

“不行，万万不行！”喻剪夏一激灵，想到那可怕的后果，顾不得许多，急切地对辛鹤道，“辛师弟，你千万不能去参加那蹴鞠盛会，你、你……伤势严重，若还进行这么激烈的比赛，只怕……只怕半条命都要没了！”

她不是在危言耸听，话中有话，眼神也一直暗示着辛鹤，辛鹤却咬紧唇，似乎没有被吓退的意思，仍想要坚持参赛。

旁边的骆青遥却是按捺不住了，急声道："傻不傻啊，到底是命重要，还是这破比赛重要？"

"可是、可是我不能半途……"

"辛鹤，你退出吧，比赛没有那么重要。"屋中央，一直沉默不语的裴云朔忽然开口道。

众人愣住了，唯独裴云朔旁边的萧然摇着羽扇悠悠笑道："是啊，辛师弟，不要把我们想得那么不近人情，你若真吃不消，没有人会逼你的。"

"六郎，找人替补吧。"裴云朔又冷冷地说了一句。

岑子婴这下是真的傻眼了，他看看裴云朔，又看看床上的辛鹤，忍不住一跺脚，皱着眉头道："可、可是，一时之间去哪儿找人替补啊，大后天就要开始比赛了，时间多紧张啊，这场蹴鞠盛会又至关重要，可是当着陛下和文武百官还有那乌孙国使团上下的面啊，不能出任何差错的……"

"行了，别说了，我会帮替补的人连夜训练的，就这么决定了。"裴云朔转过身，白发冷肃，淡淡道，"我们走。"

三人折腾了一出小闹剧，来去匆匆，却在踏出门外时，喻剪夏追出了几步，在裴云朔身后轻轻道："哥哥……谢谢你。"

裴云朔脚步一顿，夜风拂过他的衣袂，他眉心不易察觉地拧住了。

她替她向他道谢？

这、这是什么意思？他们怎么就……怎么就成了一边的人？

裴云朔眉心拧得更紧了，清寒的凉意迎面而来，他只觉这个雨夜实在是……太糟糕了。

一场绵绵春雨过后，似乎到了春日的尾巴，天气渐渐炎热起来，隐隐都能闻到初夏的气息。

万众瞩目之下，那场期待已久的蹴鞠盛会终于来临。

天光晴好，长风万里，梁帝携朝中文武百官俱到场，那乌孙国使团也围坐观赛，两位皇子位居上席，眼里满是期待的光芒。

鼓声一响，两队一触即发，比赛正式开始！

辛鹤坐在场边的席位上，一动不动地盯着场中的战况，紧张不已。

喻剪夏就坐在她旁边，时不时关切地提醒她一句，让她不要太激动，毕竟她身子还在特殊时期。

喻剪夏自从知晓了辛鹤的秘密后，直接把她当作妹妹来看待了，还悄悄跟她拉了手指，对她说："你放心，这个秘密我不会说出去的。"

她是那样善解人意，没有多问辛鹤一句缘由，可瞧在外人眼中，一切似乎就不是那么回事了。

连骆青遥都觉得喻师姐是不是对辛小鸟……有些过分的关心了？

辛鹤在床上躺了两日，除了骆青遥悉心照料外，就数喻剪夏来得最勤快了。

她每回来都带上热腾腾的补汤，各种嘘寒问暖，体贴不尽，辛鹤有一点儿不舒服，她都紧张兮兮的，搞得辛鹤好像不是在养伤，而是在……坐月子一样？

其实骆青遥哪里知道，喻剪夏只是害怕辛鹤落下病根，她本就是第一次来月事，之前还淋了场雨，有点儿发低烧，若是不小心对待，很容易留下隐患，自然是要好好养着了。

场上大风猎猎，两支队伍交战激烈，却有一道身影混在其中，踢得磕磕绊绊，十分不协调，引来看台上不少目光与非议。那被临时抓来替补的家伙，毫无经验，加上又胆小紧张，频频犯规不说，还差点儿把球踢进了自家的球门，差点儿把惊蛰楼一帮人吓死了。

看台上的梁帝都连咳了几声，在乌孙国使团与两位皇子面前，脸上颇有些挂不住。

辛鹤看得更是焦急难安，只盼能顺利比完赛，千万不要出任何岔子，老天爷却偏偏最爱跟世人开玩笑，越怕什么越来什么，上半场即将结束之时意外陡然发生——

那替补队员在一个飞奔当中，身子不稳猛地摔倒了，腿骨“咔嚓”一下扭伤，站都站不起来了！一瞬间，满场哗然，文武百官尽皆失色。

辛鹤瞳孔骤缩，霍然站了起来！看台上的乌孙国使团也是始料未及，两位皇子大眼瞪小眼，不敢相信场中这一幕，梁帝更是脸色一变。众人面面相觑，周遭的议论声越来越大。

这突发的意外情况令比赛不得不中止，鼓声一响，辛鹤几乎没有多想，不顾喻剪夏的阻拦径直奔入了蹴鞠场中。

那队员被人团团围住，只等太医与侍卫队一来，就将他抬下去，他抱着骨折的那只腿，无比羞愧恼恨，怪自己不争气，哭得满脸是泪：“对……对不起……”

“不是你的错。”

骆青遥与裴云朔同时开口道，两人对视了一眼，皆是心照不宣，骆青遥弯下腰去，替那受伤的替补队员按住腿骨，一边安慰道：“别哭了，没人会怪你的，把眼泪擦掉，下去好好养伤吧……”

“那……那接下来的比赛怎么办？”那替补队员抬起头。

场上一片默然之际，却有一个声音忽然响起：“把衣服脱下来给我吧，我上场！”

众人齐齐望去，正是挤进了人群的辛鹤，她身后的喻剪夏也跟了过来，失声道：“不行，辛师弟你不能上场！”

骆青遥见到辛鹤也是一愣：“小鸟，你、你要上场？可是你身体还没有……”

“不碍事的！”辛鹤不由分说地打断道，眸光灼灼，斩钉截铁，“我身体早就恢复好了，下半场就由我来踢，这场蹴鞠盛会绝不能弄砸！”

“但是……”

“没什么但是的了，大局为重，我真的不要紧，男子汉大丈夫，哪有那么脆弱？”辛鹤迎着众人的目光，满脸坚毅。

微风掠起她的衣袂，她的脸色分明还十分苍白虚弱，身旁的喻剪夏双唇一动，似乎想要说什么，辛鹤却已经挥手决绝道："我上场，快把衣服换给我，就这么决定了！没有时间拖下去了，难道要让大梁在乌孙国使团面前丢人，让宫学颜面尽失吗？"

风掠长空，阳光洒在蹴鞠场上，鼓声一响，下半场的比赛正式开始！

有了辛鹤的加入，战局陡然扭转，两支队伍激烈比拼间，调动起了全场的热情，总算称得上是一场精彩绝伦的蹴鞠盛会了。

首席上的梁帝也暗自点头，露出了笑意。

场边看台上的喻剪夏却是忐忑不安，目光牢牢追随着辛鹤，只有她一人知道，此刻的辛鹤是忍着多大的痛楚在咬牙支撑着。

一分又一分，惊蛰楼队伍上下同心，如虎添翼，士气大振，将上半场落下的分数一点点追了回来。骆青遥与辛鹤更是配合默契，裴云朔在他们的掩护下飞身进了一个球后，眸光下意识地瞥到看台上的那抹倩影，却意外发现那道纤秀身影根本就没有在看他，视线自始至终都牢牢追随着辛鹤！

他心中不由一紧，整个人难以置信，阳光下却有种如坠梦境般的不真实。

场边的檀香即将燃到底部，时间所剩无多，辛鹤飞奔在蹴鞠场上，汗如雨下，俊秀的一张脸苍白如纸，她按捺住剧烈的心跳，咬牙死死坚持着。

大风扬起她的衣袂，在最后的时刻，她接过骆青遥传来的球，一脚奋力踢去，场边鼓声同时响起，时间结束，最后一球，恰好进了——比分扳平，两支队伍打成了平局！

满场一怔，随之响起一片热烈的喝彩之声，场上的两支队伍也纷纷欢呼起来，彻底卸下重担，互相抱着笑着，阳光下的少年们都露出最真切的笑容。

一场精彩绝伦、不分上下的平局让这场蹴鞠盛会完满结束，这大概是最好的结果了。

看台上的梁帝龙颜大悦，而他下方席位上一起观赛的付远之与鲁行章，望着那最后的分数，也不约而同地扬起了唇角。

付远之眼尖，瞥见了鲁行章这一瞬间的笑容，忙低头凑过去，一声轻笑道："鲁公，共事多年来，我还是第一回见你这样畅快地笑呢，怎么样，这群孩子没有让你失望吧？"

鲁行章唇边的笑容一滞，一张脸陡然僵住了。

付远之忍俊不禁，见此更加乐了，笑得眉眼弯弯，促狭不已。

蹴鞠场上，一道倩影飞奔而来，裴云朔与骆青遥老远就望见，那道急切的身影正是喻剪夏，她从看台上下来想也未想地径直奔向了辛鹤。

"辛师弟、辛师弟你没事吧？"喻剪夏一副紧张关切的模样，一边掏出素净的手巾为辛鹤擦汗，一边递了水壶给她，还不住地问她身子要不要紧，难不难受。

即使是搬出"医者父母心"这句话来，也实在是难以解释长空下的这一幕。

不远处的裴云朔与骆青遥，同时皱起了眉头，目光古怪。

这两个人，怎么突然就这么……亲密了？

第七章·面具夜宴

①画中人

烟花漫天，觥筹交错，笙歌曼舞，热闹非凡。

宫学中正在举办一场庆功宴，也是为两位皇子践行，他们即将启程，带领使团返回乌孙国。

宴至一半时，却有两道身影偷偷溜了出来，借着“酒意微醺”，出去吹吹风的由头，悄悄前往了西苑的折竹居。

这两人正是辛鹤与骆青遥，他们好不容易才逮到机会，能够去那折竹居里一探究竟！

“小鸟，你确定那暗格里的画像真的跟茶经有关？”

“我有种很强烈的预感，这画像上一定有线索，你不知道，那章怀太子的半张画像，我老觉得眼熟，这些天做梦都惦记着，不去看一看怎么都放不下……”

夜风迎面拂来，两人提着灯盏，一边轻手轻脚地摸进了西苑，一边压低声说着话。

自从那日大雨中，辛鹤将《妙姝茶经》的秘密以及自己考入宫学的目的，统统告诉了骆青遥后，他便仗义地决定出手相助，帮她一起找到那本《妙姝茶经》的下落。

夜凉如水，月色悠悠，偌大的西苑静悄悄的，空无一人。

辛鹤弯腰在门边捣鼓着，骆青遥一边替她把着风，一边状似不经意地道：“对了，小鸟，你最近、最近好像和喻师姐……走得特别近？”

“什么最近？”辛鹤忙着用钥匙打开折竹居的门，随口道，“我跟你，我们不一直都和剪夏师姐很投缘，走得很近吗？”

“不是，我不是那意思，就是你们两个吧，你们两个比平时还要……”骆青遥欲言又止，挠了挠头，“我一下说不上来，反正怪怪的……”

他扭头看向月光下的辛鹤，轻咳了两声道：“我可提醒你，喻师姐跟那白毛之间的关系你是清楚的，你最好不要往里面插一脚，做些夺人所爱的事情，否则白毛发起疯来，指不定变成红毛黄毛绿毛呢……”

“什么乱七八糟的？”辛鹤眉头一皱，总算把门打开了，扭过头，望向骆青遥，“你在说些什么呀？”

骆青遥的脸色有些不自然，抿紧唇不吭声了，辛鹤与他对视了半晌，忽地回过味来，脸上一红：“青瓜你脑袋坏掉了呀！我跟剪夏师姐，我们、我们是最最纯粹的姐……姐弟关系！你懂不懂，少想些有的没的！”

“这样最好！”骆青遥道，“反正我可提醒你了，你自己心里有数……”

他在夜风中哼哼着，不知怎么，听到辛鹤否认得这么干脆，心情莫名愉悦起来，唇角不由自主地微微扬起。

两人提着灯，这便摸进了折竹居中，辛鹤驾轻就熟地触动机关，从弹出的暗格里取出了画像。

夜风拍打着窗棂，两人席地而坐，脑袋凑在一起，提起手里的灯盏仔细看向那沓画像。

虽然已从辛鹤嘴中知晓了大概，但当真正亲眼看到那一张一张跨越春夏秋冬的女子画像时，骆青遥还是惊叹地出了声。

辛鹤却只一门心思抓着那半张章怀太子的画像，低头看了又看，她越看越觉得熟悉，心底有个答案就要呼之欲出了。

“青瓜，把灯再举高一点儿，对，再往这边挪一点儿……”

微薄的光芒洒在那画卷之上，辛鹤定定望着那画中人，忽然脑中灵光一闪，瞳孔骤然放大：“这个人，这个人，好像……好像小越哥哥！”

“小越哥哥？什么小越哥哥？”骆青遥眉心微蹙，“这人的名字好娘啊，他是你族中兄弟？”

“哎呀不是啊，小越哥哥是我的……总之是我一位家乡人，比我大不了几岁，但很厉害的，天文地理无所不知，我会的好多机关术什么的都是他教的，还有身上带的那些茶饼也都是他送给我的……”

“他送的？”骆青遥挑起眉梢，眼神古怪起来，“看你那么宝贝那些茶饼，我还以为是你哪个青梅竹马送的呢，原来是你一位家乡兄弟送的，那看来……这什么小越哥哥在你心里很重要嘛？”

他语气莫名有些酸溜溜的，辛鹤却没心情跟他扯太多了，只是捧着那半张画像，呼吸急促，一颗心剧烈跳动着：“为什么章怀太子会跟小越哥哥那么像呢？简直好似一个人……”

她疑惑地呢喃着，骆青遥在旁边提着灯，斜眼瞥向那画像，阴阳怪气地一哼："你看错了吧，这章怀太子早死了八百年了，如果跟你那什么小越哥哥像极了，好似一个人的话，只怕你那小越哥哥根本就不是人，是这世间的一个孤魂野鬼吧……"

"呸呸呸，你才是孤魂野鬼呢！"辛鹤冷不丁抬头，把骆青遥手里的灯盏抢了过去，又仔细对照着画像看了一遍，喃喃自语着，"不行，我一定要查清楚，这中间的谜团真是越来越多了……"

琅岐岛，海浪拍打着礁石，冷月幽幽，天地静谧。

乱石遮掩的洞口下，偌大空旷，深不见底。

清幽的石室中，明珠光芒流转，照亮了少年苍白的脸颊，他眉眼低垂，乌发散落，秀美昳丽，却又诡魅异常，如暗夜中的一簇鬼火。

白翁捧着几个坛子让少年一一过目，弯腰恭敬道："主子，岛上的四个护法已经除去了三个，我看辛家的势力还能支撑到几时！"

少年打开眼前的三个坛子，清瘦修长的手指挑起了几抹灰白的骨灰，在指尖慢慢揉搓着，双眸冷冰冰的，不带一丝感情，看着那些骨灰簌簌落下。

"这次辛老贼海上遇袭，手脚都做得干净吧？不会被瞧出破绽，暴露我们的人吧？"少年凉凉的声音在石室中响起。

白翁忙低头道："主子放心，我们部署周密，那辛贼一番血战，损失惨重，狼狈不堪地逃回了琅岐岛，货物都丢了好几船，还只当是附近海域的几方势力来抢生意，丝毫也没有怀疑到咱们头上。"

说到这，白翁语气中多了几分得色："一切全靠主子运筹帷幄，计划才能这样顺利进行，先除了辛贼身边的三个护法，再慢慢掌控十长老会，将辛家的势力一步步拔除，相信要不了多久，主子就能从这里出去，重掌琅岐岛了。"

"不急。"少年眉眼冷冷，从怀中掏出一方雪白的手巾，慢慢擦拭着手指，一字一句道，"该让他们还回来的，一分也不会少，真正要紧的还是那本茶经的下落。"

长阳照水，风吹涟漪，小镜湖波光粼粼，初夏来临，一日比一日炎热起来。

辛鹤与骆青遥去了一趟折竹居，除了偷偷拿回了那些画像外，其他别无所获。

这头辛鹤还没将画像琢磨透呢，那头前院里已经传来了一个消息——

"面具夜宴？"

惊蛰楼里，听到叶少傅的介绍时，大家都有些愣住了。

"对，面具夜宴，上回蹴鞠盛会不是打成了平局吗？前院与惊蛰楼都应有赏，陛下便赐下了这场夜宴，让惊蛰楼与前院一同欢度，鲁院首已经着人去安排了。"

这面具夜宴还是付相提议的，趁着初夏时节来临，在宫学里举办一场夜宴，不再以小镜湖为界将惊蛰楼的人隔离在外，而是让他们也一同参与进来，其乐融融，消除隔阂。

这场夜宴最别出心裁的地方就在于，每个人都要戴上面具，到时就分不出哪些是惊蛰楼的人，哪些是前院的弟子了，大家灯下一同夜游，欢歌笑语，不分彼此，可以真正融入在一起，不再仇视与对立了。

付远之可谓是用心良苦，也说服了鲁行章举办这场初夏之宴。

到时，宫学之中还会请上民间的傩班，戴着各式各样的面具，在搭建的高台上进行傩舞表演，弟子们可自由观赏。

这傩舞乃是民间一些地方的传统风俗，舞者戴上面具，随着台上鼓、锣之乐，跳起傩舞，以此驱鬼逐疫，祭祀天地，这仪式被称为大傩之礼。

那些舞者戴着的面具精致繁杂、各种各样，有古老的神话人物、山鬼精魅，也有史书记载的帝王将相、文人墨客，这些构成了庞大的傩神谱系，正所谓——

摘下面具是人，戴上面具是神。

在宫学之中，许多年前也曾经举办过这样的面具夜宴，请来了民间的傩班表演，但舞者之中混进了杀手，欲在宫学中行刺，险些就要得手，吓坏了宫学上下。

自那以后，这面具夜宴就渐渐地不再举办了，这一次还是付远之好不容易说服了鲁行章，说会加派人手守卫宫学，对请进的傩班进行严格盘查，绝不会再出现鱼龙混杂、危及师生安危的情况，鲁行章这才勉强答应了。

这面具夜宴的消息在宫学里一传开，人人心潮澎湃，激动欢喜，惊蛰楼这边更是炸开了锅，个个兴奋极了。

平日里他们备受歧视，虽然嘴上不在乎，但无论什么好事都没惊蛰楼的份，他们是隔绝在小镜湖之外的一群人，是被宫学中彻底遗忘的一处角落。但这次不仅可以参与到这面具夜宴中来，这机会还是他们自己争取来的，用汗水与努力换得，这种感受实在是……妙不可言。

众人的目光不约而同地望向了辛鹤，她踢进了最后一个球，才换来了这场平局，让惊蛰楼得到了这次被平等对待的机会，说起来，她还算得上是惊蛰楼的功臣呢。

少年们的眼神中不知不觉就升起了许多善意。

夜色降临，月光笼罩着院舍，树影摇曳，风声飒飒。

躺在床上的骆青遥兴奋得睡不着，一想到又能见到宛姐小陶子那帮人，他就别提有多欢喜了。

心念一动，他挪了挪身子，凑到辛鹤旁边，伸出手指戳了戳："喂，小鸟，你想戴上什么面具？"

辛鹤也还没睡呢，满脑子都是那些画像，被骆青遥这么陡然一问，扭过头来，恰对上他一双亮晶晶的眼睛。

她忍不住就扬起唇角，笑道："青瓜，看你乐得跟小孩子似的，你到时候不如就戴个哪吒的面具吧？"

"去去去，你才是个小屁孩呢，我要戴的面具岂是你这种凡夫俗子能轻易猜到的？"骆青遥哼了哼，却想到什么般，眼珠子一转，又戳了戳辛鹤，促狭道，"倒是你，也不用选别的面具了，直接拿几根鸟羽毛遮住眼睛就成了，做个名副其实的鸟人，你说对不对？"

"对你个大头鬼！"辛鹤将骆青遥的手一把拍开，也学他的样子，哼哼道，"我要戴什么面具也不是你这种地里的青瓜能猜到的，你还是多关心下自己，快点儿帮自己去做个瓜皮面具吧！"

"呵，你帮我雕一块瓜皮呗。"骆青遥不气不恼，晃着脑袋笑道，"反正就算你现在不告诉我，到了那天我也包准一眼能看出来，不管你戴什么面具，我都能找到你！"

"吹牛！"

"吹没吹牛到时候自然见分晓，不然咱们来打个赌？"骆青遥伸出手指，在辛鹤面前勾了勾。

辛鹤眼里放出光芒，一时间也来了兴致，伸手勾去，扬声一笑："赌就赌，要是你能找到我，我日后就帮你实现一个愿望，反之你也替我做一件事，怎么样？"

"好，一言为定！"

②面具夜宴

明月皎皎，烟花漫天，水面波光粼粼，夜风温柔轻拂。

少年们衣袂飞扬，脸上戴着各式各样的面具，有说有笑地乘舟渡小镜湖，唯独一人一直伸长了脖子，遥遥望着身后的岸边，期盼等候着什么。

那人正是骆青遥，他一袭白衣，戴了张仙鹤图案的面具，身姿颀长，衣袂飘飘，在月下宛如谪仙一般，风华出尘，一改往日飞扬不羁的气质。

他要等的人正是辛鹤。

因为那个赌约，他先换上了装束与面具，与辛鹤分开出发，先一批过小镜湖，辛鹤随后再乘舟过去。

说起来，他实在万分期待，这只辛小鸟会给他什么惊喜。

夜风拂过骆青遥的白衣，他唇角微扬，在月下呢喃着："小鸟啊小鸟，这个赌约，你可输定了……"

纵然她千变万化，戴上最令人意想不到的面具，他也一定能将她认出来，因为她身上那股独有的气息。

那样清新通透的茶香，从初遇时就萦绕在他鼻尖。

这么久以来，他与她同吃同住，朝夕相处，每日浸染之下，难道还不能将她从人群中一下认出来吗?

那是独属于她的味道，他绝不会弄错，这次打赌他胜券在握。

月色悠悠，树影婆娑，惊蛰楼里，一间院舍当中，烛火摇曳，铜镜明亮——

喻剪夏正在为辛鹤梳发。

镜中人明眸皓齿，清隽秀美，一张脸白皙如玉，气质灵秀动人，一直束起的长发总算放了下来，在喻剪夏的手中挽成了精巧的发髻。

烛火微晃，映照在辛鹤昳丽的眉目上，她轻轻眨了眨眼，似是一汪秋水泛起了涟漪，任是谁望来，都不得不叹上一句，好一个容光四射的小美人!

没错，这一回恐怕骆青遥做梦都想不到，辛鹤要给他放一记大招了!

她要扮回女装，以女儿身参加夜宴!

今夜，她将戴上一张美人狐狸面具，上面勾勒着精致的花纹，还会露出两只绯红色的狐狸耳朵，衬得人狡黠又妩媚，远远望去，一身再灵动不过的少女气息。

辛鹤就不信了，自己打扮成这样，骆青遥还能猜得出来!

说来也巧，那一夜，他们打完赌后，她本来还在床上翻来覆去，琢磨着该怎样出奇制胜，以便赢了赌约。

却没有想到，第二日，剪夏师姐就悄悄来找她了。

她一脸愁容，欲言又止："小鸟，我、我不想参加这面具夜宴了……"

自从发现她的女儿身份后，私底下她便跟着骆青遥一般，也一直这样唤她。

当时辛鹤听到喻剪夏不想参加面具夜宴时，一下就愣住了："为、为什么?"

"因为、因为……"喻剪夏闭上了眼睛，语气莫名哀伤，"夏天来了。"

短短四个字，道不尽其中的那份酸楚。

当年那场变故之后，裴云朔一夜白头，性情大变，此后一年四季最讨厌的就是夏天。

后来的每个夏天，喻剪夏都小心翼翼地躲着他，只敢远远望着他，不敢靠近。

她并非害怕自己被哥哥骂，只是不想让他生气烦闷，情绪波动，反而伤了自己的身子。

这一回的面具夜宴正好是迎接初夏时节的到来，喻剪夏几乎可以想象，裴云朔见到她该有多么的厌恶愤恨。

"我其实不是不想参加，只是我知道，哥哥看到我一定会不高兴的……"喻剪夏深深叹了口气，望着辛鹤发愁道，"小鸟，你说，有什么办法能够让哥哥认不出我呢?"

这样她就能远远看着他，跟随在他左右，不会惹他不快了。

辛鹤望着喻剪夏一脸的愁容，有什么在脑中灵光一闪，她忽然喜不自胜道:"我知道了!"

辛鹤想出的法子不是别的，正是——

"剪夏师姐，你扮作男装，我扮作女装，面具一戴，相互为对方做掩护，包准谁都猜不出我们的身份，怎么样?"

两人这样一对调，不仅裴云朔不会认出喻剪夏，骆青遥也认不出辛鹤了，简直是两全其美！

就这样，两人说做就做，喻剪夏替辛鹤装扮完之后，自己也换上了一身男装，将长发高高束起，戴上了一张蓝色的剑客面具，手里还握着辛鹤为她准备的一支洞箫。

原本温婉柔弱的美人瞬间变成了一个俊俏少侠，眼角那粒惹人怜惜的红痣，也被面具遮掩住，只能瞧见一段白皙的脖颈，简直就是天衣无缝。

辛鹤与喻剪夏装扮完毕后，都像换了个人一般。站在镜子前，辛鹤忍不住就伸出手，将喻剪夏的下巴一勾，调笑道："哪家少侠这般俊俏，害奴家一见倾心，怎么办？"

喻剪夏脸上一红，却因有了层面具的遮掩，胆子也大了起来，顺势将辛鹤的腰肢一揽，清了清嗓子，从善如流地回应道："分明是你这只无端跑来的小狐狸，勾去了我的心，还要倒打一耙，你说我该怎么惩罚你？"

两人戴上面具，当真都是一等一的好演技，各种肉麻的情话信手拈来，四目相对间，脉脉含情，却是看着看着，同时绷不住，放声大笑起来。

两人笑作了一团，忽然间，辛鹤一激灵，看向窗外："不好，少侠哥哥，我们得快点儿走了，还要乘舟渡湖呢……"

月光照在水面上，小镜湖波光粼粼，老人划着桨，第一批渡湖的少年就快要靠岸。

夜风中，裴云朔负手而立，站在舟头，脸上戴着一张黑色的面具，上面勾画着狰狞可怖的地府鬼魅，再配上他那一头如雪白发，当真是鬼气森森，寒意逼人，从头到脚都透着"生人勿近"的冷冽气息。

骆青遥一身白衣，戴着一张仙鹤面具，恰站在他旁边，宛如谪仙，两人一白一黑间，在月下形成了鲜明的对比。

舟头另一人望着他们，上下打量了一番后，忽然道："你俩今天看起来好般配啊，凑在一起活脱脱一对黑白无常啊，这是想要索谁的命啊？"

这开口调侃的人正是岑子婴，他今夜穿得华丽无比，贵不可言，还戴了一张金光闪闪的面具，仿佛生怕别人不知道他家里有权有势一般。

骆青遥斜眼一瞥，勾起唇角，一声笑道："哪里比得上岑小妹你啊，直接就戴着一脸金子出来了，这么招摇，小心被人打劫啊，到时候可能真需要我们黑白无常来给你收尸了！"

"啊呸！"岑子婴顶着一脸黄金，叉腰瞪了回去，"我这辈子富贵命，包准长命百岁，不劳你惦记！"

舟头另一人戴着一张俏花旦的面具，上面每一笔描绘都浓墨重彩，配上他的好身段，当真风流不尽，他听着身后的对话，忍俊不禁，摇了摇头。

这俏花旦正是萧然，他望向对岸，轻声道："到了。"

烟花当空绽放，岸边人来人往，各色装束面具，穿梭其间，令人眼花缭乱。

远处的高台上，请来的傩班正在表演歌舞，周遭不时传来喝彩之声，天地间一片欢喜热闹。

岑子婴几乎是迫不及待，第一个就跳下了船，却还来不及着地时，就已经一头撞到了一个人怀中。

“哎哟，谁他娘的这么不长眼啊？把我面具撞坏了，赔得起吗？”

岑子婴叫唤着，晕头转向间，扶着面具才站稳身子，耳边就传来一个女子泼辣的声音：“这种俗物，别说一个了，赔你十个百个都绰绰有余！”

岑子婴一激灵，定睛望去，眼前霍然出现一张明艳的红色面具，他瞬间脱口而出：“你，你是……母老虎？”

“再乱喊把你舌头都割了！”少女劈头盖脸地一声骂去，岑子婴吓得往后一退，不用再怀疑，眼前这个嚣张的婆娘就是那前院的母老虎，姬宛禾！

他正想斗着胆子回敬一句时，红衣少女已经招手上前，欣喜地喊道：“老遥，我们在这儿！”

岑子婴这才发现，少女旁边还有一人，坐在轮椅上，一袭青衫，戴着一张画了竹子与云纹的面具，也随那红衣少女扬声喊道：“遥哥！”

岑子婴心里陡然涌起一股酸溜溜的滋味，暗自撇了撇嘴：“怎么到哪儿都带着这个瘸子啊，真没劲！”

烟花璀璨，月色缭绕，夜风拂过湖面，当辛鹤与喻剪夏到来时，对岸已是熙熙攘攘，人流如织，处处欢声笑语不断，惊蛰楼与前院的弟子混在一起，分不清谁是谁了。

这真是再好不过的时机，她们对视一眼，心中暗喜，这便下了船，走入烟花之下，融入这一片热闹的面具人潮中。

辛鹤与喻剪夏随着人流走走看看，赏灯听曲，好不惬意，却没走多久，迎面就撞上了一行人，为首者一身黑衣，戴着张狰狞可怖的鬼魅面具，身后一头白发冷冽如雪——

这特征简直太明显了，一看就知道是谁！

辛鹤明显感觉到，身边的喻剪夏手心一颤，她忙悄悄将她拉了拉，压低了声道：“别慌。”

“少侠哥哥”握住了手里的洞箫，深吸了几口气，堪堪定住了心神，这才抬起头，目不斜视地与那行人擦肩而过。

那身黑衣在月下冷峻离去，白发飞扬间，头也未回，一丝察觉也没有。

“成功了！”巨大的喜悦涌上辛鹤与喻剪夏的心头，她们彼此对视，兴奋不已。

“小鸟，你的办法果然有用，我可以远远跟着哥哥了，你一个人没有问题吧？”

喻剪夏凑到辛鹤耳边，按捺不住欣喜，辛鹤赶紧点头：“你去吧，夏夏，小心一点儿，记住别靠太近，你家白毛可机警得很，叫他认出来就糟了！”

喻剪夏点点头，这便与辛鹤分开，悄无声息地跟上了裴云朔那行人。

辛鹤戴着小狐狸的面具，双手背在身后，独自一人穿梭在人潮中，走走逛逛，倒也怡然自乐。

只是好半天都没有遇上骆青瓜，看来老天爷都有意帮她了。

辛鹤一边暗自庆幸着，一边又有些莫名的失落，走走停停间，不觉就来到了那傩班表演的高台下，仰起头，被台上奇特的傩舞吸引住了。

那些舞者戴着各式面具，随着锣鼓之乐在月下起舞，除却奇特的舞姿外，旁边竟还围了几个衣裙飘飘的妙龄女子，手里纷纷捧着银盘，上面撒满了花瓣，她们一边围着那些舞者转圈，一边将银盘中的花瓣撒向他们，似乎在进行某种仪式一般。

这画面落在辛鹤眼中，让她一时久久未动，看得入神了。

不是因为好奇，而是因为——熟悉。

是的，太过熟悉，不知怎么，这画面总让她觉得在哪儿见过一般，却一下又想不起来，实在恼人。

辛鹤微微蹙眉，站在台下，正拼命在脑海中搜寻着相关的记忆时，旁边却不知何时多了一个人。

那人像是前院的弟子，有些紧张地看着她，结结巴巴道："师妹，你、你是哪个班的啊？怎么、怎么从前好像……从来没有见过你？"

辛鹤一惊，扭头望去，那弟子即便戴了面具，她都能感受到他那份紧张，在他身后还站了几个同伴，勾肩搭背的，在那里嬉笑起哄着。

辛鹤瞬间明白过来，自己这是……被搭讪了？换了女装后，居然就从天而降了一朵桃花下来？

她心底一时有些哭笑不得，望着跟前紧张的少年，正想要用什么托词搪塞过去时，不远处却忽然走来一道俊挺身影，她目光一动。

那道身影白衣飞扬，戴着一张仙鹤面具，身姿颀长，月下遥遥走来，宛若谪仙。

辛鹤一颗心陡然揪紧，几乎来不及多想，掉头就走！

那向她问话的师兄急了，在她身后喊道："师妹……师妹你怎么就走了……"

辛鹤却哪里顾得上那么多，埋头急急忙忙走了半圈后，却忽然猛地顿住了脚步。

不对啊，她在躲什么？她现在都打扮成这样了，还在怕什么？

果然男人装久了，都忘了自己其实是个姑娘，好不容易穿一回女装，还觉得自个儿在"男扮女装"，生怕被拆穿，这真是太……好笑太荒谬了！

辛鹤哭笑不得间，稳了稳心神，伸手把脸上的面具整了整，又将那对狐狸耳朵揪了揪，抬头挺胸，理直气壮地转过了身。

"我本来就是个姑娘，如假包换，心虚什么？"

她一转身，便望见了那身白衣，仙鹤乘月而来，长发随风飞扬，他迎面走向她。

月色动人，烟花迷人，天地间仿佛只剩下了他们两个。

辛鹤瞬间屏住了呼吸，挺起纤秀的后背，一步步走向那人。

越来越近，越来越近。

他们终于在绽放的烟花下擦肩而过，那一刹那，辛鹤一缕长发飘飞起来，拂过他的脸颊。

一阵清透的茶香扑鼻而来，原本要擦肩离去的骆青遥瞳孔骤缩，忽地停住了脚步。

时间被无限拉长，嗅觉与触觉被无限放大，这一刹那，天地间仿佛定格住了般。

骆青遥站在风中，不可思议地扭过头——

“小鸟？”

③动心

“小鸟？”

这一声不啻一道惊雷，炸在了辛鹤耳边，她心跳狂乱不止，浑身血液都冲到了头顶。

夜风迎面而来，她快步走入人潮中，装作听不见那声呼唤，将骆青遥远远抛在身后。

“不要回头，不要回头……”心里拼命对自己说着，辛鹤越走越快，呼吸越来越急促，而身后那袭白衣，却像笃定了般，竟是连喊了几声“小鸟”，拔腿追了上来！

这一下，辛鹤魂都要吓没了，再顾不得许多，一只手按住脸上的面具，一只手提起长裙，不顾形象地在夜色中飞奔起来。

两人一个逃，一个追，月色下如同鹰抓兔子般，煞是滑稽。

这头辛鹤正落荒而逃时，另一边的喻剪夏却躲在树下，悄悄尾随着前方的裴云朔。

她不敢靠得太近，一路小心翼翼，皆是跟一段，停一段，此刻藏在树后，她微微探出头，握紧了手里的洞箫，正望向前方那道冷峻身影时，却是忽然间看见了什么，瞳孔骤缩——

湖边一个弟子手里的花灯，不知怎么燃了起来，火苗从一角舔舐而上，迅速蔓延，那少年吓得手足无措，赶紧将那燃烧的花灯往湖里一抛，却不想，裴云朔一行人正好经过，他手里扔出的那个花灯，好巧不巧，正朝裴云朔飞去，眼见那团火光就要砸在裴云朔头上了！

“小心！”喻剪夏来不及多想，从树后飞身掠去，扬起手里的洞箫，将那着火的花灯猛地一下打偏，花灯应声落入了水里，扑通溅起了几道水花。

一切只发生在电光火石间，所有人均是一愣，唯独裴云朔将那声“小心”听得一清二楚，霍然扭过头，难以置信地望着眼前出手相救的“少侠”。

“夏夏？”

喻剪夏身子一颤，吓得脸都白了，还好有面具的遮掩，她慌乱地摆摆手，一转身，仓皇而逃。

裴云朔眉头一皱，白发扬起，下意识就想追上去。

烟花映亮了夜空，晚风掠过耳畔，月下两对人各自追逐起来，仙鹤飞向前方的小狐狸，厉鬼穷追那风中的剑客少侠。

冥冥中似有老天爷戏弄般，辛鹤与喻剪夏竟是双双露馅儿，在月下狂奔不止，心都要蹦出来了。

辛鹤伸手拨开人群，气喘吁吁间，跑了一大圈，竟又是绕回了那表演傩戏的高台下，前方人头攒动，她一时挤不过去，正不知该如何是好时，对面人群里也有一道身影忽然冒了出来——

正是同样跑得气喘吁吁，戴着剑客面具，拿着洞箫，慌乱无措的喻剪夏！

“小鸟！”

“夏夏！”

两人四目相对，同时从对方眼中看见了欣喜的光芒，以及……各自身后那道紧追而来的身影！

辛鹤一激灵，上前一把拉过喻剪夏，左右望望，霍然看向那戏台，灵机一动，拉着喻剪夏就飞奔进了后台。

“快，夏夏，我们把衣服换过来！”

骆青遥与追来的裴云朔戴着面具也正好从人群中挤了出来，却发现追着的人已经不见了，四处都难寻踪影。

反而他们一抬头，同时在月下看到了彼此，“黑白无常”又凑到了一块儿。

戏台下，两人神情微妙，双唇一动，正想同时问道：“你有没有看见……”

却不知怎么，又抿了抿唇，同时作罢，两人擦肩而过，继续扬起脑袋，四处找寻着各自要找的人。

夜风凉凉，骆青遥一边拨开人群细细寻找着，鼻尖一边萦绕着那阵茶香。

心里像有一只手在挠着一般，让他喉头发干，迫不及待想要知道一个答案。

那缕飘飞的发丝，两只狐狸耳朵，月下灵秀俏丽的少女……所有画面不断在他脑海中回旋着，他越找越急，越找心跳得越快。

却是忽然间，灯火粲然的人群里，亭亭站着一道倩影，骆青遥眼前一亮，飞也似的奔上前，一把按住那人肩头，兴奋不已：“我抓到你了，小鸟你还往哪里跑！”

戴着狐狸面具的少女转过身，微微抬头看着骆青遥，骆青遥按捺不住纷乱的心跳，一把掀开了她的面具。

这一下，人却是傻眼了——

“喻、喻师姐？

骆青遥几乎不敢相信自己的眼睛，愕然地将脸上的仙鹤面具摘下，望着月下那张秀美温婉的脸，话都说不顺溜了：“怎、怎么会是你？”

少女站在夜风中，莞尔一笑：“本来就是我啊，不然骆师弟还以为是谁？”

“我、我以为是……”骆青遥呼吸微颤，神情有些怔然，又有些难以言喻的失落，仿佛什么东西破碎了一般，喃喃道，“我把你当成小鸟了，因为你身上有她那股淡淡的茶香……”

“怎么会是辛师弟呢？她是男人啊，骆师弟是在说笑吗？”喻剪夏故作惊奇，又笑着解释道，“有茶香也不足为奇啊，我这段时日经常照料辛师弟呢，许是相处间沾染上的吧。”

“是、是这样吗？”骆青遥还是有种不真实的感觉，整个人像踩在梦境里一样，明知道自己的猜想才是最荒谬的，却偏偏控制不住，忍不住去怀疑，他看向喻剪夏，皱眉问道：“那、那喻师姐你见了我，跑什么呢？”

另一头的湖边树下，裴云朔也终是发现了那“少侠”的身影，她手持洞箫，衣袂飘飘，孑然立于月下，裴云朔心跳加快，大步上前，一把扣住那人肩头：“你究竟是谁？”

“少侠”转过身，漆黑的眼眸透过面具望来，还来不及开口时，裴云朔已经猛地掀开了那张剑客面具：“不要再玩这些无聊的把……”

声音却是戛然而止，裴云朔呼吸一窒，陡然瞪大了双眼，不可思议道：“辛鹤？”

他像失了声一般，好半天才从喉咙里挤出一句：“为什么会是你？”

“怎么不是我？”辛鹤拿起手里的洞箫，在裴云朔面前一挥，“要不是我身手敏捷，你可就要毁容了！”

裴云朔眉心微蹙，扬手抓住那洞箫，冷声道：“那你为何要跑？”

“赶着去看那戏台上的傩舞表演啊，哪里知道身后有人一路追来，我也正纳罕着呢，你追我做什么？”

两处地方，两个一模一样的回答，骆青遥与裴云朔听完后，都愣了愣，一时间倒被反问住了，不知该如何作答。

这滑稽又荒唐的一夜过去得很快，回去的一路上，骆青遥仍有些恍惚，望着身旁手持洞箫、一身少侠装束的辛鹤，若有所思，陷入了莫名的遐想之中。

辛鹤佯装不知，故意取笑道：“输就输了呗，大气点儿，别苦着一张脸了。”

骆青遥望向辛鹤，他还是往日那副辛小鸟的模样，将他脖颈一勾，伸手往他胸膛上拍了拍，爽朗道：“放心，我这人厚道得很，绝不会让你做什么上刀山下油锅的事情，你大可宽心，来，青瓜，笑一个？”

“去你的！”骆青遥把辛鹤的手打开，气氛陡然间又回到了平素的嬉闹调侃，一切毫无异样，骆青遥长长呼出一口气，收回心神，或许真是自己想多了？

他将那些虚无缥缈的念头抛诸脑后，回到惊蛰楼后，躺在床上却是翻来覆去，怎么也睡不着。

长夜漫漫，万籁俱寂，骆青遥只要一闭上眼睛，满脑袋就都是那道俏丽灵秀的少女身影，两只狐狸耳朵在他眼前晃啊晃，挠得他心里又痒又躁。

他终于受不住，霍然睁开了眼，黑夜寂寂，床榻另一头的辛鹤已沉沉睡去，那股似有若无的茶香又飘了过来，骆青遥扭过头，呼吸灼热，无端端受了蛊惑般，悄悄地将身子挪了过去……

他凑在那张熟睡的俊秀脸庞旁边，按捺住心跳，一点点伸出手，像做贼一样，慢慢挑起了她一缕发丝。

鬼使神差间，他控制不住自己的行为，竟将那发丝放到了鼻下，深深一闻，霎时间，那股清冽的茶香又萦绕而来，面具夜宴上的那一幕，似乎就浮现在眼前——

烟花当空绽放，他们擦肩而过，一刹那间，少女一缕长发飘飞起来，拂过他的脸颊，无尽缱绻温柔。

骆青遥心神迷醉，正分不清虚幻与现实时，辛鹤却陡然间翻了个身，那缕发丝便从他指间滑了出去，他一激灵，猛地回过神来，一张俊逸的脸登时红了个透。

几乎来不及多想，他霍然扬起手，在黑夜中给自己狠狠抽了一下。身子也逃命一般地迅速弹开，挪得远远的，两只手扯过被子就盖住了脑袋。

骆青遥在黑夜中心跳不止，闭上眼，疯狂默念着："别犯病了，快睡觉，不要去想，快点儿睡……"

多天真的少年，以为睡着了就能逃避这一切？

这无尽漫长的一夜，骆青遥深深陷在了梦境之中，无法自拔。

梦里不断重复着他与狐狸少女擦肩而过的那一幕，她飘来的发丝挠得他脸颊发痒，清透的茶香将他彻底包围住。

最后的最后，他在漫天烟花下，终是追上了她，一把掀开了她的面具。

这一回，面具下的人却不是喻剪夏，而是他真正心心念念的那个人，他终于如愿以偿地看见了她——

明眸皓齿，灵秀动人，浅笑盈盈地站在风中，身上笼了一层柔和的月光，那样美好干净，似一汪秋水，摇曳了他的心神。

骆青遥长到这么大，破天荒的做了一个不可言说的……春梦。

第二天早上醒来时，身下的床单湿了一大块，他脸色陡变，立马裹紧被子，心惊肉跳间，第一反应就是"毁尸灭迹"。

当辛鹤要出门时，才发现骆青遥还赖在床上，半天没有起身。

"青瓜，还在睡懒觉啊？"

骆青遥呼吸一颤，从被里慢慢探出半个脑袋，对上辛鹤关切的眼神，支支吾吾道："小鸟，你、你先去上课吧，我今天有点儿不太舒服，还想再躺会儿……"

"不舒服？"辛鹤凑上前来，"青瓜，你怎么了？"

她伸出手，就想探向骆青遥额头，骆青遥却像见了鬼一般，吓得忙不迭躲开："别别别，别碰我！"

这反应实在太夸张了，辛鹤的手愣在了半空："青瓜，你中邪了？"

骆青遥脑门冒出冷汗来，缩在被子里，假装用力地咳嗽了两声，含含糊糊道："没，我没事，大概是夜里受了些凉，脑袋有点晕，你帮我跟叶少傅说一声吧……”

“受凉？”辛鹤微微皱眉，嘀咕道，“夜里那么热，你居然还会受凉，也真是奇了怪……行吧，你好好休息，我帮你同叶少傅说一声。”

骆青遥又在被窝里含糊地应了声，辛鹤帮他把被子掖紧，又叮嘱了几句后才终于出了门。

等到人一走，骆青遥立马爬了起来，后背已经全部湿透了。

他一把抱起床上的“罪证”，直奔浣衣院！

真是疯了，要是被小鸟看见这些痕迹，他就不用活了，直接就地挖个坑把自个儿埋了吧！

水井边，骆青遥一边洗着床单，一边咬牙切齿道：“该死，怎么会做这种梦，骆青遥，你八辈子没见过女人吗，居然连自己兄弟都不放过！”

他麻溜地把床单洗了，晾晒在院里，却不敢离开，硬是顶着大太阳，守到了中午，再把差不多干了的床单抱回了房中。

一路偷偷摸摸，简直完美诠释了做贼心虚四个字。

这一上午，骆青遥可谓是过得惊心动魄，等到辛鹤回来时，他已经在床上躺好了，戏子上身，依旧一副“病恹恹”的样子。

辛鹤手里提着食盒，贴心地打了热腾腾的饭菜来，坐到床边上，关切问道：“青瓜，你怎么样了？好些了吗？”

辛鹤似乎真的有些担心：“要让剪夏师姐过来看看吗？”

“不、不用了！”骆青遥一激灵，连忙道，又装模作样地咳嗽了两声，这才从被窝里钻出来，有气无力地坐了起来。

“来，你快吃点儿东西，下午再好好睡一觉，我已经帮你向叶少傅请了一天的假，如果还是不舒服，你可一定要说出来，千万不要逞强，我立刻就去请剪夏师姐……”

辛鹤一边说着，一边将热腾腾的饭菜递到骆青遥面前，骆青遥却抬起头，目光闪烁，抿了抿唇，对着辛鹤“虚弱”道：“小鸟，我、我双手没力气，要不……要不你喂我吃吧？”

话一出口，骆青遥都想抽自己个大耳刮子了，真是太无耻了！

辛鹤却笑了起来，脱了鞋，双腿盘坐到了床上，当真准备端起饭菜来喂骆青遥：“你还真是身娇肉贵，少爷命呢！没办法，看在你生病的份儿上，就让我这辛小厮来‘伺候’你吧！”

她压根没想太多，只是嘴上一贯地调侃着，骆青遥却在她喂饭时，盯着她一截白皙的脖颈走神了。

他们隔得极近，骆青遥呼吸颤动着，一边吃着不知味道的饭菜，一边偷眼看着辛鹤。

他怎么从前没发现这家伙竟然……长得这么好看？

隐隐约约间，又跟他梦里那道俏丽灵秀的少女身影重叠在了一起……有什么腾地冒了出来，骆青遥心跳加快，控制不住地遐想着……不！他一激灵，猛地一抬手，“啪”地给自己扇了一耳光！

辛鹤吓了一大跳，手里的饭菜都差点儿洒掉，她瞪眼看着骆青遥：“青瓜，你干吗呀？

你病糊涂了吧！”

骆青遥呼吸急促，抬眼看着辛鹤，一张俊逸的脸上红白不定，他简直是欲哭无泪，一声哀号道——

“我是病了，还病得不轻呢，天哪，谁来救救我啊！”

④妙花娘子

骆青遥的“病”一直持续到了晚上，晚饭也是辛鹤喂的，她担忧不已：“要不还是请剪夏师姐过来瞧瞧吧？”

“不、不用了……”骆青遥“虚弱”道，“睡一觉、睡一觉就好了，不要麻烦喻师姐了。”

待到洗漱完，就寝入睡时，骆青遥又开始“病恹恹”地喊着了：“脖子酸疼，肩膀也疼，小鸟，不如你给我捏捏吧？”

辛鹤才洗完澡，身上还有些沁凉的湿意，几缕秀发垂下，抱着那沓画像，正在灯下仔细研究着，闻言扭过头，看向一脸“渴望”的骆青遥，终于觉得哪里隐隐不对劲了。

“你还使唤上瘾了？”她放下画像，故意捏了捏两个拳头，一记阴恻恻的眼风扫去，“青瓜，你不会是在装病，耍我玩吧？”

“没、没有！”骆青遥一激灵，陡然坐起了身，顶着辛鹤的目光，甩动起了胳膊，惊声道，“真是奇了怪了，怎么忽然觉得，这肩膀也不是很酸疼了，不用你来捏捏了，你继续看画，继续看画……”

辛鹤哼了声，这才扭过头，继续研究那画像，骆青遥见状，也厚脸皮地挪了过去，同辛鹤一块儿看了起来。

辛鹤才沐浴完，身上有股清新的香气，一丝一缕地直往骆青遥心里钻，他明面上在看那画像，实际上眼睛早不知往哪里瞥去了。

灯火摇曳下，辛鹤的侧颜白皙俊秀，那微带湿意的发梢，饱满小巧的耳垂，白嫩扎眼的一截脖颈……骆青遥一时望得入神了，越看喉头越是发紧，只觉身上有股邪火不停往上蹿着，压都压不住。

却就在这时，辛鹤忽然一声叫道：“我想起来了！”

骆青遥吓得身子一软，整个人差点儿栽倒下去，他呼吸急促间，连忙掩饰着慌乱道：“想、想起什么了？”

“青瓜你快看！”辛鹤兴奋不已，指着那画像上的场景，两眼放光，“你看，这上面画着的是不是就是昨天面具夜宴上，我们在戏台上看到的那些傩舞表演？”

那些舞者戴着各式面具，随着锣鼓之乐在月下起舞，旁边也围了几个衣裙飘飘的妙龄女子，同辛鹤昨夜见到的情景一模一样，手里也都纷纷捧着银盘，上面撒满了花瓣，她们一边围着那些舞者转圈，一边将银盘中的花瓣撒向他们，仿佛在进行某种仪式一般。

其中站在中间的一个，在画像上格外显眼，正是章怀太子画了无数张，在他笔下不尽温婉美好的那个女子。

“难道章怀太子心爱的姑娘其实是傩班的人？”骆青遥听辛鹤这么一说，仔细望着那画像，也发现了这一点，不由猜测道。

却才一说完，又微微皱眉，摇了摇头：“可是不对啊，看章怀太子画了那么多张，一直都是在宫学里面，难道……这姑娘那次随傩班来表演，与章怀太子相遇相识，互生情愫后，就留在了宫学里？”

这猜想不无道理，辛鹤点点头，又道：“或者还有种可能，这姑娘本身就是宫学里面的人，只是参与了这场傩舞表演。”

她盯着那画像，若有所思道：“要想知道她究竟是什么身份，得先弄清楚这群撒花的姑娘是何来头才行，从这里入手，许多谜团或许就能一一解开了……不知道宫学的藏书楼里有没有一些过去的记载，若是历年的纪事里记录着这场傩舞相关的内容，那样就可以查阅……”

辛鹤自言自语着，却是说到一半，陡然间想起什么般，抬头欣喜道：“怎么忘了卢大哥，他就是一部活生生的《宫学纪事》啊，可以去找他打听一下啊！”

“谁？”骆青遥一时没听清。

“卢华吉，卢大哥呀！”

“那只芦花鸡？”骆青遥不易察觉地皱起眉头来，“干吗又要找他？”

“他是‘宫学百晓生’啊，宫学上上下下都给他摸了个遍，他知道的东西可多了，之前章怀太子的住所就是他告诉我的呢！这些傩舞仪式，他没准儿也知道点儿什么，我明日就带上画像去找他问一问！”

辛鹤计划得兴致勃然，刚好从明日起，就是宫学的休沐日了，弟子们可以有几天的假期，各自回家休息，惊蛰楼的人也可以离开书院。

原本辛鹤无处可去，骆青遥一早就替她想好了，让她跟他回侯府小住几日，他带着她在皇城里多逛一逛，好吃好喝地玩上几天。

辛鹤却摇头拒绝了，她想留在宫学里调查那些画像的谜团，寻找那本茶经的线索。既然她执意如此，骆青遥也不再强求，只表示自己既然答应过要帮忙，那么就会帮到底，辛鹤留下，他便也留下。

但如今骆青遥身子不大舒服，辛鹤担心他吃不消，不由关切道：“青瓜，你明天回家吧，不用留下来陪我了，你身子还不大舒服呢，回府好好休养一下，我明日一个人去找卢大哥就行了。”

“怎么行？”骆青遥反应奇大，“我必须要陪你一起去找才行，都说好了，我不会留下你一个人的！”

辛鹤道：“可、可你不是生病了吗？”

“我、我……”骆青遥松了松周身筋骨，语气轻松道，“这点儿小小的头疼脑热算什么，小爷睡一晚啥事都没了！”

“真的吗？”辛鹤狐疑地盯着他，“你这家伙，我看你根本就是在装病吧？”

“哪有？”骆青遥心虚地一口否认，辛鹤却冷不丁朝他出手，他下意识地向后避过，身体本能地出招应对，几招之间竟反将辛鹤扑倒在了床上。

“果然，你这混蛋就是在装病，哄骗我伺候你！”辛鹤又好气又好笑，在骆青遥身下用力挣扎着，“真是太无赖了！”

骆青遥对她的“控诉”置若罔闻，只是将她死死压着，双眸直直望着她，一言未发，呼吸灼热。他又闻到了那股清冽的香气，还有她肌肤上散发的丝丝凉意，紧紧相贴间，他心跳加快，竟越发觉得，“她”像一个女人，一个好看勾魂的女人，跟他梦中那道俏丽灵秀的身影重叠起来了……

“你、你盯着我做什么？”辛鹤隐隐觉得有些不对劲，望着骆青遥出神的双眸愣住了，“青瓜，你、你怎么了？”

房里烛火摇曳，气氛无端地微妙起来，骆青遥却是一激灵，猛地回过神来，一把松开了辛鹤，坐起身来大口喘着气。

他背对着她，拍了拍自己发热的脸颊，含糊道：“别闹了，赶紧睡吧，明天还要去找那‘芦花鸡’呢……”

闹了这莫名的一出，辛鹤有些丈二和尚摸不着头脑，骆青遥却已经翻身卷进了被中，嘴里还不住念叨着：“我一定会陪你去的，不能让你一个人去找他，绝不能……”

“你真病了吧？”辛鹤一头雾水，只觉骆青遥一整天都奇奇怪怪的，她想了半天也想不出个所以然来，只能摇摇头，继续看起了那些画像。

却在这时，骆青遥冷不丁回过头，冲她道：“你、你晚上睡觉离我远点儿，可别挪到我这头来，天怪热的，挨在一起睡不舒服！”

“谁想挨着你睡了，脸皮太厚了吧？”辛鹤简直不敢相信自己的耳朵，随手拎起枕头砸了过去，“真的中邪了吧你，一天到晚神神道道的，快睡吧！”

微风徐徐，天色晴好，湖面荡起阵阵涟漪，骆青遥与辛鹤一早就乘舟渡湖，找到了卢华吉。

不得不说，卢华吉还是担得起“宫学百晓生”的名头的，他见了那画像一怔，直接问道：“这画像你们哪里弄来的呀？”

辛鹤与骆青遥对望了一眼，没吭声。

卢华吉仔细察看着画像，接着道：“如果没猜错，这画像绝对有些年头了，因为宫学上一次举办面具夜宴已经是很多很多年前了，自从那一次舞者里混进了杀手，行刺章怀太子没得逞，事情闹大后……诶我说，这、这不会是章怀太子留下的遗物吧？”

卢华吉霍然抬起头，瞪圆了一双眼，辛鹤来不及多想，赶紧扑上去捂住他的嘴：“卢大哥，你小点儿声！”

她拼命给他使眼色，声音从齿缝间溢出：“有些东西不能乱猜的，会出事的，懂吗？”

卢华吉到底是个聪明识趣的人，立刻瞪圆着眼，点头如捣蒜，倒是一旁的骆青遥，脸色陡然一沉，忽地走上前，一把拉开了辛鹤，皱眉冲卢华吉道：“别管这画像怎么来的了，啰唆了一大堆，快点儿进入正题吧，这些撒花的姑娘到底是什么来头？是傩班的人吗？”

“不，不是的。”卢华吉定了定心神，擦了下汗，埋头指向那画像，低声道，“这种仪式叫作‘送花福’，在以往宫学里举办的面具夜宴上都有，这些捧着银盘、不断撒花的姑娘，不是傩班的人，据我所知，她们都是宫学里的‘妙花娘子’。”

“妙花娘子？”辛鹤微微惊奇。

“对，就是在宫学里专门打理花圃，栽种各种奇花异草的人，一般选进来的都是些心灵手巧的妙龄女子，因身处宫学这等书香之地，她们也便得了个妙花娘子的雅号。”

宫学里有一座洛水园，栽满了百花香草，远远走近，都会有一阵清风扑鼻而来，令人心旷神怡。

骆青遥与辛鹤来到洛水园时，正见到几个清秀的少女在浇花，她们身上统一穿着素雅如兰的轻纱长裙，跟章怀太子画像中的装束一模一样——

果然，章怀太子笔下的那位姑娘曾经正是这洛水园里的一名妙花娘子！

骆青遥与辛鹤找到线索，喜不自禁，立刻在一位妙花娘子的带领下，找到了这里的主事人，想要查个究竟。

“二位公子是想看看这洛水园里历年来的妙花娘子名册？”

这座花园的女主事有些上了岁数，是一位气质极温雅的老妇人，这儿的妙花娘子们都尊称她一声石倩姑姑。

她几乎是将一生都献给了这片花海，明明已年过半百，却保养得极好，脸上都难得看见一丝皱纹，只有鬓边多了一些白发。许是长年累月地浸润在这片花海之中，心境平和安宁，岁月并未在她身上留下太多痕迹。

她听说了骆青遥与辛鹤的来意后，点点头，徐徐将他们带到了一处阁楼前——花神阁。

骆青遥与辛鹤抬起头，念出了那匾额上三个古雅的大字。

“这还是宫学创建之初第一任院首题下的字呢，里面放着二位公子想看的名册，我们这里叫作《花神册》。”

《花神册》里记载着所有选入宫学的妙花娘子，自然也会包括章怀太子的那位“爱人”。

一切简直令骆青遥与辛鹤喜出望外，顺利得他们都不敢相信，本来只是试探性地问一下，却没想到这里竟然当真存放着名册。

而更让两人惊喜的是，打开《花神册》，每一位妙花娘子的记载旁竟还单独附有一张画像！对，画像，这才是今日最大的惊喜与收获。

骆青遥与辛鹤两个脑袋凑在一起，几乎是迫不及待地一路翻去，终于，他们停在了其中一页——

灵晴。是了，就是这个女子，章怀太子心心念念的画中人，终于找到她了！

原来她的名字叫作灵晴。

那幅有些泛黄的画像上，少女站在花海中，眉目楚楚，衣裙随风摇曳，不胜温婉。

但是她的五官其实只算得上清秀而已，远没有章怀太子笔下那般耀眼夺目，动人心扉。

可以说，正是因为章怀太子动情的笔触，才为她增添了太多丽色与让人遐想的地方，真正的她其实只算得上小家碧玉，清秀可人。

可是，今日在这《花神册》里，终于得见“真颜”的辛鹤，却没有失望，而是一份难以言喻的感慨。

“原来，真正喜欢一个人是这个样子的……”她凝视着那画像，喃喃自语着。

“啊？”骆青遥有些没听懂。

辛鹤抬起头，望着骆青遥，无限感慨，一字一句道：“你说，章怀太子该有多么爱这位灵晴姑娘啊？

“所以才会将她画得那样美好，那样动人，这就是真正喜欢一个人的表现吧，即便世上繁花万千，他却只对她情有独钟。

“因为在他的眼中，她的确就是这世上最美好、最让人动心的姑娘啊。”

辛鹤说这番话的时候，正好有细碎的阳光透过窗棂洒下，和风微微拂过她额前的碎发，她一张脸白皙如玉，眼神清透得似一汪泉水。

骆青遥看着她，一时愣住了，久久的，才从唇齿间呢喃出一句——

“是啊，的确是世上最美好、最让人动心的……姑娘。”

⑤太子的故人

花神阁里，辛鹤的视线久久停留在灵晴那张画像上，目光却无意一瞥，又看到了一个熟悉的名字：石倩。她心念一动，望向骆青遥，微微有些吃惊：“原来这位石倩姑姑是跟灵晴同一年进的洛水园呢，实在太巧了。”仿佛老天眷顾，线索一个串一个，越扯越多了。

气质温雅的老妇人又被请了进来，辛鹤捧着那《花神册》问道：“石倩姑姑，这位名唤灵晴的妙花娘子是跟您同一年来到洛水园的吗？”

老妇人看向辛鹤所指的地方，微眯了双眸，唇边露出笑意：“你是说小晴儿啊？”

她眼中闪烁出动人的光芒，在骆青遥与辛鹤的注视下点了点头，似乎又回忆起了昔年旧梦。

“是啊，我们是同一年进来的呢，她是我们几个妙花娘子中年纪最小的，大家都叫她小晴儿，把她当作妹妹一样照顾。

“她性子有些腼腆，容易脸红，胆子也特别小，那时宫学里老有些男弟子跑来逗她，她又羞又怕，总是躲着不敢出来，多亏有左霜在，她性子泼辣，冷冰冰的谁都不敢惹，每次都护着小晴儿，替她出头，赶跑了不少孟浪的宫学子弟呢……”

“左霜？”辛鹤敏锐地捕捉到了什么，开口问道，“左霜又是谁？”

“她啊……”石倩姑姑笑了起来，语气里饱含怀念，“我们的霜姑娘，她可是我们中间最厉害的呢，还会一些拳脚功夫，常常把那些偷偷跑来摘花、逗弄妙花娘子的人打得落荒而逃，再也不敢踏足洛水园。”

说到这儿，老妇人翻过一页，指向画像的一道身影，唏嘘道：“你们看，这就是左霜，她跟灵晴是家乡人，一同进来的，两人平日形影不离，有灵晴的地方就有左霜，有左霜的地方就有灵晴，人人都说她们比亲姐妹还要亲呢。”

骆青遥与辛鹤顺着石倩姑姑所指的方向望去，都不由一怔——

画中的少女同样站在花海中，却与莞尔而笑的灵晴截然不同，她脸上没有一丝笑容，从头冷到了脚，像一把寒光森森的刀。但是，她却极美，五官每一处都美得令人心惊，即使面无表情，也难掩那绝美的风华姿容，真真正正是个艳光四射、让人挪不开眼的大美人！骆青遥与辛鹤一时间都看呆了。

“怎么样，霜姑娘很美吧，我活了一辈子还没见过比她更好看的人呢……”石倩姑姑笑着，指尖轻轻抚摸着那画像，语气里带着些说不出的自豪。

“霜姑娘是我们当中最漂亮的，跟园里的玫瑰花一样，但她太烈了，也带着花上的尖刺，那些男弟子都不敢招惹她，她对男人也从来都没有好脸色，只对我们洛水园里的姑娘亲近，对灵晴更是无微不至，就算灵晴想要天上的月亮，只怕霜姑娘都会摘下来给她。”

辛鹤听到这儿，眼前似乎都能浮现出那些曾经洛水园里，姐妹依偎，栽花弄草，快活无忧的画面了。忽然间，她又是心念一动，望向沉浸在往事中的石倩姑姑，试探着问道：“那当年那位来到大梁为质子，在宫学中读书的章怀太子，他有没有来过洛水园？有没有摘过花，逗过妙花娘子？”

听到章怀太子四个字时，石倩姑姑指尖一颤，抬头间，眼眶明显湿润了些许：“没想到还会有人记得章怀太子，有多少年没听人提过这个名字了，久得我以为是上辈子的事情了……”

她颤巍巍地望向虚空，眼中波光闪烁，仿佛又看到了那道颀长温雅的身影。

“章怀太子啊，那真是一个谦谦君子，我这一生还从未见过有人能比他更温文尔雅，他那样的君子又怎么会跟那些纨绔孟浪的少年一样，来洛水园里摘花，逗妙花娘子呢？”

章怀太子喜好茶道，也爱奇花异草，但他来洛水园从来都只是赏花，而不会采摘糟蹋那些美丽的花朵，更不会去调笑逗弄妙花娘子，他是个真正的君子。

偶尔闲暇时，他还会自己栽种一些珍稀的花草，每当那时，园里的妙花娘子就会偷偷跑去看他，个个心生爱慕。

“他生得真是好看啊，为人又温和有礼，见到我们每个妙花娘子都会点头微笑，那笑就像三月里的春风，让人舒服极了。

“每回他离开时，都会有姑娘大着胆子上前，送他一篮子的新鲜花瓣，但他从不会收下，而是将那些花瓣撒向风中，让花瓣落满天地间。

“他说，这才是百花该去的地方，而不是囚于一方小小屋中，渐渐枯萎，美丽的东西都是有灵性的，不应该被占有，而应该被欣赏，自在存于天地间。大家都说章怀太子真的是个很温柔善良的人啊。”

听到这儿，辛鹤长睫微颤，忍不住问道：“那灵晴呢，灵晴有送过章怀太子花篮吗？”

“小晴儿？”石倩姑姑扬起唇角，又笑了起来，“她怎么敢啊，她胆子最小了，只敢远远地望着章怀太子，那个时候，章怀太子来了那么多回，她都从没上前跟他说过一句话，只是私底下悄悄跟我们说，太子笑起来很好看，比她亲手栽种的鸢尾花还要好看。”

章怀太子每次将花瓣撒向天地间时，灵晴就站在远处，仰头望着这一幕。

或许，心弦就是从那时被悄然拨动，有些什么深深印在了她眼底，刻在了她心头。

她每次都说，下次，等到下次，下次章怀太子再来洛水园时，她一定要上去告诉他，她叫灵晴，种了一片很美的鸢尾花，她想请他去她的花圃看一看，那些鸢尾花真的很美。

可是，始终没有下次，她是那样胆怯羞赧，永远都只敢远远望着章怀太子，一步也不敢靠近。

“那时我们都笑话小晴儿胆小，一句话也不敢和章怀太子说，恐怕那个时候的章怀太子都还不知道洛水园里有她这么个人呢。”

这走向倒和辛鹤想得完全不同，她怔了怔，问道：“那，那难道他们之间一直就是这样？后来也没有过任何交集吗？”

“有啊，怎么会没有？”石倩姑姑抬起双眸，满含回忆地叹了一声，“那还是性命攸关的大事呢！”

或许那一夜是灵晴这一生最勇敢的一次吧。

宫学之中举办面具夜宴，请来了民间的傩班来表演，却没想到表演到一半时，其中一个戴着面具的舞者，忽然从袖中探出一把尖刀，直直刺向了台下的章怀太子！

“有刺客！”

那一幕发生得太过突然，人群大惊失色，台下一片混乱。

却就在那千钧一发之际，台上参与傩舞仪式的灵晴忽然扔了手中的银盘，奋不顾身地飞扑了上去，替章怀太子挡下了一刀——

鲜血顿时喷涌而出，灵晴倒在章怀太子怀中，那刺客一击未中，趁乱而逃，其他台上的妙花娘子纷纷围到了灵晴身旁，脸色煞白，难以置信，万万没想到平日胆小的灵晴竟会为了章怀太子做出这样疯狂的举动，连自己的性命都不顾！

但那一刻，谁都比不上章怀太子的震惊，他看着倒在他怀中满脸血污的少女。

星月下，她望着他的眼睛，似乎怕自己再不说就没有机会了，声音颤抖得厉害：“我、我叫灵晴，是洛水园里的妙花娘子……我有好多次都想跟殿下说……我、我种了一片很美的鸢尾花……我想请殿下去我的花圃看一看……那些花真的很美……”

“后来呢？”花神阁里，辛鹤听得入迷了，急切追问道，“灵晴怎么样了？她一定没有事的对不对？”

石倩姑姑笑着点了点头，望向前方，回忆如潮水般涌来：“人们都说，大难不死，必有后福，后来啊，小晴儿的福气真的就来了……”

灵晴养伤的那段日子，章怀太子时常过来照料陪伴她，他不仅去了她的花圃，还送给了她一张画像，画的就是面具夜宴那一夜，她在台上参与傩舞仪式，捧着银盘送花福的场景。

灵晴站在一堆妙花娘子中，身上散发着光芒一般，说不出的耀眼夺目。画中人的那份美，让现实中的灵晴都看呆了：“我、我没有那么好看，比不上殿下画中那般……”

她脸红的一番话还没有说完，章怀太子已经笑着打断了她：“不，在我眼中，你比画像上……还要好看许多许多。”洛水园的姐妹们听到章怀太子这样的回答时，心都怦怦直跳，忍不住想要尖叫，对灵晴羡慕不已，唯独左霜冷冷站在一边，从不参与这些起哄与笑闹。

后来的灵晴，伤养好了，又能打理她那片花圃了，章怀太子也经常来洛水园，他们一起栽花种草，日子就像天上的浮云，悠悠怡然，平静而安宁。

“如果一切都能停留在那个时候，或许对小晴儿来说会是最美的一场梦……”

石倩姑姑泪光闪烁，神情中忽然多了许多无以名状的哀伤。正如她所言，太美好的梦都不长久，一切总会有醒过来的一天。后面章怀太子的母国遭受侵略，他被接回了童鹿，也就是他的母国，继任他父亲的皇位，带领剩下的战士与百姓与敌国殊死一战。

也就在那个时候，灵晴失踪了，大家都猜测，她应当是随章怀太子一同去了童鹿。

“后来呢？”辛鹤听到这儿，呼吸急促，揪紧了一颗心，忍不住又问道，“战事如何？章怀太子和灵晴还有没有回来过？”

其实在琅岐岛上，小越哥哥已经告诉了她结局，她心底明明知道那个悲凉的答案，却还是抱着一线希望，希望能从石倩姑姑口中听到不一样的回答。

然而，石倩姑姑只是更加……验证了那个悲凉凄惨的结局。

“敌军攻破了童鹿，屠杀了童鹿一大半的子民，章怀太子的尸体也被悬挂在了城楼之上，听说浑身是血，惨不忍睹，他明明是那样洁净高雅，那样纤尘不染的人啊……”

消息传到了宫学，洛水园的一帮姑娘哭得上气不接下气，私下还偷偷给章怀太子烧了不少纸钱。

时至今日，石倩姑姑回想起来，仍是不免泪盈于睫：“老天不开眼啊，章怀太子是那样好的人，却让他落得一个国破家亡、尸身受辱的下场……”

花神阁里静了许久许久，辛鹤的眼眶不知不觉间也泛红一片。不知为何，在听到章怀太子战败身死，童鹿亡国，大半子民被屠杀时，她忽然难受得说不出话来，好像那是自己的同胞，自己的家国一样。骆青遥察觉到了辛鹤的情绪，不由暗暗握住了她的手，用眼神无声地抚慰着她。辛鹤深吸口气，极力平复下心神，这才红着双眼问道："那、那灵晴呢？她后来怎么样了？还有回来过吗？"

石倩姑姑摇了摇头，眼光更加闪烁了："小晴儿再也没有回来了，谁也不知道她去了哪里，是死还是活，而两年之后，连左霜都离开了……"

"左霜？"再度听到这个名字，骆青遥与辛鹤都微微一惊，在章怀太子的这段往事中，左霜似乎一直都没有留下过什么身影，不知为何石倩姑姑要在这时又提起她。

"是啊，在灵晴失踪的两年后，有一天，左霜忽然莫名其妙地跟我说，灵晴回不来了，她等不到了……"

那时的石倩姑姑又惊讶又意外，原来左霜还一直在等着灵晴回来，平日里看她默不作声，也没有任何情绪，当初章怀太子身死的消息传来时，她也连一滴眼泪都没有掉过，在大家偷偷给章怀太子烧纸钱、猜测灵晴的下落时，她也从没有参与过。所有人都以为她置身事外，浑不在意，而两年的时光里，她也从未提起过灵晴，大家都以为她早已将她淡忘。

"所以当那一天，左霜忽然没头没脑跟我说那么一句时，我真的愣住了，还觉得她神情很不对劲，就赶紧问她，难道你也要离开吗？"

"她那时没有说话，过了很久，才冷不丁开口，对我说了一句话，不，是念了一句诗，一句我到现在都还记得的诗。"

石倩姑姑说到这里，骆青遥与辛鹤异口同声地问道："什么诗？"

"花神怜多情，皎皎灵犀通。"石倩姑姑缓缓吟出这句诗，眼前仿佛又浮现出了当日左霜那清冷之中又带了些哀伤的神情。

当天夜里，灵晴曾经打理的那片花圃就起火了，一大片鸢尾花熊熊燃烧起来，映亮了大半个夜空。

大火过后，左霜也离奇失踪了，她像是彻底消失在了这个世上，遍寻无踪，再也没有人听说过她的消息，只有《花神册》上还留着她那张冷冰冰的画像。

西风几时来，故人不再归。

章怀太子死了，灵晴与左霜也消失了，经年旧梦，一切掩于尘土，唯有记忆中那漫天纷飞的花瓣还鲜艳如昨，永不褪色。

那些温柔的话语似乎都还回荡在耳畔："美丽的东西都是有灵性的，不应该被占有，而应该被欣赏，自在存于天地间。"

然而永远温柔笑着的章怀太子那时并不知道，世人有多么贪婪残酷，只会无情地将美丽掠夺，践踏在脚下，彻底摧毁，留下一地破碎的花瓣，满目疮痍。

第八章·灵犀山追杀

①灵犀山

“花神怜多情，皎皎灵犀通。”从洛水园出来后，骆青遥还一直呢喃着这句诗，眉心微锁，一副若有所思的样子。

辛鹤却仍是久久无法平静下来，石倩姑姑已将所有知道的东西都告诉了他们，剩下的线索要靠他们自己再接着找寻了。

阳光洒在辛鹤的眉眼上，她发丝飞扬，长长呼出了一口气：“青瓜，你说左霜还活在这个世上吗？她会知道更多的东西吗？”

骆青遥还在不断地念着那句诗，对辛鹤的问话置若罔闻，忽然间，他长眉一挑，扬首望向辛鹤，掩不住的激动：“我或许知道左霜身在何处了！”

花神怜多情，皎皎灵犀通。

这句诗中，不仅暗含了灵晴的名字，还恰恰对应了城外的一处地方——

灵犀山，情人泉。

在皇城附近有一座山，叫作灵犀山，山上有一泓情人泉，自山涧之中，潺潺而流，清澈甘甜，据说有情人一同饮过那泉水后，便会携手白头，美满一世。

左霜或许从未真正离开过，一直还在等待着灵晴回来？

“灵犀山？情人泉？”辛鹤瞪大了双眼，又惊又喜，“就在城外吗？你怎么知道这地方的？”

“因为小时候我爹娘带我一同去过啊。”骆青遥兴冲冲地道，“我到现在都还记得呢。”

那一年娘亲过生辰，他尚且年幼，爹娘带着他一起去那灵犀山，看朝阳升起，听山涧鸟鸣风动。

那时爹娘当着他的面，一起饮下了那传闻中能让人白头偕老的泉水，他在一旁也嚷着要喝，爹却把他脑袋扭了过去，低笑了一声："没你小子的份，以后长大了，自己也带个姑娘来，记住，只许带一个，就带你心尖上的那一个，听见了没？”

他那时年纪小，听得懵懵懂懂，只是不停扭着身子回过头，吵着仍想喝那泉水，却没想到一回头，发现爹竟然搂住了娘，闭上眼睛轻轻地在吻她。

那时朝阳透过枝叶斑驳洒下，山风拂过他们的衣袂发梢，两道身影相贴间，兀自沉醉，仿佛天地万物皆不存在，只有他们彼此相依，一生一世，永不分离。

很久以后，骆青遥渐渐长大，才明白了爹的意思，山涧朝阳下的那一幕也一直印刻在他心头。

只是后来那么多年，他身边有好友有兄弟，可就是没有让他动心过的姑娘。

爹说的那样一个“心尖上”的人，不知道什么时候才会出现，也不知道这辈子还会不会出现？所谓的“情”又究竟是什么滋味呢？跟那山涧中的泉水一样清冽甘甜吗？

骆青遥一时陷入了往事之中，神情有些恍惚，辛鹤却全然不知，只是振奋不已道："事不宜迟，青瓜，我们立马动身吧！出城去一趟灵犀山，找寻左霜的踪迹！”

她一把牵起他的手，飞奔进了风中，骆青遥猝不及防，抬头只看见那一把束起的乌发飞起，阳光在发梢上染了圈金边，那股淡淡的茶香又扑面而来，拨动着他的心弦。

简直像老天爷戏弄般，他长这么大，第一回带人去那灵犀山，竟然不是跟一个姑娘，而是跟……小鸟！

刹那间，骆青遥心里冒出的第一个念头竟是："不知那灵犀山上的情人泉是只对男女有效，还是只要是一对有情人都可以呢？”

他脑子里乱糟糟的，抑制不住那些心猿意马的念头，却一激灵，猛地回过神来，简直又想抽自己一耳光了。

“骆青遥，你他娘的疯了吗，成天打兄弟的注意，你还是不是人，趁早找块石头撞死吧！”

斜阳西沉，晚风微拂，付远之踏入仁安堂时，药堂的管家正在后院里遣散下人们。

仁安堂要暂且关闭一段日子了，理由说出来都没人相信，荒唐得跟个笑话似的。

只因为那卓老板新近得了本乐谱，爱不释手间，又想找把好琴相配，索性关了医馆，天南地北地寻访名琴去了，还自比古人，说高山流水，自己也总能找到那位琴道知音。

他倒是潇洒恣意，任性而为，甩甩袖子抱琴走四方了，却苦了仁安堂上下，他们也不知自家老板何年何月才会归来，只能拿了遣散的工钱，另寻他处谋生。

只是一群人里有一道瘦弱的身影格外显眼，她怔怔地站在长空下，眼神迷茫而空洞，似乎不知道自己拿了遣散费该去往何处。

是的，那人正是乱发遮了半边脸的丑奴，她拿着最后的工钱茫然无措，仿佛还没回过神来。

她与这仁安堂的其他人都不同，她又瘸又哑，脸上还有一块丑陋的胎记，当初若不是卓老板好心收留她，恐怕她就要饿死街头了。

如今这仁安堂关闭了，其他人尚且好寻去处，但她却显然不那么容易找到落脚的地方，一时之间，她竟是无处可去的。

长廊上的付远之远远望着这一幕，心弦一动，不由走向了斜阳中的那道瘦弱身影。

他今日是来仁安堂替鲁行章取药的，卓老板人虽走了，却还算厚道，留下了好几瓶足量的药丸，还有一张药方，以后鲁行章就可以按照药方自己去别的药房配药了。

晚风中，付远之徐徐走向那道瘦弱身影，开口问道："小苏姑娘，你怎么了？"

他的声音唤回了她的心神，少女长睫微颤，抬起头来，脸上登时写满了惊异之色，付远之却又是一笑："你为何没有穿那身杏黄色的长裙了？"

夕阳下，这轻笑萦绕在苏萤耳畔，让她觉得恍如梦境，不敢相信他竟真的出现在她面前，她一时间愣愣地站在原地，仰望着身前那道清俊温雅的身影，连呼吸都在发颤。

那身杏黄色长裙自从上一次穿过后，她就再也没有碰过了，她将长裙叠得整整齐齐，压在了枕头底下，也压住了自己遥不可及的一个梦。

他后来很长一段时间都没有来过仁安堂，她也强迫自己将他的身影在脑海中擦去，默默以丑奴"的身份潜伏在仁安堂里，接收琅岐岛上传来的指令，做自己该做的事情。

只是没想到今日，仁安堂即将关闭，她领着最后一份工钱，不知该往何处去时，他又出现了。

"小苏姑娘，仁安堂关闭后，你有去处吗？"付远之正好轻声问道。

苏萤抬眸望向他，付远之唇角微扬，声音更加轻柔了："不如这样吧，你会种花吗？"

苏萤一愣，有些没听明白，付远之便接着解释道："我是说，你会打理一些花花草草，做些简单的杂活吗？"

他语气里带着真诚的善意："如果你不介意，我想将你安排进宫学里，那里有座洛水园，有专门的人栽花种草，你愿意跟着她们一同学习打理花圃，做些简单的活计吗？"

一番话说完后，苏萤几乎都不敢相信自己的耳朵，仰头怔怔地望着付远之。

付远之却又是笑了笑："放心，我跟那里的鲁院首是好友，他应当会卖我这个面子的。"

不知此刻身在宫学里的鲁行章，得知自己被付大人骤然归为了好友一类，会有何感想？

付远之见苏萤仍没有反应，不由扬了扬手中的药方，勾唇笑道："毕竟，我替他求来了这药方，他怎么也该还我个人情吧？你说对不对，小苏姑娘？”

他有意用松快的语气驱散了她心中的愁云，也不想让她有心理负担，每一句话都在为她考虑，苏萤如何听不出来？

心潮起伏间，她脑中霎时闪过许多东西。

似乎每一次，在她陷入困境之时，他都会如天神般降临，向她伸出援手，将她拉向光明之中。

只是，这份光明，她真的该接受吗？

她领着工钱在院中茫然无措，不是因为一个天生残疾的丑奴不知该去哪里谋生，而是身为琅岐岛上的一个探子，不知下一步该潜伏到哪里去。

而他的忽然到来，令她因祸得福，不仅有了新的去处，还是一个近水楼台的去处，接下来的一切行动会更加便利了，她该赶紧答应下来，然后向琅岐岛上发一封密信回去，报告最新的情况。

可是，她犹豫了，她对着夕阳中那双含笑的眼眸竟然犹豫了。

她真的该接受这份好意吗？无形之中，她卑鄙地利用了他的善心，日后若是他知道真相，一定会后悔莫及吧？

苏萤站在风中，心中艰难地挣扎着，耳边却陡然响起一个老者的声音：“这条路还很长呢，想想主子吃的苦头，我们做的这些还不算什么，不管怎样艰难，都要咬牙走下去，总有一日，一定能夺回属于我们的那些东西，知道吗？”

深吸口气，苏萤握紧了双手，不再犹豫，终是对着眼前那道清俊身影点了点头。

就让她卑鄙无耻，永坠黑暗，万劫不复吧，从来就不是一条路上的人，何必强求？

夕阳笼罩着山岚，天地间飞鸟相还，浮云流金，风过四野，一片祥和静谧。

骆青遥与辛鹤快马加鞭，出城直奔灵犀山，赶到时已至黄昏，暮色四合。

他们一路上水都没喝一口，又累又渴，骆青遥心念一动，拉着辛鹤直往那处“情人泉”奔去。

泉水潺潺流动在山涧之中，清澈无比，骆青遥蹲在山石旁，伸手掬起泉水往唇边送去，一饮而尽，畅快至极。

“小鸟，你也快来喝一喝吧，这山上的泉水可甜了！”

嘴上这么说，骆青遥却有些莫名心虚，那关于“情人泉”的古老传说又回荡在他耳畔，只要一对有情人共同饮过这泉水后，便会携手白头，美满一世。

他心里莫名涌起些鬼使神差的绮念，偷眼望向辛鹤，她却毫无异样，也学着他的模样，正喝得畅快呢。

金色的夕阳洒在那俊秀的眉眼上，发丝飞扬间，周身散发着柔和的光芒，如梦如幻，一时间令骆青遥都有些看呆了。

辛鹤却冷不丁挑起水花，往他的脸上溅去："青瓜，你怎么最近老走神？"

骆青遥一激灵，连忙道："哪有？"

他心虚不已，也赶紧撩起泉水，往辛鹤身上泼去，水花四溅间，阳光下波光粼粼，落在身上沁凉无比，两人在山涧笑闹着，如孩童一般。

却就在这时，远处走来一行人，骆青遥与辛鹤顿时停住了动作，笑意一敛，同时望去。

那行人装束十分古怪，明明已是炎炎夏日，他们却将全身包裹得严严实实，只露出了一双眼睛，走起路来也一点儿声音都没有，明显个个内力深厚，不是寻常人。

骆青遥下意识地拉过了辛鹤，有些警惕道："小鸟，喝够了吧，我们走吧。"

辛鹤点点头，在起身的一瞬间，凑在骆青遥耳边道："青瓜，你有没有闻到他们身上，传来一阵花香？"

②意乱情迷

装束古怪的一行人也蹲在了泉边饮水，周身隐隐散发着花香。

那是一股十分奇特的花香，走出很远仍若有若无地萦绕在风中，骆青遥与辛鹤只觉那群人古怪异常，却也无暇深究，毕竟来灵犀山最重要的目的，是为了找寻当年那位消失的人，左霜。

他们在山中蜿蜒而上，找了几圈却仍无线索，骆青遥站在半山腰，看着渐渐落下的红日，霞光映在他的眉目上，他一张俊逸的脸庞不知在想些什么，忽然伸手一把勾过了辛鹤的脖颈，促狭笑道："小鸟，若是还找不到左霜的住处，咱们可就得在山上凑合一夜了，你说这山上有豺狼虎豹吗，你怕不怕？"

辛鹤将他的手拍开，一心拨开树丛，继续找寻:"吃人的蝙蝠都对付过，还怕几头狼不成？"

她埋头继续沿着山道向上寻找，却是忽然间惊声道："青瓜，你快过来看，这地上的花瓣是不是洛水园里灵晴种的那种鸢尾花？"

淡紫色的花瓣落在山道间，形如鸢鸟尾巴，在夕阳中熠熠发光，美丽极了。

"难道这鸢尾花瓣是随风飘过来的吗？"辛鹤扭头望向四野，语气明显兴奋起来，"附近一定种了一片鸢尾花，说不定就是左霜种下的，用来思念灵晴，你说有没有可能？"

"有可能，这花瓣像是从那边飘来的，咱们过去看看。"骆青遥点头赞同，两人当下毫不迟疑，一路顺着花瓣直往山涧深处寻去。

越往前方走去，花香越浓，夕阳笼罩着天地，山道越来越窄，几乎只容一人通过，当拨开层层树枝后，一切豁然开朗，终于得见"真容"——

骆青遥与辛鹤站在风中，一时看呆了，眼前是一片盛大的花海，栽满了各色各样的瑰丽奇株，五光十色、璀璨夺目，在夕阳中如梦如幻、宛若仙境。

几座木屋伫立在花海之间，古朴而简单，也透着一股不食人间烟火的味道。

辛鹤怔怔地走上前，叹为观止："青瓜，我觉得我们找对了地方，这里一定住着左霜，否则哪儿来这片瑰丽的花海……"

她走向其中一片花圃，望着那随风摇曳的紫色鸢尾花，情不自禁地伸出手，正想轻轻抚摸上去时，脚边却无意间触碰到了一根细细的长线。

刹那间，如湖水荡起涟漪，木屋周围绕了一圈的铃铛骤然响起，辛鹤脸色一变。

"小鸟，当心！"

无数森寒的银针从四面八方射来，杀气凛冽。

骆青遥眼疾手快，一个飞身掠了上去，一把卷过辛鹤，拂袖如风，身形闪动间将那些银针尽数打落。

两人堪堪落在一旁，额上已是冷汗涔涔，对视间，惊魂未定，骆青遥扫视着四周道："这里居然遍布机关，这左霜实在是深藏不露，咱们必须处处小心，一步都走错不得……"

他话还未说完时，辛鹤已陡然瞪大双眼，望着骆青遥身后袭来的一道黑影，乍然失色道："青瓜，快闪开！"

她猛地将他一把推开，飞脚踹起一地石子，挡住那道袭来的黑影，险险避过一刀。

残阳如血，那忽然冒出、从背后偷袭之人是一个黑纱罩面的女子，手持两把短刀，目光凶狠，杀机毕露。

她几乎不给辛鹤与骆青遥喘息的机会，又是几招猛烈逼来，辛鹤与骆青遥猝不及防，手头又没有武器，一时间竟是步步后退，难以招架。

"是左霜前辈吗？"骆青遥急声喊道。

那黑纱罩面的女子目光更加一凛，短刀携劲风袭来，直攻骆青遥与辛鹤的命门。

辛鹤呼吸急促，在晚风中急声解释道："我们不是坏人，我们没有恶意，左霜前辈，我们是从……"

她话还未说完时，那道黑影已从袖中扔出了一把粉末，她与骆青遥不及闪避，迎面吸入，头脑登时一阵发晕迷糊，身子瘫软下去。

居然中招了！

简直始料未及，一番寻人会变成这样的结果，骆青遥在辛鹤耳边说的最后一句话是："小鸟，豺狼虎豹没遇上，倒着了人的道……"

晚霞之中，微风拂过花海，那黑纱罩面的女子站在长空下，眼见两人被她迷晕倒地后，这才警惕地收起了短刀。

她缓步上前，鼻尖轻嗅，双眉蹙起，是的，是这股味道。

即使有这片花海的遮掩，她也仍然能分辨出这两人身上那股奇特诡异的花香，他们是柳明山庄的人。

那股梦魇之中的花香还是追来了，这么多年了，隐居避世，藏身深山，却还是……被他们找到了。

月悬如钩，夜色萧瑟，四野静寂，夜幕中的灵犀山似一只蛰伏的巨兽。

昏暗的木屋中，骆青遥与辛鹤迷迷糊糊醒来时，浑身还有些乏软无力，撑起身子望向四周，才发现竟被关了起来。

屋外不知种了些什么花，那丝丝缕缕的香味直往人心里钻，好似有小虫子在爬一样，让人燥热难安，骆青遥脸颊绯红，伸手不由自主去解衣裳。

辛鹤见了吓一跳："青瓜，你干吗？"

"热，好热啊，小鸟，你不热吗？"骆青遥口干舌燥，呼吸灼热，俊逸的一张脸又红又烫，几滴汗珠滑落下来，头发都有些被打湿了。

辛鹤明显觉察到不对，上前伸出手，探向骆青遥的额头："我不热啊，青瓜，你眼睛好红啊，你到底怎么了？"

那只伸来的手冰冰凉凉，说不出的舒服，骆青遥陡然一把抓住那只手，贴向自己的唇边，喘息不已。

辛鹤吓得脸色都变了，却还来不及说话时，少年已猛地压了上来，将她扑倒在地，双目通红，浑身燥热……

"青瓜，你疯了吗？你在干什么？"辛鹤瞳孔骤缩，声音都有些嘶哑了。

骆青遥粗重地喘息着，摇着脑袋，双目越发迷离："我不知道，我好难受，小鸟，我好难受……"

事实上，他们怎么会知，这木屋周围种了许多奇花，对女子影响不大，对男子而言，却相当于一味"催情剂"，这些花香会令男子意乱情迷，难以把持。

骆青遥这段时日本就心猿意马，对辛鹤生出许多说不清道不明的情愫，如今被这奇异的花香一包围，整个人更是欲火焚身，血脉偾张，再也难以克制。

他压在辛鹤身上，双眼血红，月光透过窗棂洒入屋内，他目光灼灼地望着身下的她，只觉又与梦里那道俏丽灵秀的身影重叠了起来，那样美好动人，将他的心魂都勾去了。

他喘息着埋下头，想要吻上那双唇，辛鹤吓得魂不附体，拼命挣扎着："青瓜？你醒醒啊，看清楚我是谁！"

"我知道，你是小鸟，是我的小鸟，你是只属于我一个人的小鸟……"骆青遥所有神志都已被情欲包裹住，心里那团火将他烧得躁动难耐，他按住不停挣扎的辛鹤，不顾一切地埋下了头。

辛鹤从来不知道，原来骆青遥的力气竟有这般大，她拼尽全力也难以挣脱，只感受到他灼热的吻错乱无章地落在她脖颈间。

"你已经和我一同喝过那情人泉的水了，你是我的了……"

少年的这份意乱情迷来势汹汹，辛鹤是真的慌了，尤其在察觉到他一只手已经滑了下去，胡乱地开始要解她的腰带时，她简直头皮发麻，吓得嗓音里都带着一丝哭腔了："不要，不要，青瓜你醒醒……”

夜风拍打着窗棂，月下站着一道身影，正是那以黑纱罩头的女子，她站在窗外，看到屋内那欲火焚身的场景时，眸中露出一丝异色，有些意外，却又隐隐揣测起来。

竟未料到，柳明山庄中居然有这么多同道中人？

她正暗自猜想时，月光下，那两人衣裳撕扯间，腰间竟有一物露了出来，在月光映照下散发出玉色的光芒——

正是一枚宫学令牌！

等等，他们不是柳明山庄的人，竟然是……宫学的弟子？

黑纱罩面的女子目光一凛，来不及多想，月下飞身一掠，猛地推开了木屋的门。

骆青遥迷迷糊糊醒来时，只看见烛火摇晃，一道纤秀的身影坐在床边，眉眼秀致，一张脸白皙清丽，灵动清美得如同一泓秋水。

他胸膛起伏着，情不自禁就伸出手去，想要抚上那张动人的脸……

床边正守着骆青遥的辛鹤见到这只伸出来的手，神色一变，一巴掌挥去：“还来，你这个王八蛋，信不信我扭断你的手！”

骆青遥登时清醒过来，如冷水浇头，所有绮丽的念头瞬间烟消云散，他脸色大变，一下坐起了身：“小、小鸟！”

辛鹤怒视着他，衣襟有些散乱，白皙的脖颈间更是露着几道可疑的红痕，骆青遥一瞧就明白过来了。

先前那些意乱情迷、躁动不堪的画面猛然涌入脑海中，他脸上霎时通红一片，望着灯下的辛鹤，舌头都要打结了：“我，我怎么会……小鸟，不是，我对你没有非分之想，你别误会……”

“我是男的，你当然对我没想法了！”辛鹤一口打断道，脸上也升起红云，“要不是左霜前辈解释了，木屋旁那些花会迷惑人心神，我当真会把你这青瓜脑袋打烂不可！”

“是啊是啊，咱们都是男的，我怎么会想对你那啥呢？都怪那些古里古怪的花……”骆青遥赶紧顺着梯子往下爬，却冷不丁抬头，愕然道，“什么？左霜前辈？”

屋里一道黑纱罩面的身影缓缓走来，手里还端着一碗热腾腾的汤药，望着床上惊愕不已的骆青遥，道：“快把这碗汤喝了。”

这声音有些苍老，又冷冰冰的，让人一下就能跟洛水园里那幅面无表情、从头冷到脚的画像联系起来。

骆青遥几乎是脱口而出：“左霜……婆婆？！”

辛鹤往他脑袋上一下拍去：“叫什么婆婆，叫前辈！”

骆青遥这才如梦初醒，忙不迭喊道：“前辈，左霜前辈！”

他激动得有些手足无措:“原来真的是您,您当真还活在这世上,我们真的找到您了……”

那汤药也顾不上喝了,他只是将那道黑纱罩面的身影看了又看,心潮澎湃:“花神怜多情,皎皎灵犀通,果然是指这情人泉和灵犀山,我真是太聪明了,可是……左霜前辈,您为何一见面不由分说地就要袭击我们呢?”

那道黑纱罩面的身影在床边坐下,没有回答,只是冷不丁问道:“你们身上为何会带有贪兰香?”

骆青遥与辛鹤同时一愣,有些没听懂:“贪兰香?”

那道身影冷冷道:“就是一种很奇异的花香,初始你们来时身上便带着这股味道,我才错将你们当作歹人,对你们偷袭出手。”

听着左霜前辈的解释,辛鹤忽然间像想到了什么,眸光一亮道:“我知道了,应该是那些怪人身上的花香!我们跟他们擦身而过时不小心沾上的!”

骆青遥也想了起来,忙点头道:“对,我们在那情人泉附近遇到了一群很古怪的人,他们全身罩得严严实实,只露出了一双眼睛,身上还带着一股奇异的花香,我们定是那时候……”

“什么?”黑纱罩面的身影陡然发出一声尖利的怪叫,神情大变,猛地站了起来,“你们遇到了那些人?他们来了吗?”

骆青遥与辛鹤都吓了一跳:“前辈,您、您怎么了?”

黑纱罩面的身影急促呼吸着,像一只惶惶不安的黑猫,她忽然一把拉起床上的骆青遥与旁边的辛鹤,尖声道:“快走,这里不能待了!”

“什么?”骆青遥与辛鹤还是愕然不已。

那道尖厉的声音更加刺耳了,几乎是嘶哑着催促道:“快走!”

三人匆忙慌乱,才一踏出那木屋,却有一股奇异的花香随着夜风迎面飘来。

冷月寒风,杀意逼近。

木屋周围的铃铛骤然大作,射出的银针却都被一阵强劲的内力震落在地,那一行轻纱裹身的人飘飘而至,月下如同鬼魅一般。

四野寒风呼啸,夜空明明星子密布,一地月白,无雨无雪,他们却人人手里打了一把红伞,站在花海之中,画面一时显得十分诡异。

骆青遥与辛鹤同时察觉到左霜前辈的身子一僵,站在冷月下,似乎全身的血液都凝固了。

“叛奴左霜,躲了这么久,终究还是被我们找到了,你藏在这山中逍遥度日,几十年来,心中可还记得柳明山庄?”

③月夜追杀

夜风凛冽,月光清寒,两边对峙间,杀意隐隐浮动。

那一行轻纱裹身的人手持红伞,月下如同鬼魅一般,为首者忽然发出了一声似男似女的轻笑："别害怕，师姐，真论起辈分，我们或许都该叫你一声左霜师姐，对吗？"

骆青遥与辛鹤闻言微微一惊，扭头看向风中那道黑纱罩面的身影，她袖中暗暗蓄力，周身衣袂飞扬，苍老的声音在夜空下冷冰冰道："我与柳明山庄早无瓜葛，前尘往事，譬如昨日，担不起你们一声师姐。"

那为首者妩媚一笑，轻轻转动了一下手中红伞，似男似女的声音又在风里道："师姐此意看来是……不想同我们回去了？"

木屋门前的左霜冷冷一哼："从离开柳明山庄的那天起，我就没有想过要回去，那里对我而言只是一座不见天日的牢笼，今生今世，谁也休想再将我囚于其中。"

"性子好烈啊，不愧是当年刺瞎老庄主一只眼睛，逃了大半辈子的叛奴。"那为首者转着红伞，笑意阴寒，"听师姐的意思，看来我们今夜必有一战了？"

"不用再废话了，你们一起动手便是，纵然一死，我也不会跟你们回去的，我宁愿死在外面这片广阔的天地，死在自己亲手种植的这片花海中！"左霜嘶声厉喝道，衣袍随风猎猎扬起，旁边的骆青遥与辛鹤均神色一变："前辈！"

黑纱罩面的身影微微转过头，在他们耳边低声道："待会儿动手时，我拖住他们，你们速速逃命，从哪儿来回哪儿去！今夜的一切，统统忘记，再也不要想起，更不要再踏足这灵犀山，听见了吗？"

"不，前辈！"骆青遥血气翻涌间，握紧了手心，辛鹤也摇头急切道："我们不能扔下您！"

"愚蠢！"左霜一声怒斥，"我已经活了大半辈子，早就是将死之人了，你们两个毛头小子才多大，滚下山去，我用不着你们给我陪葬！"

"不，我们绝不能……"骆青遥与辛鹤煞白了脸，还想说什么时，那道黑纱罩面的身影已经冷不丁喝道："你不是很喜欢她吗？难道忍心看她送死吗？"

她这话是冲着骆青遥说的，骆青遥在夜风中一下愣住了。

"莫以为我老了瞧不出来，先前那番意乱情迷有几分是花香所致，又有几分是你自己的真心实意？世间茫茫，得一心爱之人不易，快走吧，带她一起走，别留下来枉送性命！"

这几句话劈头盖脸地砸来，简直是猝不及防，骆青遥整个人傻了眼，万万没想到在这样紧急的关头，左霜前辈还会陡然拆穿他。

他一时心跳如雷，脸上又红又热，旁边的辛鹤也听得糊涂了："前辈，您、您在说什么呢？"

那花海中的一行人却没了耐心，为首者阴恻恻地一笑，将那红伞霍然一转："够了，左霜师姐在这儿说什么悄悄话呢？竟不会天真地以为，今夜这里，还能有人逃掉吧？"

他五指慢慢握紧那伞柄，伞内机关蓄势待发，寒意逼人："是否师姐年纪大了，已然忘记了柳明山庄的手段？"

左霜上前一步，有意挡住了骆青遥与辛鹤，冷声道："这是我一人与山庄的恩怨，同这两个小娃娃无关，他们不过在山中迷了路，于我这里借宿一夜，什么也不知道，放他们走，你们也不想牵涉过多人命，引来一身腥吧？"

"恐怕这可由不得左霜师姐了。"那为首者阴冷一笑，似男似女的声音又飘在了风中，"若你真想保住这两个小兄弟，也保住你自己，其实也并非毫无办法。"

"生与死皆在师姐一念之间。"那人话锋一转，终是道出了真正意图，"其实我们今日前来，并未一定要置师姐于死地，在师姐面前实则还是有一条活路可踏，只看师姐如何抉择了？"

夜风拂过花海，木屋门前，辛鹤凑到了骆青遥耳边，低声道："我说他们怎么老不动手，原来是另有所图呀。"

骆青遥脑子里乱糟糟的，一时没回过神来，还回荡着先前左霜前辈的那些话，脸上也有些发热，还好夜色昏暗，瞧不太出，他听辛鹤在耳边这么一说，忙结巴道："是，是啊，这些人不知要图谋什么……"

那为首者手持红伞，在月下扬声道："昔日童鹿古国亡于铁骑之下，世间相传童鹿留下了一份皇室秘宝，开启之后便能得到一股世间罕见的强大力量。

"这秘宝或许是什么神兵利器，又或许是滔天财富，总之虽然无人得知具体为何，但江湖中却一直传言，得此童鹿秘宝者便可一统江湖，千秋万世。

"我们今日前来，乃是奉庄主之令，真正的目的其实是想让师姐说出这份童鹿秘宝的下落，那么师姐大可不必拼个鱼死网破，前事纠纷也会一笔勾销，师姐还能在柳明山庄安度晚年，何乐而不为呢？"

似男似女的声音飘荡在月下，听得骆青遥与辛鹤脸色同时一变，心惊不已，他们彼此对视了一眼，一个大胆的念头瞬间从脑海中冒了出来——

这所谓的童鹿秘宝难道就是那本《妙姝茶经》？

"呸！"木屋门前的左霜狠狠一啐，对着月下的那行人道，"什么童鹿秘宝，我根本就不知道，那老家伙还没死吗？竟然道听途说了这些可笑荒谬的东西，他的狼子野心比天还高吗？竟还想一统江湖，做个千秋霸主？"

那手持红伞的为首者不气不恼，只是依旧阴阳怪调地笑道："师姐有所不知，老庄主早已离世，如今的这一位新任庄主可比老庄主聪明多了，短短几年间令柳明山庄迅速壮大，在江湖中立起了赫赫威名，若再得到这份童鹿秘宝，柳明山庄一统江湖的日子可就指日可待了，师姐难道不想见到这一天吗？"

"我只巴不得那座鬼地方被炸个稀巴烂，彻底沦为灰烬！"左霜厉声喝道，话语中对柳明山庄简直是恨之入骨。

那为首者冷冷一哼，双眸已有几分不耐："我劝师姐不要再逞口舌之快了，还是乖乖说出那东西的下落来，这份童鹿秘宝我们势在必得，反正你这里不会再清静了，就算没了我们，日后也会有数不清的江湖门派闻风而来，与其让这份秘宝落在别人手中，还不如交给自家人，也能保师姐一个平安无恙，师姐说是吗？"

"狗屁，根本就没有什么童鹿秘宝，只有你们这些贪婪的人，终究会得到老天报应的！"左霜恨恨的声音响荡在夜空下。

那为首者耐心耗尽，再不想纠缠下去了，握紧手中的红伞，内力暗自涌动间，凶相毕露：“师姐在这里装什么糊涂，当年你与叛奴灵晴共同逃离柳明山庄，躲进了宫学之中，与那章怀太子关系密切，如今叛奴灵晴不知所踪，活在这世上的知情人只剩下你一个人了，你要是再不说实话，就休怪我们不客气了！”

狂风大作，左霜袖中两把短刀霍然探出，月下寒芒毕现：“早不耐烦与你们啰唆了，动手吧！”

说时迟那时快，她一个飞身掠下，直接袭向那个为首者，那人红伞一转，哼道：“敬酒不吃吃罚酒！”

万针瞬发，带起劲风阵阵，如天女散花，齐齐射向半空中逼近的左霜。

那些针与木屋周围机关里射出的极为相似，只是左霜设置的是普通的银针，这些却是鲜红如血的赤针。

骆青遥一见便知，脸色陡变：“前辈小心，这些针上都淬了毒！”

左霜如何不懂？闪身避过漫天针雨，嘶声喊道：“你们快走！”

骆青遥与辛鹤眸光一紧，却毫无退缩之意，两人默契非常，迅速在木屋旁折下了两截树枝，也飞身掠入了红伞针雨之中，与那道黑纱罩面的身影并肩作战。

“不是让你们走了吗？”左霜急得浑身都在发颤。

“前辈，我们绝不会弃您不顾的！”骆青遥与辛鹤后背相抵，以手中树枝为剑，迎向那猎猎风中射来的赤针。

他们从未演练过，却配合得天衣无缝，手中的两把“剑”舞得飒飒带风，滴水不漏，将那些赤针尽数打落。

这身手不仅让左霜一惊，更叫那帮柳明山庄的人始料未及，未想到眼前这两个黄毛小子竟有如此高的武功，倒比左霜还要棘手百倍！

“你们二人是何来头？哪个门派的弟子？为何要插手我山庄事务？”那手持红伞的为首者倏然问道，眸中精光迸射，红伞转动间，针雨愈发如瀑洒下。

骆青遥与辛鹤一刻也不敢懈怠，树枝舞如飞剑，衣袂猎猎飞扬，月下少年的声音随风高高响起：“路见不平拔刀相助，哪来那么多为什么？我们两个是菩提仙人座下的弟子，专门替天行道的！”

“黄口小儿，一派胡言！”那为首者大为恼怒，一只长长的袖子忽然疾速甩出，妖魅似蛇地直直飞向左霜，挟雷霆之势，想要一举破了剑影。

“前辈小心！”骆青遥与辛鹤赶忙上前，挡住那只飞袖。

漫天像下了一场红雨，剑挑血花，疾风飞袖，几股内力真气猛烈碰撞，激荡得叫人眼花缭乱。

一轮又一轮的攻势迅猛逼来，压根不给骆青遥与辛鹤一丝喘息的机会，他们还从未遇到过这般凶险的情况，就连之前闯一线天被那些白蝙蝠围攻也没有这般可怖。

红伞疾转，万针齐发，又一阵猛烈的攻击下，那道黑纱罩面的身影忽然痛楚地倒吸了一口气，一只腿上霍然中了两支赤针！

“前辈！”骆青遥与辛鹤瞳孔骤缩，脸色一变。

今夜的月格外冷肃，云层稀薄，星子密布，夜风吹过寂静长空，似在奏一曲扣人心弦的旋律。

骆青遥背着受伤的左霜一路狂奔在山林之中，辛鹤在旁边心跳如雷，手里的树枝都快叫她捏断了。

风声愈急，月光愈冷，身后那一片红伞发出凛冽寒光，如同催命的符咒，紧追不舍。

“你们将我放下，速速逃命去吧！”左霜伏在骆青遥背上，汗水湿透了发梢，苍老的声音急切劝道。

“前辈，不要再说这种话了，要生一起生，要死一起死，我们绝不会扔下您的！”骆青遥咬牙道。

辛鹤一边飞奔在夜风中，一边望向月下那张俊逸的侧脸，鼻头一酸，眼眶都红了：“青瓜，对不起，都是我，都是我害了你……”她脸上汗水涔涔，心弦紧绷下，泪水不知不觉模糊了视线，嘶哑着声音道，“等那些人追来后，我来挡住他们，你带着前辈快走吧，我不想看到你……”

“小鸟。”骆青遥忽然笑了，扭头打断辛鹤，双眸在月下熠熠生辉，“如果这回我们能活下去，我想告诉你一件事，你愿意听吗？”

④葬身火海

昏暗潮湿的岩洞里，三道身影躲藏在下面，屏住呼吸，外面夜风呼啸，传来急促的脚步声——

“明明看到他们跑到这儿来了，怎么一转眼就不见了？人一定就藏在附近，快找找，无论如何也绝不能让他们逃掉！”

黑纱罩面的身影按住受伤的腿，咬牙强忍着，直到外面的动静渐渐远去时，才发出了痛苦的喘息声。

月光斑驳，投入岩洞中，一地霜白，辛鹤看向那只中了毒针的腿，急得不知该如何是好：“左霜前辈，您的腿……”

那道黑纱罩面的身影掀开裤子，中针的一只腿已经僵住了，奇毒从伤口处蔓延开来，黑了一大片，甚是骇人。

“是柳明山庄的贪兰香之毒，只有他们才有解药……”左霜靠着岩壁，冷汗打湿了发丝，却咬紧牙关，冷冷一哼道，“以为这样就能逼我就范吗？简直妄想，我宁愿毒发身亡，也不会向那群恶狼低头！”

她抬起手，将罩在头上的黑纱一扯，大口喘息着，一张脸再无遮掩，清清楚楚地露在了月光中。

骆青遥与辛鹤目光一紧，看着那张霍然露在月光中的脸，眸底写满了难以置信——

那张脸同洛水园的石倩姑姑一样，几乎看不见皱纹，五官明艳大气，却有一道狰狞的刀疤，从左边眼角处一直延伸到了唇边，横贯了一整张脸，将那份美丽彻底破坏掉，只剩下令人惊愕难言的残缺与遗憾。

“怎么，两个小娃娃被吓到了吗？”左霜靠着石壁，浑不在意地一笑。

辛鹤有些结巴了：“前辈，您、您的脸……这是谁干的？”

那张本该绝美动人，此刻却扭曲万分的面孔，在月光中，微眯了双眸，轻轻一笑：“没有谁，是我自己拿刀子划的。”

这样轻描淡写的语气简直让辛鹤与骆青遥都震惊了，他们望着石壁旁的那道身影，一句话都说不出来了。

左霜却是抬头看向虚空，长长呼出了一口气，似乎喃喃自语道：“那时一直等不到灵晴回来，我十分难受，一个人隐姓埋名住在山上，痛苦度日，有一天，我终于不再欺骗自己，知道这辈子我是再也等不回她了……”

那样深入骨髓的绝望，让她心如枯槁，毫不犹豫地拿起了刀子。

“我对着镜子将自己这张脸划烂了，反正灵晴也不在了，我这张脸还留给谁看呢？”

苍凉的声音在岩洞中久久回荡着，一字一句都透着深不见底的哀伤。

“从前跟她一同在柳明山庄时，她就最喜欢夸我了，说我生得美，说这张脸怎么看都看不厌，既然她喜欢看，我心里也高兴，原本想让她看一辈子，却到底只是一场镜花水月的奢望……”

当年她们一同在柳明山庄中做花奴，也是照看一大片花圃，以师姐妹相称，形影不离，亲密无间。

那样冰冷残酷的一座牢笼里，因为有了对方的存在，日子也不算太难熬，左霜曾以为，这样相互依偎的日子会永远过下去，却没有想到，美丽为她带来的只有逃不掉的劫难。

柳明山庄的老庄主是个性子乖戾残暴、行事诡异、喜怒无常的人，一言不合就能要人性命。

庄中每个弟子奴仆都过得提心吊胆、战战兢兢，唯恐做错一点事情，就惹恼这位“魔王”，轻则挨骂受打，重则就要丢了性命。

那时老庄主在练一套邪术，每隔半月都会在庄里挑一名貌美的女弟子送到他房中，供他采阴补阳，大练邪功。

那段时日，经常有裸露的女人尸体从房里被抬出来，庄中稍微貌美一点儿的人都惶恐至极，生怕自己被选中，送到老庄主房里被他折磨致死。

而左霜在最初一段时日里，竟然侥幸逃脱了。

因为她虽然美艳绝伦，论相貌在山庄里无人出其右，但她性子烈，不好摆弄，悟性也极高，武功在一群花奴中是最厉害的。

山庄管事的鬼嬷嬷尚算惜才，对左霜一直比较看重，便没有将她送往老庄主房里，而是尽量派她执行一些别的任务，以此避开老庄主的毒手。

可惜，美丽终究是藏不住的，有一日老庄主兴致忽起，在园中赏花时无意看到了左霜的侧颜，惊为天人，当即命令鬼嬷嬷晚上将左霜送入他房中。

左霜性子那样烈，自然宁死也不会从，她在袖里藏了短刀，跟灵晴说，自己死也要死得干净，留个清白的身子。

“我原先一直觉得灵晴胆小，是我在保护她，可直到那一次我才知道，她为了自己在乎的人能够多么奋不顾身。”

灵晴将左霜迷昏了，换上衣裳，红妆覆面，义无反顾地替代了她，被送到了老庄主的房中。

左霜醒来时，灵晴已被送走，她只觉天崩地裂，当下提起一把短刀潜入了老庄主房里。

所幸一切还来得及，老庄主仍在打坐运功，还没有开始“享用”灵晴。

“我看到灵晴瑟瑟发抖地坐在那儿，心里有一团火难以抑制地蹿起，恨不能将那老畜生千刀万剐……”

那时左霜趁老庄主运功之际，提刀刺了上去，却被老庄主躲过了要害，只刺瞎了他一只眼。

她们连夜逃出了柳明山庄，一路避过重重追杀，九死一生，最终逃到了皇城，因缘巧合遇到宫学的洛水园在招花娘。

左霜与灵晴正好种养花草多年，便凭借着手艺顺利进了洛水园，成为两名妙花娘子。

所有阴霾一扫而尽，新的人生向她们开启，前路无限光明，那是现在回想起来都是再美好不过的一段时光。

“我从没有那样安心又满足过，那是我这一生最美好的日子，我这漫漫余生都靠着那段回忆、那一点点的甜头在支撑着……”

左霜那时候是当真以为再也不用和灵晴分开了，可以和灵晴在一起白头到老。

但她没有料到灵晴在后来会遇上章怀太子。

“从前她为了我，可以奋不顾身地代我送死，后来她为了他也能奋不顾身地挡下那一刀，从那时起我就知道，她不会再属于我一个人了……”

左霜看着他们相爱，从始至终没有说过一句话。

章怀太子是个极其温柔善良的人，永远带着清浅的笑容，同左霜这样生性冷淡的人截然不同。

“谁不喜欢温暖的人呢？世人天生向往光热，灵晴会爱上他，实在再正常不过，我想不出任何理由阻止他们。”

他们是那样般配，灵晴也是那样快乐，即使左霜心里缺失了一块，但只要灵晴能得到幸福，她还有什么不知足的呢?

可是，灵晴的幸福短暂得就如昙花一现。

童鹿被铁骑攻破，血流成河，生灵涂炭，正如章怀太子所说的，世人贪婪，美丽的事物只会被无情掠夺与践踏。

“那一年他们离开时，我问过他们，还会回来吗？”

左霜靠在岩壁上，望着苍凉的月光，刀疤横贯的一张脸也无端柔和起来，让人看了心里酸楚不已。

“其实章怀太子心思细腻,什么都知道,他同我说,这一辈子苦了我,他很抱歉,但不后悔，只希望我也能有个好归宿，放下一切，好好活下去。

“他还让我替灵晴看好那片鸢尾花圃，有朝一日，说不定他们还会回来一趟。

“我问他，我要守着这片花圃等待多久?

“他说，三月、五月、半年……等到我认为等不下去的时候，如果他们再也没有回来，我就将那片鸢尾花圃烧掉。”

听到这里，辛鹤再也忍不住，有些惊异地问道：“前辈，原来、原来是章怀太子让您烧掉花圃的？”

骆青遥也敏锐地捕捉到了这一点，眉心微蹙：“为什么章怀太子让您守着花圃，又让您在等不到他们之后将那花圃烧掉呢？”

“难道、难道……”骆青遥与辛鹤对视一眼，同时想到了什么，压低了声道，“难道跟那所谓的童鹿秘宝有关？”

左霜一怔，似乎从未往这个方向想过，她若有所思地摇头道：“我不知道，章怀太子并未对我明说过，如果真是这样……”

她忽然呼吸一颤，神情激动起来，一把按住了骆青遥与辛鹤的手，眸光灼灼：“若真与那童鹿秘宝有关，你们一定要将这个秘密守好，万万不能让童鹿秘宝落在柳明山庄那帮贼人手中！”

骆青遥与辛鹤只觉手上一沉，肩头陡然多了一份重担，对着那双灼热的眼眸，终是深吸了一口气，点了点头。

辛鹤却在这时，心念一动，倏然想起了什么般，从怀中摸出了一物，递到了左霜前辈眼前：“前辈，您看，您还记得许多年前您与灵晴前辈参与过的那场傩舞仪式吗？”

她拿出来的正是那张傩舞表演上妙花娘子送花福的画像，灵晴在其中最为显眼，章怀太子将她画得清丽动人，笑靥如花，美好无比。

左霜一见到这张画像，整个人便浑身一颤，呼吸急促地接了过来，有些难以置信。

辛鹤在一旁道：“这画像是在章怀太子曾经住过的那间折竹居找到的，前辈您看跟您记忆中的灵晴前辈像吗？”

她之前就跟左霜前辈解释过，他们在宫学中念书，对章怀太子那段往事感兴趣，才一路寻来，左霜前辈也只当他们是两个好奇的学生，并未想太多。

此刻甫然见到了灵晴的这张画像，左霜激动得难以自持，泪水瞬间漫过了眼眶，她捧着画像的双手不住颤抖着，喃喃道：“临死之前竟还能让我再见你一眼，上天到底待我也算不薄了……”

那份灼热入骨的情意叫骆青遥与辛鹤也深受感染，辛鹤微微红了眼眶道：“不、不会的，前辈，您不会有事的……”

左霜将画像贴向了心口，双眸紧闭，泪水无声流下。

不知过了多久，她才睁开了眼，对着骆青遥与辛鹤，以一种对待生死已淡然的语气道：“背我起来吧。”

“前辈，您是要……”骆青遥神色一变。

左霜道：“我们出去吧，背我回到木屋那里。”

“回、回木屋？”骆青遥与辛鹤对视一眼，都疑心自己耳朵听错了，“现在出去，他们一定会发现的，咱们为什么要折返回去呢？”

“对啊，前辈，难道是木屋里面有什么密道可以通向外面吗？”辛鹤也跟着问道。

左霜面无表情，只是幽幽道：“你们背我回去就知道了，这里藏不住的，只有死路一条，回去还能有机会，我早就想过会有这一天，给自己准备了一条后路，既然他们真的找来了，那就莫怪我了……”

夜风猎猎，四野萧萧，灵犀山上杀意隐隐浮动，一片冷肃。

骆青遥背着左霜，一路狂奔在月下，身后是一片急促的脚步声，红伞在风中疾转着，紧追不舍。

月色清寒，骆青遥与辛鹤心跳不止，背着左霜一口气又折返回了那片花海前，正要飞奔进正中那间木屋时，左霜却扬手一指：“不是这间，是旁边这间，快背我过去！”

一踏入那间屋中，骆青遥与辛鹤就隐隐闻到了一阵奇怪的味道，却来不及多想，将左霜放在床上后，她已经直接将他们往门外一推——

“你们快走吧，我留下来与他们周旋，他们的目标只是我一人而已，与你们无关，快走！”

骆青遥与辛鹤同时变了脸色：“不，前辈，我们不能……”

“快走！我一人可以应付，既然我选择回到这里，就有法子去对付他们，你们留下来反而会成为我的拖累！”

左霜呼吸急促，屋外那股杀气已迅速逼近，她厉声喝道：“记住了，一定要守好童鹿秘宝，千万不能落在柳明山庄手中！”

“前辈！”

辛鹤还要说什么时，骆青遥已咬咬牙，一把拉过她的手："小鸟，快走吧！"

望着两道身影奔入月下，随风消失在夜色之中，左霜总算松了口气，唇边露出了一丝笑意。

她微微抬头，屋外的月光透过窗棂苍白地洒在她的眉目上，她被刀疤贯穿的一张脸上满怀解脱。

夜风猎猎，那一片奇诡的红伞终于逼近，杀意凛凛地围在了木屋外。

左霜望着那群人，忽然笑了笑，低头看向怀里的画像，喃喃自语道："一切就在今夜了结吧，浮生六十载，大梦一场，灵晴，我来找你了……"

月光笼罩着灵犀山，大风掠过骆青遥的衣袂发梢，他拉紧辛鹤的手，没命地狂奔着，心头狂跳不止。

辛鹤发丝飞扬，冷不丁在骆青遥耳边问道："青瓜，你方才有没有在那屋里闻到一股奇怪的味道？"

骆青遥哪还顾得上回答，只是随口道："或许是前辈屋外的花香，总之……"

他话音还未落，身后已传来剧烈的一声轰鸣，几乎是地动山摇，将耳朵都要震聋了！

两个人彻底蒙住了，随着这记巨大的爆炸声，猛然回过头，只遥遥看到那木屋的方向竟是燃起了熊熊大火，火光将天边都染红了！

有什么福至心灵，骆青遥与辛鹤几乎在瞬间明白过来，火药，是火药！屋里那股味道是火药！

没有密道，没有生路，木屋之中只藏了大量的火药，左霜早就想过会有这一天，她那样烈性的人，从始至终，给自己留下的都只有一条同归于尽的路！

耳边骤然响起那一番决绝的话语："今生今世，谁也休想再将我囚于其中，纵然一死，我也不会跟你们回去的，我宁愿死在外面这片广阔的天地，死在自己亲手种植的这片花海中！"

如今，她实现了。滔天火光中，仿佛有一道身影含笑而去，抱着那张画像，被火苗彻底吞噬，了却此生。

"不！"辛鹤一声嘶喊划破夜空，她泪流满面，不顾一切地往那道火光奔去，骆青遥没能拉住她，也紧追她的步伐而去。

夜风迎面而来，拂过少年的眉眼发梢，天地萧萧，他在这一瞬间忽然想起幼年义父教他念书，曾无意间读过的一句佛语——

一切有为法，如梦幻泡影，如露亦如电，应作如是观。

第九章・柳明山庄

①茶经重现人间

大火猎猎，热浪滚滚，漫空的烟雾翻涌着，花海顷刻之间沦为了一片废墟。

“左霜前辈！”辛鹤飞奔而来，满面是泪，不可置信地望着这熊熊火海，浑身颤抖着无法自持。

紧随而来的骆青遥将她一把拉住，嘶哑着声音道：“小鸟，冷静点儿！”

火光映亮了他们的脸庞，夜风扬起衣袂发梢，骆青遥亦红了眼眶，死死拉着辛鹤道：“我们还有许多事情要做，你忘了前辈的叮嘱吗？”

辛鹤胸膛剧烈起伏着，一张汗水涔涔的脸仍是盯着那片火海，泪水模糊了视线，身子摇摇欲坠间，骆青遥忽然捂住她双眼，不由分说地将她一把背起。

“走！别看了，我们回宫学去！”

少年咬咬牙，扭头大步踏入风中，义无反顾。

“我们快去洛水园里找到那本《妙姝茶经》，无论如何都不能让童鹿秘宝落入歹人手中！”

辛鹤仍泪流不止，不住回头望着身后的火海，骆青遥迎风向前，头也未回，在月下一字一句道：“小鸟，不要再回头看了，前辈凄苦了大半生，如今终于能长眠于她亲手种植的这片花海中，对她而言何尝不是一种解脱呢？”

他们的身影渐渐消失在夜色里，却没有发现，那硝烟弥漫的四野中，一把红伞被乱花遮掩住，握住红伞的那只手微微一动，一双眼睛陡然睁开，迸射出狼一般的精光——

正是柳明山庄那一行人中的为首者，他没有被炸死！

当他们踏入木屋时他就嗅到了那股火药的味道，立刻觉察到不妙，在左霜动手的一瞬间抱紧红伞飞身退出了木屋。

轰然一声，花海爆炸。

他避得及时，虽受到了热浪的冲击，却并无大恙，侥幸逃脱了一劫，只被震晕在了地上。

一阵迷迷糊糊中，他听到了骆青遥与辛鹤奔来的脚步声，还有他们那番对话——

回宫学、洛水园、茶经、童鹿秘宝……

几个关键词一丝不漏地钻进了他耳朵中，夜色里，那双狼一般的眼睛迸射出精光，笑意阴骘：“原来东西藏在宫学里面……”

一只手不由地在风中伸出，摸向了怀里的信号弹便欲朝天而鸣，通知山脚下的另一帮人马。

柳明山庄此次来的人共分了两批，一批上山寻找左霜，还有一批人守在了山脚下。还好如此分开两批，才没有全军覆没，能够保存实力，继续追寻那童鹿秘宝。

那幸存之人正这般想着时，手却一顿，眉心一蹙，倏然间计上心来，暗自思量道：“先不能打草惊蛇，须得跟着这两个小子，让他们回宫学找到那宝物后，再来下手抢夺，必要时连人带物一同劫回柳明山庄，让他们来解开童鹿秘宝的奥妙，否则即便得到了秘宝，也参不透里面的玄机，不知该如何开启……”

冷月之下，那人手持红伞，慢慢站了起来，风掠衣袂，目光阴寒，唇边挑起了一丝冷笑。

夜风掠过四野，树影婆娑，星子闪烁，天地寂寂。

骆青遥背着辛鹤下到了半山腰，月光拉长着他们的身影，发丝飞扬间，辛鹤伏在他背上，双眼泛红，忽然问道：“青瓜，你之前说，如果我们活下来，你有话要告诉我……你、你要跟我说什么？”

骆青遥一怔，冷不丁被问住了，夜风迎面拂过他俊逸的眉眼，他抿了抿唇，不知怎么，耳边又回响起左霜前辈的那番话：“她喜欢看，我心里也高兴，原本想让她看一辈子，却到底只是一场镜花水月的奢望……”

人世匆匆，如白驹过隙，几十年一晃眼就过，那些眷恋无比的东西就如穿过指间的风，不知何时就会消散无踪。

爱恨嗔痴，求而不得。

人之渺小，譬如朝露蜉蝣，能做的唯有珍惜，珍惜此时此刻的点点滴滴，珍惜身旁的……那个人。

少年仰起头，望向漫天星光，心里骤然涌起一股无法言说的触动，双眸亦有水雾渐渐升起。

他忽然在月下，一字一句，轻轻开口——

“小鸟，我想跟你一起好好活下去，活得很久很久，看遍四时风景，走遍万里山河，吃遍天下美食，永远……永远也不要分离，好不好？”

洛水园里，微风轻拂，花香四溢，长空下一片静谧。

因休沐日的缘故，宫学大部分弟子都回家了，书院里这几天没什么人，到处都静悄悄的，洛水园里的妙花娘子也得了空闲，只剩下了寥寥几人看守着花圃。

这其中有一道身影格外特殊，因为她走起路来是一瘸一拐的，旁边的妙花娘子也都对她多有照顾，替她分担了不少活。

“小苏，其他的事情都做完了，你只要再将这一片花圃浇好水，除去一些杂草，就可以去歇息了。”

那道纤弱的身影点点头，对着身旁的几个妙花娘子比画着手势，表示自己听清楚了。

这位新加入洛水园的姑娘，正是在仁安堂关闭后无处可去，被付远之带来宫学的苏萤。

不知是否是付远之有所交代，这里的妙花娘子都对苏萤格外友善，每个人都十分温柔，轻声细语，再不像仁安堂一样，对苏萤任意使唤与打骂。

洛水园里的日子就像天上的浮云，悠然惬意，安宁平静，苏萤才来不久就已经喜欢上了这里的生活。

而这一切全靠了那道清俊的身影，一想到付远之，苏萤心中就一片甘甜，如饮蜜糖。

阳光下，她穿着一袭杏黄色长裙，站在花海间，脸上的红印被垂下的秀发遮掩住，影影绰绰间只露出了白皙秀美的半边脸，身段窈窕、气质清隽、一双眼眸水光潋滟……在风中说不出的昳丽动人。

她正悉心为花圃浇着水时，耳畔却忽然传来一阵脚步声，一位妙花娘子领着两个人直往洛水园深处而去。

“二位公子，那片荒地就在前面了，你们当真想在上面种植茶花吗？”

那妙花娘子身后领着的两人正是骆青遥与辛鹤，苏萤目光一动，立即认出了眼前的熟悉面孔，却不动声色，只屏息凝神，一边浇花，一边听着那妙花娘子继续道：“那块焦土荒芜多年，一时之间恐怕不太适宜种植茶花，二位小公子可以先去瞧瞧，若真心想种些花草，须将泥土翻整一遍，重新松润一番，其间得多费些工夫才行。”

辛鹤跟在那妙花娘子后面，忙开口道：“多谢姐姐指点，我们先去瞧一瞧。”

她与骆青遥对视一眼，皆有些掩饰不住的欣喜，两人却全然没有注意到花圃旁，那道一直在侧耳倾听的杏黄色身影。

骆青遥与辛鹤要去的，正是当年灵晴种满鸢尾花的那片花圃。

那片花圃自从被左霜一把火烧了之后，就变成了一片焦土，渐渐荒芜。

那时人心惶惶，有传言说这块花圃里滋生了妖灵，会惑人心智、毁人命途，先后害得灵晴、左霜失踪不见，生死未卜。

自那以后，这花圃就再也无人敢接手打理，渐渐沦为了洛水园里无人问津的一块荒地。

骆青遥与辛鹤来到洛水园，提出想在这块地上种些茶花，那妙花娘子提醒了他们几句，他们却毫不动摇，妙花娘子只好作罢，想着两个学生不过是心血来潮，很快就会被别的事物所吸引，而那里也只是洛水园里的一块荒地，便也由着他们去折腾了。

她将两人带到那片荒地前，又叮嘱了几句，这便离开了。

骆青遥与辛鹤各拿着一把铲子，他们在长空下对视一眼，点点头，二话不说，撸起袖子，这就开始卖力——

挖土了！

躲在暗处的苏萤看到这一幕，暗暗一惊，却屏住呼吸，一点声响也未发出，只是目光紧紧盯着两人的一举一动。

同她一样藏身暗处，关注着骆青遥与辛鹤挥汗如雨挖土的，还有一群人——

他们周身包裹得严严实实，只露出了一双眼睛，藏在树上，密切注视着荒地上的两人，任何一个举动都不放过。

就这样，无数道目光注视着荒地上的那两道身影，看着他们在阳光下提着铲子挥汗如雨，吭哧吭哧地挖土！

这一挖就足足挖了将近两个时辰！

树上一堆人都快被烤熟了，晕头转向间，不知道底下的两人要挖到何年何月去！

事实上，骆青遥与辛鹤也挖得眼冒金星，脚底下的大坑都能将他们埋个七八回了。

终于，骆青遥一抹头上的汗珠，气喘吁吁地道：“小鸟，这再挖可就要见底了，你说会不会是我们猜错了，东西根本就不在这地下？”

辛鹤咬紧唇，俊秀白皙的一张脸被晒得绯红，手上都冒出血印子来了，却一刻也不停歇，坚定道：“不，我有种很强烈的预感，茶经就埋在这地下，章怀太子当年对左霜前辈说的那些话绝不是无缘无故的……”

她这样坚持不懈，骆青遥也不再多说什么，咬咬牙，继续埋头挖了起来。

毒辣的阳光下，暗处一堆人叫苦不迭，就连藏在花海里的苏萤呼吸都隐隐急促起来。

终于，那铁铲下传来“哐当”一声，像触到了什么坚硬的东西。

辛鹤难掩兴奋：“青瓜，我挖到了！”

简直像是一滴甘露从天而降，所有暗处的目光皆一亮！

微风徐徐吹来，骆青遥与辛鹤蹲下身，徒手挖开那一块泥土，终于将地下深藏的一物挖了出来——

那是一只花纹古朴的木匣，不知是何材质所制，这么多年来竟还保存得尚算完整，里面放着一本书，用彩锦仔细包裹住，也丝毫无损。

辛鹤小心翼翼地拿出来时，心头狂跳不止，她按捺不住激动，颤抖着手将那彩锦掀开，四个字映入眼帘——《妙姝茶经》。

一晃眼几十年，花开花落，云聚云散，这本茶经终于再现人世！

无法用言语形容这一刻的心情，辛鹤与骆青遥对视之间，热血翻腾激荡，在长空下几欲泪流！

“找到了，我们找到了！”辛鹤捧着那本茶经跪在土坑中，一身污泥，泛红的双眸却明亮如星，激动万分。

骆青遥在旁边也急切不已：“小鸟，快打开看看！”

他们的心全放在这得之不易的茶经上，根本没有注意到暗处树上，一行人眼中精光迸射，风掠长空，杀意凛冽。

“多谢二位少侠，替我山庄寻得这童鹿秘宝，不如请二位去我庄中做客，一解此中玄妙，二位少侠意下如何？”

②掳劫

阳光透过树枝斑驳洒下，一帮人从天而降，个个怀抱一把红伞，身上罩得严严实实，只露出了一双阴寒的眼睛，瞬间将荒地上的骆青遥与辛鹤团团包围。

暗处的苏萤望见这一幕，眉心一蹙，被包围住的骆青遥与辛鹤更是难以置信，露出了“见鬼”一般的神情：“这帮人不是被炸死了吗？怎么阴魂不散？”

长空下，那为首者抱着红伞上前，阴恻恻一笑，似男似女的声音又飘进了风中：“两位小兄弟，我们又见面了。”

这声音简直让人浑身起鸡皮疙瘩，骆青遥与辛鹤瞳孔一紧，望向那道诡异的身影，匪夷所思道：“你居然没死？”

这人正是在木屋爆炸中侥幸逃脱的那个头领，此刻对着骆青遥与辛鹤阴冷冷一笑：“还未将童鹿秘宝带回山庄，我重任在身，怎么敢归西呢？”

他缓缓走上前，抱紧红伞的双手暗自蓄力，阴阳怪调地笑道：“两位小兄弟，快把宝物交出来，跟我们回一趟山庄吧。”

“做梦！”骆青遥与辛鹤向后退去，环视四周，呼吸急促，知晓今日逃不过一场硬战了。

辛鹤想也未想，将那茶经往怀中一揣，冲那手抱红伞的头领一声喝道：“天子脚下，浩浩宫学之中，你们敢乱来吗？”

“你看我们敢不敢？！”那头领眸中精光一闪，风中冷笑道，“凡事讲究先礼后兵，我们礼数已经到了，既然你们不要这番客气，那可别怪我们粗蛮了！”

他话音才一落下，如同一个信号般，周围一圈的红伞倏然撑开，射出的赤针直逼荒地中央的骆青遥与辛鹤。

漫天似乎又下了一场红雨，说时迟那时快，骆青遥将外袍飞速一脱，扬手甩动起来，密不透风地护住了自己与辛鹤。

四野之间无数赤针激射而出，骆青遥身形灵动，手中衣袍如一把利剑般，舞得滴水不漏，强劲的内力将那些赤针尽数打落。

漫天红雨愈急，风声猎猎，几股内力真气猛烈碰撞，激荡得叫人眼花缭乱。

那头领瞅准时机，一只手握紧红伞，不断射出赤针，另一只手立掌为钩，如鬼魅般直取辛鹤胸口，想要抢夺那本茶经！

辛鹤一惊，正欲后退之际，身后却又有几道劲风袭来，她夹在中间避无可避，正要咬咬牙，生生迎上那头领的毒招，与之硬碰硬时——

一道杏黄身影忽然凌空飞出，一把短刀寒光毕现，挡在了辛鹤身前，那头领猝不及防，险些被锋利的短刀刺中！

这危急关头霍然现身的人，不是别人，正是从暗处飞掠而出的苏萤！

她像一粒从天而降的石子砸入湖心，搅乱了原本的局势，不仅柳明山庄那帮人措手不及，就连骆青遥与辛鹤也是惊愕不已，难以置信。

苏萤身手敏捷，出招如闪电一般，逼得那一片红伞难以上前，看得骆青遥与辛鹤目瞪口呆，不知这位妙花娘子从哪儿冒出，又怎么会身怀奇高的武功！

但当下却来不及细究了，他们立马加入战局，三人后背相抵，在包围圈中组成一道牢不可摧的阵势，迎向那群红影的攻击。

有了苏萤的助阵，局面陡然扭转，骆青遥与辛鹤趁机一回头，抬脚踢起那土坑中的铲子，一把抓在了手中，对着那群逼近的红伞就狠狠袭去。

几把红伞被打落飞出半空，周遭赤针也如潮水般退却一大片，那头领目光愈发阴狠，领着手下又发起一阵猛烈急攻。

红伞疾转，万针齐发，一轮又一轮的攻击下，压根不给场中的三人一丝喘息的机会。

劲风猎猎，飞沙走石，荒地之上，阳光下一众身影打得不可开交。

付远之来到时，正看到这激烈万分、杀意凛凛的一幕。

他心弦一紧，几乎脱口而出："青遥！"

"义父？"骆青遥抬头望去，他旁边的那身杏黄身影手一抖，也不可置信地回过了头。

说来实在是巧合，付远之今日办完差事，恰好途经书院，他心念一动，便想来看看小苏姑娘是否还适应在洛水园里的生活。

哪知问了几个妙花娘子，都说不见小苏姑娘的踪影，他便独自沿着花海间的小径一路找了过来，却不曾想到，竟会在这洛水园深处撞见这样刀光剑影、凶险万分的一幕！

而除了骆青遥之外，他还在那杀意包围的荒地中看见了那道杏黄色的身影，震惊得都要说不出话来了："小苏姑娘？"

付远之尚且一脸惊色时，荒地上的骆青遥已经急声喊道："义父，义父快走！去找侍卫队过来！"

那头领将红伞紧紧一握，眸中迸出狠辣的精光："哪里走？！"

他身后的两个手下心领神会，立刻飞身袭向长空下的付远之，付远之脸色一变，后退两步，却根本来不及逃了。

漫天赤针飞下，直朝他而去，他从未习武过，一招半式都不会，如何抵挡得住这漫天的赤针毒雨？

远处的骆青遥看到这一幕，心口骤然揪紧，目眦欲裂："义父！"

就在这生死一瞬间，一道杏黄色的身影如利箭一般，不顾一切地飞向了红雨中的付远之——

长发随风扬起，短刀闪电般割裂那半空中的两把红伞，大半赤针被内力震落，却还是有小半股赤针射向了地上的付远之，那道杏黄色身影瞳孔骤缩，想也未想地扑了上去，一整片后背露在了风中，赫然挡在了付远之身前！

"刷刷刷……"那些赤针尽数扎入那方纤秀的后背，苏萤痛苦咬牙，脸上登时冷汗涔涔，跌在了付远之怀中。

周遭花瓣随风飞起，付远之将那道杏黄色身影一把抱住，天地间刹那静止了一般，他只对上了那双漆黑如墨的眼眸。

那眸中含着无尽的深情，泛着水光，似是生死间的最后一眼，那样痴恋地望着他，像是要将他每一寸都牢牢记在心底一般。

付远之浑身一震，声嘶力竭："小苏姑娘！"

凄厉的一声划破长空，叫荒地中央的骆青遥与辛鹤都呼吸一紧，却根本自顾不暇。

因苏萤的抽身而去，他们的"三角之阵"陡然缺失了一块，那紧握红伞的头领眸光冷厉，逮准机会，立刻上前袭取茶经。

赤针迎面射来，辛鹤神色一惊，只顾提防那飞射而来的赤针，却根本没料到，那头领竟是一扬袖，一阵粉末随风飞出，一股奇异的花香扑鼻而来，这才是他真正的意图——

骆青遥与辛鹤猝不及防吸入这迷香，瞬间头晕目眩，身子乏软间，直直往下栽去。

"得手了，快撤！"那头领抬手一挥，立刻有两个手下上前一把扛起了昏迷的骆青遥与辛鹤。

他们一刻也不再停留，收紧红伞，踏风而去，倏然消失在了半空之间。

"青遥！"付远之抱着身中毒针的苏萤，仰头看向那群消失的背影，霍然煞白了一张脸，嘶声喊道。

琅岐岛上，斜阳西沉，浪花拍打着礁石，一行人浩浩荡荡地走向海边，前往一间高高耸立的石室。

石室前守卫森严，里面不是别人，正是琅岐岛之主，辛启啸。

他自从上一回在海上遇袭后，不仅折损了身边三个心腹护法，自己也身受重伤，一直在这石室之中闭关休养，已经有许久未曾露过面。

岛上不知有谁传出了风声，说是辛启啸快不行了，甚至有人说他根本就已经重伤而亡，只是消息一直被岛上的圣姑——辛启啸的妹妹辛如月强行压住，一力封锁了而已。

一时间，这传言越来越激烈，岛上的风言风语几乎已到了甚嚣尘上的地步。

“十长老会”终是坐不住了，领着浩浩荡荡的一群门众前往辛启啸闭关的石室，明面上打着来拜见岛主的幌子，实则各怀鬼胎，就是想一探风声，看看石室中的辛启啸究竟情况如何，还是否存于人世。

当辛如月赶来时，那群人已经越过守卫的阻拦，在长老们的带领下，叫嚣着涌入了石室之中。

辛如月呼吸骤紧，长袖飞出，强劲的内力瞬间震翻了前面一排人，她掠向半空，踏过那些人的肩头，稳稳地落在了石室之中，转身一声厉喝：“我大哥还没死呢，怎么，有些人就坐不住了，想要来篡权夺位不成？！”

一群门众脸色陡变，纷纷跪了下来，埋头连声道：“圣姑息怒，我等只是挂念岛主，前来请安拜见而已，绝无他意，还请圣姑明鉴！”

“我呸，别以为我不知道你们的来意是什么！”辛如月扫过地上跪着的一片门众，又将目光落在了那群老谋深算、不动声色的长老们身上，美艳的一张脸咬牙切齿，意有所指道：“若是让我查出是谁在背后散播谣言、兴风作浪、趁乱生事，我非将他剥了皮，扔到海里喂鱼不可！”

跪了一地的门众不寒而栗，旁边的长老们却并未退缩，望着辛如月似笑非笑道：“我等不过挂念岛主，前来请安罢了，圣姑不必动此大怒，还盼岛主与我等一见，宽岛中众人之心。”

“是请安，还是‘逼宫’啊？”辛如月怒喝一声，握紧手心正欲再说什么时，石室里面已传来浑厚的一声——

“请长老们与岛中弟子进来吧。”

辛如月霍然回过头，眸光一凛：“大哥！”

石室中白纱飞扬，帘幔后坐着一道身影，瞧不清面目，只是从身形上看的确是辛启啸。

长老们面面相觑，白翁站在中间，并未出头，只是听着旁边的长老清了清嗓子，对着白纱后的那道身影恭敬道：“拜见岛主，许久未见，琅岐岛上下均对岛主挂念不已，还盼岛主掀开纱帘，与我等一见。”

这话一出，身后的长老们纷纷附和，齐齐跪下：“是啊，还请岛主现身一见，宽吾等之心。”

白翁也跟着跪下，埋首间，唇边却挑起了一丝冷笑。

帘后伸出了一只手，随着白纱的轻轻掀起，一记浑厚的声音在石室中响起：“众位长老，别来无恙。”

辛如月望向那帘后露出的一张冷峻面孔，眸光骤紧：“大哥！”

地上的长老们与门众也抬起头，个个面露惊色，显然没想到传闻中重伤而亡的辛启啸竟当真好好地坐在那里。

他坐在石床上，一如既往地满脸威严，目光在长老们身上转了一圈，最终幽幽开口，一字一句在众人耳边响起——

“我不过闭关一阵，便有些人心怀鬼胎，急着想要来见我，在打些什么主意，我统统知晓，我现在便明明白白地告诉你们，我辛启啸还在，还好，还没死！”

最后那个死字落了重音，正是往日辛启啸发怒前的先兆，所有人心头一惊，再不疑有他，纷纷跪在石床前，磕头连声道：“不、不敢，属下们忠心耿耿，绝无二意，还望岛主明鉴！”

那些长老们也暗自心惊，赶紧道：“岛主息怒，吾等绝无二心，只是挂念岛主身体，想来探望罢了。”

辛启啸冷笑了一声，许久，才抬起袖子道：“最好如此，都起来吧。”

众人这才满头冷汗地抬首，个个心惊胆战地站起，只听辛启啸冷声道：“过去的就过去了，无论池中鱼是否曾有过异动，都没什么好探究的了，只要接下来安安心心，不要再妄想去搅乱那一池栖身之水就好，琅岐岛是大家的，没有人能凌驾于它之上，只有岛中上上下下都同舟一心，它才能好，听清楚了吗？”

声音不大，每个字却都如惊雷般砸在众位长老心间，他们忙不迭点头称是。

白翁站在其间，也跟着众人一道，目光里却带着满满的不屑与嘲讽。

一场“探视”就这样结束，待到众人如潮水般退下去，偌大的石室就只剩下辛启啸兄妹俩时，石床上那道强撑已久的身子顿时软了下去，捂住胸吐出了一口热血。

“大哥！”辛如月大惊失色，立刻上前，扶住了摇摇欲坠的辛启啸，“你怎么样？还撑得住吗？”

辛启啸呼吸紊乱，抬手止住了辛如月的慌乱，喘息道：“无碍，只是方才说话时多用了些气力，毕竟那群老狐狸个个都精明得很，不能让他们听出我身子还虚弱着。”

提起“十长老会”，辛如月不由恨恨咬牙：“那帮老匹夫，若被我查出究竟是谁在暗中搞鬼，我绝对饶不了他！”

辛启啸摇了摇头，叹道：“恐怕难啊。”

他睫毛微微一颤，忽然问道：“阿月，你找到那丫头的下落了吗？”

③意想不到的山庄之主

石室之中，一提起辛鹤的下落，辛如月就一脸忧心：“那丫头不知跑哪儿去了，我前后派了十几拨人出去，却都没有任何线索，实在是……”

辛启啸按住胸口，眼见着急火攻心，又要吐出一口热血来，辛如月忙扶住他，一只手抵住他后背，输送着源源不断的绵长内力，一边道："大哥你别急，那丫头向来机灵，武功又是我们一手教出来的，寻常人欺负不到她的！没准儿她就是小女儿心性，贪玩跑了出去，玩累了自然会回来的，对不对？你放心，我还会再加派人手出去找她的，她不会有事的！"

辛启啸搭住了辛如月的手，脸色苍白，望向虚空，眼眶不知不觉地就湿润了："这丫头从小就没有娘，你是最疼她的，她也最听你的话，可是这一回她连你都没告诉一声就消失不见了，我真担心她不是自己跑了出去，而是……"

"不会的，大哥，一定不会的！"辛如月一激灵，猛地打断了辛启啸，双目也微微泛红起来，"我家姑娘有老天爷庇佑，这辈子一定平平安安，顺顺当当，绝不会出任何事的，大哥你不要自己吓自己！"

"希望如此吧，就盼那丫头快些回来，这琅岐岛上的形势风云莫测，也不知……"辛启啸长长一声叹息，眼眶愈发湿润。

辛如月扶住他，忽然道："大哥，你说这暗中搞鬼的人会不会是……那个人？"

她没有明说，辛启啸却一听就明白过来，看向妹妹，下意识压低了声道："你是说，是他在背后操控？"

他才说完，自己就先摇了摇头："应当不会是那人，他被囚在地下，哪来的能耐兴风作浪？"

"这可未必。"辛如月凑向辛启啸，低声道，"毕竟他是钟离氏，钟离氏个个都天资聪颖，他更是青出于蓝，心思比他先辈还要玲珑，当初几个长老不都说他是'神童'吗？说不定一切都是他在背后……"

"你多虑了，就算再怎么天纵奇才，那也不过是个乳臭未干的小子罢了，还被囚禁了这么多年，能翻出什么风浪来？"

辛启啸摆摆手，辛如月也只好道："希望是我多想了吧。"

"现在最重要的是赶紧找回鹤儿来，我一想到她不知所踪就彻夜难眠……"辛启啸满面愁容，艰涩道，"这岛上的局势风云变幻，你也看到了，今天这帮人差点儿就要闹了起来，往后他们只会越来越难压制，我不知道还能撑多久……鹤儿已经没了娘，如果回来了连爹也不在了，该有多可怜啊？"

辛启啸说得痛心不已，此刻哪还有一岛之主的威风霸气，只像一个世间最普通的老父亲，辛如月听了不禁也泪光一闪："大哥！"

"我如今最放不下的就是她这孩子，她心思太单纯了，空有一身武功，却不识人心险恶，从小就没有娘，孤零零地一个人长大，我平日里又忙，除了教她习武，哪有太多时间管她？"

他思女心切，每一晚闭上眼睛，脑海里都是女儿自小长到大的身影，他这才发现，自己这么多年来对孩子的陪伴与关心实在太少了。

"鹤儿有一年过生辰，忽然跑来跟我说她想养一只小豹子，我问她为什么，她说没人跟她玩，爹爹跟姑姑都忙，她一个人太寂寞了，有了一只小豹子，就能跟它说说话了……

“你说我多糊涂啊，都这样了，还不知道多陪陪她，那一次还非要出海，留下她一个人过生辰，她从小也懂事，从来不跟我瞎闹脾气，这么多年就养了只小豹子，到哪儿都带着，除了这小玩意儿，岛上也没个能和她说话的人。我实在后悔啊，真怕我有一天不在了，这岛上遍布荆棘，她会……”

“不会的，绝不会的！”辛如月猛然打断了辛启啸，她双眼通红，眸中亦是泪光闪烁，“大哥你别说这种话了，不是还有我在吗？”

那张美艳的脸上带着坚定的神色，她咬紧牙关，在石室中一字一句道：“只要我还活着一天，就绝不会让我姑娘被人欺负了，哪怕拼尽我的性命，我也会护她周全的！”

山风掠过四野，斜阳笼罩着柳明山庄，树影摇曳，庄中楼阁亭台，花苑水榭，尽染着一层金色的柔光，粲然如画，美不胜收。

却有一处地方，昏暗阴冷，有一道身影陡然从噩梦中惊醒：“爹，爹……不要！”

辛鹤满头冷汗，在昏暗的密室中霍然坐起，浑身颤抖不止。身旁的骆青遥也被惊醒，吓了一跳，赶紧凑近握住了辛鹤的手：“小鸟，小鸟你怎么了？”

“我做了个噩梦……”辛鹤脸色苍白，惊魂未定，颤声道，“我、我梦到我爹被人杀死了，还有我姑姑，他们都死得很惨，那个凶手当着我的面将他们一刀一刀活活剐了，可是我看不清凶手的脸，我看不清啊……”

她语无伦次地说着，神情是从未有过的慌乱。骆青遥忙将她一把搂进怀中，不住安抚道：“小鸟，别急，不过是个梦而已，梦都是反过来的，你放心，你爹和你姑姑没事的，他们什么事都没有，好好的呢……”

他不停地轻拍着她后背，过了许久，辛鹤的情绪终于才渐渐平复下来。

骆青遥松了口气，却又忍不住戏谑道：“你居然还会因为一个噩梦吓成这样，我说，现在最要担心的不是我们自己吗？”

当日那帮人将他们迷晕后，就掳劫到了这柳明山庄中，一定要他们说出那《妙姝茶经》上的玄机。

说来古怪，那本茶经打开后，上面居然什么都没有！

不过记载了章怀太子的一些茶道心得、饮茶技艺、制茶妙法等，开篇就是一段对茶的介绍——

茶者，南方之嘉木也，一尺二尺，乃至数十尺。其巴山峡川有两人合抱者，伐而掇之，其树如瓜芦，叶如栀子，花如白蔷薇，实如栟榈，蒂如丁香，根如胡桃。

后面记载皆如此类，总之，这就是一本彻头彻尾、如假包换的“茶经”！

上面根本没有任何能跟童鹿秘宝扯上边的东西，不说那帮人傻了眼，就连骆青遥与辛鹤也都大感意外，难以置信。

但那头领却非认定了他俩在装傻，没有说出真正的玄机，左霜一定把开启童鹿宝物的秘密透露给了他们，他们如果不老实交代的话，就等着在山庄里关一辈子吧!

就这样，两人被扔到了这间暗室之中，稀里糊涂地被囚禁了起来，身上还被下了迷香，始终乏软无力，根本没有逃脱的能力。

那头领每天都会过来一趟，阴阳怪调地问他们想通没有，如果愿意说出来了，不仅能立刻从这里离开，还会成为柳明山庄的座上贵宾，锦衣玉食享之不尽，富贵荣华唾手可得，就连山庄的第一美人也是他们的了。

“我们要你们的第一美人做什么？”骆青遥与辛鹤简直要被这头领搞得哭笑不得了，“不是，大哥，你到底要我们交代什么？我们真的什么都不知道啊！”

“不知道就慢慢关着吧，反正我们有的是时间跟你们耗！”

那头领冷冷一哼，也不气不恼，每天照旧过来问一遍。

按他的说法就是，他们庄主是个斯文人，做什么都讲求先礼后兵这一套，现在他们才刚被关起来，还会对他们客气一番，给他们点儿时间想清楚，若还是咬牙不招、冥顽不灵，那可别怪他们心狠手辣了。柳明山庄的十大酷刑可不是一般人禁受得住的。

这位庄主也是神秘，从头到尾都还没露过面，十足勾起了骆青遥与辛鹤的好奇心，他们还真想见识一下这位先礼后兵的斯文人。

此刻昏暗的密室中，辛鹤才从噩梦中平复下来，骆青遥还想说些玩笑话，转移她注意力，让她轻松下来时，那暗门上的一扇小窗口却忽然被打开了。

骆青遥抬头望去，不禁目光一亮：“贞贞，是你吗？”

辛鹤在他旁边抿了抿唇，见他这副喜不自禁的模样，心里不知怎么，有些酸不溜秋的：“是啊是啊，你家贞贞姑娘又来给你送糖吃了。”

她话音才落，那小窗口处已经伸进了一只白皙修长的手，摊开的手心上赫然放了几粒晶莹剔透的糖果蜜饯。

少女的声音带着几分天真稚嫩，兴冲冲地，像极了一头娇憨的小鹿：“只许遥哥哥来拿，那个凶哥哥不能吃！”

“呸！”辛鹤恼道，“谁稀罕吃你的糖果！”

骆青遥忙道：“别凶贞贞嘛。”

他站起身来，凑到那窗口处，望向窗外斜阳中的少女，扬起唇角，笑眯眯道：“今天的糖果真漂亮，贞贞，我可以分一点儿给小鸟哥哥吃吗？”

“不行！”少女一口拒绝，眼睛委屈地眨着，“她坏，她凶贞贞！”

“好好好，不分不分，遥哥哥一个人全吃了，不给那凶哥哥吃！”骆青遥连忙哄着少女，像在哄个三岁孩童一般。

他身后的辛鹤气急败坏，抓起手边半个没啃完的馒头就想扔过去:“烂青瓜，你去死吧！毒不死你！”

“小鸟别闹，别闹了，不要吓坏了贞贞！”骆青遥闪身避过，还不忘对着窗外的少女扯起笑脸，安抚道：“凶哥哥每天都发疯，不理她。”

那少女站在斜阳中，亭亭玉立，乌发飞扬，一张脸清隽秀美，约莫十一二岁的模样，眼神却天真得像个小孩子。

事实上，她似乎的确只有四五岁孩童的智商，先天就心智发育不全一般。

骆青遥与辛鹤被关进来的第一天，她就悄悄来了一趟，打开暗门上的那扇小窗口，好奇地往里面瞧。

那时暮色四合，夕阳照在她半边脸上，她正对上骆青遥的目光，骆青遥一愣，还来不及反应，那风中的少女已经娇憨一笑：“小哥哥，你长得真好看，你叫什么名字啊？”

她仿佛对骆青遥一见钟情，从身上掏出了好多五颜六色的糖果，攥在手心里，从小窗口处递了进来，笑吟吟地说：“我请你吃糖，你告诉我名字，好不好？”

从那天起，骆青遥就多了个贞贞妹妹，他也莫名成了遥遥哥。

一开始，他与辛鹤还以为这是那小头领使的诡计，派来什么山庄的第一美人，故意色诱他们，但很快他们就知道猜错了，因为——

哪个山庄的第一美人会这么傻里傻气啊！

这每天过来送糖的娇憨少女根本就只有四五岁的孩童心智，天真懵懂得像一头小鹿。

骆青遥暗自猜测，这可能是山庄里哪儿跑来的一个小花奴，平素里没怎么见过外人，又心智不全，像个孩子一般，才对他们两个格外好奇。

骆青遥从小就希望自己有个妹妹，奈何他娘亲身子单薄，生下他时险些难产，已是费了九牛二虎之力，他爹心疼他娘，就怎么也不许他娘再生了，骆青遥想要一个妹妹的愿望就此落空，一辈子也不可能实现了。

他遗憾至极，却没想到长到十六七岁居然能忽然多出一个妹妹来。

这每天跑来的少女，一口一个遥遥哥地叫着他，别提多乖巧可人了，十足激起了他一颗爱妹之心，不知不觉间，他就将这头“小鹿”当作了自己的亲妹妹一样。

辛鹤在旁边却瞧了不是滋味，每天都要酸溜溜地讽刺上几句，还说迟早有一天骆青遥要被那些蜜糖毒死，骆青遥才不在意呢，他乐呵呵的，将小鸟这反应归结为——

嫉妒。

对，就是明晃晃的嫉妒，谁让贞贞眼里只有一个遥哥哥呢？

每次来送糖，少女嘴里都是那充满孩子气的一句：“贞贞的糖只给遥哥哥吃，不给凶哥哥吃！”

骆青遥都快笑坏了，这贞贞妹妹偏心成这样，小鸟不气死才怪！

这一日，贞贞依旧带了甘甜的糖果来，骆青遥却左右望了望，确认四周无人后，才压低了声，悄悄对窗口的贞贞道："贞贞，我们今晚玩个游戏好不好？"

"游戏？"少女眼眸一亮，果然来了兴致。

骆青遥定了定心神，与身后的辛鹤对视一眼，不易察觉地点点头，又冲窗外的少女道："对啊，等到晚上月亮升起，大家都睡着的时候，你就悄悄地过来一趟，把这门边的烛台转动三圈，这门就会开了。到时候遥哥哥就能出来同你玩游戏了，你开不开心？"

"开心！"贞贞兴奋极了。

骆青遥连忙"嘘"了一声，又凑近了些，将声音压得更低了："但是不能告诉任何人哦，这是遥哥哥和你之间的秘密，不然游戏就玩不成了，听懂了吗？"

"听懂了！"少女猛点头，眼睛扑闪扑闪着，还不忘补充了一句，"贞贞不傻。"

骆青遥听到这句话，望着少女亮晶晶的眼睛，不知怎么，心里陡然一酸，他赶紧扬起唇，柔声笑道："对啊，我们贞贞最聪明了。"

少女又开心地点点头，却忽然想到了什么，眉间升起一丝忧色："但是，凶哥哥也要出来吗？贞贞害怕。"她将手伸进窗口里，拽住了骆青遥的衣袖，"贞贞只想跟遥哥哥玩。"

密室里的辛鹤听到这，再忍不住，差点儿气得一口血都要喷出来了："我看你可一点儿都不傻啊！"

骆青遥连忙回过头，不停地向她使眼色，又扭头对窗外的少女柔声哄道："没关系，让凶哥哥也出来吧，让他给我们当马骑，贞贞说好不好？"

斜阳中的少女歪着脑袋，想了想，忽然笑逐颜开："好！"

辛鹤按住胸口，生生咽下了一口血。

夜色幽幽，冷月高悬，风掠起少女的秀发，贞贞依约前来。

当她按照骆青遥所教的，转动了三圈烛台后，暗门"咔嚓"一声，慢慢打开了——

"遥哥哥，我们可以去玩了！"

比起少女的惊喜，关在密室里的骆青遥与辛鹤更加激动，他们心跳瞬间加快，从昏暗的密室里出来，再次看到漫天星空，夜风迎面拂来时，简直有种重获新生的感觉，欣喜得呼吸都在发颤。

贞贞一把拉过骆青遥的手，奔入了夜风之中："遥哥哥，我们一起去玩！"

三人这便奔在星空之下，骆青遥与辛鹤在山庄中不辨方向，只能哄着贞贞，叫她带路找到出口离开柳明山庄。

不管怎么样，先出去再说。

贞贞似乎从没这么无拘无束地奔跑过，在月下拉着骆青遥的手，长发飞扬着，不知有多么开心。

辛鹤瞧着两人紧握的那只手，心里莫名不是滋味，她忽然想起从前许多回，骆青遥也是这样拉着她的手，飞奔在月下，但现在……不知怎么，心里好像打翻了什么，一阵酸涩难言。

辛鹤正莫名难受时，那月下飞奔的少女却身子一颤，扑通一声，霍然跌倒在了地上，全身猛烈抽搐起来。

“贞贞，贞贞你怎么了？”

骆青遥脸色大变，辛鹤也急忙奔上前，只见那地上的少女像是发病了一般，全身剧烈抖动着，清隽的一张脸痛苦万分，扭曲不已，额上也冷汗涔涔，头发都被打湿了，整个人像从水里捞上来一样。

“贞贞，贞贞你到底怎么了？你不要吓我……”骆青遥心急如焚，搂紧少女，急得不知如何是好。

这一切实在发生得太过突然，少女骤然发病，整个人像被推入了万劫不复的深渊之中，一张脸煞白得如同鬼魅一样。

“难、难受……”地上的贞贞痛苦地喘息着，一只手往脖子上胡乱摸去，“我、我要找爹爹，贞贞不舒服，要找爹……”

骆青遥与辛鹤瞳孔一紧，不知贞贞伸手在脖子上乱摸什么，却见月下银光一闪，少女已将脖子上挂的那样东西摸了出来——

那竟是一个银光闪闪的哨子！

骆青遥与辛鹤一惊，还来不及阻止时，少女已将哨子放在嘴边用力吹了起来！

一瞬间，尖锐响亮的哨声划破夜空。

沉睡中的柳明山庄似被陡然唤醒，大队山庄的护卫瞬间涌出，手持熊熊燃烧的火把，染红了半边天，将星夜下的骆青遥与辛鹤团团包围住。

“完了，逃不掉了！”骆青遥与辛鹤心惊肉跳，望向周遭火光，知道行迹已经败露，逃不出这山庄了。

却在这时，一记长声响彻夜空：“贞贞！”

半空之中，一道俊挺身影踏风而来，众护卫抬首望去，齐声道：“庄主！”

骆青遥与辛鹤也抬头望去，心弦骤然一紧。

夜风猎猎，半空中，一道人影衣袂飞扬，沐月而来，一张脸被月光映得清清楚楚——

尖尖的下巴，肤色极白，俊美阴柔，一对眸子水光潋滟，眼尾处还有一粒细细小小的红痣，衬得整个气质清冷又纤秀！

骆青遥与辛鹤瞳孔骤缩，身子一震，不可置信道：“夏夏？”

眼前这个踏月而来的男子竟同喻剪夏生得有八九分相像，不，应当说是喻剪夏同他生得有八九分相像！

简直无法用言语形容他们这一刻的震惊，骆青遥与辛鹤在月下不可思议地瞪大了眼，心中万千惊涛骇浪涌起，原来这就是——

柳明山庄的庄主？！

④裴夫人

洛水园，花海摇曳，清香缭绕，斜阳一寸寸地挪过院落，斑驳如金。

房中帘幔飞扬，一道纤秀身影躺在床上，仍是昏迷不醒。

付远之坐在床边，一动不动地望着那张洗尽铅华，卸掉了所有伪装的清隽脸庞，一时目光久久失神着。

眼前似乎又浮现出那一日，漫天红雨下，那道杏黄色身影奋不顾身地挡在他跟前，为他挨了所有毒针，生死之间还深深地望了他一眼，那般痴恋动情，如一方灼灼的烙印彻底刻在了他心底。

付远之望向床上那道昏迷的身影，苍白的肌肤上虽无一丝血色，却细腻剔透、明净如雪，散下的乌发柔顺如云，每一处五官都笼着一层柔光般，清隽如画。

原来，她竟生得这般……昳丽动人。

付远之忍不住伸出手，轻轻抚上那冰凉的脸颊，喃喃自语道："你到底……是谁？"

他神色复杂，却是忽然间，长睫一颤，想到什么般，那只手往下移去，正想解开少女的衣裳。

修长的一只手却在半空中顿了顿，犹豫再三后，终是下定了决心——

指尖微落，缓缓将那衣裳褪去，露出了一小片白皙的肩头。

付远之目光一动，屏住了呼吸，那肩上果然有一处伤痕，只不过印记已经淡成了粉色，不仔细瞧根本看不出来，但位置却一点儿都不差，就是当日那刺客受伤的地方。

难怪，难怪刺客对他手下留情，宁愿拼着受下鲁行章的一掌，也不忍伤他分毫，竟是因为——这刺客是她？！

"你究竟，究竟是谁？"

刹那间，百般滋味涌上付远之心头，他望着床上那张昏迷的面孔，像遇上一道如何也解不开的难题般，扑朔迷离间又有几分异样的感觉占据在他心间。

明明身怀奇高武艺，却要伪装成又瘸又哑的丑奴，还深夜摸入宫学之中，到底是想要干什么？

还有那帮不知从哪儿冒出，打着红伞，古里古怪的杀手为什么要将骆青遥与辛鹤掳走？他们如今又身在何处，是生还是死？

这件事震惊了宫学上下，众人急切万分，付远之也一早就下令封锁全城，城防司夜以继日地在搜寻着，却仍是没有任何消息。

或许那帮人早就已经将人带出了皇城？

他们那样古怪的装束与武功，不辨来历身份，像是什么奇诡的江湖势力，官府根本无从查起，若是，若是……骆青遥的爹娘在就好了。

"骆秋迟啊，你到底带阿隽去哪儿游山玩水了？青遥都被人劫走了，你知不知道？"

这儿子简直就跟捡来的似的，从小就野生野长的，按骆秋迟的话来说，女儿是用来疼的，儿子就随便摔打历练，反正皮糙肉厚。可也不是这么个“摔打”法啊！

倒让他这个义父一天到晚操碎了心。

付远之正连声叹气时，门外的侍卫忽然道：“大人，喻姑娘请来了。”

这位被紧急找来的“小神医”正是喻剪夏。

小苏身上中的那些毒针，奇诡莫测，连宫中太医都查不出是什么毒，束手无策，眼见着背后那些毒越发蔓延开去，付远之正心急如焚时，却有惊蛰楼的弟子提到了喻剪夏的名头，说她外号“毒娘子”，对各种奇毒都熟识于心，说不定她能辨出这是什么毒。

事不宜迟，人命关天，喻剪夏这就被请了过来。

付远之是抱了几分“死马当作活马医”的微弱希望，却在见到背着药箱，一身药草清香的少女时，忽然隐隐觉得……自己或许找对了人。

他言语恳切道：“有劳小喻神医了。”

喻剪夏脸上一红，细声细气道：“不敢当，付大人，我只是略懂医术，平日里有些钻研罢了。”

付远之看出了她的紧张，忙温声道：“不用紧张，就算没识出来也没事的。”顿了顿，他愈发和颜悦色道，“你是这书院的弟子，又是青遥的同窗，不用叫我什么付大人，直接喊付叔叔就可以了。”

喻剪夏心中一热，偷偷抬眼看向那张温和俊秀的脸，紧张的情绪瞬时消除了大半，她抿了抿唇，到底轻轻开口道：“是，付叔叔。”

她打开药箱，这便开始辨认毒针了。

那些拔除下来的赤针都被放置在了银盘中，上面的鲜血早已干涸，但针头的奇毒却还赤红不变，气味浓烈，带着一股奇异的花香，连太医们都一个个见之变色，不敢触碰。

喻剪夏隔着银丝手套，小心翼翼地将那些赤针拈起，仔细察看间，又将赤针放进了早已准备的药水中，浸泡了片刻，这才接着取出来观察。

她一系列举动下，付远之都在一旁静静看着，屏住呼吸，不敢发出声响来打扰。

却是忽然间，喻剪夏神色一变，付远之心思细腻，立刻敏锐发现，问道：“怎么了，这究竟是什么毒？”

喻剪夏转过身，脸上一阵发白，极力抑制着紊乱的呼吸道：“付……付叔叔，这毒有些棘手，我、我可能需要一个人静下心来辨认，您在旁边我有些紧张，可不可以、可不可以请您先在外面等候一下？”

付远之一愣，虽觉得少女情绪不太对，却也很快道：“没问题，我在外面等你。”

等到付远之一出门，喻剪夏的身子再撑不住，一瞬间瘫软下去，她手脚冰凉，脸色煞白，汗水几乎湿透了衣裳。

那银盘上赤针还闪着寒光，空气中散发着那诡异的花香，喻剪夏死死地盯住那毒针，整个人难以置信："怎么会，怎么会……"

这针上的毒以及那淬毒的手法，她比任何人都要熟悉，因为这手笔不是出自旁人，正是出自——

她爹，那个当年狠心私奔、扔下她不顾、杳无音信、在她记忆中早已身影模糊的爹！

风掠长空，斜阳笼罩着柳明山庄，亭台楼阁美不胜收，却透着一股肃杀之意。

偌大的庭院中，骆青遥与辛鹤被铁链紧紧锁着，吊在半空，已是一夜一天滴水未进了。

他们身下燃着一方香炉，里面不知烧的是什么香料，味道诡异至极，缭绕升起。

那股毒香丝丝缕缕钻进他们体内，像有小虫子在啃噬他们一般，叫他们每一寸骨头都酸胀无比，疼痛难言。

两人被吊在半空中，额头冷汗涔涔，脸色煞白如纸，虚弱得连说话的力气都没有了。

昨夜的一切到现在想起来还跟做梦一样。

真是千算万算没有算到，贞贞居然是这庄主的女儿，还身带怪病，而更不可思议的是，这庄主居然与喻剪夏的模样那般相像！

只可惜月下匆匆一面，他们还未来得及进一步确认，便已被吊在这院中备受折磨了。

那庄主抱着贞贞，关进了房中，连夜救治，到现在还未出来，不知情况如何……若是贞贞真有个三长两短，恐怕他们两个都要跟着陪葬了。

香炉里青烟缭绕，时间一点点过去，骆青遥与辛鹤被吊在半空，身受万蚁啃噬，痛不欲生。

终于，那道疲倦不堪的身影出现在了夕阳里，骆青遥与辛鹤同时抬头，望向那张与喻剪夏几乎一模一样的脸。

他走入院中，仰头望向他们，目光里恨意满满："我虽将你们抓来，囚于暗室之中，却未对你们动用任何刑罚，已是仁至义尽，你们这两个浑小子却反而狡猾算计我的贞贞，害她骤然发病，命在旦夕，几乎是在鬼门关里走了一遭，还好我拼尽全力将她救了回来，否则，纵是剥了你们的皮也难消我心头之恨！"

厉声回荡在庭院之中，即便是做出这样凶狠的神情，那张脸上也还是带着喻剪夏的影子，眼尾一粒红痣若隐若现，看起来阴柔又纤纤动人。

便在这时，一道身影奋力推开了守卫，泪眼涟涟地奔入了院中，声音带着几分江南细雨的味道，急切喊道："贞贞，贞贞！"

骆青遥与辛鹤身子一颤，扭头望去，那风中奔来的是一个美貌妇人，长裙蹁跹，气质秀丽温婉，五官却是再熟悉不过。

骆青遥与辛鹤对视一眼，震惊无比，同时从对方眼中读出了三个字："裴云朔！"

那美貌夫人才奔入院中，便被那庄主搂在了怀中，连声安抚道："夫人莫急，贞贞已经没事了，她才服了药，暂且睡下了，夫人别担心……"

这柔声细语的模样，简直跟方才那个要"剥皮挫骨"的凶狠庄主判若两人。

那美貌妇人在男子怀中，依旧梨花带雨，哭得上气不接下气："都是我造的孽，一切都是我犯下的罪，老天爷纵是要惩罚，也该惩罚在我身上，为什么要折磨我的女儿？为什么要将这一切罪恶报应在贞贞身上？"

男子心疼不已，更加搂紧了怀中的夫人："不是的，不是这样的，夫人，你切莫如此想，即便真有报应，也该由我来承受，你与贞贞都是无辜的……"

半空中吊着的骆青遥与辛鹤再也听不下去了，如果说在只见到庄主一人时，他们还只是有所怀疑，那么在这美貌妇人出现时，他们的一切猜想就通通得到了确认——

这一对男女不是别人，正是喻剪夏的父亲以及裴云朔的母亲！

一股难以言喻的愤怒瞬间涌上辛鹤心头，她看着下方紧紧搂住的两人，热血翻滚不已，有什么再也忍不住，如利箭般就要冲破天际。

她忍住浑身疼痛，几乎是用尽所有力气，冲着下面嘶声喊道："贞贞可怜，那另外两个孩子就不可怜吗？"

这一声乍然在庭院中响起，让那对相拥的男女猛地一惊，霍然抬起头，却只对上辛鹤咬牙切齿，因激动而泛红的一双眼睛——

"你们当年私奔出来，只顾自己的情爱，有想过那两个孩子的感受吗？知道他们这么多年来过得有多么痛苦吗？

"一个性情大变，少年白头，一个寄居在镖局，不敢抬头，终日活在自责与不安中，没有一天是真正快乐的！

"这一切，都拜你们这对'父母'所赐，而你们却还在这里为另一个孩子担忧难过，牵肠挂肚，恶心地争执着究竟是谁该受到这份报应，不觉得太讽刺了吗？"

第十章·少主之怒

①相见赎罪

那一年夏天，喻郎不顾一切地带着裴夫人私奔，在夕阳中扔下两个孩子，马车驶到城郊时，裴夫人其实是想过回头的。

她肝肠寸断，在车上哭得满面是泪："我的朔儿，我的孩子，喻郎，我们回去吧，我舍不下朔儿，他还那么小……"

女人到底没有男人心狠和决绝，裴夫人想要回头，喻郎却将她紧抱着不放，嘶哑着声音道："凝儿，我也舍不下夏夏，但我们已经回不了头了！"

他在她耳边，一字一句道："你别哭，你还有我，我们还会有别的孩子，还会有一个新的家，我答应你，一定会将这世上最好的一切都给你和我们的孩子……"

就这样，两人再也没有回头，携手奔向了天涯海角。

裴门镖局一直没有放弃过寻找裴夫人的下落，他们每到一处走镖，都会拿着裴夫人的画像，四下打听。

但裴大当家到底是个心地宽厚的男人，他不准镖局上下透露任何风声，只说裴夫人失踪了，绝口不提其他。

他将所有的血泪苦楚都咽进了肚子中，一人独自承受。

没有人知道，这个被裴夫人嫌恶万分，不善言辞的男人，其实却是那般深情。

他深深爱着自己的妻子，即便她做出这样背叛他的事情，他也不愿玷污她的名声，反而想给她留一条后路，让她日后能够重回镖局，不背上“抛夫弃子”的骂名，受到别人的非议与指指点点。

只要她还能够回来，他与孩子都一定会接纳她，他们一家三口还是能有一个幸福美满的将来。

可是裴夫人不要这份深情，不要这个家，她逃得远远的，再也没有回来过。

裴门镖局乃皇城中第一大镖局，结交甚广，势力庞大，在江湖中颇有地位，裴大当家也义薄云天，有不少人受过他的恩惠，一时间都纷纷帮忙寻找起来。

那喻郎带着裴夫人东躲西藏，十分不易，偌大的江湖之上，他们几乎无处容身，到哪里都担心被认出来，叫人扭送回镖局去。

裴夫人本就是个娇花软玉、柔弱如水的女人，这般风餐露宿、提心吊胆的日子过下来，她饱受折磨，几乎再没睡过一个好觉，夜夜都深陷梦魇之中，耳边是那日马车里裴云朔撕心裂肺的哭泣——

“娘，我们一起回家吧，你不要走，爹如果回来发现我们不见了，他会很伤心的，你不要扔下爹，求求你，不要跟别人走，求求你了，不要走……”

就在这样的情况下，她怀上了喻郎的孩子，却因情绪低落，积郁伤身，胎象极其不稳。

那是他们最艰难的一段日子，喻郎带着怀有身孕的裴夫人，几乎是山穷水尽，走投无路，却就在最困苦之际，他们迎来了一线生机——

柳明山庄将喻郎请了过去，为老庄主治病。

那老庄主不知练了什么邪功，越练越疯癫，还瞎着一只眼，脾气暴躁，喜怒无常，整个人都有些走火入魔的感觉，身子一日不如一日。

喻郎正愁不知带着怀有身孕的裴夫人躲到哪里去，当下一口答应为老庄主看病，抓住这个机会，迅速带着裴夫人住进了山庄中。

只是老庄主那一关并非那么好过。

山庄前前后后请来了几十位大夫，其中也不乏江湖名医，却统统都没能治好老庄主，反而还有不少人被他一掌打死。

因为老庄主性情暴躁古怪，为他诊治时，那些大夫都战战兢兢、吞吞吐吐，也不敢多说实情——其实老庄主这病有很大原因上跟他纵欲过度有关。

可这话老庄主不爱听，也不愿改变，第一个说出实情的大夫直接就被他一掌劈死了，认定为无能庸医。

后面的大夫自然就不敢再说实话了，但不戒淫戒欲，这病如何会好？反而会越发糟糕。那些大夫医不好老庄主，依然难逃一死。

总而言之，被请进柳明山庄的大夫，基本上只有死路一条——

因为说实话会送命，不说实话也会送命。

喻郎在明知这样的情况下，却还是毅然决然地踏入了柳明山庄，因为，他没有后路了。

他不能再让心爱的女人跟着他颠沛流离，受尽苦头，他必须赶快找个地方让她好好安胎。

放眼江湖之上，没有比柳明山庄更适合藏身安顿的了，他别无选择，只能搏一把。

当踏入老庄主房中时，喻郎并未直接开始诊断，而是先为老庄主扎针走穴，清了一部分毒血，让他情绪稳定下来，这才开始向他说一个故事。

对，故事，喻郎十分聪明，并未直接陈述老庄主的病情，而是摘取了《黄帝内经》中，黄帝问岐伯的一段，讲述给老庄主听。

——昔有上古之黄帝，问医圣岐伯："余闻上古之人，春秋皆度百岁，而动作不衰；今时之人，年半百而动作皆衰者，时世异耶？人将失之耶？"

这番话极好理解，老庄主听了亦若有所思，喻郎趁机问道："庄主猜这医圣岐伯是如何回答黄帝的？"

老庄主摇头不知，喻郎便笑道："岐伯对曰：上古之人，其知道者，法于阴阳，和于术数，食饮有节，起居有常，不妄作劳，故能形与神俱，而尽终其天年，度百岁乃去。

"今时之人不然也，以酒为浆，以妄为常，醉以入房，以欲竭其精，以耗散其真，不知持满，不时御神，务快其心，逆于生乐，起居无节，故半百而衰也。"

一番话说得明明白白，喻郎巧借古人之嘴，将老庄主的病情点了出来——

他的病正是因食饮无节、起居无常、纵欲过度、邪功侵体而导致的！

老庄主虽然疯了些，却不傻，听了这个小故事后，望了喻郎许久，伸手指了指他："你是个聪明人，我喜欢，你便留在山庄为我治病吧。"

就这样，喻郎顺利地留在了柳明山庄，开始医治调养老庄主的身体。

从那时起，老庄主就开始戒淫戒邪、清心寡欲、食饮有节、起居有常，一切都按喻郎说的去做，渐渐地，他的病情当真好转，人也清明许多，不再那么疯疯癫癫了。

他更加信任与看重喻郎，几乎是离不开他了，庄中人人也都尊称喻郎一声"喻先生"。

而喻郎毫不盛气凌人，待人接物依然彬彬有礼，且十分会笼络人心，山庄中无人不对他心悦诚服。

一时间，他在庄中的地位俨然是一人之下了。

原本一直这样下去，喻郎会在山庄中过得平静而安好，只可惜，老天爷偏不顺他意。

他的孩子出生了，却从娘胎里就带出了病根，险些夭折，那段时日喻郎心急如焚，一心照顾自己的孩子，老庄主的病情便疏忽了许多。

老庄主见不到喻郎，心烦意乱，隐隐又有走火入魔的趋势了。

他去喻郎住的院落寻他，却意外在斜阳中看到了抱着孩子坐在秋千上，轻轻哼着歌谣的裴夫人。

那一刻，漫天的霞光笼罩在裴夫人身上，她一颦一笑，一低头一哼唱，皆美得惊心动魄，让老庄主一时看呆了。

原本裴夫人刚进柳明山庄时还是个大腹便便的孕妇，又饱受风霜折磨，人憔悴不堪，老庄主压根就没有多瞧她几眼，还曾在心中暗自可惜这妇人配不上喻郎。

却哪知，生下孩子之后的裴夫人恢复了姣好的身材与容貌，又不用风餐露宿、四处奔波，在山庄的滋养下又变回了从前那朵美丽的“娇花”。

老庄主自从那一眼之后就如同着了魔一样，压制许久的欲火又重燃了起来。

他开始时常往喻郎的院落里跑，次数多到喻郎都已经有所怀疑了，而更离谱的是，有一次老庄主喝醉酒，竟然对着喻郎半开玩笑半试探地提出，若真想彻底医治好他的病，只有一个办法，那就是——

割爱让妻。

喻郎的夫人便是他最好的灵药。

那一瞬间，喻郎如坠冰窟，他终于明白老庄主一切异常的行为后的原因，原来他一直在觊觎他的夫人！

这个老畜生，现在回想起“割爱让妻”这四个字，喻郎仍会恨得心欲滴血！

他从那之后，表面上依旧装得温顺，不动声色，暗地里却开始将老庄主的药偷偷换掉，还为他专门配了一种“安神香”。

是的，明面上是“安神香”，实则却是能令人神志不清，渐渐深入骨髓的一种“毒香”。

他还时常为老庄主扎针走穴，穴位却悄悄偏差了一些，导致的结果便是天差地别。

在这一系列的暗中谋划下，老庄主终于废掉了。

他神志不清，疯疯癫癫，彻底成了喻郎的傀儡，受他摆布与掌控。

而喻郎要的还不只是这些，他开始蛊惑老庄主，让他吸了迷香，听他摆布，将自身功力一点点传给他。

老庄主的功力实在深不可测，喻郎一次无法全部承受，只能让老庄主每隔一段时日传功一次，慢慢为他吸收。

就这样，一步一步，喻郎像一只布下天罗地网的毒蜘蛛，将老庄主这“猎物”慢慢吞噬。

在最后一次传功后，老庄主的身体彻底干瘪下去，面如死灰，如同一具枯尸，终是“物尽其用”。

喻郎吸收了百年功力，内力充盈，扭过头，对老庄主露出了阴冷一笑：“老畜生，你已经没什么用了，可以……给我去死了。”

“咔嚓”一声，他毫不留情，一下扭断了那个脑袋，直至死之前，老庄主都还沉沦在迷香之中，脸上带着一种诡异的笑容，死在那片虚妄的极乐世界。

而现实中，喻郎却是摇身一变，取而代之，成了柳明山庄新一任的庄主。

他不仅拥有着老庄主的百年奇功，还有自己的聪明脑袋，将柳明山庄掌管得井井有条，深受庄中上下拥戴，柳明山庄逐渐扩大，成为江湖中不容小觑的一方势力。

强者愈强，一切似乎都越来越好，但喻郎唯一的遗憾却是——

贞贞的病。

他耗尽心血，却依然医治不了自己的女儿，仿佛是老天爷的报应一般，却没有惩治在他与夫人身上，而是尽数施加给了贞贞。

倘若她只是心智不全，懵懂痴傻如孩童，那他与夫人还不会那样日夜痛苦，大不了他们可以养她一辈子，让她一辈子活得天真无忧，不知疾苦。

可是，她不仅是痴傻，心脉还极为脆弱，不时就会发病，根本活不长久，至多十五六岁就会夭亡。

上天何其残酷，要让贞贞受此折磨，每当看到她发病时的样子，喻郎与夫人都会心痛如绞。

就在这极度的痛苦绝望之中，喻郎忽然听到一个传言，昔有童鹿古国，留下一份皇室秘宝，开启后便可获得一股强大的力量，不仅能够呼风唤雨，称霸天下，甚至还能使人复生，治好世间所有疑难绝症。

仿佛一下看到了曙光，喻郎激动不已，如果能得到这份童鹿秘宝，那贞贞的病不就有救了？

“我们为孩子取名贞贞，原是想得是这份深情得来不易，她是我们之间最好的见证，我们必定一生忠贞彼此，却没想到这孩子的命运竟会如此悲惨……”

风拍窗棂，房中灯烛摇曳，帘幔飞扬，床上的贞贞仍在昏睡之中。

一袭清雅华裳的喻庄主凝视着爱女稚嫩的面孔，痛心不已。

他旁边的裴夫人也在低头拭泪，楚楚可怜道：“千错万错，尽可以报应在我们身上，贞贞又做错了什么呢？”

一旁坐在桌前的辛鹤听到这，再忍不住，又想脱口而出道：“那夏夏跟裴云朔又做错了什么呢？”

却被旁边的骆青遥一把按住了手，他摇了摇头，用目光向她示意。

对于这样一对“夫妻”，说再多都是白费唇舌。

他们身上的毒香早已解开，自从知晓他们是喻剪夏与裴云朔的同窗及朋友后，喻庄主与夫人就对他们以贵客之礼相待，不知在打什么主意。

此刻摇曳的灯下，那喻庄主手持一个木匣，走向骆青遥与辛鹤。

那匣中装着的正是那本《妙姝茶经》，喻庄主望着骆青遥与辛鹤，言辞恳切道：“我抢夺这份童鹿秘宝全是为了贞贞，请二位看在一个父亲的拳拳之心上，将开启这本《妙姝茶经》的玄机如实告知吧。”

“父亲的拳拳之心？”辛鹤陡然拔高语调，像是不相信自己的耳朵般，不可思议地笑了笑，忽然反问道，“你对夏夏有过这份心吗？”

那喻庄主霎时被问住了，哑然失声。

辛鹤又冷视着他，毫不留情地讽道：“你夺童鹿秘宝，究竟是为了救贞贞还是为了自己一统江湖的野心？”

这一下，喻庄主神色一变，立刻激动道：“当然是为了救贞贞！”

顿了顿，他眸色晦暗不明，沉声道：“但这二者亦不矛盾。

“这世道本就弱肉强食，若不想被人踩在脚底肆意碾压，那就只有不断强大起来。我在这柳明山庄学到的最重要的一点就是，只有强者才能保护自己想要保护的人！

“我的确想成就一番霸业，但不是为了我自己，而是为了凝儿与贞贞，纵然我有野心又如何，我苦心经营这一切，不都是为了所爱之人吗？”

振振有词的一番话在屋中响起，引得辛鹤冷冷一笑，抬头打量着那身清贵华服，却再不发一言。

她与骆青遥对视一眼，心照不宣，两人直接道：“我们什么都不知道，别再白费心思地套我们话了。”

喻庄主呼吸一窒，却极力抑制着怒火，放下那木匣：“好，不说也行。”

他不知又从哪找出了纸笔来，扔在骆青遥与辛鹤面前，道：“那劳烦二位写封信吧。”

“什么信？”

喻庄主与夫人灯下互望了一眼，点点头，似是下定了什么决心，对骆青遥与辛鹤道:“我们都想见一见夏夏跟阿朔，想好好……弥补他们。”

这些年对那两个孩子亏欠太多，他们实在是愧疚万分，也充满了思念之情，如今他们只想见一见两个孩子，竭尽一切地去弥补他们曾经所受到的伤害。

简单来说，就是用骆青遥与辛鹤引裴云朔与喻剪夏前来，让他们能有个相见赎罪、弥补亏欠的机会。

甚至于，直接将两个孩子留在山庄，留在他们身边，再也不要分离。

“我们不会写的。”辛鹤干脆利落地拒绝了。

她看向喻庄主与夫人，冷笑道：“你以为他们两个还会情愿见到你们吗？在他们心中，早当你们这对自私自利、不负责任的爹娘死了！还想让他们留在这山庄之中，你们是否太过可笑，在做春秋大梦吗？”

“你！”喻庄主怒不可遏，却被身旁的夫人急忙拉住，她看向骆青遥与辛鹤，泪眼涟涟，饱含哀求道：“可怜天下父母心，我们当年亦是身不由己，根本没有想过要抛弃自己的孩子，这些年，我们无时无刻不在想念着他们，我至今梦中都还一直回荡着朔儿当日的哭泣，求求你们了，给我们一个赎罪的机会吧，我真的太想朔儿了……”

“赎罪的机会？”辛鹤不由也有些激动起来，呼吸急促道，“夫人莫不是以为，世间任何伤害，都是一句轻飘飘的赎罪，就可以弥补回来的？

“你们知道吗？当年你们走后，裴云朔就大病了一场，从此头发全白，性情大变，他原本最喜欢夏天，却因为你们在那年夏天私奔，从此对任何跟‘夏’有关的东西都恨之入骨，还将一切都迁怒到了夏夏身上，夏夏这些年默默承受着一切痛苦，她有多可怜，你们又清楚吗？

“还有那裴门镖局的大当家，是，夫人你是瞧不上他，觉得他是一个不解风情的粗人，可你知道吗？就是这样一个沉默寡言的‘粗人’，在你们私奔后，收养了无处可去的夏夏，从头到尾对她没有一句指责与迁怒，反而悉心照料，抚养了夏夏这么多年，还送她去读宫学，将她视如己出，给了夏夏全心全意的温暖！

“在夏夏心中，恐怕也早就将大当家当作了亲爹，因为反而是他让她有了一个家，不至于流落街头，受尽欺凌，还能活到现在，让你们有机会提出见面弥补，假意惺惺地来赎罪。这才是一个父亲的拳拳之心，而不是某些人狼子野心的遮羞布！”

“够了！”喻庄主气得浑身发抖，一拍桌子，俊美斯文的一张脸都红透了。

他忽然一下凑近辛鹤，一把扯下她腰间的香囊，紧紧攥在了手中，辛鹤脸色大变：“你干吗？”

喻庄主咬牙切齿道：“不写信也没关系，我直接派人去接他们过来就是了，这个便是信物！”

他眸中精光迸射，狠厉的话语在屋中一字一句地响起：“你们不是关系要好、情谊深厚、还一同出生入死过吗？夏夏跟阿朔怎么会见死不救呢？他们一定不会不管你们的，即便再怎么不情愿，但为了你们，他们也一定会来这柳明山庄一趟的！”

②吃醋

月色朦胧，树影婆娑，晚风拂过水面，一片波光粼粼。

小镜湖上，喻剪夏站在舟头，背着药箱，发丝扬起，目光失神，一脸心事重重。

她才从洛水园出来，替小苏姑娘拔毒治伤，这几日她时常往返小镜湖，一番医治下，床上的小苏姑娘总算有了慢慢好转的迹象，相信用不了多久她就能苏醒过来了。

只是喻剪夏一颗心却半点儿也没有松快起来，她脑海中一直浮现着那几根淬毒的赤针，有什么如雾里看花般怎样也看不清、想不通，千头万绪乱作一团，她心中像压了块大石般，沉甸甸的。

她做梦也不会想到，原来掳走小鸟与骆师弟的人……竟是她爹？

对于那道模糊的身影，她已经许多年刻意不去想了，爹于她而言，早已变成一个陌生的词汇，淡忘于她的生命之中。

但万万没有想到，有一天他会以这样离奇而不可思议的方式再次出现，她简直有些恍惚了，一切真的与她爹有关吗？

那赤针上的毒当真出自他之手吗？他与那群掳走小鸟跟骆师弟的人又是何关系？他们为什么要这样做？小鸟与骆师弟现在又身在何处，可还安全无虞？

太多太多的疑问涌在她脑海中，如同一团乱麻解也解不开，她心事重重，更不知向谁去诉说，这一切似乎太荒谬了，有谁会相信她呢?

喻剪夏站在夜风中，正失神不已时，目光却忽地一动，看到对岸树下，一道身影一闪而过。

小舟正好靠岸，她背着药箱下了船，衣袂随风飞扬，一步一步走近那棵茂密的大树，却是见到枝叶拂动间，一头白发纷飞如雪，在月下微光闪烁。

她不禁一愣，站在夜空下，陡然问道："哥哥，你是在等我吗？"

躲在树后的那道身影猛然一颤，连呼吸都僵住了。

正是满脸慌乱，不知该怎样应对的裴云朔，他万万未料到竟会被喻剪夏发现了。

这几日来，他每晚都悄悄等在这湖边，看着喻剪夏乘舟安全回来，再一路相随，直到将她送回院舍，确认她熄灯睡下，这才放心离去。

因为那帮将骆青遥与辛鹤掳劫走的家伙不知来历又神出鬼没，实在可怖，而喻剪夏这段时日又总是去洛水园里替人看病，一个人往返小镜湖，实在太危险了。

裴云朔默默守在暗处，原本都隐藏得极好，从未让喻剪夏发现过。

只是不想今夜，喻剪夏回来得晚了些，他便有些焦急，不由在湖边探头探脑，等得忧心不已，哪知喻剪夏说回来就回来，那小舟晃晃悠悠直朝他而来，裴云朔在湖边猝不及防，左右望望，慌慌张张间一下往树后钻去，却还是被喻剪夏看见了。

这可真是给抓了个正着了，靠在树后的裴云朔闭了闭眼，身子僵硬不已，一时窘迫万分。

夜风掠过夜空，湖边波光粼粼，涟漪一圈一圈荡漾开去，气氛凝结了一般。

"哥哥，是你吗？你是在等我吗？"月下，喻剪夏背着药箱，纤细的身影拉得很长很长，又轻轻问了一声。

树后的裴云朔再没办法装死，只能深吸口气，绷紧了脸上的表情，这才扭过头，看向月下的喻剪夏，一脸冷冰冰道："不是。"

他白发飞扬在风中，神情是同往日一般的冷若冰霜，语气不耐道："我没有在等你。"

"那、那你在这做什么？"喻剪夏有些奇怪。

裴云朔脸上微微一红，却赶紧掩饰过去，声音更冷了："与你无关。"

他扔下这句话后扭头就走，似乎根本不想看见喻剪夏，一刻也不愿跟她多待了，却被喻剪夏忽然在身后一声叫住了。

"哥哥，你……你陪我说说话好吗？"喻剪夏冷不丁开口道，声音里有些哀求与恳切，"我心里很慌。"

她鲜少这样过，情绪里也透露着些许异常，裴云朔脚步一顿，终是放心不下，转过了身。

月光笼罩在那道纤秀的身影上，少女发丝飘飞，脸色发白，眼尾处一粒红痣若隐若现，楚楚动人，让人忍不住就生出怜惜之情。

她眸中有波光闪烁，在月下一字一句道："哥哥，如果，如果我说……我发现我爹又出现了，你相信吗？"

裴云朔脸色一变，霍然握紧了双手，还来不及做出反应时，喻剪夏已经接着道："我可能知道劫走骆师弟与辛师弟的是什么人了。”

她背着药箱上前一步，正要将一切和盘托出时，裴云朔瞳孔却骤然一紧，一声喊道:“小心！”

他想也未想，衣袍飞扬，一个跨步上前，猛地将喻剪夏一扯，紧紧搂在了怀中。

四面八方寒意凛冽，大风猎猎间，倏然从天而降数道身影，手持红伞，装束古怪，全身上下罩得严严实实，只露出了一双眼睛，身上还飘来一阵奇异的花香。

似是福至心灵般，一个念头瞬间在裴云朔脑中冒出——

来了，他们来了，这就是那帮掳走骆青遥与辛鹤的人!

他太阳穴直跳，一只手紧紧抱住喻剪夏，一只手便要探出袖中的铁钩，全身内力蓄于一处，像只全神戒备的猎豹，瞬间做好了迎战的准备!

仿佛看出少年身上的杀气，那片红伞中站出了一个头领模样的人，对着月下的裴云朔与喻剪夏客客气气道：“二位贵人莫惊慌，我们没有敌意，绝不会伤害二位，只是想请二位贵人与我们走一趟。”

这几声贵人叫得莫名其妙，又别扭至极，语气里还带着满满的尊重与讨好之意，裴云朔一时有些摸不着头脑，却仍是警惕道：“你们究竟是什么人？”

那为首者没有回答，只是忽然从怀中摸出一物，往裴云朔与喻剪夏跟前一亮——

那竟是一个清雅的香囊，花纹古朴、做工精细，在月光下摇曳着，上面还散发出丝丝清透的茶香。

喻剪夏心头一紧，几乎一眼就认了出来：“这是……这是小……是辛师弟的香囊！”

她情绪陡然激动起来，对着那帮人急声问道：“他们怎么样了？你们究竟是谁？把他们劫到哪里去了？有没有伤害他们？”

那头领显然预料到了喻剪夏的反应，并没有意外，而是抱着红伞，恭恭敬敬道：“二位贵人放心，你们的朋友在我们山庄做客，我们庄主有令，只要二位贵人跟我们走一趟，你们的朋友就绝不会受到任何伤害，必将毫发无损，反之，则不能保证他们的生死了，二位贵人是否决定要走这一趟呢？”

夜色清幽，微风拂过柳明山庄，月光笼罩着楼阁亭台，水榭院落，在屋顶上洒下一片白茫茫的光芒。

黑漆漆的房中，辛鹤裹紧被子，正要入睡时，耳尖却忽然一动，听到门外有人蹑手蹑脚地靠近。

她立刻在黑暗中睁开了眼，无声无息地下了床，顺手摸到了桌上的茶盏，慢慢靠近门边。

那道长长的影子也正贴到了门边，似乎想要推开门，辛鹤心下一紧，毫不迟疑，立刻“先下手为强”，猛地在里面将门一拉，抡起那茶盏就狠狠砸了下去!

“哎哟！”一个熟悉的少年声音在夜色中响起，吃疼不已，辛鹤脸色一变，难以置信道:“青、青瓜，怎么是你？！”

房中灯烛亮起，骆青遥额头上红肿了一大块，稍一触碰，就疼得倒吸冷气。

辛鹤披着衣裳，特意跑了一趟山庄的厨房，弄了几个热腾腾的鸡蛋回来，剥了壳后，包在纱布里，一边给骆青遥揉着额头，一边数落道：“你干吗呢，鬼鬼祟祟的，跟做贼似的，我还以为是那姓喻的又搞什么名堂呢！”

骆青遥在灯下，神情有些不自然，别别扭扭道：“我、我一个人睡不着嘛，跟你在一块儿睡惯了，忽然分开成两间房，我怎么都不习惯，觉得还不如一起关在那暗室里，起码一伸手你就在旁边，心里踏实点儿。”

那喻庄主自从知道他们与裴云朔和喻剪夏的关系后，就以贵宾之礼待他们，特意为他们准备了两间上好的厢房，但是反而令骆青遥辗转难眠，怎么也睡不踏实，他索性爬起身来，跑来找辛鹤，想跟辛鹤睡一间房。

“就因为这？”辛鹤听得哭笑不得，望着灯下那张微微泛红的俊逸脸庞，不由笑话道，“你是小孩子吗？一个人睡不着，还非要人陪？真是个幼稚鬼！”

她嘴上这么笑话着，心里却不知怎么，吃了糖一般，甜丝丝的，忍不住就扬起了唇角，揉着骆青遥额头的一只手也温柔了许多。

“你才幼稚呢，就是每天跟你睡一起，一下子分开了，不习惯嘛。”骆青遥脸上更红了，结结巴巴间，却是话锋一转，冷不丁问道，“小鸟，你说，白毛跟剪夏师姐会来吗？”

辛鹤知道他在有意扯开话题，也不拆穿，只是笑了笑，一边替他揉着额头，一边道：“说不准啊，我的香囊都被抢走了，剪夏师姐肯定能认出来，他们十有八九会到这儿来一趟的……”

“那喻庄主真是手段卑劣，我看他呀，根本就跟那老庄主一样，走火入魔了，剪夏师姐摊上这样一个爹，也真是可怜！”骆青遥感慨道，却忽然间又想到了什么，摇头叹了一声，“说起来，贞贞其实也一样可怜，虽然喻庄主卑鄙无耻，做下许多不顾道义的事情，但贞贞却是无辜的。”

辛鹤长睫一颤，手下一顿，唇边的笑意瞬间敛住了。

骆青遥却还在自顾自地说着：“她自生下来就带着怪病，不仅心智不全，还可能早早夭亡，看到她躺在那床上，脸上没有一丝血色，我心里说不出的难受，简直不敢想象，她这样天真善良的小姑娘，居然很快就会有一天永远地离开这个世上……”

“你怎么就不可怜剪夏师姐呢？”辛鹤忽然冷冷地冒出一句。

骆青遥一愣，抬起眼眸，莫名其妙道：“我是说剪夏师姐很可怜啊，但贞贞也可怜啊，这个不冲突啊，你不觉得贞贞很无辜吗？”

辛鹤咬紧牙关，并不回答，只是手上的力道加重了，忽然又冷不丁冒出一句：“我说，你是不是喜欢她呀？”

骆青遥想也不想地回答道：“喜欢啊，贞贞那么可爱，笑起来像一头小鹿似的，你难道不喜欢她吗？”

他理所当然地反问着，完全没领会辛鹤问题的精髓，心中只将贞贞当作了自己的妹妹一样，那自然是极为喜欢的了。

辛鹤一下捏紧了手里的鸡蛋，一股无名怒火嗖地蹿起，咬牙切齿道：“你们男人都是……你这种男人就是这种德行！一见到好看点儿的小姑娘，就走不动路了，脑袋也昏了，什么事情都不想了，有句话叫作‘色令智昏’，说的就是你这种人！”

骆青遥被这劈头盖脸地一通骂下来，整个人都蒙了，好半天才喊冤道：“我哪儿有！”他俊逸上的脸上满是委屈与纳闷，“你在乱七八糟说些什么啊，小鸟，什么色令智昏，走不动路了，不想事了，我对贞贞哪有那方面的想法啊，我把她当作妹妹一样看待好不好，我说的是对妹妹的喜欢！”

听到这句妹妹时，辛鹤脸上的神情才稍微缓和一点儿，却哪知骆青遥又紧接着道：“再说了，贞贞本来就很可怜，很无辜，又很讨人喜欢，我哪里说错了？”

这一下，辛鹤脑中像有某根弦彻底断掉了，她按捺不住满腔怒火，一下将那纱布包裹的鸡蛋往桌上一摔，下起了逐客令——

“是是是，你没错，你可以走了，我要睡觉了！”

她不由分说地把骆青遥推搡到了门边，骆青遥满头雾水：“你干吗呀？不是说好了一起睡吗？你赶我干什么？”

“谁要跟你一起睡啊？”辛鹤把骆青遥狠狠往外一推，将门重重一关，声音响彻长廊，“抱着你的贞贞睡去吧！”

③少主冲冠一怒为夏夏

晨光微醺，风掠长空，裴云朔与喻剪夏在这一天清晨来到柳明山庄。

彼时骆青遥与辛鹤还在房中吃早点，那喻庄主才过来一趟，带着那本《妙姝茶经》，又是百般试探、话中有话、软硬兼施，可惜什么线索也没得到，气得拂袖而去。

“你说这姓喻的到底想干什么？一天天不死心地跑过来问，简直跟走火入魔了似的，他这么想得到那童鹿秘宝，真的是为了给贞贞治病吗？”

辛鹤一边拈起一块糕点，一边讥讽着那喻庄主，正要将糕点往嘴中送时，却是忽然间福至心灵般，一声叫道：“我想起来了，我终于想起来了！”

“想、想起什么了？”骆青遥被她吓了一跳。

辛鹤两眼放光，话明明到了嘴边，正欲脱口而出时，却是陡然站起了身，往窗边探出脑袋，左右望了望，确认周遭无人时，这才关紧了窗子。

她坐回桌前，才想要跟骆青遥开口时，又紧张兮兮地一抬头，两只眼睛直往屋顶上瞅去，一副始终不放心的样子。

骆青遥都被她弄糊涂了:“不是，小鸟，你、你到底要干什么啊？搞得这么神秘兮兮……”

“嘘！”辛鹤伸出一只手指贴在唇边，用眼神示意着骆青遥，她呼吸微急，忽然一把抓起骆青遥的手，将他往床上拉去。

骆青遥骤然瞪大了双眼：“小鸟，你……你要做什么？”

辛鹤置若罔闻，只是把骆青遥猛地往床上一推，又麻利地拉上了床帘，自己脱了鞋也扑到了床上。然后双手将被子一抖，一下罩住了全身，向外头的骆青遥招手道：“来，青瓜，快进来！”

这一系列动作行云流水，那叫一个利索，骆青遥都看呆了：“你……你想干什么？”

辛鹤裹在被子里，冲骆青遥一个劲地招手，催促道：“愣什么啊，快钻进来！”

骆青遥盯着被子罩住的那道身影，不知怎么，脸上忽然一红，莫名其妙地结巴了:“小鸟，这还是白天呢，不、不太好吧，不如我晚上过来，再跟你、跟你一起睡……”

“睡你个大头鬼啊！想什么呢！”

辛鹤一把将骆青遥拽进了被中，用被子将两人遮得严严实实，确保声音一丁点儿也不会泄漏出来后，这才松了口气。

骆青遥猝不及防，差点儿撞进辛鹤怀中，眼前一片漆黑，嗅觉就变得格外敏锐，她发丝的清香扑鼻而来，叫他一颗心猛地狂跳起来。

正面红耳赤、想入非非时，辛鹤已经在他耳边呼吸灼热，压低着声音道：“青瓜，我跟你说啊，我想起来了，我知道那《妙姝茶经》上的味道是什么了！”

“味、味道？什么味道？”骆青遥的心神早不知飞到哪里去了，整个人都被辛鹤身上的味道所包裹住，心里痒得不行。

“就是那茶经上面的味道啊，那纸张是不是有股香味？”

“是、是挺香的……”骆青遥恍惚回答道，又情不自禁地嗅了嗅，那发丝上的香味直往他心底挠去，叫他浑身发热，连呼吸都急促起来。

辛鹤却毫无所觉，只是继续道：“我终于想起来了，那纸上是灯鱼草的味道，这茶经的纸张是掺杂了灯鱼草做成的……喂，青瓜，你有没有在听啊？你拽我头发干什么？”

“啊、啊什么，没有啊，我没有拽你头发啊，不小心扯到了吧……你、你刚刚说什么？”

骆青遥呼吸急促，一副做贼被逮到的样子，黑暗中，一张俊逸的脸已经红得不行了，还好辛鹤瞧不见，他忙稳住纷乱的心跳，问道：“灯鱼草是什么？”

“灯鱼草就是一种长在水里的草丝，长长的一根，像鱼一样，顶部又缀满了一些小圆球，好像结了一个个灯笼似的，在小越哥哥的家乡那里，制作纸张时经常会用到，只要将灯鱼草碾碎了，把草汁搅拌进纸浆里，做出的纸就会又白又亮，还更有韧性，仔细闻一闻，上头还会有一股淡淡的青草香味……”

小越曾经给过辛鹤几本书籍，上面的纸张就是掺杂了灯鱼草做成的，有股清新淡雅的草香，辛鹤每日翻书细看，不知不觉间，这股味道就印在了她的脑海中。

她开始看到那《妙姝茶经》时，总觉得莫名熟悉，有哪些地方隐隐勾起她的回忆，却一下想不起来，直到方才她吃到那糕点时，陡然闻到糕点上的香味，才茅塞顿开，瞬间明白过来——

气味，是气味，《妙姝茶经》上让她熟悉的地方正是那股灯鱼草的味道！

难怪茶经上关于童鹿秘宝的记载一个字都没有，原来是因为灯鱼草的缘故，玄机不在别处，就出在这灯鱼草上面！

灯鱼草不仅能掺杂在纸浆之中，做成洁白透亮的纸张，碾碎的草汁还可以混在墨水里，只要用这加了灯鱼草汁的墨水，在那混杂灯鱼草的纸张上，写上任何字迹，过一会儿都会看不见，若想要显现出那字迹来，方法也很简单，就是直接涂抹上灯鱼草汁，那字迹立刻就会浮现出来，只是片刻过后又会消失不见。

小越哥哥曾对辛鹤说过，在他的家乡，这套小把戏很多孩童会玩得乐此不疲，互相捉弄自己的玩伴，也会有情窦初开的男女借助灯鱼草的功效来表白心迹。

男子给心爱的姑娘写信，雪白的信笺上空空如也，一个字也没有，却能闻到一股灯鱼草的淡淡香味，这在小越哥哥的家乡那里被叫作“无字书”，还有个名字更加婉转动听，叫作“君不知”——

山有木兮木有枝，心悦君兮君不知。

这是一种委婉表露心迹的方式，女子收到这无字书时，闻着那淡淡草香，倘若心思玲珑剔透，又对男子有意，就会隐隐明白什么，回去用干净的毛笔，蘸上那灯鱼草汁，在那空白的信笺上，一行一行涂抹过去，那些字迹就会一个个浮现出来。

“我第一次听到时既觉得不可思议又觉得好唯美动人，小越哥哥的家乡实在是个诗情画意的美好之地……”

黑漆漆的被窝中，辛鹤压低着声音感叹道，骆青遥却不爱听她总提那什么小越哥哥，不由皱眉打断道：“我知道了，这《妙姝茶经》就是借助了那灯鱼草的功效，所以表面上看不出任何关于童鹿秘宝的记载，但其实暗藏玄机，只要弄到一些灯鱼草，研磨成汁，涂抹在那茶经之上，那些藏着的字迹就会立刻显现出来了，对不对？”

“对！”辛鹤兴奋异常，又向骆青遥凑近了些，双眸发亮，“还有一点，你还记得吗？当时我们晚上去折竹居里，提着灯翻看那些画像时，我不是说过那章怀太子同小越哥哥生得很像吗？”

绕来绕去又绕回了这个小越哥哥，骆青遥一丁点儿兴趣都没有，有气无力道：“是啊，怎么了？”

辛鹤按捺不住激动道：“我现在几乎可以肯定了，小越哥哥的家乡就是童鹿，他不仅是童鹿国的人，甚至跟皇室，跟那章怀太子都有着莫大的关系……”

她还想再多说些什么时，外头却传来一阵喧闹声，四方涌出无数脚步声，长廊上有人匆匆而过，到处奔走相告，欣喜不已：“快去通知庄主和夫人，人到了！”

骆青遥与辛鹤身子一震，同时望向对方，异口同声道："是他们来了！"

这个"他们"自然指的便是裴云朔与喻剪夏了！

长风万里，浮云缱绻，暖阳笼罩着整座山庄，树影摇曳，亭台水榭错落有致，放眼望去，美不胜收。

面对这等美景，踏入山庄的裴云朔与喻剪夏，脸上却没有一丝笑意，反而神情复杂，目光里带着些说不出来的东西。

就是这座山庄庇护了喻郎与裴夫人那么多年，像一处世外桃源般让他们在这里无忧而居，平静美满，又组建了一个新的家，还有了一个……孩子。

是的，随那帮人前往柳明山庄的一路上，喻剪夏与裴云朔就得知了这个消息，当时喻剪夏一张脸就煞白了，裴云朔比她好一些，却也紧紧咬住唇，将脑袋别到了一边，克制着翻腾痛苦的情绪。

只是真来到这里时，每踏进一步，才知忍耐是件多么不容易的事情，这山庄越美，裴云朔与喻剪夏的心就越难受，每走一步都会隐隐作痛。

他们来的是原本与他们是血脉至亲、却弃他们而不顾、远走多年的两个人的……家。

一个另外的家，不属于他们的家，有着另一个孩子的家。他们三个人才是圆满的一家，而他们两个才是……多余的。

多么讽刺荒唐，站在明晃晃的太阳下，裴云朔与喻剪夏只觉遍体生凉。

"朔儿！"

才一踏进庭院里，一道身影便远远奔来，秀美温婉的妇人，多年来依旧带着那股江南烟雨的气质，将裴云朔一把搂进了怀中，失声痛哭："朔儿，我的孩子，娘好想你啊，这么多年来，娘亲没有一天不在想你……"

少年的身子一下僵住了。

那喻庄主也紧随而来，走到喻剪夏面前，微微红了眼眶："夏夏，你长大了。"

喻剪夏仰起头，看着那张既熟悉又陌生的面孔，一时间竟是无悲亦无喜，整个人空白茫然，一颗心麻木无比。

骆青遥与辛鹤也奔了出来，衣袂飞扬间，堪堪停在了长空下，看着不远处那两道身影，心中一热，感动难言："你们、你们……竟真的来了！"

风拂过喻剪夏的秀发，她眼角那一粒红痣在阳光下若隐若现，喻庄主望着眼前这张与自己有八九分相似的面孔，又看向少女肩头背着的那个药箱，眼眶不知怎么，一时间更加红了，眸中泪光闪烁。

"你能一直坚持学医这条路，没有忘记爹教过你的东西，爹实在很欣慰，夏夏，你不愧是爹的好女儿……"

这欣慰感慨的话飘入风中，听得骆青遥与辛鹤鸡皮疙瘩都起来了，辛鹤更是几欲作呕："这姓喻的脸皮也太厚了！”

那喻庄主一边说着，一边走近喻剪夏，想要揽过她肩头，喻剪夏却后退了一步，闪身避过了。

她背着药箱，长发扬起，柔美的一张脸在风中没有一丝表情，只定定吐出了八个字：“我学医不是为了你。”

喻庄主伸出去的一只手陡然落空了，心里像被针扎了一下，一下疼得说不出话来。

他看着眼前长大成人的女儿，在她眸中再也看不到从前幼时的那份温顺乖巧，而是满满的疏离与漠然，她不认他，她是不认他这个爹的。

一时间，得出这个认知的喻庄主潸然泪下：“夏夏，爹其实、其实……从没想过要抛下你，这么多年来，爹一直记挂着你，你原谅爹，好不好？”

辛鹤真的快听吐了，相信裴云朔与喻剪夏也同样如此，因为他们直接越过了那一对“夫妻”，目不斜视地走到了她与骆青遥身旁。

“我们已经来了这一趟，你们也假意惺惺地表示过了，现在可以把他们两人放了吧？”

裴云朔转过身，目光冷若冰霜，一头白发在阳光下肃杀万分，瘦削的背脊挺立风中，像一把寒光凛凛的刀。

喻剪夏也背着药箱，站在辛鹤身旁，望着喻庄主，柔美的面容却有着撼人心魄的力量，一字一句道：“请放了我们的朋友，这一趟我们不是为你们而来的，而是为了他们。”

风掠长空，辛鹤说不出这一刻心中的无尽感动，她扭过头，看向身旁那张清秀的侧颜，眼眶一红：“夏夏……”

那喻庄主却是身子僵硬住了，旁边的裴夫人也哭得更厉害了，像一个泪人一般，嘴里不断喊着朔儿，裴云朔却连一眼都没有望向她。

喻庄主目光几个变幻，看向风中那充满敌意的两道身影，终是扬起唇角，打破了这僵持的气氛：“一路风尘仆仆，都累坏了吧，先吃饭再说吧，庄中已设下盛宴，专门为了迎接你们的到来。”

说是盛宴，的确都是山珍海味，台上还有笙歌曼舞，如此大的阵势就只为招待两个人。

然而这两人都不领情，坐在席上冷若冰霜，半点儿吃饭的心思也没有。

那裴夫人坐在裴云朔身旁，不停地为他夹着菜，泪眼涟涟道：“来，朔儿，多吃点儿，你都瘦了，还有你这头白发，让喻……让你喻叔叔为你看一看，一定能治好的，你别担心，无论怎么样，娘都会……”

“为什么要治好？”裴云朔忽然开口道，扭过头，看向裴夫人，一双眼睛似两把刀子一样，“这白发无时无刻不在提醒着我，你曾经做过些什么，我每次照镜子都会告诉自己，我没有娘亲了，只有一个爹，在这世上，我只当我娘死掉了，再也不会回来了，就像我变白的头发，再也回不到从前了！

“它存在一天，就提醒我一天，你已经死了，我没有娘了，永远都没有娘了，我不会再抱任何不切实际的期盼，所以你告诉我，我为什么要治好这头白发？”

每一个字都滴着血一般，将裴夫人说得脸色惨白，心如刀绞间，掩面泪如雨下。

“哭够了吗？”裴云朔却陡然站起，冷冷道，“我们可以走了吗？”

他虽是满脸不耐，却只有喻剪夏细心地注意到，少年的眼眶其实也隐隐红了一圈。

“别急，阿朔。”那喻庄主也忙站起，在阳光下带了些恳求道，“先去看看贞贞吧。”

“贞贞”两个字一说出来，不仅骆青遥与辛鹤变了脸色，裴云朔与喻剪夏更是身子一震，呼吸都止住了。

所有人都知道，这个名字意味着什么。

房里，阳光斑驳洒入，帘幔微微拂动，那床上躺着的小小身影双眸紧闭，脸色苍白，让人不由自主地就心生怜惜。

贞贞的病情裴云朔与喻剪夏也早就知道了，此刻当真在床上看到这张昏睡的面孔时，他们却久久失神着，一时间说不出心里是什么感受。

“这是你们两个人的……妹妹。”喻庄主在旁边轻轻开口，红着眼眶道，“你们应该也知道贞贞的病情了，这孩子可怜，生来就心智不全，患有怪疾，若治不好，恐怕连今年的生辰都熬不过去了……”

裴夫人坐在床边，泣不成声：“都是我们的错，不应该报应在贞贞身上……”

喻庄主拍了拍她的肩，带着安抚的意味，他看向裴云朔与喻剪夏，忽然话锋一转，缓缓道：“其实我近几年一直在研究贞贞的病情，最近总算有了些进展，摸索出了一张药方，应当可以一试，只是这药方之中还独缺了一味药引……”

他这话来得突兀，不仅裴云朔与喻剪夏身子一颤，连屋里的骆青遥与辛鹤也十分奇怪，不由地看向床边的喻庄主。

他的目光落在喻剪夏脸上，带着满满的恳切，一字一句道——

“夏夏，缺的这一味药引正需要你的帮忙，其实这药引不是别的，乃是血，必须得以至亲姐妹之间的鲜血为引，方能成药。只要取你身上一部分血，就能救回贞贞的一条命来，她是你血脉相连的妹妹，你不会见死不救的，对吗，夏夏？”

这番话在屋中一响起，所有人都震住了，眸光中写满了难以置信，喻剪夏更是陡然白了一张脸。

她看向眼前那个曾被她称之为爹的男人，身子微颤间，不可置信，眸中更是隐隐泛起泪光，几乎就要站不住了——

“原来你千方百计诱我来山庄，不是真的想要见到我，不是因为思念，更不是补偿赎罪，而仅仅只是为了、为了……取我的血做一味药引，来救你另外一个女儿？”

从没有那样一刻，喻剪夏的心像现在这样痛苦绝望过，她仿佛坠入万丈深渊，从头到脚粉身碎骨，没有一处是完好的了。

骆青遥与辛鹤也根本不敢相信，他们望着喻剪夏，胸膛起伏间，也难以抑制地红了眼眶，几乎都能对她那份痛苦感同身受。

喻庄主被喻剪夏眸中的泪光刺到，上前两步，神情有些慌乱道："不是的，不是这样的，夏夏你听我说，爹当然是因为想你，当然是想赎罪补偿，才会千方百计让你来这山庄……只是贞贞也的确需要你救一救她，只要取你身上一小半的血就行了，不会危及你性命的，你相信爹，至多休养几个月就能好了，贞贞是你的妹妹，你不能见死不救啊，夏夏，你就将身上的血给一些……"

"滚开，谁敢碰她一下试试！"裴云朔忽地一声怒吼，一柄铁钩猛然从袖中探出，抵在了喻庄主身前，他一把拉过喻剪夏，退后两步，双目血红，像头发狂的小兽！

"喻时钦，你还是个人吗？！"这一声嘶哑的厉喝骤然响彻屋中，让喻庄主脸色陡变。

"朔儿！"床边的裴夫人站起，泪眼涟涟地就想上前，"不是的，你听娘解释，喻郎他只是……"

"滚开，你们都滚开！"裴云朔挥起那铁钩，浑身剧颤着，血红着双眼，失去了理智般，嘶吼着，"谁也不许碰夏夏！"

他紧紧拉住喻剪夏冰凉的手，白发飞扬间，热血翻腾不止。

那喻庄主赶紧上前一步，劝道："阿朔，你冷静点儿，贞贞也是你的妹妹啊，你不能见死不救！"

"她不是我妹妹！"裴云朔嘶声喊着，手中的铁钩散发着寒光，仿佛那是仅有的能保护住他们的东西了，他泪如雨下间，几乎是声嘶力竭道，"我只有一个夏夏，她身边也只有一个我了！"

（第一部正文完）

江山鹤歌行

壹

作者
吾玉

封面绘图
霜林醉

封面设计
杨小娟

内文版式
严岩

图片总监
杨小娟

特约编辑
罗长敏

责任发行
周冬梅

出版社
中国致公出版社

总出品
湖北知音动漫有限公司

制作出品
知音动漫图书·漫客小说绘

图书在版编目（CIP）数据

江山鹤歌行. 壹 / 吾玉著. -- 北京 : 中国致公出
版社, 2020

ISBN 978-7-5145-1631-9

Ⅰ. ①江… Ⅱ. ①吾… Ⅲ. ①长篇小说 - 中国 - 当代
Ⅳ. ①I247.5

中国版本图书馆CIP数据核字(2020)第035619号

江山鹤歌行. 壹/ 吾玉 著

出　　版 中国致公出版社
（北京市朝阳区八里庄西里100号住邦2000大厦1号楼西区21层）
出　　品 湖北知音动漫有限公司
（武汉市东湖路179号）
发　　行 中国致公出版社（010-66121708）
作品企划 知音动漫图书 · 漫客小说绘
责任编辑 徐慧 罗长敏
装帧设计 杨小娟 严岩
印　　刷 中印南方印刷有限公司
版　　次 2020年9月第1版
印　　次 2020年9月第1次印刷
开　　本 710mm × 1120mm　1/16
印　　张 14.5
字　　数 250千字
I S B N 978-7-5145-1631-9
定　　价 39.80元